CHAOS WALKING

Monsters of Men

噪反 III

獸與人

Patrick Ness

派崔克·奈斯——著　段宗忱——譯

噪反三部曲入選與得獎紀錄

《鬧與靜》

☆衛報青少年小說獎（Guardian Children's Fiction Award）
☆英國圖書信託基金會青少年小說獎（Booktrust Teen Prize）
☆詹姆斯・提普奇獎（James Tiptree Award）
☆音檔雜誌耳機獎（有聲書）（Earphones Award）
☆卡內基文學獎決選（Carnegie Medal）
☆英國讀寫學會青少年小說獎決選（UKLA Children's Book Award）
☆布蘭福・博斯獎決選（Branford Boase Award）
☆亞瑟・C・克拉克科幻小說獎初選（Arthur C Clark Award）
☆英國科幻協會獎初選（BSFA Award）
☆澳洲金墨水獎初選（Australian Inky's）
☆曼徹斯特圖書獎初選（Manchester Book Award）
☆美國青少年圖書館服務協會獎入圍（YALSA Teen Top Ten）
☆內華達州青少年讀者獎入圍（Nevada Young Readers' Award）
☆衛報最佳青少年書籍選書（The Guardian's Best Children's Books）

☆亞馬遜年度百大選書（Amazon.com's 100 best books）
☆青少年圖書館協會選書（Junior Library Guild Selection）
☆書單雜誌編輯選書（Booklist Editors' Choice）
☆奧德賽有聲書選書（An Odyssey Honour Book）
☆維吉尼亞州讀者選書（Virginia Reader's Choice List）

《問與答》

☆柯斯達青少年文學獎（Costa Children's Book of the Year）
☆卡內基文學獎決選（Carnegie Medal）
☆柯斯達文學獎年度選書（Costa Book of the Year）
☆英國圖書信託基金會青少年小說獎決選（Booktrust Teen Prize）
☆衛報最佳青少年書籍選書（The Guardian's Best Children's Books）
☆亞馬遜年度百大選書（Amazon.com's 100 best books）
☆Borders書店選書（Borders' "The Best is Yet to Come"）
☆出版人週刊最佳青少年書籍選書（Publishers' Weekly's Best Children's Books）
☆青少年圖書館協會選書（Junior Library Guild Selection）
☆書單雜誌編輯選書（Booklist Editors' Choice）
☆青少年書籍合作中心選書（Cooperative Children's Book Centre Choices）

《獸與人》

☆卡內基文學獎（Carnegie Medal）
☆亞瑟・C・克拉克科幻小說獎決選（Arthur C Clark Award）
☆銀河青少年書籍獎決選（Galaxy Children's Book of the Year）
☆衛報最佳青少年書籍選書（The Guardian's Best Children's Books）
☆出版人週刊最佳青少年書籍選書（Publishers' Weekly's Best Children's Books）
☆書單雜誌科幻奇幻類十大好書（Booklist Top 10 SF/Fantasy）
☆文學評論雜誌夏日十大青少年好書（Literary Review Ten Best Children's Book for the Summer）
☆青少年圖書館協會選書（Junior Library Guild Selection）
☆書單雜誌編輯選書（Booklist Editors' Choice）

來自世界各國的讚譽，國際媒體佳評如潮

光憑這本書的第一句話，就知道它一定會是精采萬分的作品……果不其然，整本《鬧與靜》都像它的開場白一樣令人興奮。

——Frank Cottrell Boyce，《衛報》（*The Guardian*）

步調緊湊，令人同時感到驚駭、興奮與心碎。

——《週日電訊報》（*Sunday Telegraph*）

在目前大量作家投身的青少年小說領域裏，《鬧與靜》為其他作家設下難以超越的高標準：這是本構思縝密、節奏明快的精采小說。

——Nicholas Tucket，《獨立報》（*Independent*）

就算是成人讀者，也會想一個人躲起來、徹夜不眠一口氣讀完這本小說。

——Mary Harris Russell，《芝加哥論壇報》（*The Chicago Tribune*）

今年最出人意料的暢銷書。

——Alison Walsh，《愛爾蘭獨立報》（*Irish Independent*）

這本小說的分量有如史詩，但令人欲罷不能。這是二〇〇八年我最喜歡的小說。

——John McLay，書評雜誌《旋轉木馬》（*Carousel*）

今年夏天出版的新書中，這是我最喜愛的，它充滿原創性、引人入勝，絕對是今年最不可思議的傑作。

——Sarah Webb，《愛爾蘭獨立報》（*Irish Independent*）

充滿原創性的反烏托邦小說。

——Robert Dunbar，《愛爾蘭時報》（*Irish Times*）

奈斯對節奏的掌握緊扣人心，他為主角陶德的世界創造出難以忘懷的生動角色。

——《金融時報》（*Financial Times*）

奈斯的首部青少年小說，使他成為這個文學領域中的佼佼者。

——Madeline O'Connor，《愛爾蘭世界報》（*Irish World*）

奈斯的小說如此與眾不同而又真摯動人，理當獲得讀者與評論家的熱情擁抱。

——Becky Stradwick，《書商》（*Bookseller*）

這本令人入迷的小說從頭到尾緊抓住讀者的心，並促使讀者思考各種關於認同、道德與真實的難題。

——英國圖書信託基金會（BookTrust）

像《鬧與靜》這樣精采的小說，可說完美到幾乎不可能存在。它觸動人心，卻不多愁善感；讀者會同情角色的處境，卻又無法忽視他們的醜惡；整本小說處處都有令人捧腹大笑的情節安排，但掌握全局的是作者穩健而充滿情感的筆風。

——Inthenews.co.uk

今年最驚人的青少年小說。

——Sam North，hackwriters.com

情節緊湊、充滿驚奇，不僅充滿原創性，還有辛辣的幽默感。

——Jill Murphy，thebookbag.co.uk

以原創、懸疑、狂暴的方式描述種族滅絕、刑求拷問與抵抗運動。

——Amanda Craig，《週日泰晤士報》（*Sunday Times*）

二部曲的出版，會讓首部曲的書迷樂翻天。……奈斯的文筆看似平易近人卻充滿文學技巧，他以平鋪直敘但扣人心弦的方式處理棘手的主題，包括恐怖主義、女性主義、種族滅絕與人類情感。雖然分量驚人，但一讀就讓人無法罷手。

——Nicolette Jones，《週六泰晤士報》（*Saturday Times*）

透過充滿轉折與張力的情節，《問與答》探討了忠誠、操控、道德與暴力主題，深度刻畫人類對救贖與愛的渴求。

——Sally Morris，《每日郵報》（*Daily Mail*）

讓人欲罷不能，緊湊情節宛如迷宮一般，到處都是出乎意料的轉折。

——Noga Applebaum，《終極書訊》雜誌（*The Ultimate Book Guide*）

首部曲的結局讓讀者拍案叫絕……接下來，在這個他人可以完全瞭解男性思緒的反烏托邦未來中，又會發生什麼事呢？薇拉與陶德被迫分離：薇拉被送到女性那裡成為「治療者」；陶德則成為極權政府的一員。二部曲中有許多關於刑求拷問以及將社會成員劃歸為「他者」的情節與討論，奈斯對於相關細節的含蓄描繪，使它們更具張力。所謂的革命家，是否根本就和恐怖份子一樣？當我們看到書中主角必須選邊站時，特別是來自薇拉母星球的太空船抵達「新世界」時，這已不再是理論性的問題。如同首部曲，二部曲的結局再次讓人瞠目結舌。

——Mary Harris Russell，《芝加哥論壇報》（*The Chicago Tribune*）

高潮迭起——讀來不僅心跳加速，還熱淚盈眶。

——《週日獨立報》（*Indepedent on Sunday*）

讓人冷汗直流的不可思議傑作……充滿人性而精采絕倫。

——Lucy Mangan，《衛報》（*The Guardian*）

噪反首部曲與二部曲已贏得七座最重要的青少年文學獎項，接下來必然還會再度獲獎……現在，三部曲終於問世，它精采地為這個眾人公認新世紀最傑出的文學成就劃上句點。

——Robert Dunbar，《愛爾蘭時報》（*Irish Times*）

《獸與人》充滿力道地完結了噪反三部曲這令人激賞的故事。陶德、薇拉與「歸返」不僅擁有越來越大的權力，還面對越來越複雜的道德難題；不管他們做出什麼決定，都有可能導致整個星球的毀滅。他們不但要克服自己的憤怒、怨恨與恐懼，也必須思考「為何在這個美麗而充滿無限可能之地，我們卻只是一再犯下重複的錯誤」。如同之前的作品，奈斯深刻地描繪了暴力、權力與人性；隨著《獸與人》的出版，我們可以肯定地說，噪反三部曲是近年來最重要的青少年科幻小說。——《出版人週刊》（*Publishers' Weekly*）

奈斯是個充滿說服力的作家，毫不費力地處理了許多重要主題，在噪反三部曲完結篇中，他則對準人類最大的愚行——戰爭……《獸與人》是本厚書，幾乎就像有如磚塊般的俄國小說，但讀起來完全沒有灌水嫌疑，反倒覺得奈斯用字精鍊。書中人物所做的艱困道德選擇，可讓讀者細細品味當中的哲學深意……儘管各個主題同時交織，但在《獸與人》中，最突出的還是角色之間的關係，這些關係不僅改變他們，既將他們帶上毀滅之路，也讓他們找到救贖。《獸與人》是完美的科幻小說，以獨到方式將人類特有的殘酷與理想融合為一。

——Ian Chipman，《書單》雜誌（*Booklist*）

噪反首部曲是近年的青少年文學中最具原創性與最驚人的作品……每一頁都有扣人心弦的逆轉與發展：人物一直處於持續衝突中。讀完《獸與人》時，我幾乎喘不過氣，但像噪反三部曲如此精采又而充滿挑戰性的系列，正需要這樣一個爆炸性的最終章。

——Philip Womack，《文學評論》（*Literary Review*）

致台灣讀者

我開始寫《噪反三部曲》，是因為注意到今日大量的氾濫資訊：當周旋於e-mail、簡訊、臉書、推特中，總免不了有人喜歡公布自己的所思所想。

如果你正年輕，這種情形對你來說會有多糟？

仔細想想就會發現，當代青少年可說是人類有史以來最缺乏隱私的一代。即使十年前的人也絕對無法想像，今日生活中會有這麼多部分是在網路上即時進行。而你再也不能任意做什麼蠢事，否則五分鐘後就會有人用手機拍成影片上傳到YouTube。

於是我開始想像，在這最需要隱私的年代，如果完全無法隱藏私密想法的話將會如何？由此便產生了噪音這個概念，以及為眾人公開的噪音思緒所苦的少年主角陶德。故事中，有一天，在最出乎意料的情況下，他發現了安靜是有可能存在的。

這套黑暗而緊扣人心的小說，討論的正是我認為對青少年最重要的幾件事：學習與外界接觸，學習真正認識他人，以及最重要的，學習信任他人。

我一直希望各種讀者都能享受這套小說，特別是台灣這個處在時代尖端的現代國家，任何人都可能與資訊世界產生連結，同時個人資料也成了最有價值的訊息。世界正在改變，而這對我們來說又代表什麼意義呢？

派崔克敬上

For Denise Johnston-Burt

碉堡裡面是誰？
碉堡裡面是誰？

我笑到頭都掉了下來

女人與孩童優先
與孩童優先
與孩童

我忍受直到最後爆發

電台司令（Radiohead）——〈Idioteque〉

目次

噪反三部曲入選與得獎紀錄 3
來自世界各國的讚譽，國際媒體佳評如潮 6
致台灣讀者 11

開始了 23
兩場戰爭 24
第三個 92

第二次機會 101
平靜 102
之前 123
風暴 129
戰爭的武器 161

控制自己 167
山谷中 168

大地的擁抱 194
收網 200
在邊緣 230

結盟 237

與敵人對話 238
通道的終點 257
和平過程 264
沒有聲音 287

艦隊 295

談判小組 296
特別的 320
交易 327
我舉起匕首 354

和平的人生 361

光輝的日子 362

來源 391

分離 397

未來降臨 437

新世界的結束 443

最後一戰 444

世界的未來 531

到來 545

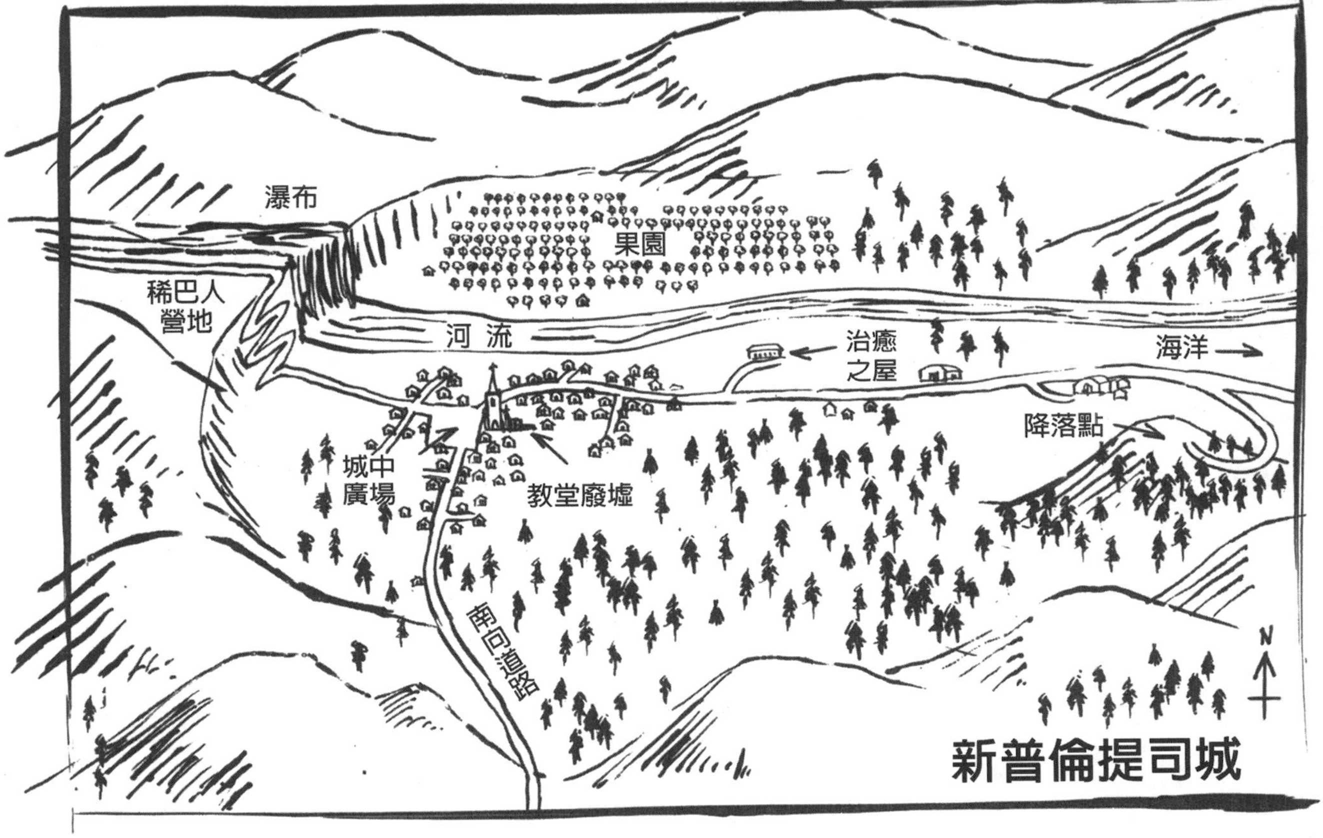
瀑布
果園
稀巴人
營地
河流
治癒
之屋
海洋
城中
廣場
教堂廢墟
降落點
南向道路
N
新普倫提司城

「戰爭。」普倫提司鎮長雙眼閃耀地說：「終於開始了。」

我說：「閉嘴。哪來什麼終於。想要的人從來只有你。」

「無所謂。」他微笑轉向我。「反正終於發生了。」

我忍不住想，解開他的繩索好讓他能夠戰鬥，會不會是我這輩子做過最錯誤的決定——

但是，不會的——

不會的，這能使她安全。我必須這麼做才能保障她的安全。

我會逼他保證她的安全，就算得殺了他才能做到這點也一樣。

因此，我跟鎮長站在落日中的教堂廢墟裡，看著城中廣場，稀巴人軍隊從眼前的之字形山路走下，空氣中吹著足以將人撕成兩半的戰鬥號角——

柯爾夫人的答案軍從我們背後進入城鎮，炸掉經過的一切。

轟！轟！轟！

鎮長的軍隊從南方快速朝城中心集合，哈馬先生在隊伍最前面穿過廣場走向我們，以取得最新的命令——

新普倫提司城的居民四處竄逃，但求保命——

新移民的偵察船降落在柯爾夫人附近的山丘上，那大概是他們所能選到最糟的降落地點——

戴維・普倫提司的屍體躺在我們腳下的碎石間，他被自己的父親射殺，被我剛放開的男人射殺——

薇拉——

我的薇拉——

騎馬衝向這一切，腳踝殘廢，甚至不能靠自己的力量站起來——

我想著：沒錯。

來了。

一切的結束。

所有的結束。

「一點也沒錯，陶德。」鎮長搓著雙手。「絕對如此。」

然後，他以一種所有願望都將在此時成真的口吻再說一次：

「戰爭。」

—開始了—

兩場戰爭

［陶德］

「我們直接攻擊稀巴人！」鎮長對所有人大喊，噪音直接穿透每個人的腦袋。也包括我的腦袋。

他說：「他們會在路底集結，但他們走不了更遠！」

我摸著安荷洛德的脖子。兩分鐘後，鎮長和我都上了馬背，摩佩斯跟安荷洛德從教堂廢墟後面跑來，直到我們上馬，跨過想幫助我推翻鎮長，因此至今仍然昏迷的那些人時，我們面前已有一支隊形凌亂的軍隊。

並不是所有人，大概一半都不到，其他人還在南邊路上，正從有個缺口的小山下來，因為原本戰場應該在那條路上。

小馬男孩？安荷洛德想著，我可以感覺到她全身都因緊張而緊繃。她快被嚇得半死了。我也是。

「準備列隊！」鎮長大吼。哈馬先生跟剛到的泰特先生與歐哈爾先生和摩根先生立刻行禮，士兵開始排成正確的隊形，人潮來回穿梭，排列的速度快到我光看都覺得眼睛痛。

鎮長說：「我知道。很美，對不對？」

我拿著來福槍，從戴維手中拿走的來福槍指著他。「你只管記著我們的協議。你要保住薇拉的命，別想用你的噪音控制我。你做到，你就能保命。這是我放你走的唯一條件。」

他眼睛一亮地說：「你明白這表示就算得跟我一起上戰場，你也不能讓我離開你的視線。你準備好了嗎，陶德？」

「我準備好了。」雖然我根本沒有準備，但我很努力不去想。

「我感覺你會做得很好。」

「閉嘴。我打敗過你，就能再打敗你一次。」

他笑了。「我毫不懷疑。」

「全員備戰完畢，長官！」哈馬先生從馬背上大吼，激動地行禮。

鎮長看著我，開玩笑地說：「全員備戰完畢，陶德。你呢？」

「你快點就是了。」

他笑得更開心，轉身面向所有人。「兩支分隊走西路進行第一波攻擊！」他的聲音再次鑽入所有人腦袋裡，無法忽略不聽。「哈馬隊長在前，摩根隊長殿後！泰特隊長跟歐哈爾隊長集合剩下未到的人跟武器，盡速參戰。」

武器？我心想。

「如果他們加入我們的時候，還沒有打完──」

士兵笑了，一種響亮、緊張、暴力的笑。

「全軍集合，把稀巴人趕回山丘，讓他們後悔出生在這個世界上！」

所有人歡呼。

「長官！答案軍怎麼辦，長官？」哈馬隊長大吼。

鎮長說：「我們先打敗稀巴人，之後對付『答案』就像辦家家酒一樣。」

他看著軍隊，然後看著還在下山的稀巴人軍隊，舉起拳頭，發出最大聲的噪音吼叫，吼叫聲鑽入每個聽到的人的心底。

「出戰！」

「出戰！」軍隊朝他大喊回答，以極快的速度衝出廣場，奔向之字形山路——

鎮長看了我最後一眼，像是他玩得開心到幾乎忍不住笑出來。他沒再說話，直接用力一踢摩佩斯的肚子，跟著離開的軍隊衝入廣場。

軍隊朝著戰場前進。

跟上？安荷洛德問，害怕的感覺像汗一樣從她身上流下。

我說：「他說得對。我們不能讓他離開視線。他必須遵守承諾。他必須贏得這場戰爭。他必須救她。」

為了她，安荷洛德想。

為了她，我朝她想，帶著所有對她的感情。

然後我想著她的名字——

薇拉。

安荷洛德向前衝入戰場。

〔薇拉〕

陶德，我心想，騎著橡果穿過擠在路上的人群，所有人都想逃開可怕的號角聲跟柯爾夫人的炸彈。

轟！又有炸彈爆炸，我看到天空出現一團火球。周圍的尖叫聲幾乎讓人無法承受。跑到路上的人跟跑離路上的人撞在一起，所有人擋住彼此。

擋住我們最先跑向偵察船的路。

號角聲再次響起，更多人開始尖叫。「我們得走，橡果。」我對著他的耳朵說：「不管那是什麼聲音，我船上的人都可以——」

有隻手抓住我的手臂，差點把我拉下馬鞍。

「把馬給我！給我！」一個男人對我尖叫，拉得更用力了。

橡果轉身想要掙脫，但路上擠著我們的人實在太多——

「放開！」我對那人大喊。

「給我！稀巴人要來了！」他尖叫。

他的話讓我驚訝到差點被他從馬鞍上拉下。「什麼？」

可是他沒聽我說話，在這麼微弱的光線下，我還能看出他的眼白因害怕而閃閃發光——

抓緊！橡果的噪音大喊，我更用力拉住他的鬃毛，他人立起來，把那人撞開，向前奔入黑夜。周圍的人尖叫躲開，橡果在路上狂奔，撞倒更多人，我則為了保命而牢牢抓著他。

我們來到一塊空地，他衝得更快。

「稀巴人？他是什麼意思？不可能是真的——」我說。

稀巴人，橡果想。稀巴人軍隊。稀巴人戰爭。

他邊跑我邊轉過頭看，看著從遠方之字形山坡下來的火光。稀巴人大軍。

稀巴人大軍也來了。

陶德？我想著，明白每一下蹄聲都代表我離他與被綁起的鎮長更遠了。

我們最有可能的希望就是太空船。他們能幫我們。一定有辦法，他們可以幫我跟陶德。

我們阻止了一場戰爭，一定可以再阻止另一場。

所以我又想著他的名字，陶德，朝他送出力量。橡果與我奔向通往「答案」的路，通往偵察船的路，而我孤注一執地希望，我是對的——

［陶德］

安荷洛德跟在摩佩斯身後往前跑，軍隊擠上面前的道路，凶猛地撞倒任何擋路的新普倫提司城居民。總共有兩營的人，一營是由嘶吼的哈馬先生騎著馬在前帶隊，還有比較不常大吼的摩根先生領著第二營跟在後面。總共約有四百人，舉著來福槍，臉孔因尖叫與狂吼而扭曲。

至於他們的噪音——

他們的噪音很恐怖，有著相同頻率，纏在一起，像是同一個聲音般同時咆哮，像是一個憤怒又大聲的巨人闖上馬路。

這讓我的心臟快從胸口跳了出來。

「跟緊我，陶德！」鎮長在摩佩斯背上大喊著貼近我。我們一行人騎馬快跑。

「你不用擔心這點。」我握緊來福槍。

「我是說這樣你才能保住小命。」他轉頭看我。「你也別忘記你的承諾。我可不希望看到有人因為己方火力而喪命。」

然後他對我眨眼。

薇拉，我對著他想，像是用噪音之拳揮向他。

他往後一縮。

現在就沒笑得那麼開心了。

我們跟在軍隊後面，穿過城鎮西邊，順著大路前進，經過我猜本來應該是監獄的地方，後來被「答案」在今天之前最大的一次攻擊行動中燒毀，如今只剩廢墟。我只來過一次，那次是抱著薇拉跑過這裡，抱著她跑下之字形山路，當時她正在慢慢死去，抱著她進入我以為的安全地帶，結果只找到正在我身邊騎馬的男人，那個殺了一千名稀巴人好挑起這場戰爭的男人，那個為了已知情報而對薇拉用刑的男人，那個殺死自己兒子的男人——

他讀到我的心思後說：「除了我這樣的人，你希望由別人帶你上戰場嗎？還有什麼樣的人適合打仗？」

怪物，我記起班曾經對我說過。戰爭會讓人變成怪物。

鎮長說：「錯了。一開始是戰爭讓我們變成男人。在經歷戰爭前，我們都是孩子。」

另一聲號角撲向我們，聲音大到幾乎把我們的頭都轟掉，讓軍隊的腳步停下一、兩秒。

我們抬頭順著路看上山丘底，看到稀巴人的火把聚集在那裡，等著迎接我們。

「陶德，準備好要長大了嗎？」鎮長問。

〔**薇拉**〕

轟！

前面又傳來另一聲爆炸，讓冒著煙的碎屑高高飛過樹頂。我怕到忘了腳踝，想學在太空船上看的影片那樣踢橡果的肚子。結果痛得整個人往前縮成一團。阿李幫我裹上的繃帶——他還在某處，在找不到的地方找答案，拜託你，一定要安全，拜託你一定要安全——他在我腳踝上纏的繃帶很不錯，但骨頭還是斷的，一絲痛楚竄過全身，再次進入前臂上脹痛的鐵環。我掀起袖子檢查。鐵環周圍的皮膚又紅又燙，鐵環本身只是細細的鐵片，無法移除，不可切斷，直到我死那天都會標記我是1391。

這是我付出的代價，

為了找到他而付出的代價。

我對橡果說：「現在我們得讓這一切變得值得。」他在噪音中對我說小馬女孩表示同意。空氣中滿滿都是煙霧，我可以看到前方有火在燒。所有人還在到處亂跑，不過隨著房屋越來越稀疏，人也變少許多。

如果柯爾夫人跟「答案」從質問所開始，從東朝城中心前進，那他們現在應該已經通過原本有通訊塔的山丘，那裡應該是船艦最可能降落的位置。柯爾夫人應該會掉頭，然後選台輕快的板車，成為第一組跟他們說話的人，但她會留下誰來帶領軍隊？

橡果繼續往前，繞過道路轉角——

突然轟！

光芒一閃，另一棟寢室陷於火焰中，燦爛的光芒將路面照亮片刻——

這時，我看到他們——

是「答案」。

一排排男女，衣服前襟寫著藍色的A，甚至有些人畫在臉上。

每個人都握著槍指著前方——

板車前方也裝滿武器——

雖然我認識其中一些人（勞森夫人、麥格努斯、納達利夫人），現在卻覺得我完全不認得他們，他們看起來很凶猛，很專注，又害怕又勇敢又投入，有那麼一刻我把橡果的韁繩一拉，怕得不敢朝他們前進。

爆炸的火光消失，他們又被黑暗包圍。

前進？橡果問。

我深吸一口氣，不知他們看到我會是什麼反應，不知他們能否看到我，而不是在一片混亂中直接連人帶馬把我炸飛。

我最後終於說：「我們別無選擇。」

就在他準備繼續往前時——

「薇拉？」我聽到黑暗中傳來問話聲。

［陶德］

出城的路最終碰到河的右岸，變成一大片空地，我們面前是巨大的瀑布和順坡而下的之字形山路。哈馬隊長領頭，軍隊衝向那片空地。雖然我只來過一次，但仍記得這裡曾有樹木，有小屋，這段期間，鎮長一定不斷派人清理這地方，讓它能夠成為戰場——

好像他知道戰爭將會發生一樣。

但我沒空多想，因為哈馬先生正在大吼：「停！」所有士兵按隊形停下，看著空地對面——

因為他們到了——

稀巴大軍的第一批部隊——

散布在空地上，十幾個，二十幾個，上百個，像條流著白血的河流從山上往下擴散，高舉著火把，手中握著弓與箭和一些看起來很奇怪，像長型白棍子般的東西，除此之外還有稀巴人的步兵，包圍著其他騎著大白怪物的稀巴人。怪物體型寬如公牛，但更高更壯，鼻上長了支大角，身上有厚重盔甲，看起來像是陶土做的，我看到很多稀巴人士兵也穿著類似的盔甲，陶土蓋住他們的白色皮膚——

號角聲又響起，聲音大到我發誓耳朵都要開始流血，現在光靠肉眼就能看到號角，綁在山頂兩隻長角怪物的背上，吹的是那個非常壯的稀巴人——

然後，天哪——

我，的，天，哪——

他們的噪音——

就像從山坡滾下的武器，像洶湧河流的泡沫漂過地面，直撲我們而來，充滿他們的軍隊把我們砍成碎塊的畫面，我們的士兵被撕裂的畫面，根本無法形容的醜陋可怕畫面，這些畫面——

我們的士兵也對他們送出類似畫面，畫面從我面前的人身上升起，像是稀巴人的頭被拔掉，被子彈打爛，無盡無盡的——

「陶德，集中注意力，否則這場戰爭會要了你的小命。我呀，非常好奇你會變成什麼樣的男人。」

「列隊！」我們聽到哈馬先生大吼，他正後方的士兵立刻散開。他大吼：「第一波準備！」士兵停下腳步，舉起來福槍，準備等他一聲令下就往前衝，第二波則在他們後面排好隊。

稀巴人也停下腳步，在山腳組成同樣的長陣線。一隻有角的動物在中間把他們的隊伍分成兩邊，背上站著一個稀巴人，前面擋著一個像用骨頭做的U形物品，那東西比一般人的身材再寬一半，架在那動物所披陶甲上的一個架子。

「那是什麼？」我問鎮長。

他笑了，笑容似乎是只有他自己看得見。「我想我們等一下就知道了。」

「準備！」哈馬先生大吼。

「你跟我一起待在後面，陶德。盡量不要被捲入戰鬥中。」鎮長說。

「我知道。你不喜歡弄髒自己的手。」我說，噪音的感覺十分沉重。

他與我四目對望。「不用擔心，不乾淨的日子未來還多著呢。」

然後。「衝！！！」哈馬先生用最大的聲音狂吼——

開打了。

〔薇拉〕

「維夫！」我大叫騎向他。他正駕著一台牛車，在答案軍的第一排側邊，繼續在煙霧瀰漫的昏暗天色中行軍。

「妳活著！」維夫說，從牛車上跳下，跑到我旁邊。「柯爾夫人梭妳死了。」

一想到柯爾夫人的打算，準備對付鎮長的炸彈，還有她似乎完全不介意我會一起被炸死等等，我就一肚子惱火。「維夫，她在很多事情上都錯了。」

他抬頭看我。在月光照明下，我可以看到他噪音中的害怕，這是我在這星球上碰過最處變不驚的人散發出的害怕，是個不只一次冒著生命危險救了我跟陶德的人，是個在這裡唯一從不害怕的男人，現在害怕了。他說：「稀巴人要來了，薇拉。妳得走。」

「我是要去找救兵的，維夫──」

馬路對面的建築物又傳出來一聲轟。有一小波震盪散開來，維夫得抓住橡果的韁繩才站得住。

「他們該死的到底在幹嘛啊？」我大叫。

「夫人的命令。為了救身體，有時你得鋸掉腿。」

煙霧開始讓我開始咳嗽。「聽起來正像她會說的蠢話。她在哪裡？」

「船飛過不見以後她就動身了，直奔降落的地方。」

我的心跳加速。「維夫，它跑到哪去了？到底在哪？」

他朝他們來的方向揮手。「那邊山上，以前有塔的地方。」

「我就知道。」

又傳來遙遠的號角聲。每次號角聲響起，四處亂竄的居民就發出更多尖叫聲。我甚至聽到答案軍也傳出尖叫聲。

「薇拉，妳得走。」維夫又說一次，碰著我的手臂。「稀巴人軍隊到來不是好消息。妳得走。妳現在就得走。」

我壓下一陣對陶德的擔心。「維夫，你也是。柯爾夫人的計謀沒成功。鎮長的軍隊已經回到城裡。」維夫倒抽一口氣。我說：「我們抓到鎮長了。陶德正努力阻止軍隊，但如果你們正面攻擊，那你們一定都會被殺光。」

他回頭去看答案軍，還在山坡上行軍，表情依然嚴肅，不過有些人發現了我跟維夫，發現我還活著，臉上逐漸出現驚訝的神情。我不只一次聽到自己的名字。

維夫說：「柯爾夫人說要不斷前進，不斷轟炸，不管聽到什麼都一樣。」

「她留誰領軍？勞森夫人？」一陣沉默。我轉頭看維夫。「是你，對不對？」

他緩緩點頭。「她說窩最聽命令。」

「她又犯了另一個錯。維夫，你必須讓他們掉頭。」我說。

維夫回頭看著繼續前進的答案軍說：「其他夫人不會聽我的。」但我能聽到他正在思考。

「沒錯。」我同意他的想法。「但其他人會。」

他抬頭看我。「窩帶他們掉頭。」

「我得去船上。那裡會有人幫忙。」

維夫點頭，拇指比向身後。「往那邊第二條大路上山。柯爾夫人大概比妳早二十分鐘。」

「謝謝你，維夫。」

他又點點頭，轉身看答案軍。他大喊：「撤退！撤退！」

我催促橡果繼續前進，經過維夫以及在答案軍前排，一臉震驚的勞森夫人和納達利身邊。「誰下的令？」勞森夫人問。

「我！」我聽到維夫說，我第一次聽到他的語氣這麼堅定。

我已經穿過答案軍，逼橡果用最快速度往前跑，所以沒看到維夫說：「還有她！」

但我知道他正指著我。

［陶德］

我們的前排士兵像瀑布從山上流下般全速跑過空地——

士兵以V字形往前跑，哈馬先生騎馬跑在最前面，大聲狂叫——

第二排士兵一秒後也衝出去，所以現在有兩排人用最快速度衝向稀巴人的隊伍，舉著槍，可是——

「為什麼他們不開槍？」我問鎮長。

他小小吐了口氣。「我想應該是過分自信。」

「什麼？」

「因為我們以前一直都跟稀巴人打近身戰。這是最有效的方法。可是……」他的眼睛掃過稀巴人最前排戰線——

完全沒有移動。

「陶德，我覺得我們該要後退一點。」我還來不及說話，他就催促摩佩斯掉頭往回走。

我回頭看還在跑的士兵——

稀巴人戰線沒有動作——

跑得更近的士兵——

「但為什麼——？」

「陶德。」鎮長站在我後方足足二十公尺遠處叫我——

稀巴人之間閃過一波噪音——

是某種信號——

前排的每個稀巴人都舉起弓箭——

或是白棍子——

然後騎在長角怪背上的稀巴人雙手各握一支火把——

「準備！」哈馬先生大喊，騎著馬往前衝，直接撲向長角怪——

士兵舉起來福槍——

「我真的建議你後退。」鎮長對我喊道——

我稍微一拉安荷洛德的韁繩——

但我的目光還是黏在戰場以及從我面前衝過空地，還有後方正準備同樣往前衝的士兵，還有更後面的更多人——

我跟鎮長站在所有人後面等著——

「瞄準！」哈馬先生用聲音與噪音高叫——

我調轉安荷洛德，騎到鎮長旁邊——

「他們為什麼不開槍？」我走近時問——

「誰？」鎮長邊說邊繼續研究稀巴人。「士兵還是敵人？」

我轉過頭——

哈馬先生離長角怪不到十五公尺了——

十——

「兩邊都是。」我說——

五——

「這可有意思了。」鎮長說。

然後我們看到長角怪背上，站在U形物後的稀巴人把兩隻手中的火把湊在一起——

呼！

一波爆炸、飛灑、翻滾、攪動的火浪，長得跟旁邊的激流一模一樣，從那個U形物中呼的一聲湧出，凶猛得超出想像，不斷擴散長大，像惡夢般吞掉整個世界——

直接撲向哈馬先生——

他用力一扯，帶著馬往右避開——

跳到一旁閃過——

可是太遲了——

火包圍了他——

像油漆般黏上哈馬先生和他的馬——

他們想要逃離時，仍然燒燒燒個不停——

直直朝河奔去——

但哈馬先生終究還是沒逃過——

他從燃燒的馬鞍上摔下——

變成地上一團抽搐的火焰——

然後不動。他的馬衝進河裡——

嘶叫又嘶叫——

我的目光看向軍隊——

看到最前排沒有座騎能載他們閃躲的士兵——

那火——

比普通的火更猛烈——

更烈更猛——

像山崩一樣襲捲他們——

吃掉剛碰到的十個人——

燒光他們的速度快到幾乎來不及聽到尖叫——

他們還算幸運——

因為火不斷擴散——

黏在制服跟毛髮上——

還有皮膚——

還有我的天啊兩邊前排士兵的皮膚——

他們全都倒下——

燃燒——

像哈馬先生的馬一樣尖叫——

不斷尖叫——

他們的噪音衝上天空，壓過一切噪音——

火焰終於散去時摩根先生正面對前排士兵大吼「撤退！」那些士兵早就掉頭跑了，可是邊跑還邊開槍，而稀巴人的第一波箭也開始在空中畫出弧線，其他稀巴人也舉起他們的白棍，末端發出閃光，然後被箭射中背跟腹部跟臉的士兵紛紛倒地，被白棍閃光射中的士兵身上開始掉下一塊塊手臂肩膀和頭，紛紛倒在地上死了死了死了——

我抓緊安荷洛德的馬鬃，力氣大到幾乎拔掉她一把鬃毛——

她嚇得甚至沒抱怨——

這時我只聽到身邊的鎮長——

他說：「陶德啊，終於——」

他轉向我，然後說——

「出現有資格和我交手的敵人了。」

〔薇拉〕

我跟橡果離開答案軍後不到一分鐘就來到第一條路，我這時認出我們在那裡。這是通往我剛到新普倫提司城時住了幾星期的治癒之屋，是我跟瑪蒂那晚偷溜出來的治癒之屋。是哈馬先生毫無理由對瑪蒂開槍後，我們抬著她的遺體準備下葬的治癒之屋。

「繼續前進，橡果。」我刻意不去多想。「通往塔的路一定在——」

昏暗的天空突然因為我身後的巨大光芒亮起。我和橡果同時轉頭。雖然城鎮離我們很遠，而且還被樹林遮住，我們仍能看到一大片光亮升起，從這裡看去是絕對的安靜，沒有爆炸的震動，只有亮到極點的光，不斷放大放大，直到消失，照亮附近幾個從城裡逃了這麼遠的人。不知道城裡發生了什麼事，才會有這樣的光。

不知道陶德是不是身在其中。

[陶德]

下一波火焰在所有人都還來不及反應時撲了過來——

呼！

衝過空地，追上撤退的士兵，融化他們的槍，燒光他們的身體，用最可怕的方式讓他們在地上倒成一團——

「我們得離開！」我對鎮長大吼，他像被催眠般看著戰局，身體完全靜止，但眼睛左右轉動，想把一切看個清楚。

他低聲說：「那些白棍子，顯然是某種射擊武器，你有沒有看到它的攻擊力多強？」

我睜大眼睛盯著他，大吼道：「你想想辦法啊！他們快被殺光了！」

他挑起一邊眉毛。「陶德，你以為戰爭是什麼？」

「可是稀巴人的武器變得比較好！我們沒辦法阻止他們！」

「沒辦法嗎？」他朝戰場點點頭。我也轉過頭看。騎在長角怪背上的稀巴人正整頓他的火把，準備再次攻擊，一名鎮長的士兵從倒地處爬起，全身滿是燙傷，舉起槍，射擊——

長角怪背上的稀巴人丟下一支火把，手拍上被子彈射中的脖子，然後身體一歪，從長角怪身上摔落地面——

鎮長的士兵看到這景象，發出歡呼聲——

鎮長說：「所有武器都有弱點。」

一瞬間，他們重新集合，摩根先生騎馬向前，帶著所有人，更多來福槍發射，稀巴人手中發出更多箭和白光，更多士兵倒下，同時稀巴人也在倒下，陶土盔甲裂開爆炸，被從後面遞補上來的稀巴人踩碎——

可是他們不斷上前——

我對鎮長說：「我們的人數沒他們多。」

他說：「絕對至少是十比一。」

我指著山丘。「而且他們有更多那種放火的東西！」

「但是陶德，他們還沒準備好。」他說得沒錯，那些怪物被堵在之字路上，前面是一堆稀巴人，除非他們打算犧牲半數軍隊，否則根本無法攻擊。

可是稀巴人的戰線如今真的開始衝擊士兵的戰線，我看到鎮長比了個計算的手勢，然後回頭去看我們身後空無一人的馬路。

「陶德啊，我認為，我們需要每個人的參與。」他牽起摩佩斯的韁繩。

他轉向我。

「該是我們加入戰鬥的時候了。」

我的心臟像被人刺了一刀，知道如果鎮長打算親自上場——

那我們真的麻煩大了。

〔薇拉〕

我大喊一聲：「那裡！」指著只可能通往鐵塔的山路。橡果直直衝上斜坡，泡沫似的汗水從肩膀跟脖子飛灑開來。我對著他的耳朵說：「我知道。快到了。」

他想著：小馬女孩。有一瞬間，我認為他甚至可能因為我同情他而笑我。或者他只是想安慰我。

路暗得不得了，從山前繞到山後。有那麼一會兒，我與一切完全隔絕，包括所有城市的聲音，所有戰況的光芒，所有會告訴我現在發生什麼事的噪音，我和橡果好像飛奔在黑暗中的黑暗，我們就像巨大太空中的唯一小船，四周是詭異的安靜，而小船燈光在周圍黑暗的包圍下顯得如此微弱，根本就像沒有燈光一樣——

這時我聽到山頂傳來聲音——

一個我認得的聲音——

蒸氣從排氣口散出的聲音——

我對橡果大叫：「冷卻系統！」就像那是整個世界最令人開心的幾個字。我們越靠近山頂，蒸氣聲越大，我在腦中想像那畫面：偵察船背後的引擎上方有兩個巨大的排氣口，是進入大氣層後用來將引擎冷卻下來——

在我的偵察船上，引擎著火時，就是這兩個排氣口沒打開。

就是這兩個排氣口造成我們失事，害死我爸媽。

橡果來到山丘頂，有一瞬間視線所及只剩曾經立著通訊塔的空地，那座塔早已被柯爾夫人炸掉，只為了不讓鎮長搶先用來聯絡我的船艦。金屬殘骸多半已被堆成幾個高高的廢鐵堆，當橡果奔過空地，一開始我只看到月光下的金屬堆，共有三大堆，鐵塔倒下後幾個月來，已經蓋滿塵土，失去光澤——

三堆金屬——

後面有第四堆——

形狀像隻大老鷹，雙翼展開——

「那裡！」

橡果猛然精神一振，我們衝向偵察船，蒸氣跟熱氣從排氣口冒出，飛向天空，靠得較近時，我看到左邊有道光束，一定是機翼下的艙門打開——

我對自己說：「沒錯，他們真的到了——」

因為他們真的到了，我幾乎以為他們永遠不會來，我能感覺自己變得更輕盈，呼吸開始加快，因為他們到了，他們到這裡了——

我看到艙門旁的地面站著三個身影，光柱投射出輪廓，影子因為聽到橡果的馬蹄聲而轉身——

我看到旁邊暗處停著一台板車，上面綁著的牛正在吃草——

我們靠得更近——

更近——

當橡果跟我衝入那道光束，猛然停止，那些人的臉突然出現在我們面前——

沒錯，正是我猜想會來的人，我的心臟因為開心和想家而漏了一拍，喉嚨開始哽咽——

因為是二艦號的布萊德利・譚奇還有三號艦的席夢・華金，我知道他們是來找我的，他們走了這麼遠就是為了找我爸媽跟我——

他們後退一步，被突然出現的我嚇了一跳，然後花了一秒忽略我身上的泥巴塵土還有更長的頭髮——

我也長得更大——

更高了——

幾乎像個大人——

他們終於認出我時，眼睛睜得更大——

席夢張著嘴——

但說話的聲音不是她的。

是第三個人，我終於轉過頭看，那人的眼睛睜得更大，她說出我的名字，帶著我得承認讓我出奇滿意的震驚表情。

柯爾夫人說：「薇拉！」

「沒錯。」我直視她的眼睛說：「是薇拉。」

〔陶德〕

當鎮長跟摩佩斯跟在士兵後方跑向戰場，我甚至沒有多想，也一踢安荷洛德，她信任我，所以用力一跳，跟著他們衝了出去——

我不想在這裡——

我不想跟任何人戰鬥——

可是如果這能讓她安全——

（薇拉）

那我絕對會奮戰——

我們騎馬趕過還在向前衝的步兵，山腳下的戰場滿滿是人類與稀巴人，我不斷抬頭看，之字形山路上仍有越來越多稀巴人士兵湧入，我感覺像是騎馬衝入蟻山的螞蟻，扭曲的身體多到幾乎看不到地面——

「這邊！」鎮長大喊，衝向左邊，離開河岸。士兵的戰線把稀巴人趕回河邊與山邊，堵住他們——

不過撐不了多久，鎮長直直對著我的腦子裡說。

「你不准這麼做！」我舉起來福槍對他大吼。

他對我吼道：「我需要你的注意力，我需要一個好士兵！如果你辦不到，那你在這場戰爭中根本沒用，我更沒理由幫你！」

我暗想，怎麼現在變成是他選擇幫我，明明是我把他綁起來，我讓他必須求我，我贏了——

可是沒時間了，因為我看到他衝的方向——

左翼，跟河邊相反的方向，也是最弱的地方，那裡人最少，稀巴人也看到了，一群人正朝那邊衝。「集合！」鎮長用他的噪音大吼，離我們最近的士兵轉身跟隨他——

他們立刻反應，像是根本沒有多想——

他們跟著我們衝向左翼的速度太快，其實我根本不想這麼快趕到，我完全被吵鬧聲包圍，有大吼的士兵攻擊的武器身體倒地的撞擊那干他的稀巴人號角還每兩秒吹一次，還有噪音，噪音，噪音，噪音——

我騎馬衝入一場惡夢。

我感到一陣空氣咻地從耳邊劃過，很快看到身後一名士兵臉頰被剛錯過我腦袋的箭射中——

他尖叫倒地——

被留下——

鎮長在我腦袋裡說：陶德你自己當心點。我們可不希望第一戰就失去你，對吧？

我大吼：「干你的給我停下來！」轉頭去看他。

如果我是你，我會舉槍，他對著我想——

我轉身——

我看到——

稀巴人來到我們面前了——

〔薇拉〕

柯爾夫人說：「妳還活著！」我看到她表情變了，從一種驚訝變成另一種，說謊的那種。「感謝上帝！」

「妳還敢說！」我朝她大吼：「妳還敢說！」

「薇拉——」她開口想說話，但我已從橡果背上滑下，因為腳踝的痛而悶哼一聲，但還是勉強站直，轉頭去看席夢跟布萊德利。「別信她說的任何話。」

「薇拉？」席夢走上前來。「真的是妳嗎？」

「這場戰爭她要負的責任跟鎮長一樣大。別聽她說的——」

可是我說不下去，因為布萊德利緊緊抱住我，緊到我幾乎無法呼吸。「我的天啊，薇拉。」他的聲音帶著深深的感情。「我們一直沒有妳的船的消息。我們以為——」

席夢說：「薇拉，到底發生了什麼事？妳爸媽呢？」

我被看到他們這件事震住了，嚴重到好一會兒說不出話，只能稍稍離開布萊德利身邊，燈光照在他臉上，我看著他，真的看著他，看到他善良的褐色眼睛，跟柯琳一樣的深色皮膚，短短的鬈髮，兩鬢灰白，這是我在艦隊上最喜歡的布萊德利，他以前教我藝術跟數學，然後轉頭去看席夢熟悉的雀斑面孔，綁在腦後的紅髮馬尾，下巴上非常非常小的一道疤，我心想，發生了這麼多事的同時，他們也徹底消失在我腦海深處，我光為了要在這蠢到家的世界生存下去，已經逼得忘了自己的家鄉是個我會被愛的地方，一個有人關心我和彼此的地方，一個席夢這樣美麗聰明的人和布萊德利那樣溫和風趣的人會來找我的地方，居然會想做對的事情的地方。

我的眼眶再次漲滿。回憶太痛苦。像是那段人生發生在完全不一樣的人身上。

「我爸媽死了。」我終於逼出一句。「我們墜毀，他們死了。」

「天啊，薇拉——」布萊德利用溫柔的聲音說。

「然後有個男孩找到我。」我的聲音愈發堅定。「一個勇敢聰明的男孩，他一遍又一遍救了我，現在他在山下想要阻止一場被她挑起的戰爭！」

柯爾夫人說：「孩子，我才沒做這種事。」她再也沒擺出虛假的驚訝。

「妳敢再這樣叫我試試看——」

「我們在對抗暴君，一個殺了數百，甚至數千人的暴君，他囚禁女人並對她們烙印——」

「妳給我閉嘴。」我用低沉而充滿威脅的聲音說：「妳想殺我，所以妳沒資格說任何事。」

「她什麼？」我聽到布萊德利說。

「妳要維夫——善良、和藹、愛好和平的維夫帶軍隊進城，炸掉所有建築物——」

柯爾夫人開口想說話。「薇拉——」

「我說了，閉嘴！」

然後她閉嘴了。

「妳知道下面發生了什麼事嗎？妳知道妳派『答案』去面對的是什麼嗎？」

她只是靜靜呼吸，表情有如風暴。

「鎮長猜出妳的計謀。你們到達城中心時，他原來打算讓一整支軍隊等著你們。妳原本會被殲滅的。」

可是她只說：「不要懷疑『答案』的鬥志。」

「『答案』是什麼？」布萊德利問。

「恐怖組織。」我這麼說只為了要看柯爾夫人的表情。非常值得。

「薇拉・伊德，妳說了很危險的話。」柯爾夫人說著，向我走近一步。

「妳想怎麼樣？再炸我一次？」我說。

「等等，等等。」席夢站在我們中間。她對柯爾夫人說：「不論發生了什麼事，很顯然妳沒把整個故事告訴我們。」

柯爾夫人煩躁地嘆口氣。「關於那個人做的事，我沒說謊。」她轉頭看我：「薇拉，我有嗎？」

我想更凶狠地瞪她，但沒錯，他真的做了很嚴重的事。「可是我們已經打敗他了。陶德在下面，跟綁著的鎮長在一起，但他需要我們協助，因為——」

「我們可以等一下再釐清分歧。」柯爾夫人壓過我的聲音，對布萊德利跟席夢說：「我一直想告訴你們。下面有一支需要被阻止的軍隊——」

我說：「是兩支。」

柯爾夫人煩躁地轉向我。「『答案』不需要被阻止——」

「我不是說他們。稀巴人軍隊從瀑布旁邊的山坡下來了。」我說。

席夢問道：「什麼的軍隊？」

但我還是看著柯爾夫人。因為她的嘴突然張大。我可以看到她臉上閃過恐懼的神色。

［陶德］

他們來了——

這片山全是岩石，非常陡峭，所以稀巴人不能直接撲向我們，但他們正衝過空地朝著我們戰線的弱點前進，他們來了——

他們來了——

他們來了——

我舉起我的槍——

周圍都是士兵，有些往前推，有些往後推，撞上一直用噪音喊小馬男孩，小馬男孩！的安荷洛德——

「沒事的，乖。」我說謊——

因為他們來了——

到處都是子彈，像一群飛起的鳥——

箭嗖地飛過空中——

稀巴人施放棍子——

我還來不及想，前面的士兵就因為奇怪的滋滋聲倒地——

抓緊喉嚨——

喉嚨卻已經不在——

我的目光黏在他身上，看著他跪倒在地——

到處都是血，他身上都是血，真的血，他的血，多到我可以聞到鐵鏽味——

他正抬頭看我——

抓住我的視線不放——

他的噪音——

天哪，他的噪音——

我突然在他的噪音裡，在他的念頭裡看到，有他家人的畫面，他太太跟還是嬰兒的兒子，他想抓住這畫面，但他的噪音開始裂成碎片，他的恐懼像強烈的紅光從裂縫間滲出，他對妻子伸手，對只有一點點大的兒子伸手——

然後一支稀巴人的箭射中他的肋骨——

他的噪音停止——

我被扯回戰場——

回到地獄——

撐著，陶德！鎮長在我腦中大喊。

可我還是看著死去的士兵——

他死去的眼睛也回看著我——

「該死的，陶德！」鎮長對我大喊——

我是圓圈，圓圈是我

像塊丟進來的磚頭重重砸上我的腦子——

我是圓圈，圓圈是我
有他的也有我的聲音——
纏在一起——
在我腦子正中央——
「干你的，滾。」我想大吼——
但我的聲音安靜地詭異——
然後——
然後——
然後我抬起頭——
感覺比較平靜了——
像是世界變得比較清晰，緩慢——
一個稀巴人從兩個士兵間的縫隙突破——
他對我舉起白色棍子——
我必須動手——
（殺人犯——）
（你是殺人犯——）
我必須在他採取行動前對他開槍——
我舉起槍——
我從戴維手上拿走的槍——

我心裡想著，拜託，手指扣上扳機——

拜託拜託拜託——

然後——

嘶咖——

我驚訝地低頭看。

我的槍裡沒有子彈。

〔薇拉〕

柯爾夫人說：「妳說謊。」但她已轉過身，像是目光能看穿樹林，看到城鎮。不可能的。她只能看到森林的影子映著遠方的光。排氣口的蒸氣聲大到我們幾乎聽不到自己說話，更別提城裡傳來的聲音，而且如果她一看到船就開始跑，那她根本沒機會聽到號角聲。

她說：「不可能。他們同意過。他們簽了和平協議！」

橡果在我後面說：稀巴人！

「妳剛剛說什麼？」席夢問我。

柯爾夫人說：「不會吧，糟了，不會吧。」

布萊德利問道：「有沒有人能見鬼的解釋一下到底發生了什麼事？」

我開口說：「稀巴人是這裡的原住民。有智慧而且聰明——」

柯爾夫人打斷我：「在戰場上很凶惡。」

「我碰過唯一的稀巴人非常溫和，怕人類的程度似乎遠超過人類懼怕他們——」

「妳沒在戰場上碰過他們。」柯爾夫人說。

「但我也沒有奴役他們。」

「我不會站在這裡跟個小孩討論這話題——」

「他們不是無緣無故到這裡來的。」我轉向布萊德利跟席夢。「他們發起攻擊，是因為鎮長屠殺了所有稀巴人奴隸，所以如果我們能跟他們談談，告訴他們我們不全都像鎮長那樣——」

柯爾夫人說：「他們會殺了你那寶貝男孩。眼睛不眨一下就能動手。」

她的話讓我呼吸立刻停住，整個人開始慌亂，但我很努力記住她巴不得我開始慌張。如果我害怕了，就更容易受她控制。

可是我不怕，因為我們會阻止這件事。我們會阻止這一切。

這就是我跟陶德要做的事。

我說：「我們抓到了鎮長。如果稀巴人看到這點——」

柯爾夫人對席夢說：「我無意冒犯，但薇拉這孩子對這世界的歷史所知非常有限。如果稀巴人開始進攻，那我們一定得反擊！」

「反擊？妳以為我們是什麼人？」布萊德利皺眉。

我開口：「陶德需要我們幫忙。我們可以飛過去，趁還不算太遲之前阻止這件事——」

「已經來不及了。」柯爾夫人打斷我。「如果你們能載我，我可以帶你們去看——」

席夢搖著頭。「這裡的大氣層上緣遠比我們預期的厚重。我們必須以全冷卻模式降落——」

我說：「不會吧！」但他們當然說得沒錯。兩個排氣口都打開了——

「這是什麼意思？」柯爾夫人問道。

席夢說：「意思是我們有八個小時不能飛行，才能讓引擎冷卻，重新補充能量槽。」

「八個小時？」柯爾夫人因為感到挫折而握緊拳頭。

難得這次我完全理解她的感覺。

我說：「可是我們必須幫陶德的忙！他不能一邊控制一支軍隊，一邊又要阻擋另一支——」

柯爾夫人說：「他必須放掉總統。」

我連忙說：「不會的。他不會這麼做。」

會嗎？

不會的。

在我們那麼辛苦戰鬥之後他不會的。

「戰爭會逼人走上絕路。」柯爾夫人說：「不管你那男孩有多優秀，他仍得以一擋千。」

我再次壓下心裡的慌恐，轉向布萊德利。「我們得想想辦法！」

他猛然轉頭去看席夢，我知道他們在想，自己落入了什麼樣的災難。然後布萊德利一彈指，像是突然想起什麼。

「等等！」他說著衝回偵察船。

［陶德］

我又扣一次扳機，只又聽到一聲嘶喀——

我抬頭——

稀巴人舉起他的白棍子——

（那到底是什麼東西？）

（他們為什麼能造成這麼大的傷害？）

我死定了——

我死定了——

我——

砰！

一聲槍響在我頭邊響起——

拿著白棍子的稀巴人倒向一旁，一道血跡從盔甲邊緣的脖子飛灑出來——

鎮長——

鎮長從摩佩斯背上殺了他——

我轉頭盯著他看，忽視周圍的戰鬥——

「你給你兒子一把空槍，送他上戰場？」我因為憤怒和差點死掉，所以全身發抖並尖叫——

「陶德，現在不是時候。」鎮長說——

一支箭嗖地飛過我旁邊，我整個人一縮身，用力抓住韁繩，想扯著安荷洛德掉頭好趕快逃開這地方，此時看到一名士兵退回摩佩斯旁邊，血從他的制服腹部一個慘到極點的洞噴出，他舉起滿是鮮血的雙手向鎮長求助——

鎮長一把扯下士兵的來福槍，丟給我——

我反射地接住，手立刻因上面的鮮血溼透。

現在也不是講究禮節的時候，鎮長在我腦子裡說：轉身！

我轉身——

開槍——

〔薇拉〕

「環境探測器！」布萊德利從斜坡走下，抱著一隻看似大型昆蟲的東西，大約有半呎長，細細的金屬身體上攤著亮晶晶的金屬翅膀。他朝席夢舉起那東西，似乎在循問她的意見。她點頭，我立即明白她是這趟旅程的任務指揮官。

「什麼探測器？」柯爾夫人問。

「它們會探勘地形。你們降落的時候沒有嗎？」席夢問。

柯爾夫人冷冷哼了一聲。「孩子，我們的船比你們早二十三年離開。跟你們的科技相比，我們幾乎是用蒸氣動力飛來的。」

「妳的呢？」布萊德利一邊設定探測器一邊問我。

「墜機時毀了。幾乎所有東西都毀了。連食物都沒剩多少。」

「哎，可是妳成功了。妳還活著。」席夢試著用溫柔的語氣安慰我，並一手摟住我。

「小心喔，我兩隻腳踝都斷了。」我說。

席夢一臉驚駭。「薇拉——」

「我死不了。可是我還活著都是因為陶德，懂嗎？席夢，如果他在下面碰到麻煩，我們必須幫他——」我說。

「老是想著她那男孩。寧可犧牲全世界也要處理她的私事。」柯爾夫人不滿地低聲說。

「就是因為妳沒有任何在乎的人事物，所以才想把世界炸個粉碎！」

粉碎，橡果想著，在我身下緊張地來回移動。

席夢看著橡果，皺起眉頭。「等等——」

「好了！」布萊德利從探測器旁退開，手中握著小型控制器。

「它怎麼知道要飛去哪裡？」柯爾夫人說。

「我設定要它往最亮的光源飛。這些是有高度限制的區域探測器，但應該還可以飛過幾座山。」

布萊德利說。

我說：「你有辦法設定讓它去找一個特定的人嗎？」

可是我沒說下去，夜空又因我來的路上看到的同樣光芒而亮起。每個人都轉頭看向城市。

「釋放探測器！快點！」我說。

［陶德］

我還來不及想自己是不是真想開槍，就開槍了——

砰！

我沒想到後座力這麼強，鎖骨被重重撞上，我猛力一拉安荷洛德的韁繩，原地轉個圈才終於看到——

稀巴人——

在我前面倒在地上——

（有把刀插在他的——）

胸口有槍傷正流著血——

鎮長說：「槍法不錯。」

我轉向他說：「是你做的。我叫你見鬼的不准進我腦子裡！」

「就算為了救你一命都不行嗎，陶德？」他又開槍，另一個稀巴人倒地。

我轉身，舉起槍——

他們還在前進——

我瞄準一名朝士兵舉起弓箭的稀巴人——

開槍——

可我在最後一秒刻意把槍一偏，完全錯過他（閉嘴）——

不過稀巴人跳開了，所以也算成功——

「陶德，戰爭不是靠這樣打贏的！」鎮長大喊，朝我沒打中的稀巴人開槍，射中牠的下巴，讓牠倒地——

「你必須選擇。」鎮長揮著槍找尋下一個目標。「你說會為她殺人。你是認真的嗎？」

然後又一聲嗖！——

安荷洛德發出最可怕的尖叫——

我在馬鞍上轉頭——

她的肚子右後方被箭射中了——

她大喊著：小馬男孩！小馬男孩！

我立刻往後伸手想握住箭又不從她身上掉下來，因為她痛得跳來跳去，最後箭在我手中斷成兩截，她後腿上還埋著一段，小馬男孩！小馬男孩！陶德！我很努力想讓她平靜下來，免得她把我拋到周圍密密麻麻的士兵中間——

這時候，又來了——

呼！

一陣巨大的光，我轉頭一看——

稀巴人在山腳下又擺好一具火焰武器。

火從長角怪上方灑下，切過士兵中間，所有人都在尖叫燃燒尖叫燃燒，士兵轉身往回跑，戰線整個崩潰，安荷洛德也在後退流血尖叫我們被撤退的一波人撞上，她又往上一跳然後——

然後我的槍掉了——

火往外往上蔓延——

所有人都在跑——

到處都是煙——

突然安荷洛德轉圈繞開我們到了一個沒人的地方，軍隊在我們後方，稀巴人在我們前面，我沒槍也不知道鎮長在哪裡——

而騎在長角怪背上，拿著吐火武器的稀巴人看到我們——

開始直直衝向我們——

〔薇拉〕

布萊德利按了一下遙控器上的螢幕。探測器輕輕從地上飛起，除了小小的滋一聲外，完全沒有聲音，飄浮一會兒後，伸展翅膀，飛向城內，速度快到幾乎看不見。

「哇。」柯爾夫人低嘆一聲。她轉頭看向布萊德利。「這能讓我們看到下面發生什麼事？」

「並聽到一部分。」

他又按一下遙控器，用拇指撥轉螢幕，直到遙控器末端有光亮起，在半空中投射出3D影像，由於現在是夜間模式，所以全是明亮的綠色。樹木掠過，路面閃過，幾團奔跑的小人——

布萊德利問：「城鎮離這裡多遠？」

我說：「大概十公里吧？」

「那應該快——」

這時，探測器到了，來到城市邊緣，飛過被「答案」焚燒的建築，飛過教堂廢墟，飛過廣場上驚慌逃跑的人群——

「我的天啊。」席夢低語，轉頭看我。「薇拉——」

柯爾夫人邊看邊說：「它還在前進。」

的確是。它繼續前進，飛過廣場，順著主要道路往前飛。

「最明亮的光源——」布萊德利開口說——

這時我們看到最明亮的光源是什麼。

［陶德］

人在焚燒——

到處都是——

尖叫——

肉熟透的味道——

我差點吐出來——

還有衝向我的稀巴人——

他站在長角怪背上，雙腳雙腿套在馬鞍兩旁像靴子的東西裡，讓他站立時無需刻意保持重心——

他一手握著一支燃燒的火把，前面有會冒火的U形物品——

我看到他的噪音——

我在他的噪音裡看到我——

我看到我跟安荷洛德獨自站在空地上——

她因為身上的斷箭不斷尖叫扭動——

我盯著稀巴人——

我沒有槍——

我後方是戰線最脆弱的地方——

我看到稀巴人在噪音裡噴出火，攻擊我和後面的人——

讓之後的稀巴人有缺口可以攻進城內——

在還沒真正開始前就贏下這場戰爭——

我抓住安荷洛德的轠繩，想帶她走，但我從她的噪音看得出她完全是又痛又怕，一直喊著小馬男孩！陶德！她每叫一次就讓我的心像被撕碎，我轉頭想找鎮長，想找任何會朝長角怪背上的稀巴人開槍的人——

但我看不到鎮長——
周圍都是煙霧跟慌亂的人——
沒人舉槍——
稀巴人舉著火把要擊發武器——
我想，不可以——
我想，不能這樣結束——
我想，薇拉——
我想，薇拉——
然後我想到，「薇拉」？這對稀巴人有用嗎？所以我在馬鞍上盡量坐直——
我想著她騎著戴維的馬離開——
我想著她斷掉的腳踝——
我想著我們說我們再也不分開，就連在腦袋裡都不分開——
我想著她的手指繞著我的手指——
（我不去想如果她知道我放了鎮長後會說什麼——）
我只想著薇拉——
我想著薇拉——
朝長角怪背上的稀巴人想——
我想著——
薇拉！

稀巴人的頭猛然往後一彈，拋下手中兩支火把，從長角怪背上仰天倒下，滑出靴套，摔到地上。突然的重心改變讓長角怪轉身，跌跌撞撞退向前進的稀巴人戰線，把他們撞成一團——

我聽到後面響起歡呼聲——

我一轉頭，看到一排士兵重新排好隊向前衝，超過我，包圍我——

鎮長突然也出現了，騎到我身邊說：「做得太好了，陶德。我就知道你很有潛力。」

我身下的安荷洛德開始累了，卻還在喊——

小馬男孩？小馬男孩？陶德？

「沒時間休息。」鎮長說——

我抬起頭，看到同樣一大片稀巴人下山來了，要來把我們活活吞掉——

〔薇拉〕

布萊德利說：「我的天啊。」

「那是——？」席夢震驚地朝投影走近一步。「他們著火了嗎？」

布萊德利一按遙控器，畫面突然變得更近，而且——

他們真的著火了——

隔著一團團煙霧，我們看到一片混亂，到處都是亂跑的人，有些往前，有些往後——

有些只是在燃燒——

燒啊燒，有時跑向河，有時倒在地上，不動了。

我只能想著，陶德。

「妳不是說和談了嗎？」席夢對柯爾夫人說。

「那是在我們死了幾百人，他們死了幾千人的血腥戰爭之後。」柯爾夫人說。

布萊德利再次撥弄螢幕。鏡頭往回縮，顯示整條路和山腳下滿滿都是多到難以想像的稀巴人，穿著紅褐色盔甲，握著像棍子的東西，騎在——

「那是什麼？」我指向某種長得像坦克，順著山坡沉重地往下衝，鼻頭末端長著一支長角的動物。

柯爾夫人說：「戰獸，至少我們是這麼叫。稀巴人沒有語言，只有視覺畫面，但這不重要！如果他們打敗鎮長的軍隊，那接下來就會不斷進攻，把我們剩下的人都殺了。」

布萊德利又問：「那如果他打敗他們呢？」

「如果他打敗他們，那他就將絕對控制這個星球，你們絕對不會想活在這種地方。」

布萊德利問道：「那如果妳擁有對這星球的絕對統治權呢？那又會變成什麼樣的地方？」他的語氣出奇火爆。

柯爾夫人訝異地眨眼。

「布萊德利——」席夢開口——

可是我已經沒在聽他們說話——

我看著投影——

因為鏡頭來到山腳下稍微偏南的地方——

他就在那裡——

站在中間——

周圍都是士兵——

抵擋著稀巴人——

「陶德。」我低聲說——

這時，我看到他旁邊有個騎在馬上的男人——

我的胃立刻一沉——

鎮長在他旁邊——

自由自在，不受拘束，和柯爾夫人說得一模一樣——

陶德放他走了——

或是被鎮長逼的——

陶德站在戰爭最前線——

煙霧此時升起，他消失了。「把攝影機飛近點！陶德在裡面！」我說。

柯爾夫人看了我一眼，布萊德利則重新撥動控制器，投影中的影像在戰場上搜尋，看到四處都是活著與死去的軀體，人類與稀巴人夾雜，怎麼可能有人分得清楚自己在跟誰打，有誰敢開槍而確定不會殺掉自己人？

「我們得把他弄出來！我們得去救他！」我說。

「八個小時。」席夢搖著頭。「我們不能——」

「不行！」我對她大吼，一拐一拐地走到橡果旁邊。「我一定得趕去他那裡——」

但這時柯爾夫人開口：「你們這艘船上有武器。」

我轉過身。

柯爾夫人說：「你們不可能在毫無武裝的狀況下降落。」
我從來沒在布萊德利臉上看過這麼嚴肅的表情。「夫人，這與妳無關——」
可是席夢已經回答，「我們有十二枚點對點飛彈——」
「不行！我們不是那種人。我們要對這個星球進行和平移民——」
「——還有一組標準的跳躍彈。」席夢說完。
柯爾夫人說：「跳躍彈？」
席夢說：「一種小型炸彈，可同時多枚投放，可是——」
布萊德利憤怒地說：「席夢。我們來這裡不是為了打——」
柯爾夫人又打斷他：「可以從降落的船艦上發射嗎？」

［陶德］

我們向前進攻——
向前向前向前——
逼入進攻的稀巴人戰線——
好多人——
安荷洛德在我身下又痛又怕地嘶叫——
對不起，乖乖，對不起——
可是沒有時間——
在戰爭中除了應付戰爭以外，什麼時間都沒有——

「拿著！」鎮長說，又塞了把槍在我手裡——

我們衝在一小群人前面——

衝向更大群稀巴人——

我拿槍指著他們——

扣下扳機——

砰！聲音響起時我閉上眼，沒看射中哪裡，因為空氣中的煙已經太多，兩邊都是倒下的稀巴人和叫喚彼此的人類，安荷洛德不斷尖叫但還是往前擠，稀巴人的盔甲被反覆射中後裂開炸開飛來更多箭和白棍，我怕到根本無法呼吸只是一直開槍一直開槍，甚至沒看子彈射中哪裡——

稀巴人也一直衝來，爬過士兵的屍體，噪音大大開放，附近每個士兵的噪音也同樣開放，像是同時進行著上千場戰爭，不只是我看到的那場，還包括周圍稀巴人跟士兵噪音中不斷不斷重播的戰爭，直到空氣跟天空跟腦子跟靈魂都充滿戰爭從耳朵流出從嘴巴吐出，像是你唯一熟悉的事，唯一記得的事，唯一發生在你身上的事——

然後滋的一聲，手臂一陣灼痛，我反射地避開但看到一個稀巴人拿著白棍指向我，我看到身上的制服布料在一陣惡臭煙霧中燒光下面的皮膚感覺像被人拍了巴掌，我這才知道，如果再偏個兩公分，我的手臂早就沒了——

砰！

我身邊傳出來福槍響，鎮長在我身邊，他開槍射中那個稀巴人，把他射倒在地，然後說：「陶德，這已經是第二次了。」

然後他再次奔入戰場。

〔薇拉〕

布萊德利開口想回答柯爾夫人，但席夢先開口：「可以。」

「席夢！」布萊德利喝斥她。

席夢繼續說：「可是朝哪裡打？打哪支軍隊？」

柯爾夫人大喊：「稀巴人啊！」

布萊德利說：「妳剛剛才想要我們幫妳阻止這個總統的軍隊！而且薇拉告訴我們，妳為了達到目的還試圖殺她。所以我們為什麼該信任妳的意見？」

我說：「根本就不該信。」

「就算我是對的也不信嗎，孩子!?」柯爾夫人指著影像說：「他們快打輸了！」我們可以看到人類的戰線出現一個缺口，像是河流衝垮堤防的瞬間，稀巴人衝了進去。

我心想：陶德，快離開。

席夢說：「我們可以朝山腳發射點對點飛彈。」

布萊德利震驚地轉頭。「所以我們來到這裡的第一件事就是殺死幾百個當地種族，幾百個有智慧的當地種族？妳是不是忘了，我們接下來這一輩子都要跟他們一起生活？」

柯爾夫人幾乎在尖叫：「如果你們不趕快出手，你們的一輩子也沒剩多少了！」

席夢對布萊德利說：「我們可以只展現火力。讓他們撤退，然後試著和談——」

柯爾夫人不耐煩地彈舌。「你們根本不可能跟他們和談！」

「你們曾經和談過。」布萊德利說完轉身看向席夢。「妳是要我們參戰？甚至在不知該信任哪一邊的狀況下？我們不顧一切直接轟炸，然後希望結果不要太慘？」

「他們要死了！」柯爾夫人大吼。

「那都是妳剛才要我們殺掉的人！」布萊德利吼回去。「如果是因為總統之前的屠殺，那也許他們要殺的只有他，我們發動攻擊只會造成更大的問題！」

「夠了！」席夢喝斥，突然展現任務指揮官的一面。布萊德利跟柯爾夫人安靜下來。然後席夢說：「薇拉？」

他們都看向我。

席夢說：「妳是在這裡待過一段時間的人。妳覺得我們該怎麼辦？」

〔陶德〕

我們要輸了——

這是鐵定的事——

我把長角怪打死只讓情況好轉了一秒鐘——

士兵一直進攻開槍稀巴人一直倒下死掉——

可是稀巴人一直從山上下來——

他們的數量比我們多太多——

我們能活到現在的唯一理由就是他們還沒辦法把另一台吐火的東西弄下山——

可是有更多台來了——

它們到了以後——

我是圓圈，圓圈是我

在我腦子裡重重震盪，鎮長的馬撞上安荷洛德，她累得連鼻子都抬不起來——

「專心！」他大吼，一面在我身旁開槍。「否則一切就都完了！」

「早就完了！」我吼回去。「我們贏不了的！」

「黎明前總是最黑暗的，陶德。」我不解地看著他。

「才不是！那是什麼爛俗語啊？黎明前才是最亮的！」

趴下！他在我腦子裡說，我還來不及想就趴下去，一支箭從我的頭本來的位置飛過。「三次了。」鎮長說。這時又傳來一聲稀巴人的號角，聲音大到幾乎能看見聲音把空氣折彎，糾纏著空氣，而且還帶著新的音符——

勝利的音符——

我們轉過身——

士兵的戰線潰散——

摩根先生倒在一隻長角怪腳下——

稀巴人從山邊湧下——

從四面八方湧向戰場——

穿過還在戰鬥的士兵——

像波浪般直接撲向我跟鎮長——

「準備好！」鎮長大喊——

「我們得撤退！」我向他大喊。「我們得趕快走！」

喊完我就試著調轉安荷洛德的方向——

可是我一轉頭——

稀巴人繞到士兵後面了——

我們被包圍了——

「準備好！」鎮長的吼聲鑽進周圍士兵的噪音——

薇拉，我想著——

他們人數太多了，我想著——

幫幫我們，我想著——

「戰到最後一人！」鎮長狂叫。

〔薇拉〕

「她?!」柯爾夫人說：「她只是個孩子——」

席夢說：「一個我們信任的孩子。一個跟她父母一樣受過移民訓練的孩子。」

我一聽臉就有點紅，但只有一部分是尷尬。因為這是真的。我是受過訓練。而且我在這裡經歷過的事讓我的意見有著絕對的分量——

我回頭看著投影，看著戰場，戰況似乎更加慘烈。我很努力要思考。那裡的情況看來很糟，但稀巴人不會毫無理由地攻擊。他們的目標可能是鎮長，我們之前的確打敗過他，可是——

柯爾夫人說：「妳的陶德在那裡。如果妳不動手，他會死的。」

「妳以為我不知道嗎？」因為這件事，這件事比任何事都重要。我轉向布萊德利跟席夢。「對不起，但我們必須救他。我們必須這麼做。我跟他只差這麼一點就能挽救整個星球，直到他們把一切搞砸——」

「可是救他的結果是不是會犧牲更重要的事？」布萊德利和藹卻很認真，想幫我看清楚。「妳努力想想。無論妳在哪裡，要先記得的都是最後會如何。這件事將會決定整個未來。」

席夢說：「薇拉，我不願信任這個女人，」柯爾夫人的臉色很難看。「但這不表示她說得沒道理。如果妳說得是對的，我們就介入。」

「薇拉，如果妳說這樣做是對的，」布萊德利說，有點沒好氣地附和席夢。「我們會以征服者的姿態在這裡展開新生活，妳會為未來幾代人留下戰爭的包袱。」

「你們夠了！」柯爾夫人煩躁地大吼。「薇拉，他們的力量就在這裡！我們可以在此改變一切！孩子，不只是為我，也是為了陶德，為了妳！此時，此刻，妳的決定可以結束這一切！」

布萊德利說：「或是展開更險惡的未來。」

他們都在看我。我看著投影機。稀巴人已經突破士兵的戰線，越來越多稀巴人衝上八前——

陶德在那裡——

「如果什麼都不做，妳的男孩就要死了。」柯爾夫人說。

陶德，我心想——

我會只為了救你而發動一場新戰爭嗎？

我會嗎？

席夢又問一次：「薇拉？該怎麼做才對？」

〔陶德〕

我開了槍但附近有這麼多稀巴人跟士兵混在一起我得瞄得很高才能確保不會打到自己這邊的人所以我也沒打中稀巴人突然我面前出現一個稀巴人朝安荷洛德的頭舉起白棍我一揮槍管用力打中稀巴人長得太長的耳朵後面他立刻摔倒倒下之後又出現另一個抓向我的手臂我對著牠的臉立刻想著薇拉牠跌跌撞撞往後倒我另一片袖子突然發出嘶一聲一支箭射穿袖子差點射到我下巴我用力一扯安荷洛德的轡繩想帶她掉頭因為不可能在這樣的場面中活下來我們得逃一個士兵被我們旁邊的白棍打中一片鮮血灑了我滿臉所以我轉過頭沒看路就把安荷洛德跟我一起拖過去我腦子裡唯一的念頭，我在這麼多噪音裡的唯一念頭，我聽著士兵死去稀巴人死去閉上眼都可以看到他們在別人的噪音裡死去，唯一的念頭，我唯一的念頭就是——

戰爭就是這樣嗎？這就是其他人這麼渴望的嗎？這真的就能讓他們變成男人？死亡大吼著尖叫著衝向你，速度快到你根本無法回手——

這時我聽到鎮長的聲音——

「戰！」他在大吼——

用他的聲音跟噪音——

「戰！」我擦掉血睜開眼睛清楚到不行戰鬥是我們在這世上的唯一直到死為止我看到鎮長騎在摩佩斯背上人跟馬都滿身鮮血他打得激烈到我在他的噪音裡都能聽到其實他的噪音還是一樣就像石頭一樣冰冷可是卻也在說死戰，死戰——

他與我對望一眼——

我明白這的確是死戰——

我們輸了——

他們人數太多——

我們輸了——

我用雙手抓住安荷洛德的鬃毛緊緊抓著想著薇拉——

然後——

轟！

布滿稀巴人的山坡在一陣火焰泥巴血肉中爆炸——

山石升高，飛上天空，石頭泥土還有稀巴人的肉塊灑在我們身上——

安荷洛德一聲大叫我們同時歪倒在地四周都是尖叫的人類跟稀巴人他們到處亂跑我的腿被壓在安荷洛德身下她則忙著站起來但我看到鎮長騎馬過去——

我聽到他在大笑——

「那是什麼鬼？」我朝他尖吼。

「禮物！」他邊狂吼回我，邊騎馬穿過泥土跟煙塵，對士兵大吼：「攻擊！立刻攻擊！」

〔薇拉〕

我們的注意立刻回到投影上。「那是什麼？」我說。

突然傳來轟一聲，但探測器只傳回一團黑煙。布萊德利撥動螢幕重啟遙控功能，探測器再次升起，但一切都籠罩在煙霧中。

席夢問：「它在錄影嗎？可以回轉嗎？」

布萊德利撥了幾下，突然影像開始回轉，收回雲裡，煙霧快速集中，然後——

「那裡。」布萊德利停止倒轉，重新用慢速開始播放。

戰場混亂可怕，士兵被稀巴人的軍隊衝散，接著——

轟！

山腳下有一波爆炸，突然的猛烈爆發讓泥巴岩石，還有稀巴人的身體跟他們的戰獸同時飛到空中，被捲入迅速籠罩一切的煙霧中——

死了死了死了——

幾十個——

我想起河岸邊那個——

我想起他的恐懼——

席夢對柯爾夫人說：「是妳做的嗎？妳的軍隊到達戰場了嗎？」

「我們沒有飛彈。有的話就不會要你們出手了。」柯爾夫人的目光不曾片刻離開投影畫面。

「那是哪裡來的？」席夢又問。布萊德利繼續撥弄控制鍵，畫面變得更大更清楚，從最緩慢的播放設定能看到有東西飛入山丘底部，看到泥土用最慢速飛起，稀巴人的身體撕裂，完全不在乎他們有過的人生，愛過的人，擁有過的姓名——

只有撕裂的身體飛起——

結束的生命——

是我們逼他們，我們逼他們攻擊，我們奴役殺害他們，至少鎮長這麼做過——

結果我們現在又開始殺害他們——

席夢跟柯爾夫人在爭論，但我其實沒在聽她們說話——

因為我也明白。當席夢問我該怎麼做時——

我原本想說那就發射飛彈。

我原本，

我原本要親手造成這些破壞。我原本要說，對，動手，發射——

殺死這些稀巴人，這些有真正理由去攻擊一個整個星球上最應該被攻擊的人——

如果能救陶德，這些我都不在乎，我會動手去做——

我願意殺幾百人，幾千人去救他。

會為了陶德，我願引發一場更大的戰爭。

這個理解震撼到我必須伸手扶住椽果才能站穩。

然後，我聽到柯爾夫人的聲音壓過席夢：「只有一個可能，就是他自己製造了火砲！」

［陶德］

在煙霧跟尖叫聲中，安荷洛德來回試了幾次，終於重新站起，噪音什麼都沒說，這種安靜讓我真的開始為她擔心受怕，但她又站起來，我回頭看，看爆炸是從哪來的——

其他的隊伍。是泰特先生跟歐哈爾先生召集了剩下的士兵，還有鎮長之前說的武器。

是我完全不知道他擁有的武器。

「祕密武器就得是祕密才會有效。」他騎馬回到我身邊後說。

他現在的笑容真是燦爛。

因為從城裡湧出一批新的士兵，好幾百人，精神飽滿尖叫著要上戰場——

稀巴人已經開始轉頭——

稀巴人已經轉頭看向山坡，在找有沒有辦法可以穿過剛才爆炸的地面——

又一陣閃光，還有一聲尖哨從我們頭頂飛過——

轟！

我忍不住縮了一下，安荷洛德尖叫，山邊又被炸出一個洞，更多泥巴煙霧稀巴人身體跟長角怪肢塊飛到空中。鎮長完全沒反應，只一臉開心地看著新來的士兵包圍我們，看著稀巴人軍隊崩潰成一團混亂，想要轉身逃跑——

卻被我們新到的士兵砍倒——

我重重喘氣——

我看著戰況轉變——

我得說——

（閉嘴）

我看到時感覺一陣興奮——

（閉嘴）

我感到安心我感到喜悅我看到稀巴人倒下時感覺一陣熱血——

（閉嘴閉嘴閉嘴）

鎮長問：「你剛才該不會擔心了吧，陶德？」

我轉頭看他，臉上的泥巴和鮮血慢慢變乾，周圍都是人類跟稀巴人的屍體，一波新生的明亮噪音布滿天空，沒想到噪音居然還能更大聲——

「來吧！」他對我說：「體驗一下勝利一方的感覺。」

他跟著新來的士兵騎馬離開。

我騎馬跟在後面，可是沒有開槍，只是看著，感覺著——

感覺其中的刺激——

因為就是這樣——

這就是戰爭最齷齪，最齷齪的祕密——

當贏的時候——

當贏的時候，真是見鬼的刺激——

稀巴人正順著山坡往回跑，爬過碎石，一邊跑——

跑離我們——

我舉起槍——

瞄準一名正在逃跑的稀巴人的背——

手指扣在扳機上——

準備扣下——

結果那個稀巴人被另一個稀巴人絆倒，不過那不是一個，而是兩個、三個——

當煙霧開始散去，我看得更清楚，看見到處都是屍體，人類的稀巴人的長角怪的——

我又回到修道院，回到稀巴人屍體堆成山的地方——

這一切再也不那麼刺激了——

「把他們趕上山！」鎮長對他的士兵大吼。「讓他們後悔出生在這個世界上！」

〔薇拉〕

我說：「要結束了。這場仗要結束了。」

布萊德利讓投影畫面重新開始正常播放，我們都看到生力軍到來。

看到第二次爆炸。

看到稀巴人掉頭，想從原路折返，跑過滿目瘡痍的山腳，一片混亂中，有些人掉進河裡，掉落下方的路面，掉到他們存活不了多久的戰場。

大量死亡讓我整個人不斷反胃，跟我的腳踝一起，一陣陣地脹痛，我得靠在橡果身上，聽著所有人爭執。

柯爾夫人說：「如果他能做到那樣，那他對你們的危險就遠超過我之前說的。你們希望即將加入的世界受那種人統治嗎？」

「我不知道。」布萊德利說：「妳是唯一的其他選擇嗎？」

席夢說：「布萊德利，她說得有道理。」

「有嗎？」

「我們不能在戰爭進行的情況下建立新聚落。而且，這是我們的最後一站。船艦沒有別地方可去。我們得在這裡找到成功的方法。如果我們有危險——」

「我們可以降落在這星球的其他地方。」

柯爾夫人猛抽一口冷氣。「不會吧。」

「沒有法律規定我們必須加入先前的移民。」布萊德利對她說：「我們從來不曾和你們通訊，所以我們降落的規劃是預設你們已經失敗。我們可以讓你們繼續打你們的。我們去找自己的地方展開新生活。」

「遺棄他們？」似乎連席夢都大為震驚。

柯爾夫人說：「你們最後還是會跟稀巴人打起來，而且不會有任何有經驗的人幫你們。」

「如果我們會跟稀巴人和人類打起來，那最後可能也和你們打起來。」布萊德利又說。

席夢說：「布萊德利——」

「不行。」我大聲到讓他們能聽見。

因為我還在看著投影，看著人類跟稀巴人紛紛死亡——

我還在想著陶德，以及我為了他而願意造成的所有死亡——

我一陣暈眩。

我再也不希望哪天必須做出類似的選擇。

「不可以動武。不可以轟炸。稀巴人在撤退了。我們以前打敗過鎮長，如果要重來一次，我們還是做得到。跟稀巴人的和談也一樣。」

我看到柯爾夫人一聽到我的話就變得冷硬的表情。「別再製造死亡。我怎麼選擇不重要，就算是支該被剷除的軍隊也一樣，不管稀巴人或人類都不該死。我們會找到和平的解決方法。」

「說得好。」布萊德利堅定地說，他轉頭看我，臉上的表情我記得很清楚，充滿慈祥與愛，並以我為榮，強烈得刺痛了我。

我必須別過頭不看，因為我知道只差那麼一點點，我就會請他們發射飛彈。

「好吧，如果你們都這麼確定，我可有人命要救。」柯爾夫人的聲音跟河底一樣冰冷。在誰都來不及阻止前，她便離開，跑向她的板車，駕車消失在黑夜中。

［陶德］

「砍倒他們！把他們趕跑！」鎮長大喊。

不過他喊什麼其實都不重要，他就算喊水果的名字，士兵仍會繼續衝向之字路的下半截，爬過被炸掉的部分，不斷對著他們面前往上爬的稀巴人揮刀開槍。

歐哈爾先生在新到部隊前方，帶領他們衝鋒，可是鎮長阻止泰特先生，把他叫到一旁，跟我們一起站在山腳下的空地。

我跳下安荷洛德好仔細察看她的傷口。情況似乎不嚴重，但她的噪音還是什麼都沒說，就連簡單的馬聲都沒有，只有沉默，我不知道這是什麼意思，但確定絕對不是好事。

「乖乖？」我用手安撫地摸過她身側。「我們等會兒就找人來治妳，好不好？我們把妳治好，就像新的一樣，好不好？乖乖？」

可是她垂頭對著地面，嘴唇跟身邊的汗都冒出白沫。

「抱歉延遲了，長官。我們得想辦法改良機動性。」泰特先生正在我後面對鎮長說。

我瞥向火砲：四座大砲放在鋼製拖車上，前面是幾頭看來很累的牛。砲身金屬又黑又厚，看起來就像想把你的腦袋轟掉。武器，祕密武器，在城外某處製造出來，負責製造的人被隔離，好讓他們的噪音不會被人看到，製造原本用來對付「答案」的武器，準備毫無疑問地把他們炸成碎片，現在則用在稀巴人身上。

醜陋凶惡，只會讓他變得更強的武器。

鎮長說：「隊長，改良任務就交給傑出的你了。現在，先去幫我找歐哈爾隊長。叫他退回山腳。」

「撤退？」泰特先生十分驚訝。

「稀巴人跑了。」鎮長朝之字形道路點點頭，現在上面幾乎沒有稀巴人，全都消失在山丘頂，進入上面的山谷。「可是誰知道，路上說不定還有好幾千個等著？他們會重新整隊，重新計畫，我們也該在這裡做同樣的事，準備迎接他們。」

「是的，長官。」泰特先生說完後騎馬離開。

我靠著安荷洛德，臉貼在她身上，閉上眼但在噪音裡仍能看到一切，士兵、稀巴人、戰鬥、火焰、死亡、死亡、死亡——

「你做得很好，陶德。」鎮長騎到離我身後很近。「非常好。」

「那是——」我開口要說，卻說不下去。

因為那是什麼？

他說：「我以你為榮。」

我轉頭看他，表情應該很精采，因為他笑了。

「是真的。你在極大的壓力下沒有崩潰，你保持冷靜，還控制住受傷的座騎，而且最重要的是，陶德，你信守承諾。」

我看著他的眼睛，顏色如河中石頭的眼睛。

「陶德，這些都是男人的作為，真的。」他的聲音聽起來像真的，他的話聽起來像真的。

不過，他每次這麼說都像真的，不是嗎？

我說：「除了對你的恨，我對什麼都沒感覺。」

他只對著我微笑。

「陶德，也許你現在不覺得，但有一天回過頭看，就會了解這是你終於變成男人的一天。」他的目光閃動。「你脫胎換骨的一天。」

〔薇拉〕

布萊德利看著投影說：「下面看起來的確結束了。」

之字形路上開始出現較大空隙。鎮長的士兵後退，稀巴人也在撤退，中間擋著一座空曠的山丘。我們現在可以看到鎮長軍隊的全貌，看到他不知如何得到的大砲，看到他的士兵開始在山腳重新整隊，想來一定是要準備重新開戰。

然後，我看到陶德。

我大聲喊出他的名字，布萊德利把我指的地方放大。我的心跳得飛快，看到他靠著安荷洛德，他還活著，他還活著，他還活著——

席夢問我：「那是你朋友？」

「沒錯。那是陶德，他——」我沒再說下去，因為我們看到鎮長騎馬過去。他騎過去和陶德說話，宛如今天只是個普通的日子。

席夢又問：「不過，這不是那個暴君嗎？」

我嘆口氣。「事情很複雜。」

「是啊，」布萊德利說：「我也有這種感覺。」

「不是這樣。」我堅定地說：「如果你對這裡的事有疑慮，如果你不知該怎麼想或信任誰，你就該信任陶德，懂嗎？記住這點。」

「好。」布萊德利對我微笑。「我們會記得。」

「但現在有更大的問題。」席夢說：「我們現在該怎麼辦？」

「我們原本以為會看到死寂的聚落，希望能找到妳跟妳爸媽，」布萊德利說：「結果我們現在碰上的是個獨裁者，一個革命份子，還有一支原住民軍隊入侵。」

「稀巴人軍隊的規模有多大？能飛上去看嗎？」我轉去看投影。

「只能再飛高一點。」他說著又撥幾下轉盤，探測器沿之字形道路飛上山丘，飛過山頂後——

「我的天啊。」我說完後聽到席夢也抽了口冷氣。

在兩個月亮照射，在他們搭起的營火，還有他們握著的火把光芒下——

一整個國家的稀巴人順著上層谷地瀑布上方的河路往後延伸，遠比鎮長的軍隊要多太多太多，足以淹沒他們，足以永遠、永遠不會被打敗。

好幾千。

好幾萬。

布萊德利說：「人數優勢對上火力優勢，這根本註定是無盡的屠殺。」

「柯爾夫人說曾經有過和平協議。如果以前有過，那就可以再來一次。」

席夢說：「那對立的軍隊怎麼辦？」

我說：「其實對立的只有雙方將領。如果我們能處理那兩個人，事情就會簡單些。」

布萊德利說：「那也許我們該從跟你的陶德見面開始。」

他說完後重新撥動遙控器，直到畫面又集中在馬背上的人，以及安荷洛德身邊的陶德。

然後陶德抬起頭，看著探測器，看進投影畫面——

看向我。

我們看到鎮長也注意到，並抬起頭。

「他們想起我們到了。」席夢開始走回偵察船的平台。「薇拉，我幫妳拿點東西處理腳踝，然後我去跟艦隊聯絡，不過我真不知從何解釋起……」

她消失在船中。布萊德利又走到我身邊。他伸出手，輕輕捏了我的肩膀。「薇拉，妳爸媽的事情，我真的很遺憾。我不知道該怎麼表達我的遺憾。」

我眨掉眼中新出現的水氣，不只因為想到爸媽死於墜毀，更因為布萊德利的慈祥——然後我幾乎驚喘出聲，想起是布萊德利給了我那樣極有用的禮物，也就是生火的盒子，製造光明對抗黑暗的盒子，最後炸了一座橋，救了我跟陶德的盒子。

我說：「會閃。」

「妳說什麼？」他邊抬頭邊說。

「在艦上的時候，你要我告訴你，火光下的夜空是什麼樣子，因為我會是第一個知道的人。它會閃。」

他記起來了，露出微笑，深吸一口氣說：「所以新鮮空氣聞起來是這個味道。」因為這是他第一次吸到真正的空氣。他也是之前一輩子都待在船上。「跟我想得不一樣。」他低頭看我。「更濃。」

「很多事跟我們想得都不一樣。」

他又捏捏我的肩膀。「薇拉，現在有我們。妳不再是一個人了。」

我吞口口水，回頭看投影。「我之前也不是一個人。」

布萊德利再次嘆口氣，跟我一起看著。他說：會閃

我說：「我們得生堆火好讓你能親眼看看。」

「看什麼？」

「看它閃。」

他不解地看了我好一陣子。「妳剛才說什麼？」

「沒有啊，是你剛剛說——」

她在說什麼？

可是他沒說出口。

我的胃突然揪成一團。不會吧。

慘了。

不會吧。

「妳聽到沒？」他看起來更加不解，原地轉著圈。「聽起來像是我的聲音……」

但怎麼會是我的——他想著，然後停下。

轉頭看我。

然後說：薇拉？

但他是用噪音說。

他在自己剛剛生出的噪音裡說。

［陶德］

我把繃帶按著安荷洛德身上的傷口，等著藥滲入她的血。她還是什麼都沒說，可是我一直摸著她，一直說著她的名字。

馬不可以獨處，我需要告訴她，我跟她是同一個馬群。

「回到我身邊，安荷洛德。快回來，乖乖。」我對她的耳朵低聲說。

我轉頭看鎮長，他正在跟士兵說話，我很努力想要搞懂，怎麼見鬼的會變成這樣。

我們打敗他了。真的。打敗他，把他綁起來，我們贏了。

可是現在。

現在他又像老大一樣到處走來走去，像是整個該死的世界又是他的，像我對他做過的事，還有打敗他的事根本不重要了。

可是我真的打敗過他。我可以再打敗他。

我放開一個怪物來救薇拉。

現在我得想辦法再握住繩子。

「天空中的眼睛還在。」他對我說，走過來抬頭看他挺確定是某種探測器的光點。我們第一次看到它飛在我們頭上是一小時前的事，當時鎮長正在吩咐隊長，叫他們在山腳紮營，派出間諜觀察敵人，還派出其他軍隊去看「答案」的軍隊怎麼了。

可是目前為止，還沒派人去找偵察船。

「他們已經能看到我們。」鎮長還在抬頭看。「當他們想見我們的時候，他們可以直接來找我，不是嗎？」

他慢慢轉頭看著周圍，看著想辦法準備過夜的士兵。

他用奇怪的聲音悄聲說：「聽聽那些聲音。」

空氣裡充滿人類的噪音，但鎮長的眼睛讓我在想，他是不是有別的意思。

我問：「什麼聲音？」

他眨眨眼，像是很訝異看到我在這裡。他再次微笑，伸手摸上安荷洛德的鬃毛。

「別碰她。」我瞪著他直到他把手拿開。

他溫和地說：「陶德，我知道你的感覺。」

「你才不知道——」

「我知道。」他堅持。「我記得第一次稀巴人戰爭，那是我的第一戰。你覺得你現在就要死了，你覺得那是這輩子看過最慘的事，見過這種景象後，要怎麼活下去？誰看過這種景象後還能活下去？」

「從我的腦袋出去。」

「陶德，我只是說說。如此而已。」

我沒回答，只是一直對安荷洛德低語，「乖乖，我在這裡。」

「但你會沒事。你的馬也是。你們兩個都會變得更堅強。你們兩個都會因此變得更好。」

我看著他。「發生那種事以後，誰能變得更好？在那種事之後，哪有可能真的變成更男人的男人？」

他朝我彎下腰。「因為很刺激，不是嗎？」

我沒有回答。

（因為是真的——）

（有那麼短短一分鐘——）

可是我想起那個死去的士兵，在噪音裡想念著還是嬰兒的兒子，再也看不到他——

鎮長說：「當我們把他們趕上山坡時，你感到刺激。我看到了，像火一樣燒過你的噪音。陶德，部隊每個人都有同樣的感覺。人只有在戰爭中才能最徹底感覺到自己活著。」

「之後也死得最徹底。」

「啊，哲學。我沒想到你還有這一面。」他露出微笑。

我轉頭不去看他，面向安荷洛德。

這時，我聽到

我是圓圈，圓圈是我。

我轉頭看他，用薇拉揮向他。

他身體微微一縮，卻沒失去笑容。「就是這樣，陶德。我之前說過。控制噪音，你就能控制自己。控制自己——」

「你就能控制世界。」我替他說完。「你第一次說我就聽到了。我只想控制自己，謝謝。我對全世界沒興趣。」

「直到第一次嘗到權力的滋味前，大家都這樣說。」他再次抬頭看探測器。「不知道薇拉的朋友能不能看到我們到底面對多少敵人。」

「絕對是太多。上面大概有世上所有的稀巴人。你殺不完的。」

「大砲對弓箭啊，孩子。」他看著我。「就算他們有那個還不錯的新式噴火武器跟那不知道是什麼的白棍子，他們還是沒有大砲。他們沒有——」他對偵察船降落的東方天際點點頭。「——飛行船。我想我們應該勢均力敵。」

「所以更該現在就結束。」

「所以更該繼續打下去。」他回答。「陶德，這世界只能有一邊獨大。」

「但如果我們——」

「不。」他很堅決地說：「你放走我只有一個理由。就是要讓這星球變得足夠安全，這是為了你的薇拉。」

我對此無法反駁。

「而且我同意你的條件，現在你要讓我做我得做的事。你要讓我把這星球變成對她和我們其他人來說都足夠安全的地方。而且你要讓我為你這麼做，因為你自己沒辦法辦到。」

我想起士兵如何服從他的每個命令，衝上戰場送死，只因為他叫他們這麼做。他說得對。我不知道自己有沒有能這麼做的一天。

我需要他。我很痛恨這點，但我真的需要。

我再次不去看他，閉上眼睛，額頭抵著安荷洛德。

我想著：我是圓圈，圓圈是我。

如果我能控制噪音，我就能控制自己。

如果我能控制自己——

也許我就能控制他。

他說：「也許你可以。我一直說你有很強大的力量。」

我抬頭看他。

他還在微笑。

他說：「好了，把你的馬安頓下來去過夜，你也休息一下。」

他吸了吸空氣。在我們不用每分每秒忙著想自己快要死掉之後，的確開始覺得有點冷。他抬頭看向山的另一頭稀巴人的營火亮光。

他說：「陶德，我們贏了第一次交鋒。可是戰爭才剛開始。」

第三個

大地等著。我跟他們一起等著。

我在等待中焚燒。

因為我們打敗了敵人。就在他們的山腳下，在他們的城市外圍，我們包圍了人類的軍隊，我們成為他們的主宰。他們崩潰了暈眩了準備被征服——

幾乎就要贏得這場戰役。我們打敗他們了。

可是突然，我們腳下大地爆發，我們的身體被拋入空中。

於是我們撤退。我們折回，蹣跚地爬回山坡，翻過破碎的岩石與毀壞的道路，來到山頂，好治療我們的傷口，哀悼我們的亡者。

可是我們如此貼近勝利，近到我能嚐到勝利的滋味。

看著下方的山谷，我仍然能夠嚐到。來自空地的人類在下面紮營，治療他們的傷患，埋葬他們的死者，卻隨意將我們的死者拋成一堆。

我記得在另一個地方曾經出現過的同樣一堆。

記憶再次令我焚燒。

我坐在山頂邊緣，旁邊是河流衝擊下方山谷的交口，這時突然看到一樣東西。我看到一個光點，懸浮在夜空中。

看著我們。看著大地。

我站起身，去找天空。

我順著河路走，深入我們的營地，夜晚絕對的黑暗被火光摒退。激流的水花噴灑成水霧，營火的光芒為一切打上光圈。大地看著我在他們之間穿梭，表情友善，只是帶著戰鬥後的疲累，聲音敞開。

*天空？*我邊走邊用聲音顯示。*天空在哪？*

他們的回答是讓我看到營火和隱藏的營地，餵養的圍籬跟戰獸的獸圈——

戰獸，我聽到有人偷偷低語，聲音帶著不小的震驚與鄙夷，因為那不是大地的語言，而是敵人的語言，空地的語言，所以我讓自己的聲音變得更大好藏住，明白露出*天空？*

大地不斷告訴我該怎麼走。

但在他們的熱心背後，我是不是聽到他們的懷疑？

畢竟，我是誰？

我是英雄嗎？是救世主嗎？

或者我只是被擊垮的人？我危險嗎？

我是開始還是結束？

我真的屬於大地嗎？

如果我能對自己誠實，我會說我也不知道答案。

所以我順著路走在他們之間，他們讓我看到如何去找天空，而我覺得自己像片漂在河面上的薄葉，浮於河，流於河，

但也許仍不屬於河。

然後他們開始散播我來的消息。他們對彼此展示，「回歸」來了。「回歸」來了。

這是他們給我的名字。回歸。

我還有另一個名字。

我必須學習大地如何稱呼事物，從無文字的語言，從大地偉大的唯一聲音中汲取出文字，好能了解他們。他們自稱大地，一直以來都是如此，因為難道他們不正是這個世界的大地？並有天空的守護？

人類不叫他們大地。他們因為第一次的溝通失誤而發明了一個名字，之後卻再也沒有足夠的好奇心改正錯誤。也許所有問題都由此開始。

大地叫人類「空地」，他們是無中生有的害蟲，想把這世界變成自己的空無，大量殺死大地，直到和平協議強迫兩邊分開，大地與空地永遠隔離。

除了被留下的大地。被當做同意談和而留給空地作奴隸的大地，不再被叫做大地的大地，不再是大地的大地，甚至被強迫學習空地的語言。被留下的大地被大地視為恥辱，恥辱最後被稱為「負擔」。

直到負擔在一個殺戮的午後被空地抹去。

然後還有我，回歸。我被這樣稱呼不只是因為我是負擔中唯一回來的人，也更因為我的返回造成大地在多年和平後重回這座山丘，全副武裝準備對下面的空地開戰，這次有更好的武器，更多人數，更好的天空。

全都是「回歸」帶來的。是我帶來的。

但攻擊停止了。

回歸來了，當我找到天空時，他背對著向我展示。他正在對「道路」演說，他們在他面前坐成半圓。他給他們看了要帶往整片大陸的訊息，訊息流過的速度快到我幾乎來不及看。

回歸將重新學習大地的語言。天空結束對道路的事情後向我走來，對我展示。只需要時間。

他們了解我的語言，我向他展現回答，轉頭看向正看著我跟天空說話的大地。他們講到我的時候也會用。

空地的語言存在大地的記憶中，大地從不忘記，天空展示，拉住我的手臂，把我帶走。

你們忘了我們，我對他展示，話語背後是壓不住的怒火。我們一直在等你們。我們一直等，直到死去。

大地現在來了，他對我展示。

大地撤退了，我更憤怒地展示。大地明明現在，立刻，今晚就可以摧毀空地，卻待在山頂。我們人數遠超過他們。就算他們有新的武器，我們——

他對我展示：你還年輕。你看得很多，太多，但你甚至還沒完全成長。你從來不曾在大地中生活。大地的心因為來不及拯救負擔而哭泣——

我打斷他的話，那是大地絕不會有的無禮舉動。你甚至不知道——

可是大地因為回歸被拯救而欣喜。他繼續，像是我剛才什麼都沒展示。大地因為能為負擔報仇而欣喜。

沒有人在報仇！

我的回憶滲入自己的聲音，只有現在，此刻，當回憶的痛苦變得太過巨大，當我無法用負擔的語言說話，只有此刻我才是說著大地的真正語言，沒有文字，純粹感覺，同時從我內心完全傾洩而出。我無法阻止自己不讓他們看到我的遺憾，不讓他們看到空地如何把我們當牲畜對待，他們如何用自己的聲音咒罵，並將我們的聲音當作詛咒，而我也無法阻止自己不讓大地看到我的回憶，負擔死在空地的手上，子彈跟矛頭跟無聲的尖叫，田野中堆得高聳的屍山——

尤其是我失去的那一個。

天空的聲音對我展示安慰，我們周圍的所有大地也同樣回應，直到我感覺自己像游在一條聲音的河流中，並對伸向我，碰觸我的聲音哄著它、撫慰它，我這輩子從來不曾像現在這樣徹底感覺是大地的一份子，我從來沒有這種在家的感覺，如此被安慰，與無數大地融合的聲音合而為一——

我眨眨眼，明白這只在我痛苦到忘了自身時才會發生。

可是這會過去。天空向我展示，你會成長、癒合。你會覺得在大地之間比較自在——

我對他展示，只有等空地永遠離開這裡，我才會比較自在。

你說的是負擔的語言。這也是空地的語言，我們對戰敵人的語言。雖然我們像兄弟一樣歡迎你們，但你必須學會的第一件事——我在用你能聽懂的語言解釋——就是沒有我也沒有你。只有大地。

我沒對他展示回答。

你在尋找天空？他最後終於問我。

我抬頭看他的眼睛，對大地來說是小了點——當然不是空地那種又小又醜陋的眼睛，小而狠毒的眼睛把一切藏了又藏藏了又藏——但天空的眼睛還是夠大，大到可以映照出天空、火光、與望著他的我。

我知道他在等我。

因為我在空地間長大，從他們那裡學到很多。

包括如何將我的思緒藏在其他思緒後面，如何隱藏我的感覺和思考。如何將我的聲音層層疊起，不讓別人容易讀懂。

在大地中，只有我還沒完全加入大地的單一聲音。

還沒有。

我讓他再等一下，然後把聲音打開，對他展示我看到飄在空中的燈光，還有我猜那是什麼。他立刻就懂了。

之前有東西飛過朝這裡前進，這是它的縮小版，他展示。

對，我展示，並記起來。天上有燈光，他們有一具機器順著路往前飛，高到幾乎只能聽到聲音。

那麼大地會給予答覆。他展示完，又握住我的手臂，把我帶回山丘邊緣。

天空從山頂看著飄浮的燈，我低頭看著準備過夜的空地。我看著他們過小的臉長在又粗又矮的身體上，臉色是不健康的粉紅與沙色。

天空知道我在找什麼。

你在找他，他展示。你在找匕首。

我在戰場上看到他，可是離他太遠。

這是為了你的安全著想，天空展示。

他是我的——

我停了下來。

因為我看到他了。

在軍營中，他正靠著他的馱獸，他的語言把那叫做馬，他正在跟牠說話，想必是因為剛才看到的景象讓他受到很大衝擊，讓他很痛苦。

他跟牠說話時，一定十分關心，投入很多感情，很溫柔。

就是因為這樣，回歸反而恨匕首，天空展示。

他比其他人更惡劣。他是他們當中最惡劣的。

因為——

因為他知道自己的所作所為是錯的。他感覺到自己的行為帶來的痛苦——卻沒有改變自己的行為，天空展示。

其他的就跟他們的馱獸一樣，可是更惡劣的就是明知不對，卻袖手旁觀的那個。我展示。

匕首讓回歸自由。天空提出。

他應該要殺了我。他的噪音裡有一把放不下的匕首，他之前用那匕首殺了一個大地。可是他太懦弱，甚至不肯幫回歸這個忙。

如果他照你的希望殺了你，那大地就不會在這裡了，天空展示的方式引得我不得不看他。是的，但我們在這裡卻什麼都沒做。我們在這裡等著，看著，而不是戰鬥。

等著，看著也是戰鬥的一部分。在停火的這段期間，空地變得更強了。他們的人更凶猛，武器也是。

可是大地也很凶猛，不是嗎？我展示。

天空與我對視良久，然後他轉身，用大地的聲音說話，透過一個個大地傳出訊息，直到訊息送到其中一個大地，我看到她準備了一把弓，還有點燃的飛箭。她瞄準後，讓箭射入夜裡，從山頂往下落。

所有的大地看著它飛，有的用自己的眼睛，有的用別人的聲音，直到箭射中飄浮的光，光不斷打轉翻滾，直到落入下方的河裡。

今天只是一場戰役，天空對我展示，但戰爭是由很多場戰役組成的，空地的營地此時一陣騷動。

然後他伸出手，握住我的手臂，我的這隻手臂長著又厚又密的苔蘚袖子，是疼痛的那隻手臂，無法癒合的手臂。我抽離他的掌握，但他再次伸手，這次我讓他長長白白的手指輕輕握起我的手腕，讓他推開我的袖子。

我們不會忘記我們前來的理由，天空展示。

這句話以負擔的語言，以大地害怕使用，意味著恥辱的語言往外散播。這句話在他們之間不斷散播，直到我聽到所有人，感覺到所有人。

感覺到所有大地在說，我們不會忘記。

他們透過天空的眼睛看到我的手臂。

他們看到鐵環，上面是空地的語言。

他們看到我身上永遠的標記，讓我永遠無法回歸成他們之一的真正名字。

1017。

第二次機會

平靜

布萊德利的噪音驚慌到連我都替他難受。

〔薇拉〕

吵

好吵

席夢跟薇拉一直盯著我看，好像我要死了

我要死了嗎？

一降落就碰到戰爭

艦隊要五十五天才會到

有別的地方可以去嗎？

要五十五天才會有好的醫療器材

這五十五天只能等死

我要死了嗎？

「你不是要死了。」我躺在床上，等席夢往我的腳踝注射骨頭修補劑。「布萊德利——」

「不要說。」他舉起手阻止我。「我覺得……」很暴露很暴露很暴露。「我沒辦法告訴妳這讓我覺得有多暴露。」

席夢把偵察船的睡眠區改成臨時的治癒之屋。我躺在一張床上，布萊德利躺在另一張床上，眼睛睜得好大，大多時間都摀著耳朵，噪音越來越大聲——

「妳確定他沒事嗎？」注射完後開始為我包紮腳踝時，席夢在我耳邊悄悄問道。我從她的聲音裡聽得出她的精神有多緊繃。

我悄悄回答：「我只知道這裡的男人最後都適應了，而且——」

「有解藥。」她打斷我。「被這個鎮長全燒光了。」

「是沒錯，但好歹表示可以有解藥。」我說。

别在那邊一直說我的悄悄話，布萊德利的噪音說。

「抱歉。」我說。

「為什麼？」他轉頭來看我，然後他懂了。「妳們兩個能不能讓我獨處一下？拜託了。」

他的噪音則說：他媽的給我滾出去，讓我安靜一下！

「我把薇拉這裡處理完就好。」席夢說著，聲音仍然顫抖，努力不去看他。她包紮好我的左腳踝。

「妳能不能再拿一捆？」我小聲地問她。

「為什麼？」

「我出去再跟妳說。我不想再刺激他。」

她懷疑地看了我一下，仍然從抽屜裡拿出一捆繃帶。我們一起走向門口，布萊德利的噪音充斥著小小的房間。

「我不懂。我的耳朵聽得到，但腦袋裡也聽得到。有他說的話——」她看著布萊德利，眼睛開始睜大「——還有畫面。」

她說得沒錯，他開始送出畫面，有些出現在你腦子裡，有些則飄在面前——

有我們站在那裡看他的畫面，有他自己躺在床上的畫面——

然後是我們在探測器投影中看到的畫面，還有一支燃燒的稀巴人飛箭射中探測器，訊號中斷的畫面——

然後是偵察船繞行後降落的畫面，從太空看這星球的畫面，巨大的藍綠色海洋，旁邊是綿延數哩的森林，船艦在新普倫提司城上方盤旋時甚至沒想到要找跟河岸合而為一的稀巴人軍隊——

然後是其他畫面——

席夢的畫面——

席夢跟布萊德利的畫面——

「布萊德利！」席夢震驚地說，往後退了一步。

「拜託！妳們離開好不好！我受不了了！」他大吼。

我也很震驚，因為布萊德利跟席夢的畫面很清晰，而布萊德利越想隱藏，畫面就越清晰，所以我拉著席夢的手肘把她帶出去，在一個面板上一拍好讓門在我們身後關上，但這對噪音影響不大，頂多就像用門擋住很吵的聲響。

我們往外走。小馬女孩？原本在一旁嚼著草的橡果走了過來。

「動物也有？」席夢問。我揉揉橡果的鼻子。「這裡到底是什麼地方啊？」

「這些都是資訊。」我想起班是如何形容新世界對他們那些新移民來說是什麼樣的地方，在墳場那晚，他告訴我跟陶德這些事。這一切似乎久遠得不可思議。「全天候，從不停止的資訊，不管妳想不想接受。」

「他似乎好害怕。」她說到最後，聲音變得破碎。「還有他在想的那些事情——」她別過頭，我不好意思問布萊德利的畫面是他的記憶還是希望。

「他還是同樣的布萊德利。妳一定要記得這點。妳想像一下，如果今天換成是妳，其他人都能聽到妳不想說出口的事，妳會是什麼感覺？」

她嘆口氣，看著高高掛在天上的兩個月亮。「薇拉，艦隊裡有超過兩千個男性移民。兩千個。我們把他們都叫醒後，會發生什麼事？」

「他們會習慣的。男人都會。」

席夢輕蔑地一哼，聲音仍然沙啞。「女人呢？」

「嗯，這件事在這裡有點複雜。」

她又搖搖頭，然後注意到自己手上還握著繃帶。「妳要這個做什麼？」

我咬了一下嘴唇。「妳要冷靜點喔。」我慢慢拉起袖子，讓她看我手臂上的鐵環。鐵環周圍的紅腫更嚴重了，在月光下，我的數字閃閃發光。1391。

「薇拉。」席夢的聲音安靜得令人覺得危險。「是那個人對妳做的嗎？」

「不是對我。不過他的確這樣對付大多數女人。」我輕咳一聲。「這是我自己弄的。」

「妳自己？」

「我是有理由的。我晚點再解釋，現在我真的需要繃帶。」

她遲疑片刻，然後一面溫柔地為我的手臂纏上繃帶，一面直視我的雙眼。藥劑帶來的清涼讓我立刻舒服不少。「寶貝？」她的聲音溫柔又強烈，讓我幾乎無法看她。「妳真的好嗎？」

我努力擠出一個幾乎看不出的微笑，免得她太擔心。「我有很多事要告訴妳。」

「我同意。」她在繃帶上打個結。「也許妳現在就可以開始說。」

我搖搖頭。「不行，我得去找陶德。」

她的額頭皺起。「什麼……妳是說現在？」她背一挺。「妳不能就這樣隨便衝進戰場裡！」

「現在停戰了。我們剛剛才看到。」

「我們看到兩支大規模軍隊在前線紮營，然後我們的探測器就被打下來！妳不准去。」

「陶德在那裡。我必須去。」

「不可以。身為任務指揮官，我禁止妳去。不准爭辯。」

我眨眨眼。「妳禁止我去？」出乎意料地，我肚子裡燒起一把怒火。

席夢看到我的神情，表情變得柔和：「薇拉，妳過去五個月的經歷已經超出一般人的想像，但我們來了。我太愛妳，不能允許妳這樣以身犯險。妳不能去。不可以。」

「如果我們想達成和平，那就不能讓戰爭繼續擴大。」

「可是光靠妳跟一個男孩，怎麼可能？」

我真的開始憤怒，得努力提醒自己，她不懂。她不懂我經歷過的事，我跟陶德完成的事。她不知道現在的我，已經跟當初會讓別人禁止我做什麼事的我相差十萬八千里了。

我將手伸向橡果的轡繩。他跪了下來。

「薇拉，不行。」席夢大步走來。

服從！橡果驚嚇地大叫。

席夢害怕地後退一步。我用疼痛但正開始癒合的腿跨過橡果的馬鞍。

「席夢，誰都不能管我了。」我靜靜地說，努力想保持冷靜，卻發現自己對這件事的堅持出奇強烈。「如果我爸媽還在世，也許情況會不一樣。但他們已經不在了。」

她看起來像是想走過來，但她現在對橡果很有戒心。「只因為妳爸媽不在，不代表就沒有別人想照顧妳，能照顧妳。」

「拜託。妳必須信任我。」

她帶著煩躁中夾著難過的表情看著我。「妳不該長大得這麼快。」

「這……也是沒辦法的事。」橡果站起來，準備出發。「我盡快回來。」

「薇拉——」

「我必須找到陶德。就是這樣。而且既然現在沒在打仗，我得在柯爾夫人又開始炸東西前找到她。」

「至少妳不該自己去。我跟妳去——」

「布萊德利比我更需要妳。不管他心裡有什麼妳不想知道的事，他都需要妳。」

「薇拉——」

「我又不是要進入戰區。」我的聲音放柔，發現自己其實很害怕，所以想要道歉。我抬頭看向偵察船。「或許妳能叫出另一枚探測器跟著我？」

席夢若有所思，過了一會兒說：「我有個更好的辦法。」

[陶德]

「我們從附近的屋子取得毯子和食物。我們會盡快送些過來。」歐哈爾先生對鎮長說。

「謝謝你，隊長。記得也拿些給陶德。」

歐哈爾先生猛然抬頭。「長官，物資不是很充足——」

「拿吃的給陶德。還有一條毯子。天氣變冷了。」鎮長語氣更加堅決。

歐哈爾先生深吸一口氣，似乎不太高興。「是，長官。」

我說：「我的馬也要。」

歐哈爾先生對我皺眉。

鎮長說：「他的馬也要，隊長。」

歐哈爾先生點頭，氣呼呼地走了。

鎮長的人在軍營邊緣為我們清出一塊空地，中間燒著一堆火，旁邊有空間可坐，搭了兩座帳棚讓他與他的軍官睡覺。我坐得離他有點距離，卻又近得可以監視他。安荷洛德在我身邊，頭還是垂得很低，她的噪音依舊沉默。我不斷拍她，摸她，但她什麼都沒說，一點都沒說。

到現在為止，我也沒什麼好對鎮長說的，不斷有人向他回報，泰特先生還有歐哈爾先生不停告訴他這個那個。還有一些普通的士兵，很害羞地走過來祝賀他的勝利，似乎忘了這些麻煩從一開始就是他惹出來的。

我把臉貼近安荷洛德。「小乖，我現在該怎麼辦？」我低聲說。

因為我真的不知道現在該怎麼辦了。我把鎮長放走，他贏了第一場戰役，保住一個對薇拉來說安全的世界，實現我逼他許下的承諾。

可是他也得到一支會照他說的一切去做的軍隊，會為他死的軍隊。周圍有這麼多讓我不會有機會出手的人，就算真能打敗他又有什麼用？

「總統先生？」泰特先生走上前，拿著一根稀巴人的白棍子。「新武器的第一次報告。」

「請說，隊長。」鎮長很有興趣的樣子。

「這種武器像是某種強酸步槍。裡面有個空槽，裝著看起來像是兩種物質的混劑，應該屬於植物性。」他指著白棍上一個小孔。「然後某種卡榫會釋放一劑混劑，與第三種物質混合後，立刻透過小孔穿透一種凝膠——」泰特先生指著棍子末端——「之後從這裡發射，立刻霧化同時仍能保持集結狀態，直到射中目標，然後——」

「然後變成強效腐蝕性強酸，足以把手臂溶掉。」鎮長替他說完。「這麼短的時間就能有這麼傑出的結論，隊長，你的表現很好。」

「我鼓勵我們的化學家用最快速度工作。」泰特先生露出我很不喜歡的笑容。

「他到底在說什麼？」泰特先生走後，我問鎮長。

「你在學校沒念完化學嗎？」

「你把學校關了，還燒了所有的書。」

「啊，對，是有這麼回事。」他看向山頂，我們透過瀑布的水霧看見上方的火光，來自稀巴人的營火。「陶德，他們以前只懂狩獵跟採集，還有一點點野耕，算不上科學家。」

「意思是？」

「意思是，我們的敵人花了過去十三年在這充滿資訊的星球上，不斷聆聽我們，學習我們。」他敲敲下巴。「不知道他們是怎麼學習的，也許他們都是一個更大聲音的一部分。」

「如果你沒把城裡那些都殺光，那就能直接問了。」我說。

他不理我。「這一切意味著我們的敵人時時都在變得更強。」

我皺起眉頭。「你聽起來像是很高興的樣子。」

歐哈爾隊長走回我們身邊，兩手拿滿東西，表情很難看。「毯子和食物，長官。」鎮長對我點頭，強迫歐哈爾先生親手把東西遞給我。他遞完後又生氣地離開，不過他跟泰特先生一樣，已經做到讓人無法從噪音看出他為何如此生氣。

我把毯子蓋在安荷洛德身上，但她還是什麼都沒說。她的傷口已開始癒合，所以一定不是因為受傷。她只站在那裡，頭垂得很低，看著地上，不吃，不喝，我做什麼她都沒反應。

「陶德，你可以把她跟其他馬綁在一起。至少那樣她會比較暖。」

「她需要我。我不能丟下她。」

他點點頭。「你的忠誠令人激賞，我一直以來都注意到你有這種優秀的特質。」

「因為你自己半點也沒有？」

他又以那種微笑作答，那種讓人想把他的頭敲掉的微笑。「你該趁還有時間趕快吃東西睡覺。你不知道戰爭什麼時候又會需要你。」

「都是你挑起的戰爭。」我說：「要不是你，我們根本不會在這裡——」

「又來了。」他的聲音變得尖銳。「你得停止抱怨事情該要怎樣，要多想想現在是什麼狀況。」

這句話讓我有點生氣——

所以我看著他——

我想著現在——

我想著他被我用薇拉的名字轟炸，直到倒在教堂廢墟裡。我想著他想都沒想，就開槍殺了自己的兒子——

「陶德——」

我想著他在質問所拷問薇拉，看著薇拉在水裡掙扎。我想著薇拉讀著我媽在日記裡所寫的關於他的事，還有他對舊普倫提司鎮的女人做了什麼——

「陶德，那不是真的。事情不是那樣——」

我想著養大我，愛我的兩個人，想著希禮安只為替我爭取逃走的時間而死在我們的農場上，還有戴維在路邊開槍打死做了同樣事情的班。我想著滿奇，我那隻聰明得要死的狗，救了我之後也死了——

「那些事都與我無關——」

我想著遠支鎮被攻陷，我想著鎮長看著那裡的人被打死。我想著——

我是圓圈，圓圈是我。

他猛力送出，直接刺入我的腦袋。

「你住手！」我大叫，痛得一縮。

「陶德・赫維特，你暴露得太多了。」他喝斥我，終於有點生氣的樣子。「像你這樣廣播所有情緒，要怎麼領導其他人？」

「我沒想要領導別人。」我凶狠地回嘴。

「你把我綁起來的時候，是打算帶領這支軍隊的。如果又有那麼一天，你是不是該決定一切？你有繼續練習我教的事嗎？」

「我才不要學你教的東西。」

「由不得你不要。」他上前一步。「我會一直說到你信為止：陶德・赫維特，你是擁有力量的，可以主宰這個星球的力量。」

「可以主宰你的力量。」

他又露出微笑，但這次是個炙熱的笑容。「陶德，你知道我是怎麼不讓別人聽到我的噪音嗎？」

他的聲音扭曲而低沉。「你知道我是怎麼不讓別人聽到我所有的祕密嗎？」

「我不——」

他靠向我。「不費多少力氣。」

我同時在說：「給我退後！」可是——

又來了，在我腦子裡，我是圓圈，圓圈是我——

可是這次不一樣——

有種輕盈感——

一種讓人喘不過氣的感覺——

一種讓我反胃的失重感——

「我要給你一樣禮物。」他的聲音像燃燒的雲飄過我的腦子。「我給了所有隊長同樣的禮物。用它。用它來打敗我。這是我對你的挑戰。」

我看著他的眼睛，看著裡面的黑暗，完全吞下我的黑暗——

我是圓圈，圓圈是我。

我的世界只剩下這個聲音。

〔薇拉〕

我跟橡果穿過城裡時，四周安靜得詭異，有些區域甚至半點聲音都沒有，因為新普倫提司城中有很多人都在這寒冷的夜晚逃到某個地方去了。我根本沒法想像他們當時有多害怕，完全不知發生了什麼事，也不知前方有什麼等著他們。

我們穿過教堂廢墟前的空曠廣場，我回頭看著身後。在天空中，在依然佇立的鐘塔上方有另一個探測器，與稀巴人的箭保持距離的同時也追蹤著我，看著我前進。

不過我有的不只這些。

橡果和我出了廣場，走向通往戰場的路，離軍隊越來越近。近到我能看見他們在那裡等待。他們看著我騎馬靠近，士兵坐在睡袋上，縮在營火周圍，神情疲憊，近乎呆滯，看著我的樣子彷彿我是從黑夜中走出的鬼魂。

我緊張地對他低語：「橡果，我其實根本沒有任何計畫。」

有名士兵看我過來，站了起來，用來福槍指著我說：「停下來。」他很年輕，頭髮很髒，臉上的新傷口是藉微弱火光用拙劣的技術縫合起來的。

「我要見鎮長。」我努力穩住聲音。

「誰？」

「是誰？」又一名士兵站起來，也很年輕，也許跟陶德一樣年輕。

「是個恐怖份子。」第一個站起來的人說：「來放炸彈的。」

「我不是恐怖份子。」我說著，目光越過他們頭頂，想要找到陶德，想在逐漸升高的咆哮中聽到他的噪音——

第一個士兵說：「下馬。快點。」

「我叫薇拉・伊德。」橡果在我身下不安地左右挪動。「鎮長，你們的總統認識我。」

「不管妳叫什麼名字。給我下馬。」第一個士兵又說。

小馬女孩，橡果發出警告——

「我說，下馬！」我聽到來福槍的上膛聲，我開始大叫：「陶德！」

「我不會再警告一次！」那個士兵說完，其他士兵也開始站起來——

「陶德！」我又大叫一聲——

第二個士兵抓住橡果的韁繩，其他人往前擠。服從！橡果露出牙齒嘶叫，但那個士兵卻用來福槍打他的頭——

「陶德！」

許多隻手拉扯我，橡果嘶叫服從，服從！但士兵正把我拉下馬鞍，我用盡全力抓緊馬鞍——

「放開她。」一個聲音穿過所有叫喊聲，甚至不需要特別大聲。

士兵立刻放開我，我在橡果身上坐直。

鎮長說：「薇拉，歡迎光臨。」我們之間的人群清空了。

「陶德呢？你把他怎麼了？」

然後我聽到他的聲音——

「薇拉？」

——先是出現在鎮長身後一步，然後擠過他，用力撞他肩膀一下，強行擠到我身邊，眼睛大睜，眼神似乎有點迷茫，但他來了——

「薇拉。」他說著一面伸出手，他正在微笑，我也把手伸向他——

可是有那麼一刻，快速閃過的一刻，我覺得他的噪音不知哪裡怪怪的，某種輕飄飄，倏乎即逝的東西閃過——

有那麼一刻，我幾乎聽不到他的噪音——

然後他的情緒淹過那東西，又變回陶德，用力抓住我說：「薇拉。」

〔陶德〕

「然後席夢說，*我有更好的辦法。*」薇拉說著掀起新包包的蓋子，伸手進去拿出兩個扁平金屬塊，大小跟打水漂的石頭差不多，圓圓亮亮，正好放在手心。「通訊器。不管在哪裡，我們都能說話。」

她伸出手，把其中一個放進我手裡——

——我感覺到她的手指碰到我的那一刻，整個人又鬆了口氣，因為看到她，因為她在*這裡*，就在這裡，在我面前，即使她的沉默還是拉扯著我，即使她看我的眼神有點怪怪的——

她在看我的噪音，我知道。

我是圓圈，圓圈是我。他把它放進我的腦子，輕飄飄地消失了。說這是個「技巧」，讓我練習，好能和他還有他手下的隊長一樣沉默。

有那麼一會兒，有那麼一會兒，我覺得我——

她對她的通訊器說：「通訊器一號。」突然我手中的金屬變成一個手掌大的螢幕，滿滿都是薇拉微笑的臉。

感覺就像我把她捧在手中。

她輕輕一笑，給我看她的通訊器，裡面是我的臉，一臉驚訝表情。

「訊號透過探測器傳遞。」她指向城裡，有個光點浮在遠處道路上空。「席夢讓這個飛遠一點，免得被打掉。」

「聰明。」站在不遠的鎮長說：「我可以看看那個嗎？」

「不行。」薇拉甚至不看他。她按著自己的通訊器邊緣對我說：「如果這樣按，還可以跟偵察船通話。席夢？」

我在這裡，有個女人出現在我手上的螢幕裡，就在薇拉旁邊。妳那裡好嗎？剛才有陣子——

「我沒事。我跟陶德在一起。對了，他在這裡。」

陶德，很高興見到你。那女人說。

薇拉對那女人說：「我會盡快回去。」

我說：「呃……妳好？」

我會留意妳。還有，陶德？

我看著女人的小臉說：「什麼事？」

你照顧好薇拉，聽到沒？

「不用擔心。」

薇拉又按一下通訊器，兩人的臉消失。她深吸一口氣，給了我一個疲憊的微笑。「我才離開五分鐘，你就去打仗了？」她的語氣有點奇怪，但也許——

也許是因為我看過了那麼多死亡，所以我覺得她看起來有點不一樣。更真，更實在，彷彿我們兩個都還活著就是世上最神奇的事，我覺得胸口怪怪的，很緊繃，我想著她在這裡，在這裡，我的薇拉，她為了我而來，她在這裡——

我發現自己在想，我有多想再握起她的手，永遠不放開，感覺她的皮膚，她的溫暖，緊緊握在我手裡，還有——

「你的噪音怪怪的。」她又用奇怪的眼神看我。「很模糊。我能感覺到你的情緒——」她別過頭，我的臉沒來由地變紅。「——可是很難讀清楚。」

我正要告訴她鎮長的事，告訴她我的腦子似乎有過片刻空白，但當我再睜開眼睛，我的噪音變得更輕了些，又安靜了些——

我正要跟她說——

可是她壓低聲音靠近我問道：「像你的馬那樣嗎？」因為她騎馬來的時候，看到安荷洛德變得有多安靜，橡果甚至沒辦法讓她發出馬群的招呼。「是因為你看到的事情嗎？」

光這麼一句就讓戰爭又衝回我所有念頭的最前面，帶回所有恐怖。雖然我的噪音很模糊，但她一定還是看了出來，因為她握住我的手，一切只剩下關心和平靜我突然覺得想要縮在裡面一輩子哭一輩子我的眼睛變溼她看到後輕輕吐出一句：「陶德。」聲音裡充滿她全部的溫柔我不得不轉過頭不看她結果變成我們兩個同時看向鎮長，他站在營火對面，看著我們所做的一切。

我聽到她嘆了口氣，低聲說：「陶德，你為什麼放走他？」

我也低聲回答：「我沒有選擇。稀巴人要來了，軍隊只會跟他上戰場。」

「可是稀巴人一開始想要的也許就是他。他們發動攻擊都是因為他屠殺了其他稀巴人。」

「這個，我不是那麼確定。」我說完後，第一次允許自己去想1017，想到我有一次因為憤怒而折斷他的手臂，還有把他從一堆稀巴人屍體中拖出來，還有不管我怎麼做，好事也好壞事也好，他還是想要我死。

我回頭看她：「我們現在該怎麼辦，薇拉？」

「我們要阻止這場戰爭。柯爾夫人說，之前他們曾經有過和平協議，所以這次我們可以重來一遍。也許布萊德利跟席夢可以跟稀巴人談，告訴他們我們並不都像他一樣。」

「可是如果他們在被你們說服前就發動攻擊呢？」我們又轉頭看鎮長，他對我們點點頭。「在那之前，我們得靠他阻止稀巴人把我們殺光。」

薇拉皺眉。「所以，因為我們需要他，他就又一次逃過制裁。」

「有軍隊的是他。他們跟的是他，不是我。」

「那他跟的是你？」

我嘆口氣。「計畫是這樣。目前為止他都還遵守承諾。」

「目前為止。」她低聲說著，然後打個呵欠，用手腕揉揉眼睛。「我不記得上次睡覺是什麼時候了。」

我低頭看著自己的手，她的手不在了，想起她對席夢說的話。「所以妳要回去？」

「我得回去。我得找到柯爾夫人，免得她把情況變得更糟。」

我又嘆口氣。「好吧。可是記住我說的。我不會離開你。就算在腦子裡都不會。」

這時她真的又牽起我的手，什麼都沒說，但她什麼都不用說，因為我知道，我懂她她也懂我，我們又一起坐了一下，但最後她還是得走。她僵硬地站起來。橡果蹭了安荷洛德最後一次，然後走過來馱起薇拉。

「我會把我的狀況告訴你。」她舉起通訊器。「跟你說我在哪裡。我會盡快回來。」

「薇拉？」鎮長一看到她爬上橡果的馬鞍，便從營火另一邊走來。

薇拉翻起白眼。「幹嘛？」

「我在想，是不是能拜託妳跟妳船上的人表達一下，我隨時可以和他們會面。」他的口氣好像是來借個雞蛋。

「好啊，我一定會。然後，輪到我說。」她指著還浮在遠處空中的探測器。「我們也在看著你。你敢碰一下陶德，我只要一聲令下，船上的武器就可以把你轟成渣滓。」

我敢發誓鎮長的笑容變得更大了。

薇拉最後一次久久地看我一眼，然後走了，穿過城市去找柯爾夫人可能躲藏的地方。

「她真是很特別的女孩。」鎮長來到我身邊說。

「不准你提到她。永遠都不准。」

他沒回答。「快天亮了。你該去休息一下。今天發生了很多事。」

「我不想再有這樣的一天。」

「恐怕這不是你能決定的。」

「我可以。」因為薇拉說可能有解決的辦法，所以我感覺好了些。「我們會再跟稀巴人和談。你只需要擋住他們，直到我們成功。」

「是這樣嗎？」他似乎覺得很好笑。

「對。」我刻意加重語氣。

「事情不會這樣，陶德。如果他們覺得佔有優勢，他們根本不會有興趣跟你們談。如果他們確定可以殲滅我們，為什麼會想和談？」

「可是——」

「不用擔心，陶德。我很瞭解這場戰爭。我知道該如何打贏這場戰爭。只要讓敵人看到你能打贏他，那你要什麼樣的和平都行。」

我想回嘴，但我終於累到不想跟他辯。我也想不起上次睡覺是什麼時候的事了。

鎮長對我說：「你知道嗎，陶德？我可以發誓，你的噪音變得更安靜了。」

然後——

我是圓圈，圓圈是我

他又朝我的腦子送來同樣輕盈、飄浮的感覺——

讓我的噪音消失的同樣感覺——

我沒告訴薇拉的感覺——

（因為這能讓戰爭的慘叫聲也消失，讓我不會一遍又一遍看到死亡——）

（而且是不是還有點別的什麼東西？）

（在輕盈後面有種低沉的嗡嗡聲——）

「你從我腦子裡出去。我告訴過你，如果你想控制我——」

「陶德，我不在你腦子裡。這就是最棒的地方。一切都在你的掌控下。多練習。這是個禮物。」

他說。

「我不要你的禮物。」

「我絕對相信你的話。」他還在微笑。

「總統先生？」又是泰特先生打斷我們。

「啊，隊長。第一波情報送來了嗎？」

「還沒有。」泰特先生說：「我們預計天亮後會收到。」

「到那時候他們會告訴我們河的北邊有某種程度的動靜，但河太寬，稀巴人不可能渡過，還有山脈南邊也有動靜，但那裡太遠，稀巴人不可能有效利用那塊區域。」鎮長轉頭回看山坡。「不，他們一定會從那裡開始攻擊我們。這點我很確定。」

「長官，我不是為了這個理由來的。」泰特先生舉起懷裡一捆折起的布。「我花了點時間才在教堂廢墟裡找到，但它出奇地完整。」

「太好了，隊長。」鎮長接過他手上的布，聲音充滿著真心的滿意。「真的非常好。」

我問：「那是什麼。」

鎮長手一抖，攤開布料，舉了起來。是套剪裁筆挺的西裝外套和配套長褲。

「我的將軍制服。」他說。

泰特先生跟我還有附近營火邊的所有士兵都看著他脫掉沾滿鮮血和泥土的普通外套，穿上一件絕對合身的深藍外套，每邊袖子上都有條金邊。他用手掌拍拍，然後轉頭看我，眼中依然帶有同樣的笑容。

「讓和平之戰開始。」

〔薇拉〕

橡果和我順著路走回去，穿過廣場，遠處的天空隨著日出到來，染上一抹粉紅色。

我邊走邊看著陶德，直到再也看不到他。我很擔心他，擔心他的噪音。我走的時候，它還是模糊得十分奇怪，很難看清細節，但感情卻非常清晰——

(──包括那些感情，就在他開始尷尬前剛出現的感情，身體的感情，沒有語言，專注在我的皮膚上，是他有多想再碰碰我，讓我想要──)

──我又開始想，他是不是跟安荷洛德一樣受到戰爭的震撼，是不是他在戰爭中看到的景象糟糕到讓他甚至不能去看，就連在噪音裡也一樣，我光用想的就要心碎了──

這是另一個該停戰的理由。

我把席夢給的外套拉得更緊。天氣很冷，我整個人都在發抖，但能感覺自己在流汗，根據受過的醫護訓練，我知道這表示我發燒了。我拉起左袖，翻起繃帶。鐵環周圍的皮膚還是又腫又紅。

現在還有一條條紅線伸向手腕。

我知道這紅線表示感染。很嚴重的感染。

繃帶壓制不了的感染。

我把袖子拉下，努力不去想。努力不去想那代表的意義。我沒告訴陶德情況多糟，因為我還得找到柯爾夫人。

「好吧，她一直在說海，不知道海是不是真有那麼遠，像她──」

我口袋裡的通訊器突然嗶嗶叫，嚇了我一跳。

「陶德？」我立刻回答。

是席夢。

妳最好立刻回來，她說。

「為什麼？」我緊張地回答。「發生什麼事？」

我找到妳的「答案」了。

之前

我從營火邊拿了些食物，太陽正要升起。大地看著我拿起一個鐵鍋，裝滿濃湯。他們的聲音完全敞開——他們不可能身為大地的同時還把聲音關起來——所以我能聽到他們在討論我，他們的想法在彼此間傳遞，形成一個個意見，然後是反對意見，來來回回，快到我幾乎跟不上。

然後，他們達成決定。大地之一站起來，給我一個大大的骨頭湯匙，好讓我不用直接就著碗喝濃湯，而在她身後我可以聽到大地的聲音，他們的聲音，同時對我送來友誼。

我伸出手要接下。

我用負擔的語言說：謝謝。

又來了，他們聽到我所說語言時的些許不安，那厭惡如此怪異，如此個人，如此表現出他們感覺到的恥辱。這念頭很快就被捲走，在聲音的漩渦裡被駁回，但有那麼一刻它的確存在。

我沒接下湯匙。我走開時聽到他們的聲音在身後喊著道歉，但我沒有回頭，而是走到一條之前找到的小路，順著路邊爬上崎嶇的山邊。

大地多半在平坦的路邊紮營，但我往上爬時，看到山坡上也有別人，都是原本住在山上的大地，他們跟下面的大地一樣，已習慣陡峭的環境，來自河邊的大地也都睡在臨時做的船上。

可是，大地是一體的，不是嗎？大地沒有其他，沒有他們或是那些。

只有一個大地。

我就是那個局外人。

我走到一處地方，山坡陡得我得手腳並用才爬得上去。有塊突出，讓我可以坐在上面看著下面的大地，就像大地可從懸崖上方看到下面的空地。

一個我能獨處的地方。

我不該獨處。我的特別大地應該跟我一起，一起吃飯，看著天空漸漸亮起，努力不要睡著，並肩等著下個階段的戰爭。

但我的特別大地不在這裡。

因為我的特別大地被空地殺死。他們先把負擔從後花園跟地窖，還有鎖起的房間跟傭人房聚集起來。我的特別大地跟我被關在花園的工具間，那個晚上工具間的門打開時，我的大地開始反抗。為了我而反抗。反抗他們，不讓他們把我帶走。

結果被重刀砍倒。

我被拖走，發出空地強迫我們吃下的「藥」後，根本不能稱為聲音的彈舌聲，那聲音根本沒辦法描述我被強迫離開我的特別大地，被強迫丟進一群負擔中，而他們得壓住我，才能讓我不跑回工具間。

免得我也被砍死。

我因此痛恨負擔。恨他們不讓我當時就死了，那時我的悲傷還沒重到能殺死我。恨他們居然——

恨我們竟然就這樣接受命運，叫我們去哪裡就去，叫我們吃什麼就吃，睡哪裡就睡。在這麼長的時間裡，我們反抗過一次，只有一次。反抗匕首和他身邊另外那個，那個很大聲，體形比較大，但看起來比較年輕那個。當匕首的朋友因為純粹殘忍的取樂而在我們其中一個的脖子上扣環時，我們反抗了。

有一瞬間，在沉默中，負擔再次瞭解彼此。有一瞬間，我們真的重新成為一體，連結起來。

不再孤獨。

我們反抗。

其中一些死了。

然後我們再也不曾反抗。

當一群空地帶著來福槍跟刀來時沒有反抗。被他們排成一排排開始屠殺時沒有反抗。用槍射我們，砍劈我們，發出他們稱為笑聲的彈舌聲。殺死老的與小的，母親與嬰兒，父親與兒子。如果我們想反抗，就會被殺。如果不反抗，還是會被殺。如果我們想逃，就會被殺。如果不逃，還是會被殺。

一個接著一個接著一個接著一個。

無法分享我們的恐懼。無法合作保護自己。無法在死去時獲得安慰。

所以我們孤獨地死去。每一個。

除了一個。

除了1017。

殺戮開始前，他們一個個檢查鐵環，直到找到我，把我拖到牆邊，強迫我看。看著負擔的彈舌聲變得越來越少，看著草因為我們的血而變黏，直到我成為全世界唯一活著的負擔。

然後他們用力敲我的頭，我在一堆屍體間醒來，每張臉我都認得，每隻手都曾安慰地碰過我，每張嘴都與我分享過他們的食物，每隻眼都努力分享他們的恐懼。

我獨自在死者之中醒來，他們擠著我，令我窒息。

然後匕首出現了。

在這裡——
把我從負擔的屍體中拉出來——
然後我們一起滾到地上，我從他身邊滾開——
我們看著對方，呼吸在冰冷的空氣中凝成白雲——
他的聲音敞開，充滿對眼前景象的痛苦與驚駭——
他一直感覺到的痛苦跟驚駭——
一直威脅要壓倒他的痛苦跟驚駭——
可是從來沒壓倒他。
「你活著。」他很放鬆，很開心，看到我站在死者中間，我會永遠孤獨孤獨孤獨，他開心到我發誓要殺了他——
然後他問起自己的那個特別空地——
居然問我，當我的同胞被殺戮時，我有沒有看到他的特別空地——
我的誓言立刻變得牢不可破——
我讓他看到我會殺死他——
我用剛恢復的虛弱聲音讓他看到我會殺死他——
我會的——
我現在就會，現在立刻就會——

你安全了，一個聲音說——

我站起來，驚慌地揮著拳頭。但很輕易就被天空更大的手抓住，當我因為夢醒的驚訝而往後倒，差點就從石頭上摔下去。他又一次拉住我，但這次他的手握在鐵環上，我一面被他拉得站直，一面痛得大叫，而他的聲音立刻包圍住我聲音中的痛，把它捲走，減緩它，抱住它，直到我手臂中的火焰平靜下來。

天空以負擔的語言溫和地問：還是這麼痛？

我重重喘氣，因為突然被吵醒而驚訝，因為發現天空在我身邊而驚訝，因為出奇疼痛而驚訝。對，我一時間只能說這麼多。

對不起，我們一直沒治好，他向我展示。大地會加倍努力。

我對他展示：大地的努力應該用在別的地方。這是空地的毒，原本用在他們的動物身上，可能只有他們能治。

大地從空地那裡學到很多。我們聽到他們的聲音，雖然他們聽不到我們。然後我們學習。天空的聲音隨著激動而升起。我們會救回歸。

我不需要被救。

你不想要被救，這是另一回事，這也是大地會開始思考的事。

我手臂的痛開始紓緩，我揉揉臉，想要清醒。

我不是故意睡著。直到空地離開之前，我絕不想睡。

天空思索並展示：直到那時你的夢中才會平靜？

你不了解，你沒辦法。

我再次感覺他的溫暖包圍著我的聲音。

回歸錯了。天空可以在回歸的聲音中分享過去，這是大地聲音的天性，所有經驗都是一體的，沒有什麼會被遺忘，一切都是——

那跟親身經歷不一樣，我打斷他的話，知道自己的行為很無禮。記憶跟被記住的事是不一樣的。

他又想了想，可是溫暖還在，然後終於展示：也許不是。

你想要什麼？我的展示也許大聲了點，並因為他的慈祥而覺得羞愧。

他按上我的肩膀，我們一起看著下方順著道路往後蔓延的大地，右邊直到俯瞰空地的山坡頂，左邊則到視線最遠處，繞過河彎，我知道還有更多在我看不到的地方。

天空展示：大地休息。大地等待。等待回歸。

我什麼都沒展示。

他又展示：你是大地之一，不管你現在覺得有多疏離，可是大地今天不只等著這件事。

我轉頭看他。有什麼變了嗎？我們要攻擊了嗎？

還沒有，可是打仗的方法很多。

然後，他打開聲音，讓我看到大地之中其他人眼中看到的景象——

隨著新生的太陽照入更深的山谷而顯現出的其他人——

我看到了。

我看到即將發生的事。

我感覺到自己的一小點暖意閃動。

風暴

〔薇拉〕

柯爾夫人說：「孩子，妳能想到更安全的地方嗎？」

席夢呼叫我後，橡果跟我以最快速度直接騎回山頂。

答案現在就駐紮在那裡。

寒冷的太陽正在升起，照在一片空地上，擠滿拖車跟人還有正在搭起的營火。他們已架起一座伙食帳，納達利夫人跟勞森夫人忙著調配補給品跟分配食物，藍色的A依然大大寫在她們的衣服上，還有幾張人群中的臉上。麥格努斯還有其他幾個我認得的人正在架帳棚，我對維夫揮揮手，他正在張羅答案的牲口。他的妻子珍跟他一起，她揮手揮得用力到我覺得她會受傷。

「也許妳朋友不想參與戰爭。」柯爾夫人坐在被當作床的拖車上吃早餐，就停在偵察船門口附近。「不過如果鎮長或稀巴人決定要攻擊，我想他們應該會願意保護自己。」

「妳還真有膽子。」我生氣地說，依然坐在橡果背上。

「我是挺有膽子。」她又吃了一口粥。「因為我得有膽子才能讓我的人活下來。」

「直到妳決定再次犧牲他們。」

她一聽，眼神立刻憤怒地閃爍。「妳以為妳了解我。妳說我是壞人，很邪惡，是暴君。沒錯，我是做了些困難的決定，但是薇拉，那些決定都只為了一個目標。就是除掉那個人，讓安城恢復成原來的樣子。不是為了屠殺而屠殺。不是毫無目的地犧牲好人。孩子，這結果似乎跟妳的目標一樣。就是和平。」

「妳用戰爭來達成和平。」

「我用成年人的方法來達成和平。不講禮貌也不好看，但很有效。」她看向我身後的人。「早安。」

「早安。」席夢從偵察船的船板走下來。

我問：「他怎麼樣？」

「正在跟艦隊通話，看看他們有沒有任何醫療建議。」她雙手抱胸。「目前為止還沒有。」

柯爾夫人說：「我沒有藥劑了，但有些天然藥材可以紓緩。」

我說：「妳離他遠些。」

「薇拉，不管妳願不願意相信，我仍然是個醫婦。我甚至想為妳治療，因為我一眼就看出妳在發燒。」

席夢擔心地看著我。「薇拉，她說得對。妳看起來不太好。」

「這個女人永遠不能再碰我。永遠。」

柯爾夫人重重嘆了口氣。「就算讓我補償妳也不行嗎？就當作我們講和的第一步？」

我看著她，猜想她的動機，想起她出色的醫術，她當初想要救活柯琳的努力，還有她光靠意志力就將一群醫婦跟病人變成像她所說，如果稀巴人沒來的話，甚至能夠推翻鎮長的軍隊。

可是我也記得那些炸彈。我記得最後一枚炸彈。「妳想殺我。」

「我想殺的是他。這兩件事不一樣。」

「上面還有空位嗎？」我們後面有個聲音說。

所有人都轉過身。說話的是個滿身塵土的男人，穿著一身破破爛爛的制服，眼神狡猾。我認得這眼神。

「伊凡？」

「我在教堂醒來時發現周圍在打仗。」

我看到後面有其他人跟著他走向伙食帳，都是想幫我跟陶德推翻鎮長的男人，當時他們被鎮長的噪音攻擊打昏，最後一個倒下的是伊凡。

我其實不確定是否樂意見到他。

我說：「陶德總說哪裡權力大你就往哪走。」

他雙眼一閃。「我就是這樣活下來的。」

「這裡非常歡迎你。」柯爾夫人說得像這裡歸她管一樣。伊凡點頭，自己去找東西吃。我轉頭看她，看到她因為我剛才所說關於權力的話而微笑。

因為他來找她了，不是嗎？

［陶德］

鎮長說：「她這樣做很聰明。換作是我也會這樣做，盡量讓我們的新居民站在她那邊。」

薇拉一大早就呼叫我，跟我說了答案出現在山頂的事。我發現自己正在嘗試看看能不能瞞過鎮長，放輕我的噪音，而且表現出毫不費力的樣子。

他還是聽到了。

我說：「沒有哪邊。不能再分哪一邊。只能是我們所有人一起對抗稀巴人。」

鎮長只嗯了一聲當作回應。

「總統先生？」歐哈爾先生又帶了另一份報告來。鎮長讀著，眼神飢渴。

因為什麼都還沒發生。我想他以為天一亮就會重新開打，但寒冷的太陽升起後，什麼都沒發生，現在已經快中午了，還是什麼都沒發生。就像昨天那場戰役完全沒發生過。

（只是它其實已經發生——）

（只是它繼續在我腦袋裡發生——）

（我盡量放輕地想，我是圓圈，圓圈是我——）

「這並沒有讓情況變得更明朗。」鎮長對歐哈爾先生說。

「有報告說南方可能有動靜——」

鎮長把一疊紙塞回歐哈爾先生手上，打斷他的話。「陶德，你知道嗎，如果他們選擇全面進攻，我們其實是完全束手無策的？我們的武器彈藥早晚會用盡，我們的人早晚會死，最後他們剩下的人還是多到足以殲滅我們。」他邊想邊輕敲著牙齒。「為什麼他們還沒進攻？」他轉向歐哈爾先生。「叫他們靠近些。」

歐哈爾先生一臉驚訝。「可是，長官——」

「我們需要知道。」

歐哈爾先生看了他一秒，然後說：「是的，長官。」之後他轉身離開，但看得出並不高興。

我說：「也許稀巴人想事情的方法跟你不一樣。也許他們的目標不只是打仗。」

他笑了。「對不起，陶德，但你並不了解我們的敵人。」

「或許你也不了解，至少沒有你以為的了解。」

他不笑了。「我以前打敗過他們。就算他們變得更強，變得更聰明，我還是能再打敗他們一次。」他拍掉將軍制服長褲上的灰塵。「你等著看好了，他們一定會進攻，等他們進攻時，我會打敗他們。」

「然後我們就要和談。」我堅決地說。

「是的，陶德。你說了算。」

「長官？」這次是泰特先生。

「什麼事？」鎮長轉向他。

可是泰特先生沒有看著我們。他在看我們後面，軍隊後面，軍隊的咆哮也正因所有人看到同樣的景象而改變。

鎮長跟我轉身去看。

有那麼一刻，我真不敢相信自己的眼睛。

〔薇拉〕

「我真的覺得該讓柯爾夫人看一下。」勞森夫人說著，擔憂的雙手為我的手臂重新包紮。

我說：「妳做得就夠好了。」

我們回到偵察船上臨時湊出的小治療室。隨著早晨過去，我真的開始覺得不舒服，所以去找了勞森夫人，她看到我時，擔心得幾乎說不出話來。她幾乎不等席夢許可便拖著我上船，開始讀船上所有新儀器的說明書。

「這是我能找到最強的消炎藥。」她把新的繃帶包好。藥力滲進去時，感覺很清涼，可是紅線已從鐵環位置往兩邊延伸。「我們現在只能等了。」

我說：「謝謝妳。」可是她幾乎沒聽進去，就繼續開始檢查船上的醫療藥品。她向來是所有夫人中最善良的，長得嬌小圓潤，負責醫治安城的孩子，向來是最想讓人不再受苦的那個。

我讓她繼續去忙，自行走下船艙外的斜板，回到山頂，答案的營地如今看起來幾乎是永久性的建築，偵察船老鷹般的形影像在守護他們。周圍是一排排整齊的帳棚跟營火、補給品區和會議區。不到一個早上，這裡已經看起來像是我剛加入時的那個營區。我穿過營區時，有些人看到我便開心地打招呼，但有些人完全不肯跟我說話，不確定我在整件事中扮演什麼角色。

我也不確定自己在扮演什麼角色。

我讓勞森夫人替我治療是因為我要回去找陶德，雖然我現在真的很累，甚至不確定自己會不會在馬鞍上睡著。我今天早上已經跟他通過兩次話。他在通訊器上的聲音聽起來尖銳又遙遠，從通訊器的小喇叭傳出來的噪音也很模糊，被周圍軍隊的噪音包圍淹沒。

可是看到他的臉還是很有幫助。

「那些都是妳的朋友嗎？」布萊德利在我後面從斜板上走下來。

「你來啦！」我直接走入他的懷抱。「你覺得怎麼樣？」

他的噪音說：很吵，勉強笑了一下，但他的噪音今天其實平靜了點，沒那麼驚慌了。

「你會適應的。我保證。」

「我不想適應也沒辦法。」

他撥開我眼前一縷頭髮，噪音說著她長大好多，好蒼白。他的噪音中出現我去年的樣子，正在他的課上學數學公式。我看起來好小，好乾淨，我忍不住笑了。

「席夢跟艦隊談過。他們同意採取和談的方式。我們要嘗試跟那些稀巴人接觸，並為這裡的人提供人道援助，可是我們最不打算做的就是參與一場完全與我們無關的戰爭。」他捏捏我的肩膀。「薇拉，妳警告我們不要參與是對的。」

「我只希望知道現在該怎麼辦。」我轉頭不去聽他的稱讚，想起自己差點做出另一個選擇。「我一直想讓柯爾夫人跟我說第一次和談是怎麼達成的，但是——」

我沒再說下去，因為我們都看到有人跑過山頂，不斷轉頭張望不同的臉，然後看到偵察船，看到我之後，飛快地跑來——

布萊德利問道：「那是誰？」但我已經離開他的懷抱——

因為那是——

「阿李！」我大叫，開始跑向他——

他的噪音在說，薇拉，薇拉，薇拉，薇拉，他跑到我面前拉住我，讓我喘不過氣且手臂發痛地抱著我轉了一圈。「感謝上帝！」

「你好嗎？」他放開時我問他：「你是從哪裡——」

他氣喘吁吁地說：「河！河怎麼了？」

他看向布萊德利，然後看我，噪音變得更大聲，聲音也變大：「你們沒看到河嗎？」

［陶德］

「怎麼可能？」我抬頭看著瀑布——

看著瀑布越來越安靜——

看著瀑布漸漸消失——

稀巴人把河關掉了。

「非常聰明。」鎮長自言自語。「真的非常聰明。」

「在說什麼？我幾乎對他大吼。「他們在做什麼？」

軍隊中的每個人都在看，咆哮大到簡直令人不敢相信，看著瀑布漸漸變小，就像有人把水龍頭關掉，下面的河流也開始縮水，原本是河岸的地方現在變成好幾公尺寬的泥巴地。

「歐哈爾隊長，我們的間諜沒有任何消息嗎？」鎮長的口氣很不高興。

「完全沒有，長官。如果他們是用水壩，那水壩的位置應該相當遠。」

「那我們需要知道他們是怎麼辦到的，不是嗎？」

「現在嗎，長官？」

鎮長氣得眼睛大睜，轉頭看他。歐哈爾先生立刻行禮，快速離開。

「到底怎麼回事？」我說。

「他們想要打拖延戰。不直接攻打，而是把我們的水拿走，等我們變得虛弱，他們就可以直接踩過我們。」他的聲音聽起來幾乎像在生氣。「他們不該這麼做，陶德。我們不會允許他們這麼做。泰特隊長！」

「是的，長官。」泰特先生一直站在旁邊跟我們一起看。

「叫所有人排成戰鬥隊形。」

泰特先生一臉驚訝。「長官？」

「你對命令有問題嗎，隊長？」

「長官，這是上坡戰。您之前說過——」

「那是在敵人拒絕按照規則玩之前。」他的話開始充滿空中，到處盤旋，溜進我們營地周圍所有士兵的腦袋裡。「每個人都必須盡他的義務。每個人都要戰鬥，直到戰爭勝利。他們不會料到我們會這麼猛烈地對他們進攻，突襲會讓我們獲得勝利。明白嗎？」

泰特先生說：「是的，長官。」然後走入軍隊中，吼叫發令，而我們周圍最近的士兵已經開始穿戴裝備，排好隊形。

「陶德，你也要準備好。」鎮長看著他離開。「我們今天就把這件事做個了結。」

〔薇拉〕

「怎麼可能？他們是怎麼辦到的？」席夢問。

「妳能不能讓探測器往上游飛？」柯爾夫人問。

「那只會又被他們打下來。」布萊德利說著，繼續撥動探測器的遙控面板。

我們聚集在立體投影周圍，布萊德利將投影打在船翼下的陰影中。我、席夢、布萊德利、阿李，還有柯爾夫人，以及隨著消息傳開，越來越多「答案」的人逐漸聚在一起。

布萊德利說：「那裡。」投影變得更大。

人群中傳來倒抽冷氣的聲音。河幾乎完全乾了。幾乎完全沒有瀑布了。畫面抬高一點，但我們只能看到瀑布上面的河流也開始乾涸，稀巴人軍隊是一旁路邊的一片白色與土灰色。

席夢問：「有其他水源嗎？」

柯爾夫人說：「有幾個，少數幾條小溪跟池子，可是……」

席夢說：「那我們有麻煩了。不是嗎？」

「妳覺得我們的麻煩現在才剛開始？」阿李不解地轉向她。

柯爾夫人對布萊德利說：「我早就告訴你不要低估他們。」

「不對，妳說的是直接把他們炸成渣，連達成和平的努力都省了。」布萊德利回答。

「你覺得我說錯了嗎？」

布萊德利又撥動遙控器，探測器在空中升得更高，顯示出更多稀巴人軍隊順著道路蔓延，看起來有數千人。我們後面傳來抽氣聲，都是第一次看到稀巴人軍隊居然這麼大的答案人。

布萊德利說：「我們不可能殺光他們。這樣只是確定我們將會滅亡。」

「鎮長在做什麼？」我的聲音緊繃。

布萊德利再次調整投影角度，我們看到軍隊排成隊伍。

「不可能吧，他不會吧。」柯爾夫人低聲說。

「不會什麼？不會什麼？」我說。

她答道：「攻擊。這樣簡直是自殺。」

通訊器嗶嗶響起，我立刻接了起來。「陶德？」

薇拉？他說，擔心的臉出現在我掌心。

「發生什麼事了？你還好嗎？」

薇拉，是河，是河——

「我們看得到。我們正在看——」

他說：瀑布！他們在瀑布裡！

［陶德］

消失的瀑布影子下有一排燈，順著我跟薇拉當初逃離亞龍時走的路，一條溼答答、滑溜溜的石頭路，藏在巨大的水牆後，通往一塊岩壁上的廢棄教堂。裡面的牆上畫著一個白圈和有兩個圍繞的小圈，代表這個星球跟兩個月亮，現在也看得到那裡在發光，就在一條由光點連成的線條上方，光點打在懸崖剛露出的潮溼岩壁表面。

我透過通訊器對薇拉說：「妳能看到嗎？」

她說：「等等。」

鎮長說：「陶德，望遠鏡還在你那裡嗎？」

我忘記我把望遠鏡拿回來了。我跑到安荷洛德身邊，她依然無聲地站在我的東西旁。「不要擔心。」我一面對她說，一面在袋子裡翻找。「我會保護妳。」

我找到望遠鏡，等不及走回鎮長那裡便舉在它眼睛前面。我按了幾個按鈕，把畫面拉近——

「陶德，我們現在可以看到他們了，薇拉從我握在另一隻手中的通訊器說：是一群稀巴人，他們在我們那時候躲藏的岩壁上——」

「我知道，我也看到了。」

「陶德，你看到什麼？」鎮長走到我身邊說。

薇拉問：「他們手裡拿的是什麼？」

「某種弓。可是看起來不像——」

他說：「陶德！」我抬頭看望遠鏡上方——

一個光點正脫離瀑布上的成排光點，從教堂牆上的符號往下飛，以緩慢的圓弧飛向河床——

鎮長說：「那是什麼？箭沒那麼大。」

我透過望遠鏡看，想找到光點，越來越近——

在那裡——

看起來像在搖晃，一會兒出現，一會兒消失——

我們一起轉頭看它順著河往下飛，拐個彎飛過最後一點水面——

薇拉說：「陶德？」

「陶德，那到底是什麼？」鎮長對我咆哮。

我透過望遠鏡看——

它的路徑在空中拐彎——

開始繞回軍隊的方向——

朝我們來——

而且它其實不是在閃——

它是在轉——

那光也不只是光——

是火——

「我們得撤退。我們得退回城裡。」我繼續盯著眼前的望遠鏡。

薇拉正在尖叫：「陶德，它正朝你飛過去！」

鎮長終於受不了了，想把我手中的望遠鏡搶走——

「喂！」我大叫一聲——

揍了他側面臉一拳——

他後退了幾步，驚訝多過疼痛——

然後所有人的尖叫讓我們轉身——

旋轉的火飛到了軍隊這裡——

聚在一起的士兵想要散開，想要躲開——

它正朝我們飛來——

正朝我飛來——

可是士兵太多，太多人擋在路上——

旋轉的火穿過他們——

大約頭部高度——

最先被打中的士兵幾乎被炸成兩半——

而且它還沒停——

千它的沒停下來——

旋轉速度甚至沒有減慢——

它就像點火柴一樣撕裂士兵的隊伍——

毀掉所有直接擋在面前的人——

用一種黏稠的白火吞沒兩邊的人——

它還在飛——

速度還是一樣快——

直直朝我飛來——

朝我跟鎮長飛來——

沒有地方逃——

我大喊：「薇拉！」

〔薇拉〕

「陶德！」我對通訊器大喊，看著火焰繞過空中，打中一群士兵——

穿過一群士兵——

我們後面看著投影的人群開始發出尖叫——

火焰撕裂軍隊，就像用筆畫線一樣簡單，邊飛邊畫出弧線，把士兵撕成碎片，讓所有人逃跑，將附近的一切全都纏上火焰——

我對通訊器大吼：「陶德！快走！」

可是我看不到他的臉了，只有火焰在投影畫面中切出一條道路，殺死碰到的一切，然後——

然後它升起來了——

阿李站在我身邊說：「這什麼鬼？」

它飛到軍隊上方，離開人群，離開它正在屠殺的人——

布萊德利說：「它還在拐彎。」

席夢問柯爾夫人：「那到底是什麼？」

「我從來沒看過。」柯爾夫人目光不離投影。「稀巴人顯然沒有浪費時間。」

我對通訊器說：陶德？」

但他沒有回答。

布萊德利用拇指在遙控器上畫出一個方形，投影畫面中出現一個盒子，被著火的物品包圍，在主畫面旁邊放大。他又撥弄一下，影像減慢，火焰是在一個旋轉的S形雙刃物品上燃燒，火光明亮猛烈到難以直視——

「它要回瀑布去！阿李指著主要投影畫面，這燃燒的東西從軍隊中升起，繼續繞圈，繼續飛得又猛又快。我們看著它在空中飛得更高，畫出一個長長的圓，順著之字形山路往上，飛向乾涸瀑布下的平台，繼續旋轉燃燒。現在已能看見那裡的稀巴人，有幾十個，在弓的末端拿著更多燃燒的刀刃。飛刃朝他們飛去時，他們甚至閃都沒閃，我們看到其中一個稀巴人的弓是空的，剛開始的第一道攻擊就是他發動的——

我們看著他立起弓，露出下面一個彎勾，在最完美的時間點把空中飛行的S鉤住，熟練地一翻，立刻重新卡好S型刀刃，準備再次攻擊，刀刃就跟那稀巴人的身體一樣長。

在反射的火光中，我們看到稀巴人的手掌、手臂和身體都塗滿一層又厚且有彈性的陶土，保護他不受燒傷。

「陶德？」我對通訊器大喊：「你在嗎？你快逃，陶德！你得逃——」

然後在大螢幕上，我們看到所有稀巴人舉起弓——

「陶德！回答我！」

他們的動作整齊劃一——

同時攻擊——

［陶德］

我大叫：「薇拉！」

可是我的通訊器沒了，望遠鏡也沒了——

都被逃跑的士兵組成的人牆撞掉，一群人又推又擠又尖叫——

有些人還在燃燒——

旋轉的火焰把我面前的人依行進弧線切割，他們還來不及反應就已被殺死，同時還把兩旁幾排的人通通點燃——

當我的頭也要被砍掉時——

它飛起來了——

飛入空中——

轉彎——

飛回來時的岩壁——

我原地轉個圈，想看能往哪裡跑——

這時，在士兵的尖叫聲中——

我聽到安荷洛德在尖叫——

我立刻推打撞擠好能趕到我的馬身邊——

「安荷洛德！」我大叫。「安荷洛德！」

我看不到她——

可是我聽到她害怕得在尖叫——

我更用力往前擠——

這時我感覺有人抓住我的領子——

「陶德，不能去！」鎮長大叫著把我往後拉——

「我得去找她！」我大吼，用力往反方向扯——

他大叫：「我們得逃！」

這實在太不像鎮長會說的話，所以我轉身看他——

可是他正看著瀑布——

我也看了——

結果——

結果——

上帝啊——

一道火焰組成的弧形正衝出岩壁邊緣——

稀巴人的每一支弓都發射了——

幾十支——

幾十支武器，足以讓整支軍隊變成灰燼和屍體——

「快點！」鎮長大叫，又開始扯我。「回城裡！」

可是我看到人群中出現一段空隙——

我看到安荷洛德怕得人立起來——

眼睛睜得大大地，看著拉著她的手——

我撲向她——

離開鎮長——

士兵擠在我們之間——

「乖，我在這裡！」我一面大叫一面往前擠——

可是她一直尖叫一直尖叫——

我來到她身邊，撞開一個想爬上她馬鞍的士兵——

旋轉的火焰越來越近——

這次從兩個方向繞向我們——

從兩邊逼近——

所有人逃向四面八方，有人衝回城裡，有人跑向乾涸的河，甚至跑向之字形山路——

我說：「妳得快跑，乖乖！」

然後，旋轉的火焰追上來了——

〔薇拉〕

「陶德！」我再次尖叫，看到火焰集中在河面上，還有一些從另一個方向繞來，順著山谷邊緣繞過來——

從兩邊同時攻擊軍隊——

我大叫：「他在哪裡?!你看得到他嗎？」

布萊德利說：「亂成一團，我什麼都看不到。」

「我們得想辦法！」

柯爾夫人對上我的視線。她正探索著我的臉，很努力地探索——

「陶德？」我對通訊器說：「拜託你，回答我！」

阿李大叫：「追上軍隊了！」

所有人都轉頭去看投影——

看到旋轉的火焰切過四面八方潰逃的軍隊——

它們會趕上陶德——

它們會殺了他——

它們會殺了下面的每個人——

我說：「我們得阻止他們！」

「薇拉。」布萊德利的聲音帶著警告。

席夢說：「怎麼阻止？」我看得出來，她正在重新思考這件事。

「沒錯，薇拉。」柯爾夫人盯著我的眼睛。「怎麼阻止？」

我回頭看著投影，看著燃燒死去的軍隊——

「他們會殺死妳那個男孩。」柯爾夫人像是在讀我的心思。「絕對沒有別的可能。」

她能看到我的表情——

看到我在想——

又在想——

想著這一切造成的死亡。

「不可以。」我悄聲說：「我們不可以——」

可以嗎？

［陶德］

呼！

一道旋轉的火焰直直從我們左邊飛過，我看到一名想彎腰閃躲的士兵頭被砍掉——

我一扯安荷洛德的韁繩，但她又怕得站了起來，眼睛睜得又大又白，噪音只有不斷的高頻率尖叫，我快受不了了——

另一道火焰呼地刷過我們面前，火焰灑得到處都是，安荷洛德嚇得把只抓著韁繩的我整個甩了起來，我們又退回一群士兵中間——

「這裡！」我聽到有人在我們後面大叫。

是鎮長，對著我們大吼。一道旋轉火焰把我和安荷洛德正後方的士兵變成一片火牆——

當他大叫，我感覺腳下彷彿一陣拉扯，幾乎就要轉身面對他——

可是我強迫自己轉回去看安荷洛德——

「快點，乖！」我大叫，想要她開始走，不管去哪裡，怎麼去都好——

「陶德！別管她了！」

我轉頭看到鎮長，不知道他怎麼爬上了摩佩斯的背，在士兵之間跳躍，從一道飛回空中的旋轉火焰下衝出——

他對士兵大叫：「回城裡！」

直直埋進他們的噪音中——

埋進我的噪音——

帶著低沉的嗡嗡聲——

我又把他撞出我的腦袋——

可是他周圍的士兵跑得更快了——

我抬頭看到旋轉火焰還是像飛鳥一樣盤旋——

可是全都朝著岩壁往回飛——

到處都有燃燒的人，可是還活著的士兵也都注意到火焰開始飛回去了——

它們再次出現前我們還有幾秒鐘——

有人已經趕到城裡，是最先跑上路的那些，跑向鎮長大喊的地方——

「陶德！你得快逃！」

可是安荷洛德還在尖叫，還在躲開我，還在怕得掙扎——

我的心要被撕成兩半了——

「乖，快點！」

「陶德！」鎮長大吼——

可是我不會丟下安荷洛德——

「我不會丟下她！」我對他大吼——

該死的，我不會——

我丟下了滿奇——

我丟下他——

我不會再那樣做——

「陶德！」

我回過頭——

他離開了，衝向城裡——

帶著剩下的人——

只有我和安荷洛德被留在逐漸空曠的營地——

〔薇拉〕

布萊德利說：「我們不會發射飛彈。」他的噪音在咆哮。「我們已經做出決定。」

「你們有飛彈？」阿李說：「那該死的為什麼不用？」

「因為我們想跟這個種族和平相處！如果我們發射飛彈，結果將會是場災難！」布萊德利大喊。

柯爾夫人說：「現在就已經是場災難了。」

「對於妳想讓我們攻打的軍隊來說的確是。對引起這場攻擊的軍隊來說的確是。」

席夢說：「布萊德利——」

他轉身面對她，噪音中充滿難聽極了的髒話。「我們要為將近五千個人負責。妳真的希望他們一醒來就發現自己被丟進一場不可能勝利的戰爭嗎？」

阿李說：「你們已經陷入戰爭了。」

「我們沒有！」布萊德利更大聲說：「就是因為沒有，所以也許我們能把你們帶出來！」

「你只需要讓他們看到，他們要擔心的不只是大砲。」柯爾夫人奇特地竟是對我，而不是對席夢或布萊德利說：「孩子，我們第一次能和他們達成和平協定，是因為我們佔有武力優勢。戰爭就是這樣，和談就是這樣。我們讓他們看到，我們有超出他們想像的力量，他們就會樂意和談了。」

布萊德利說：「然後過了五年，等他們再次變強，就回來把所有人類殺掉。」

「五年時間足夠我們跟他們建立溝通橋樑，確保不需要再次開戰。」

「顯然上一次你們做得太好了！」

「你們還在等什麼？發射飛彈啊！」伊凡在人群中大喊，他周圍越來越多人也這樣說。

「陶德。」我低聲自言自語，回頭看投影畫面——

燃燒的火焰再次飛回瀑布、接住後重新裝填——

然後我看到他了——

我大喊：「只有他一個人！他們丟下他了！」

軍隊正在往城裡的路上奔逃，互相推擠，衝過陶德身邊，闖進最近的樹林——

阿李說：「他想救他的馬！」

我一遍又一遍按下通訊器。「該死，陶德！回答我！」

「孩子！」柯爾夫人的語氣引起我的注意。「我們又到了關鍵時刻。妳跟妳的朋友有第二次決定的機會。」

布萊德利的噪音發出憤怒的聲音，他轉向席夢爭取她的協助，但席夢的眼睛閃過周圍所有人，要求我們發射飛彈的人群。「我不覺得我們有選擇。如果什麼都不做，那些人就會死。」

「就算我們做了，那些人還是會死。」布萊德利說：「而我們也會死，等船上所有人到了以後也會死。這不是我們的戰爭！」

「有一天會是。我們只是展示力量。這也許會讓他們現在就願意與我們和談。」

「席夢！」這時布萊德利的噪音說了真的很難聽的髒話。「艦隊要我們尋求和平——」

「艦隊沒看到我們看到的景象。」

我說：「他們又發射了！」

另一波旋轉火焰又從瀑布下的岩壁發射——

我暗自心想，陶德會想怎麼做？

首先，他會希望我安全——

陶德會想要一個對我來說安全的世界——

他會的，我知道他會的——

就算他自己不會在這世界——

可是他還在那裡，在戰場中——

一個人在那裡，火焰撲向他——

而不管最後有沒有和平，有件我腦子裡無法消除的事實，另一件我能確認的事實——

真實，卻不正確——

真實，但無比危險——

那就是，如果他們殺了他——

如果他們傷害他——

那就算用盡這艘船上所有的武器，也不足以讓那些傷害他的稀巴人完全付出代價。

我轉頭看向席夢，她輕易便讀出我臉上的表情。

她說：「我去準備飛彈。」

［陶德］

「拜託，小乖，拜託。」

我們周圍都是屍體，一堆堆地燃燒，有些還在尖叫——

我大叫：「快點！」

可是她在抗拒我，亂甩頭，拉扯著想躲開火跟煙，躲開屍體，躲開偶爾幾個從我們身邊跑過的士兵——

然後她摔倒——

倒退然後往旁邊倒下——

拖著我和她一起倒在地上——

我摔倒在她頭邊——

「安荷洛德。」我對她的耳朵大喊：「拜託妳，快起來！」

然後她脖子一扭——

耳朵一扭——

眼睛轉向我——
第一次正對著轉向我——
然後——
小馬男孩？
顫抖而微弱——
細小安靜害怕得不得了——
可是她真的說了——
「我在這裡，乖！」
小馬男孩？
我的心因為希望而雀躍——
「快點，乖！起來，起來，起來，起來——」
我跪在地上，拉著韁繩——
「拜託拜託拜託拜託拜託——」
然後她抬起頭——
目光轉回瀑布——
大叫：小馬男孩！
我轉過頭——
又一波旋轉火焰衝向我們——
「快點！」

她立刻站起，腳步有點搖晃，閃開我們旁邊一具燃燒的屍體——

小馬男孩！她還在尖叫——

「快點，乖！」我試著站在她旁邊——

爬上馬鞍——

可是火焰來了——

就像燃燒的老鷹俯衝——

一枚飛過她正上方——

如果我在她背上，那就會是我腦袋所在的位置——

突然間她嚇得往前衝——

我拉著她的韁繩，跟著往前跑——

跌跌撞撞地在地上跑——

半跑半被拖著——

旋轉火焰從我們四周無數方向衝來——

整個天空彷彿都在燃燒——

我的手被纏在韁繩裡——

安荷洛德在尖叫，小馬男孩！

我摔倒了——

韁繩被拉走——

小馬男孩！

「安荷洛德！」

然後我聽到服從！完全不同的另一匹馬在大喊——

我摔倒在地時，我聽到另一組馬蹄聲，另一匹馬——

鎮長，騎著摩佩斯——

在安荷洛德的頭上纏著一塊布——

遮住她的眼睛，不讓她看到周圍落下的火雨——

然後他彎腰用力拉住我的手臂——

把我拉起來，拉到半空中——

然後把我一甩，躲開一枚燃燒的火焰，正好燒到我剛才倒下的位置——

「快點！」他大喊——

我連滾帶爬趕到安荷洛德身邊，抓住她的韁繩牽住她——

鎮長騎馬繞著我們——

閃躲空中的火焰——

看著我——

照看著我的安全——

他回來救我——

他回來救我——

「回城裡！它們的範圍有限！打不到——」

然後他消失了，因為一枚旋轉火焰筆直埋入摩佩斯寬闊的胸口——

〔薇拉〕

布萊德利說：「想想妳在做什麼。」他的噪音在駕駛座上的席夢後方吼著愚惷，自私的賤人。

「對不起。」他立刻咬緊牙關說：「可是我們不需要這麼做！」

我們一堆人都擠在裡面，布萊德利跟柯爾夫人擠在我跟阿李後面。

席夢說：「位置確定。」一個小面板打開，露出一個方形藍按鈕。發射武器不是在螢幕上按按就好。一定要是真的按鈕。你必須是認真的。「目標鎖定。」

「戰場正在清空！」布萊德利指著駕駛艙上方的螢幕。「火焰看起來燒不了多久了！」

席夢沒有回答，但她放在藍色按鈕上的手指遲疑了——

「孩子，妳那男孩還在那裡。」柯爾夫人仍然直接對我說，彷彿我是負責這整件事的人——但這是真的，他還在那裡，想把安荷洛德拉起來，我們還看得到他，在一片糾纏的火焰與煙霧間，渺小而孤單，沒有回應我的呼叫——

「薇拉，我知道妳在想什麼。」布萊德利努力保持聲音平靜，只有噪音在怒吼。「但這是以一條命對上數千條命！」

「說夠了！」阿李大叫：「發射那鬼東西！」

可是在螢幕上，我可以看到戰場的確正在清空，除了陶德跟少數幾個剩下的人外，的確是空了。我想，如果他可以，如果他可以逃開，那也許這是真的，也許鎮長會明白他沒辦法對抗這麼強大的武力，因為誰會想跟這東西打？誰又能夠？

可是陶德必須逃開——

他必須逃開——

他的馬在跑，拖著他跑──

然後火焰呼嘯衝來──

不要，不要──

席夢的手指仍在按鈕上方遲疑──

「陶德。」我大聲念出他的名字──

「薇拉。」布萊德利堅定地說，引起我的注意力──

我轉頭看他──

「我知道他對妳的意義，但我們不可以，這麼多條人命關天──」

「布萊德利──」

「不能只為一個人。妳不能把戰爭看成私人恩怨──」

「快看！」柯爾夫人大喊──

我轉頭看向螢幕──

我看到──

一道旋轉火焰撞上一匹正在奔跑的馬──

「不要！」我尖叫：「不要！」

螢幕被一波火焰填滿──

我放聲大喊，撲過席夢身邊，一拳捶下藍色按鈕──

［陶德］

摩佩斯甚至沒有時間尖叫——

那道火焰切過他的同時，他的膝蓋便即軟倒——

我跳離火焰的攻擊，再次拉扯安荷洛德的韁繩，把她拖離攻擊範圍，火焰從我們上方撲過——

她的眼睛被蒙住後，牽她就變得比較容易，她的噪音努力想找到可以落腳的地面——

火箭往前飛，到處都是火焰——

可是有另一團火焰分離開來——

倒在一邊，落在地上——

鎮長瘋狂地滾向我這邊——

我扯下安荷洛德身上的棉被，撲在他身上，撲滅他將軍制服上的火焰——

他在地上多打了幾次滾，我在他周圍跳動，撲滅他身上的火苗——

我隱約知道火焰又回到岩壁上了——

我們又有幾秒鐘時間可以離開——

鎮長站起來，身上還在冒煙，臉上都是灰，頭髮燒焦了一些，但大致沒事——

摩佩斯就不同了，他的身體一團焦黑，幾乎無法辨認——

「他們會為此付出代價。」鎮長的聲音因煙霧而沙啞——

我大叫：「快點！如果用跑的還來得及！」

「陶德，事情不該這樣的。」我們一邊跑向大路，他一邊生氣地說：「武器沒辦法飛到城裡，而且我以為有高度限制，所以他們沒從山頂上發射——」

「你閉嘴快跑！」我邊喘邊拉著安荷洛德，一邊想著我們會趕不及在下一波火焰衝來前離開——

「我跟你說這些是因為你不該認為我們被打敗了！」鎮長大吼。「這不是他們的勝利！我們只是暫時受到阻撓！我們還是會攻擊他們，我們還是——」

然後我們頭上的空中突然出現一聲尖嘯，像是有顆子彈掠過，然後——

轟！

——整個山邊像火山一樣爆出灰塵與火焰，衝擊波讓我跟鎮長還有安荷洛德倒在地上一堆碎石落在我們身上，足以把我們壓扁的許多大石落在附近——

「什麼?!」鎮長抬頭往回看——

乾涸的瀑布坍塌落入下方乾枯的水池，帶走所有發射旋轉火焰的稀巴人，灰塵跟煙霧噴向空中，之字形山路也同時被摧毀，山坡前半部整個塌陷，在山頂留下一片崎嶇的廢墟——

「那是你的人嗎？」我大喊，耳朵因為轟炸而嗡嗡作響。「是你的砲隊嗎？」

「我們沒有時間！」他一面大吼，目光分析著破壞狀況。「而且我們根本沒有那種火力。」

第一波煙霧開始散開，看到原本的山邊變成一個巨大的凹洞，到處都是崎嶇的岩石，在山邊撕開一道疤——

我想著，薇拉——

「沒錯。」鎮長明白過來，聲音裡突然出現醜陋的滿足。

站在滿地死去的士兵面前，一群十分鐘前還在走路說話的燒焦屍體前，為了他而作戰死去的士兵前，在一場他挑起的戰爭前——

在這一切面前——

鎮長說：「你的朋友加入戰爭了。」

然後，他笑了。

戰爭的武器

爆炸擊中我們所有人。

俯瞰山谷的山丘連根拔起，大地的弓箭手立刻被殺死，山丘邊緣的所有大地也在爆炸中喪命，天空和我離被炸死也只差幾個人高的距離。

爆炸不斷發生，迴盪在大地的聲音中，一遍又一遍地擴大，直到聽起來像是不斷發生，震波一次一次又一次竄過我們的身體，讓大地全體陷入暈眩，不知道這麼大的爆炸意味著什麼。

不知道接下來會發生什麼事。

不知道會不會大到足以殺死所有人。

太陽升起不久後天空就把河流擋住。他透過道路對上游遠處建築水壩的大地送出訊息，叫他們搭起最後的牆，放下最後的石頭，讓河水原地淤積。河面開始降低，一開始很緩慢，後來越來越快，直到被瀑布水花激起的彩色圓拱消失，寬大河面變成淤泥平原。隨著水流聲消失，我們可以聽到空地的聲音在山腳下因迷惘與恐懼而升起。

然後是弓箭手的時刻，我們的眼睛跟著他們一起去。他們在黑夜掩護下溜到瀑布下面，一直等著，直到太陽升起，水流停止。

然後他們舉起武器，發射。

所有大地都在看著這件事發生，透過弓箭手的眼睛看著燃燒的刀刃撕過空地，看著空地奔跑尖叫死亡。我們全員一體看著我們的勝利展開，看著他們無力回擊——

然後，空氣突然撕裂，某種東西呼地過去，速度快到只有感覺卻看不到，最後一陣撞擊炸出的閃光填滿每個大地成員意識靈魂的聲音，昭示我們表面上的勝利將付出極大代價，空地擁有遠比我們想像中更強大的武器的，現在他們會用這些武器摧毀我們所有人——

可是沒有進一步爆炸。

我對天空展示：**是飛過我們的船**。大地終於開始又站起來，他把我從暴風將我們炸得摔倒的地方扶起，我們兩人身上都只有小割傷，但周圍地上都是死去的大地。

是船，天空同意。

我們立刻開始工作，每一刻都擔心會有第二次攻擊。他下令要大地立刻重組，我幫他把受傷的人搬到治療營帳，一個新的營地已然在更上游一點的乾燥河床邊成形，因為那是天空的命令，要有一個地方讓大地的聲音能夠重組，能夠重新成為一體。

可是不能太上游。天空要我們留在仍能看著空地的地方，雖然山坡已被摧毀到不可能讓軍隊從那裡下山，除非是排成一排往下爬。

他向我展示：有別的方法，我能聽到有訊息透過道路傳送給他，訊息說要重新調整大地的身體息的地方，訊息告訴大地要從空地不知道的路徑移動。

幾小時後他展示：真奇怪。我們這時終於停下來吃東西，第二次爆炸還是沒有來臨。攻擊一次之後，就沒有了。

我向他展示：也許他們只有那樣武器。或者他們知道這種武器對一條被堵住的河所代表的力量是沒有用的。如果他們摧毀我們，我們就會釋放河流，摧毀他們。

天空說：保證相互毀滅，從他嘴裡說出這幾個字的語氣怪怪的，像是不熟悉的語言。他的聲音轉向內在好一陣子，在大地的聲音中深深尋找，尋找答案。

然後他站起來。天空現在必須離開回歸。

離開？我展示，可是有工作要做——

有些事天空必須自己去做。他低頭看著不解的我。日落時在我的座騎旁與我見面。

你的座騎？可是他已經離開了。

隨著下午消失，我照天空的要求走回乾涸的河床，走過營火跟治療營帳，走過大地的士兵，逐漸從爆炸中恢復，處理他們的武器，準備進行下一波攻擊，還有哀悼死去的大地屍體。

可是大地也必須繼續活著，當我從爆炸點往上游走得夠遠後，經過一些大地成員正在反芻建造新營地的材料，幾棟茅屋已經長向依舊煙霧瀰漫的夜晚。我走過正在照料白鳥跟史葵獸的大地，那些都是我們的活補給品。我走過穀類跟儲藏魚類的營地，如今已從乾涸的河裡補充完成。我走過挖新茅坑的大地，甚至走過一群唱著歌謠的小孩，他們從中學習該如何從所有聲音中理出大地的歷史，如何將所有聲音纏繞編織成一個聲音，告訴他們自己是誰，直到永遠。

是首用我還在掙扎學習的語言唱出的歌，雖然大地跟我說話時用的都對小孩說話的速度。

我在歌聲中走著，直到發現自己來到戰獸的柵欄。

戰獸。

對我來說牠們向來是神話中的動物，在我長大時，只在負擔的聲音中，在夢裡和歌謠和讓我們必須與空地共存的戰爭歷史中看過。我大半覺得牠們是幻想出的動物，也許是過度誇張，根本不存在的怪物，或是看到實體時會讓人大失所望的那種。

我錯了。他們真的非常令人讚嘆。又大又白，除了覆在陶土戰甲下的時候。就算沒有戰甲，他們的皮膚還是很厚，足以形成硬甲。他們幾乎與我的身高同寬，背上寬得可以站人，大地用傳統的腳鞍來在他們身上站直。

天空的座騎是最大的一頭。從牠鼻頭長出的角比我整個身體還長，也有罕見的副角，這只有獸群的領袖才會有。

回歸，我靠近柵欄邊時牠向我顯示。這是牠唯一知道的負擔詞彙，想來是天空教的。回歸，牠的展示溫和而友善。我伸手摸著牠兩支角中間，用手指輕輕地揉。牠舒服地閉上眼睛。

這是天空座騎的弱點，天空一面展示，從我後面走來。**不用，不用停**。

我展示：**有消息嗎？然後把手拿開。你做決定了嗎？**

我的不耐煩讓他嘆口氣。**空地的武器比我們強大。如果他們還有，大地將會一波波死去。**

他們這些年來已經殺了好幾千人。就算我們什麼都不做，他們還是會再殺幾千人。

天空展示：我們繼續原定計畫。我們顯示了新的實力，把他們逼退。我們控制了讓他們缺乏水源的河流，讓他們知道我們如果瞬間釋放水流，隨時可以淹死他們。現在，我們看他們如何反應。

我站得更直，聲音升起。「看他們的反應」？這有什麼——

我停下來，突然閃過一個念頭，一個打住所有念頭的念頭。

你該不會是說……我展示並上前一步。你不會是指，看看他們會不會提出和平解決方案——

他變了一下姿勢。天空從來沒有展示過這點。

你保證過會摧毀他們的！難道對負擔的屠殺對你來說毫無意義嗎？

冷靜下來，他展示，而且第一次用他的聲音命令我。我會聽取你的建議跟經驗，可是我會做出對大地最好的決定。

以前對大地最好的決定就是留下負擔！當作奴隸！

我們當時是個不同的大地，有著不同的天空，有不同的能力與武器。我們現在更好了。更強了。我們學會很多。

但你還是想要和平——

年輕的朋友，我沒展示過這點。他的聲音變得平緩，更加撫慰。可是有更多船艦要來，不是嗎？

我眨著眼看他。

你對我們說的。你在匕首的聲音中聽到的。有一組艦隊帶著更多武器前來，就像今天他們發射的武器。從大地的長期生命來看，這些事情必須納入考量。

我沒有回答。我沒讓他聽到我的聲音。

所以，我們暫時將大多數大地移到優勢位置，然後等待。天空走到他的座騎旁邊，抓抓牠的鼻子。他們很快就會發現，他們沒有水活不下去。他們會有所行動，就算用了今天這種武器，我們也會準備好回應。他轉向我。回歸不會失望。

隨著暮色變成黑夜，我們回到天空的營火邊。等大地跟天空都睡了，等空地待在下面，沒有再攻擊我們的徵兆後，我把聲音層層疊起，這是我在空地之間住了一輩子後學到的事，然後我在其中檢視兩件事。

天空展示：保證相互毀滅。

還有艦隊。

都是負擔的語言，空地的語言。

卻是我不懂的詞。我從未用過的詞。

這些字都不是來自大地漫長的記憶。

這些是新字，我幾乎聞得出新鮮的氣味。

隨著夜色漸深，對空地的延長戰開始，我把這兩件事情藏在聲音裡。

天空今天離開我，前去獨處，天空偶爾會這麼做。這是天空的需要，任何天空都一樣。

可是他帶著新詞回來。

所以他是從哪裡聽來的？

控制自己

山谷中

〔薇拉〕

「我以為你被打中了。」我把頭埋進雙掌。「我看到那東西打中一匹馬和一個騎士，我以為是你。」我抬頭看他，累得全身發抖。「我以為他們殺了你。」

他張開雙手，我緊抱住他，他也抱緊我，只是抱著我，等我哭。我們坐在鎮長在廣場上搭起的火堆旁，軍隊在這裡搭起新的營地，在旋轉火焰的攻擊後，只剩不到一半人馬。

這次攻擊在我發射一枚飛彈後結束。

我在發射後立刻騎著橡果衝下來，穿過廣場，喊著陶德的名字，直到我找到他。他就在那裡。噪音中仍然充滿震驚，因為另一場戰爭而更模糊，可是他還活著。

活著。

一件我改變了整個世界以確保的事。

「我也會這麼做。」陶德對著我的頭說。

「不，你不了解。」我略略離開他身邊。「如果他們傷害你，如果他們殺了你……」我用力吞了一口口水。「我會把他們每一個都殺死。」

「薇拉，我也會做同樣的事。想都不用想。」他又說一次。

我用袖口擦擦鼻子。「我知道，陶德。可是這樣表示我們變成危險的人了嗎？」

就算他的噪音很模糊，但還是有種不解的感覺。「什麼意思？」

「布萊德利一直說不能對戰爭摻入個人情感。可是為了你，我把他們拖入這場戰爭。」

「他們早晚都會動手，如果他們有妳說的一半好心——」

我的聲音提高：「可是我讓他們別無選擇。」

「別說了。」然後他又把我拉進懷裡。

「都還好嗎？」鎮長走過來問。

陶德說：「走開。」

「至少允許我向薇拉道謝——」

「我說了——」

「陶德，她救了我們的命。」他站得有點太近。「她的一個簡單動作改變了一切。我無法向妳表示足夠的感謝。」

在陶德懷裡，我變得非常安靜。

「你走開。」我聽到陶德說：「馬上。」

一陣沉默後，鎮長說：「好吧，陶德。如果你需要我，我就在這裡。」

鎮長離開時，我抬頭看陶德。「如果你需要我？」

陶德聳聳肩。「他可以看著我死。對他來說，如果我不在，事情會容易些，但他沒有。他救了我。」

「他這麼做一定有原因。而且不是好的原因。」

陶德沒有回答，只是定定地看著鎮長，鎮長正在跟他的人說話，但同時也看著我們。

「你的噪音很難讀，甚至比之前更難。」

陶德的眼神沒有完全與我對上。「都是因為戰爭。那麼多尖叫——」

然後我聽到他噪音深處裡的一樣東西，跟什麼圓圈有關——

「可是妳還好嗎？薇拉，妳看起來不太好。」

現在輪我別過頭，我發現自己正不自覺地把袖子往下拉。「沒睡好。」

這一刻感覺很奇怪，像是我們都有件不完全是事實的東西夾在兩人之間。

我的手伸進袋子裡。「拿著。」我把我的通訊器交給他。「替換你掉的那個。我回去時拿個新的。」

他看起來驚訝。「妳要回去？」

「我必須回去。現在全面開戰了，都是我的錯。發射飛彈的是我。我必須讓一切回復正常——」

然後我又開始煩躁，因為我在腦海中一直看到。陶德安全地出現在螢幕中，其實沒死，軍隊已經脫離旋轉火焰的範圍。

攻擊結束。

我卻依舊開火。

然後把席夢和布萊德利還有整支艦隊拖進戰爭，一場可能變得嚴重十倍的戰爭。

「薇拉，要是我也會做一樣的事。」陶德又說一次。

我知道他說的全是事實。

可是在我離開前，他再擁抱我的時候，我忍不住一遍又一遍想。

如果陶德和我會為對方做這樣的事，這代表我們是對的？

或者我們是危險的？

［陶德］

接下來幾天安靜得詭異。山上的稀巴人什麼都沒做，雖然我們在晚上還是看得到旋轉火焰攻擊後過了一夜一天又一夜。偵察船也什麼都沒做。薇拉把鎮長是個什麼樣的人完全告訴了他們。我猜他們會等他們的營火。偵察船也什麼都沒做。薇拉把鎮長是個什麼樣的人完全告訴了他們。我猜他們會等他自己找上門，然後透過我傳遞訊息。鎮長似乎不急。他有什麼好急？他連問都沒問就得到他想要的。

這段期間，他在新普倫提司城一條巷子裡，唯一的大蓄水槽周圍布下密集守衛。他也派士兵開始蒐集城裡的所有食物，把蓄水槽旁一個舊馬廄變成糧倉。當然全都在他控制之下，也就是在他的新軍營旁邊。

也在廣場上。

我以為他會接收周圍的房子，但他說比較喜歡帳棚和火堆，說這樣比較像真正的戰爭，在露天下，有軍隊的噪音在周圍咆哮。他甚至拿了一套泰特先生的制服，自己改了改，現在看起來又是衣裝筆挺的將軍了。

可是他在自己和眾隊長的帳棚對面叫人替我架了座帳棚，彷彿我也是他的重要成員。彷彿我是值得他冒險回頭拯救的性命。他甚至放了張床讓我睡，讓我在未闔眼地打了整整兩天仗後，終於能入睡。在這種時候，睡覺幾乎成了讓人為難的事，因為在戰爭中幾乎不可能睡覺，但我還是累到睡著了。

然後夢到她。

夢到爆炸後她來找我時，我抱住她，還有她難過時我抱住她，還有她的頭髮有點臭，衣服有汗味，她同時感覺又熱又冷，但那是她，在我懷裡的是她——

「薇拉。」我又醒了過來，呼吸在冷空氣中凝結成雲。

我用力呼吸一、兩秒，然後站起來，走出帳棚。我直接走到安荷洛德旁邊，把臉貼著她滿是馬味的體側。

我聽到一聲「早安。」

我抬起頭。自從我們設下軍營後便一直拿草料餵安荷洛德的年輕士兵帶著她的早晨飼料來了。

我答道：「早安。」

他沒有直接看我，他年紀雖然比我大，但面對我時還是很木訥。他把一個飼料袋放在安荷洛德身上，另一個放在喜悅茱麗葉身上，她本來是摩根先生的馬，但摩佩斯不在之後就被鎮長牽來，她是匹愛當老大的母馬，對所有經過的東西都要呲牙咧嘴一番。

她對士兵說：服從！

「妳才服從。」我聽到他的嘟囔，笑了出來，因為我也會這樣對她說。

我摸著安荷洛德的皮毛，重新幫她綁好棉被，讓她夠暖。她說：小馬男孩，小馬男孩。

她還是不對勁。她現在幾乎不抬頭了，我們回到城裡後，我甚至沒有試過騎她，但至少她又開始說話，而且她的噪音停止尖叫了。

因為戰爭而尖叫。

我閉上眼睛。

（我是圓圈，圓圈是我，我想著，跟羽毛一樣輕盈——）
（因為你也可以讓自己的噪音沉默——）
（讓尖叫安靜，讓死亡安靜——）
（讓所有不想再看到的一切安靜——）
（而背後還是有那嗡嗡聲，與其說聽倒不如說是種感覺——）
士兵問我：「你覺得很快就會有事發生嗎？」
我睜開眼說：「如果什麼都沒發生，那就不會有人死。」
他點點頭，別過頭，然後說：「詹姆士。」透過噪音，我看得出他把名字告訴我是因為想交個朋友，因為他所有的朋友都死了。
我說：「陶德。」
他與我對望片刻，然後看向我身後，隨即衝去做該做的事。
因為鎮長從他的帳棚內走出。
「早安，陶德。」他伸展一下雙臂。
「有什麼好？」
他只是露出那蠢笑容。「我知道等待很難。尤其是有條河隨時威脅會淹死我們。」
「那我們為什麼不走？薇拉跟我說過，海邊曾經有過舊聚落，我們可以在那裡重新集合，然後——」
「因為這是我的城市，陶德。」他為自己從爐上倒了杯咖啡。「離開就表示他們贏了。這遊戲就是這樣。他們不會釋放河流，因為我們會發射更多飛彈。所以每個人都會找到另一種打仗的方法。」

「那不是你的飛彈。」

「但那是薇拉的。」他對我微笑。「我們都看到她為了保護你會怎麼做。」

「總統先生？」是泰特先生，他結束了夜間巡邏，帶著一名我沒見過的老人走到營火邊。「有代表要求與您會面。」

「代表？」鎮長說道，假裝很重視的樣子。

「是的，長官。」老人手裡握著帽子，不知該看哪裡。「我是城裡來的。」

我跟鎮長立刻轉頭看向包圍廣場的建築物，還有從廣場往周圍擴散的街道。自從稀巴人第一次攻擊後，城裡就沒人了。可是看看現在，在經過教堂的主要道路上，遠處有一排人，大多數年紀較長，但也有一、兩個比較年輕的女人，其中一個牽著小孩。

老人說：「我們不知道發生了什麼事。我們聽到打仗的爆炸聲，所以就跑了——」

鎮長說：「戰爭開始了。足以決定我們所有未來的事情發生了。」

「是沒錯，但後來河乾掉了——」

「所以現在你在想，也許城裡才是最安全的地方。你姓什麼，這位代表？」

「蕭。」老人回答。

「那，蕭先生，現在是生死存亡之際，你的城市跟你的軍隊都需要你。」

蕭先生的眼睛緊張地在我跟泰特先生還有鎮長身上來回移動。「我們當然準備好支持上戰場的勇士們。」他轉著手裡的帽子。

鎮長點頭，幾乎像在鼓勵他。「可是沒有電，對不對？自從這個城市被遺棄後，電就停了。也沒有暖氣。也沒辦法煮飯。」

「是的，長官。」

鎮長沉默一秒。「這樣好了，蕭先生。我派些人去重新啟動發電廠，看能不能至少讓城裡恢復部分供電。」

蕭先生一臉驚訝。我懂他的感覺。「太謝謝您了，總統先生。我原本只是想問能不能——」

「沒什麼，沒什麼。我們打這場仗，還不就是為了你們？那麼，當供電恢復，不知能不能靠你跟其他居民幫忙，把重要的補給品送到前線？主要是食物，但也要幫忙分配水。蕭先生，我們如今在一條船上，軍隊沒了後援，那就什麼都不用打了。」

「呃，當然當然，總統先生。謝謝。」蕭先生驚訝到幾乎話都說不出來。

「泰特隊長？你能不能派一隊工程師陪蕭先生去，看看能不能別讓受我們保護的人民凍死？」

泰特先生把蕭先生帶走時，我訝異地看著鎮長。

我問他：「我們這邊都只有營火，你怎麼能給他們暖氣？你哪裡來的人手？」

「因為，陶德，我們要在這裡打的仗將不只一場。」他看著蕭先生帶著好消息走回其他居民之間。「我打算每一場都要贏。」

〔薇拉〕

勞森夫人又在包紮我的手臂。「沒錯，我們知道這個環應該是要長入戴著環的動物皮膚裡，與身體永久結合，如果拿掉，裡頭的化學藥物會讓凝血反應全數失效，可是如果不去動那個環，它是應該要癒合的，但現在看來完全不是這樣。」

我躺在偵察船上的醫療室。自從去找陶德回來後，我在這裡花的時間久到讓我生氣。勞森夫人的治療讓感染不再惡化，但也僅止於此。我仍在發燒，手臂上的鐵環還是發燙，燙到讓我一再地躺回來。

過去兩天已經夠辛苦了，還要這樣雪上加霜。

我回到山頂時，受到的歡迎讓我大吃一驚。我騎馬回來時天已經黑了，但營火的亮光讓答案的人看到我來了。

所有人開始歡呼。

我認識的像是麥格努斯、納達利夫人、伊凡等等都過來拍拍橡果，一面說：「就該給他們點顏色看看！」還有「幹得好！」之類的。他們都認為發射飛彈是我們所能做出最好的選擇。就連席夢都要我別擔心。

阿李也是。

那天晚上，他跟我並肩坐在樹樁上吃晚餐時說：「如果我們不讓他們明白我們也能回擊，那他們只會一直進攻。」

我看著他，又長又亂的金髮長到外套領口，藍色大眼映著月光，頸根的柔軟肌膚——不重要。

「但現在他們可能會更猛力進攻。」我的聲音有點太大。

「妳必須這麼做。妳必須為了妳的陶德這麼做。」

從他的噪音，我可以看到他想摟住我。

但他沒這麼做。

不過布萊德利甚至不肯跟我說話。他不用說。只要我一靠近，自私的女孩還有好幾千人的性命還有讓個小孩把我們全都拖入戰爭，以及各式各樣更難聽的話不斷從他的噪音裡撲向我。

他說：「我只是生氣。很抱歉妳必須聽到這些。」

可是他沒說他為了自己會這樣想而感覺抱歉，然後花了接下來一整天時間向艦隊報告發生的事。還有躲著我。

反正那天我也花了泰半時間躺在床上，這完全不是我自願，但我躺到甚至沒辦法跟柯爾夫人說話。席夢出去想找到她，結果反而變得整天都在幫她調派尋找水源的搜尋小隊、整理食物庫存、安排這麼多人方便的問題，最後用了一組偵察船上的化學焚化爐，這原本是要給第一批移民用的。

這就是柯爾夫人。什麼好處都要佔。

那天晚上，我燒得更厲害，所以到今天早上還躺在這裡，但有好多事要做，我必須要做好多事才能讓世界走上對的方向——

「勞森夫人，妳不該在我身上浪費時間。我是自願戴上這鐵環的。我知道有風險，如果——」

「如果妳都這樣了，那些還躲在外面，不是自願戴上鐵環的女人又怎麼辦？」

我眨眨眼。「妳該不會覺得——」

薇拉，我聽到走廊上傳出來這樣的聲音。

薇拉飛彈薇拉席夢什麼鬼噪音——

布萊德利把頭探入房間後說：「我想妳最好來一下。妳們兩個都來。」

我從床上坐起，頭暈到得過一會兒才站得起來。等我能站起來時，布萊德利已經帶著勞森夫人出了房間。

「他們一小時前開始上山。」他正在對她說：「一開始只是三三兩兩，但現在……」

「誰來了？」我跟著他們走下斜板，加入站在下面的阿李、席夢和柯爾夫人。我看向山頂。人比昨天多了三倍。這些人年齡不等、衣著邋遢，有些還穿著稀巴人一開始攻擊時穿的睡袍。

「他們有人需要醫治嗎？」勞森夫人問道，不等回答便走向最多的一群新人。

「他們為什麼來這裡？」我問。

「我跟他們一些人說過話。他們不知道該讓偵察船保護他們，或待在城裡讓軍隊保護他們比較安全。」阿李說完，轉頭看著柯爾夫人。「當他們聽說答案在這裡，有些人就作了決定。」

「作了什麼決定？」我皺著眉頭說。

席夢說：「這裡至少有五百人。我們根本沒那麼多食物跟水。」

「短期內『答案』還可支撐，但我確定一定會有更多人來。」她轉向布萊德利和席夢。「我需要你們的幫助。」

布萊德利的噪音煩躁地說：妳根本沒打算問吧。「艦隊同意我們的主要任務是人道救助。」他轉頭看我跟席夢，噪音更加煩躁。

柯爾夫人點點頭。「我們應該談談怎麼做最好。我去召集所有夫人——」

我說：「然後我們要順帶一起討論和稀巴人簽訂和平協議的事。」

「孩子，這問題很棘手。妳不可能隨隨便便就走去要求要簽和平協定。」

「妳也不能坐在這裡等著打仗。」我從布萊德利的噪音看得出他在聽我說話。「我們得找出方法讓這世界願意合作。」

「孩子，這都是妳的理想。相信理想永遠比實踐簡單得多。」

布萊德利說：「可是如果根本不努力實踐，那活著還有什麼意義。」

柯爾夫人調侃地看著他。「這句話本身就是個理想。」

「抱歉。」一個女人走向偵察船，緊張地看了我們所有人一輪，目光定在柯爾夫人身上。「妳是醫婦，對不對？」

「我是。」

「她是醫婦。」我說：「是這裡的其中一個。」

「妳能幫幫我嗎？」女人說完，拉起袖子，露出一只鐵環，感染嚴重到連我都看得出，她的手臂已經保不住了。

［陶德］

薇拉透過通訊器說：「一整晚都有人出現。現在人已經是當初的三倍了。」

我說：「我這裡也是。」

現在將近清晨，是蕭先生跟鎮長說完話的隔天，居民也開始出現在薇拉的山丘隔天。兩邊都冒出更多人，不過城裡主要是男人，山上主要是女人。不是全部，但大多數是。

「所以鎮長得到他想要的。男人跟女人分開了。」薇拉嘆口氣，我看得出她的臉色還是很蒼白。

「妳還好嗎？」

「還好。」她回答得有點太快。「陶德，我晚點再打給你。今天很忙。」

我們掛了通訊器，我走出帳棚，看到鎮長已經拿著兩杯咖啡在等我。他遞了一杯給我。一秒後，我接下杯子。我們兩個站在那裡喝咖啡，努力想讓身體暖起來，天空則逐漸變得粉紅。就算已經是這時間，城裡有些地方還是有燈。鎮長的人恢復一些較大建築物的供電，好讓居民能夠聚在一起取暖。

鎮長跟之前一樣，一直盯著稀巴人的山頂。山頂天空還是黑的，後面還是藏著一支看不見的軍隊。而我發現，現在，在鎮長的軍隊還在睡的這幾分鐘，你可以聽到他們睡著時的咆哮以外的聲響，某種微弱又遙遠的聲音。

稀巴人也有咆哮。

「他們的聲音。我真的覺得那是一整個很大的聲音，透過演化完美地適應這世界，把他們全部連結起來。」他喝了口咖啡。「晚上安靜時，有時候聽得到。這麼多的個體，只有一個聲音，就像整個世界的聲音，在你的腦子裡。」

他一直盯著山的樣子有點嚇人，所以我問：「你的間諜沒聽到他們在計畫什麼嗎？」

他又啜了口咖啡，但沒回答我。

「他們根本沒辦法靠近，對不對？否則他們就會聽到我們的計畫了。」我說。

「就是這樣，陶德。」

「歐哈爾先生跟泰特先生沒有噪音。」

「我已經少了兩個隊長。我不能再有損失了。」

「反正你沒真的把所有藥劑都燒掉不是嗎？你給間諜用一些就行了嘛。」

他沒說話。

「你沒有吧。」我想了想。「你真的燒了。」

他還是沒說話。

「為什麼？」我看著周圍的士兵。他們醒來之後，咆哮聲變得更大。「稀巴人一定聽得到我們。你原本有很大的優勢——」

「我有其他優勢。而且，我們之中說不定很快就又會有個擅長間諜工作的人出現。」

我皺起眉頭。「我絕對不會為你做事。永遠不會。」

「親愛的孩子，你已經幫我做過事了。如果我沒記錯的話，還做了好幾個月。」

我可以感覺到自己的脾氣立刻撩起，可是我沒繼續發作，因為詹姆士帶著安荷洛德的早餐來了。「我來就好。」我把咖啡放下，他把袋子給我，我溫柔地把袋子掛在安荷洛德的脖子上。

她問：小馬男孩？

「沒事的。吃吧，乖。」我一面摸一面對著她的耳朵說。又等了一分多鐘，終於看到她的下巴在動，吃了起來。「好乖喔。」詹姆士還站在那裡，呆呆地看著我，手還是把袋子遞給我時的姿勢。「謝謝你，詹姆士。」

「我說了，謝謝。」

他還站在那裡，盯著我看，沒有眨眼，手仍舉在那裡。

然後，我聽到了。

在所有其他人的噪音裡，很難聽見咆哮，包括詹姆士也一樣，他正在想他以前跟他爸還有哥哥一起住在河的上游結果軍隊經過時他加入軍隊因為要不是加入軍隊就是被軍隊打死結果現在他在這裡，跟稀巴人打仗，可是他現在很開心，打仗很開心，為總統服務很開心——

「對不對，士兵？」鎮長說著，又喝了口咖啡。

「對。」詹姆士還是沒眨眼。「非常開心。」

因為在這一切之下，是鎮長的噪音，發出小小的、顫動的嗡嗡聲，滲入詹姆士的噪音裡，像蛇一樣纏上它，把它推擠成一個詹姆士不會太難接受，卻仍不完全屬於他的形狀。

鎮長說：「你可以走了。」

「謝謝長官。」詹姆士眨眼，放下雙手，給了我一個奇怪的微笑，然後走回營區中央。

我對鎮長說：「不可能。不可能這樣對每個人。你之前說你才剛開始能夠操控別人。你是這樣說的。」

他沒回答，只是轉身繼續看向山丘。

我盯著他，又想通了一點。「可是你變強了。所以如果他們被治好——」

他說：「藥劑能遮蓋一切，讓他們變得，怎麼說，更難溝通。要操控一個人，首先需要有個切入的角度。我發現噪音其實是個很好的角度。」

我轉頭看看周圍。「可是你不需要這樣。他們已經跟著你了。」

「是沒錯，陶德，但這不表示他們不會接受別人的建議。你一定注意到他們在戰場上有多快就聽從我的命令。」

「你想要控制整個軍隊，整個世界。」

「被你說得好邪惡。」他又露出那種微笑。「我是為了大家好。」

我們後面突然發出聲音，很快的腳步聲。是歐哈爾先生，他氣喘吁吁，滿臉通紅。

「他們攻擊我們的間諜。」他喘著氣對鎮長說：「北方跟南方各只回來一個，顯然是被放回來，好讓他們告訴我們發生了什麼事。稀巴人把其他人都殺了。」

鎮長皺眉，轉身看著山丘。「所以他們在玩這種遊戲。」

我說：「你這話是什麼意思？」

他說：「來自北邊道路跟南邊山丘的攻擊。朝不可避免的態勢發展的第一步。」

「不可避免的什麼？」

他挑起眉毛。「當然是包圍我們。」

〔薇拉〕

小馬女孩，橡果跟我打招呼，我給了他一個我從糧食帳篷裡偷出的蘋果。他住在樹林邊緣，維夫把答案的所有動物都養在那裡。

「維夫，他給你惹麻煩了嗎？」

「沒有，小姐。」維夫在橡果旁邊的牛身上掛了兩個糧食袋。牠們邊吃邊說著，維夫，維夫，維夫。

維夫，橡果也說著，把鼻子湊到我口袋邊找蘋果。

「珍呢？」我轉頭看著四周。

「去幫夫人們發食物。」

「聽起來像是珍會做的事。你看到席夢了嗎？我要找她。」

「她跟麥格努斯一起去打獵。窩聽到柯爾夫人對她提議。」

自從居民開始出現後，食物變成我們最緊急的問題。勞森夫人一如往常負責所有庫存，因此設計了正常的食物發放流程，好餵飽所有前來的人，可是答案的存糧也有吃完的一天。於是麥格努斯開始帶人去打獵來補充。

柯爾夫人則是完全埋首在醫療帳裡，治療一個又一個手臂發炎的女人。發炎的情況差距很大，有些女人病到已經站不住，有些人只是嚴重過敏。不過似乎對每個女人都有影響。陶德說鎮長也對他那邊少數的幾個女人提供醫療協助，現在假裝很擔心他下令裝上的鐵環，說他會盡一切力量幫助她們，但這根本不是他的本意。

我光聽就想吐了。

「她走的時候我一定是在醫療室裡。」我摸著滾燙的手臂，猜想該不會又發燒了。「那我看只好找布萊德利了。」

我走向偵察船，但我聽到維夫在我身後說了句：「祝妳好運。」

我留意著布萊德利的噪音，他的噪音比這裡任何男人都要大聲，直到我發現他的腿從船前面的一個區域下伸出，地上有塊面板，到處都是工具。

引擎，他正在想。引擎還有戰爭還有飛彈還有食物短缺還有席夢甚至不肯看我還有有人來了？

「有人來了？」他從下面鑽了出來。

「只有我一個。」我看到他出來便這麼說。

薇拉，他想著。「妳要我幫忙什麼？」他的口氣遠沒有我希望得友善。我跟他說了陶德告訴我的事，關於稀巴人跟鎮長的間諜，關於稀巴人可能開始行動了。

他嘆口氣。「我來想辦法，看能不能讓探測器更有效。」他看著現在已經完全包圍船艦的營地，在空地上朝四面八方擴散，連樹林裡都有臨時搭建的帳棚。「我們現在需要保護他們。既然我們讓衝突升高，我們就有保護他們的責任。」

「對不起，布萊德利。我沒有別的辦法。」

他猛然抬起頭。「妳可以的。」他站了起來，語氣更為堅決：「妳可以的。這個選擇可能難到極點，但不會是不能選的。」

「如果在那裡的不是陶德，而是席夢呢？」

席夢就這樣填滿了他的噪音，他對她深深的感情，我想應該是沒有獲得回應的感情。「妳說得對。我不知道。我希望我能做出對的選擇，但是薇拉，這的確是個選擇。說妳沒有選擇只是讓自己推卸責任。一個明辨是非的人是不會這樣做的。」是個孩子，他的噪音說。是個孩子，於是他的聲音變得柔軟：「而我相信妳是個能明辨是非的人。」

「真的嗎？」

「當然是真的。重要的是，妳必須接受責任。從中學習。利用這個教訓，讓事情變得更好。」

然後我想到陶德說過的，重要的不是我們怎麼跌倒，而是我們怎麼重新站起來。

「我知道。我很努力要讓事情變好。」

「我相信妳。我也在努力。妳發射了飛彈，但是是我們讓妳有這個機會。」我又在他的噪音裡聽到席夢，周圍有些難以排解的波動。「去跟陶德說，叫他告訴鎮長，我們只會幫忙救人，我們只會為了和平而努力。」

「我已經說了。」

我的表情一定非常真誠，所以他微笑了。我等這一刻已經等得太辛苦，於是胸口忍不住輕輕一跳，因為他的噪音也在微笑。一點點。

我們看到柯爾夫人從醫療帳出來，罩袍上有血。「不幸的是，」布萊德利說：「我想通往和平的道路必須透過她。」

「對啊，可是她總是裝作很忙的樣子，忙得沒時間說話。」

「或許妳也該忙起來，如果妳的精神還好的話。」

「我精神怎麼樣不重要，這是我必須要做的事情。」我轉頭去看在照料動物的維夫。「我想我知道該要找誰。」

［陶德］

我最親愛的兒子。我最親愛的兒子。

我媽在日記每一面的最前面都這麼寫著，就在我快出生前跟剛出生後寫給我的，說了所有發生在她跟我爸身上的事。我在我的帳棚裡，想要讀她的日記。

我最親愛的兒子。

可是在整本蠢書裡，我也只讀得懂這幾個字。我的手指劃過一面，又一面，看著到處亂爬的字。

我媽，一直講一直講歐

我卻聽不到她說話。

我可以看出哪些是我的名字。還有希禮安的名字。班的。我的心開始稍稍痛了起來。我想聽我媽說班的事，養大我的班，我失去兩次的班。我想再聽到他的聲音。

可是我不能──

（干他的蠢白痴）

然後我聽到食物？

我放下日記，頭探出帳棚。安荷洛德在看我。陶德，食物？

我立刻站起來，立刻走到她旁邊，立刻回應她。

因為這是她第一次說我的名字，自從——

「當然，乖乖。我現在就去幫妳拿。」

她的鼻子蹭蹭我的鼻子，幾乎帶著淘氣的感覺。我的眼睛因為安心而溼了。「我馬上回來。」

我看看四周，但沒看到詹姆士。我走向營火，鎮長站在那裡，皺著眉頭聽泰特先生帶來的更多報告。

他沒多少人可以浪費，但在今天早上對間諜的攻擊之後，他說他沒有選擇，只能派小隊往南北邊，命令他們一直前進，直到聽到稀巴人的咆哮就原地紮營，遠到讓稀巴人知道我們不會讓他們隨便便進城，踐踏我們。雖然他們阻止不了，但至少能告訴我們稀巴人什麼時候要進攻。

我朝軍隊走去，瞥向廣場對面，勉強能看到水槽尖頂從糧倉上方探出頭來，這些都是我以前懶得注意的建築物，直到他們掌握著我們的生死。

我看到詹姆士從那邊走來，進入廣場。「嘿，詹姆士。」我朝他打招呼。「安荷洛德需要飼料。」

「還要？」他一臉驚訝。「今天早上才餵過她。」

「是啊，但她剛從戰爭的震驚恢復過來，而且這是她第一次開口要求。」我搔著耳朵說。

他一副過來人似的微笑。「你得小心點，陶德。馬很清楚怎麼佔你便宜。每次她要你就給她吃的，她會開始沒事就要。」

「對啦，可是——」

「你得讓她知道誰是老大。告訴她，今天已經吃過了，明天早上該吃的時候自然會吃到。」

他還在微笑，噪音依然友善，但我發現自己開始有點生氣。「告訴我在哪裡，我自己去拿。」

他微微皺眉。「陶德——」

「她需要吃。」我的聲音揚起。「她的傷還沒好——」

「我也是。」他撩起襯衫下擺。他肚子上有道燒傷。「我今天也才吃過一次。」

我懂他在說什麼，我也知道他其實沒有惡意，但我的噪音裡都是小馬男孩？我想起她被打中時大叫的聲音，還有之後的沉默，還有從那之後我勉強逗她說出的幾個字，但還是跟她以前差得遠了，所以如果她想吃東西那我該死的不可能不餵她而這個煩人小豬尿就要幫我拿因為我是圓圈圓圈是我——

他說：「我去幫你拿。」

他看著我——

沒有眨眼——

我可以感覺有東西在絞動，似乎空中有看不見的繩子在收緊——

在我的噪音跟他的噪音中間——

還有小小的嗡嗡聲——

「我現在就去拿。我就拿來。」他沒眨眼地說。然後他便轉身，走向糧倉。我可以感覺到我的噪音裡仍然有嗡嗡聲，很難聽清楚，很難分辨出來，像是有個影子，我只要一轉頭去看就會消失——

可是這不重要——

我想要他這麼做，我想要這件事發生——

的確也發生了。我控制了他。就像鎮長那樣。我看他離開，依然朝糧倉走去，像是他自願的。

我的手在抖。

見鬼了。

〔薇拉〕

「在這裡的人中，妳是對那次和談了解最多的人。妳原本是新普倫提司城的領袖，所以不可能——」

「我是安城的領袖，孩子。」柯爾夫人頭也不抬地說，繼續遞著食物給一長排居民。「我跟新普倫提司城完全沒有關連。」

「給你的！」珍幾乎是在我們旁邊用吼的，把小小份的蔬菜跟肉乾放到每個人帶來各式各樣的容器裡。隊伍很長，跨過整個山頭，幾乎連半點空間都不剩了，可以說現在已經變成一個害怕又飢餓的城。

「可是妳說妳知道和談的事。」我說。

「我當然知道。那和談是我幫忙談的。」柯爾夫人說。

「那妳一定還可以達成一次。至少告訴我，妳是怎麼開始的。」

「說太多嘍？」珍靠向我們，露出擔心的表情。「食物發得不夠？」

「抱歉。」我說。

「只是，說太多話，夫人們會生氣。」珍說完，轉向隊伍中的下一個人，一名母親握著小女兒的手。「我老是惹麻煩。」

柯爾夫人嘆口氣，壓低聲音。「開始的方式就是把稀巴人打得慘到他們不得不和談，孩子。這種事情本來就是這樣。」

「可是。」

「薇拉。」她轉身面對我。「妳記得當大家聽到稀巴人要攻擊時，妳感覺到他們全身泛起的恐懼嗎？」

「我記得，可是——」

「那是因為我們上次差一點點就被殲滅了。這種事是忘不掉的。」

「所以才更該避免這種事又發生一次。我們讓稀巴人看到我們有多少火力——」我說。

「他們也有釋放河水，足以毀掉整個鎮的力量。」她說：「讓剩下來的人正好被入侵的軍隊處理掉。現在我們兩邊是僵局。」

「可是我們不能坐在這裡等他們再打一場。那是給稀巴人更多優勢，那是給鎮長更多優勢——」

「孩子，情況不是這樣的。」她的聲音聽起來怪怪的。

「妳是什麼意思？」我說。

我聽到旁邊有人小小聲的呻吟。珍停下分發食物的動作，滿臉焦慮。「妳會惹上麻煩的。」她用很大聲的悄悄話對我說。

「對不起，珍，可是我相信跟柯爾夫人說話沒關係。」

「她就是那個最氣的。」

「沒錯，薇拉，我是那個最氣的。」柯爾夫人說。

我抿緊嘴唇。「妳是什麼意思？」我壓低了聲音，免得珍又開始擔心起來。「鎮長那裡怎麼了？」

「妳等著瞧好了。妳等著瞧吧。」柯爾夫人說。

「等著看著大家死？」

「沒有人死。」她轉向排著隊看著我們的一張張飢餓的臉。大多數是女人，也有一些男人跟小孩，我想他們應該都不習慣自己這麼狼狽，這麼髒，但是柯爾夫人說得沒錯，他們沒死。「正好相反，大家活著，一同為生命奮鬥，依靠彼此，這正是鎮長需要的。」

我瞇起眼睛。「什麼意思？」

「妳看看這裡，星球上一半的人類都在這裡，是沒跟他在一起的那一半。」她說。

「所以呢？」

「他不會放著我們在這裡，不是嗎？」她搖搖頭。「他需要我們獲得完全勝利。他想統治的不只是妳船艦上的武器，更是我們剩下來的人，想來也包括整個艦隊的人。他就是這樣打算。他在那裡等著我們去找他，但是妳看著好了。總有一天，很快會有一天，他會來找我們，孩子。」

她微笑，繼續發食物。「當他來的時候，我在這裡等著。」

［陶德］

睡到半夜時，我受夠一直翻來覆去睡不著，乾脆走到營火邊取暖。發生了詹姆士的那種怪事之後，我睡不著。

我控制了他。

有那麼一分鐘，我辦到了。

我不知道怎麼辦到的。

（可是那種感覺——）

（那種感覺好強大——）

（感覺好好——）

（閉嘴）

「睡不著嗎，陶德？」

我發出不愉快的聲音。我朝火堆伸出手，我看到他在火堆對面看我。「你能不能偶爾不要來煩我啊？」我說。

他笑了一聲。「然後錯過我兒子得到的機會？」

我的噪音因為純粹的驚訝而怪叫一聲。「不准你跟我提戴維。你還有膽提。」

他安撫地舉起手。「我只是想說你拯救了他的方式。」

我還在生氣，但是他選的字讓我吃了一驚。「拯救？」

「你改變了他，陶德‧赫維特。別人辦不到的事情，你辦到了。他原本是個鼠輩，你幾乎讓他成為男人。」他說。

「我們永遠沒辦法知道了。因為你殺了他。」我低聲咆哮。

「戰爭就是這樣。人必須做出最困難的選擇。」

「你不需要這樣選的。」

他看著我的眼睛。「也許我不需要。但是如果我不需要，那也是因為你讓我明白我不需要。」

他微笑。「你在影響我，陶德。」

我重重皺眉。「這世界上沒有什麼能拯救你的。」

我才說完，城裡所有的燈消失了。從我們站的地方，我們可以看到所有燈都集中在廣場上，讓居民感覺安全——

一瞬間，全部黑掉。

接著，我們聽到不同的方向傳來槍聲——

只有一把槍，聽起來很寂寞——

砰！然後又是砰的一聲——

鎮長已經抓起他的來福槍，我跟在他後面，因為槍聲來自於發電廠後面，在一條靠近河床的小路，有些士兵也跟著歐哈爾先生一起在朝那裡跑去，離軍營越遠，路就顯得越黑，沒有任何其他聲音，越來越黑——

我們到了。

發電廠只有兩名士兵，其實他們頂多只能算是工程師，因為有一整支軍隊擋在發電廠跟稀巴人軍隊之間，誰會來攻擊——

可是門外的地上躺著兩具稀巴人屍體。他們躺在其中一名守衛旁邊，他的身體分成三大塊，被強酸來福槍轟碎。發電廠裡面是一片亂七八糟，設備因為強酸而融化，想來強酸的破壞力對人或物都是一樣有效。

我們發現第二名士兵在一百公尺外，跑過了一半的空河床，顯然在朝逃走的稀巴人開槍。

他的半個頭不見了。

鎮長一點都不高興。「我們不應該這樣打的。」他的聲音低沉憤怒。「像老鼠一樣在黑暗裡竄來竄去，搞半夜偷襲而不是堂堂正正的打一仗。」

「我去向我們派出去的小隊要報告，長官。看看他們是從哪裡突破我們防線的。」歐哈爾先生說。

「去吧，隊長。但我想他們只會告訴你他們什麼都沒看到。」鎮長說。

「他們要我們把注意力轉向別的地方，往外看而不是往內看，所以他們才殺了我們所有的間諜。」我說。

他仔細、緩慢地看著我。「說得一點沒錯，陶德。」他說。然後，他轉身去看變得更黑的城市，居民穿著睡衣在外面，排成一排想看發生了什麼事。

「如他們所願。」我聽到鎮長低聲自言自語。「如果他們想要這樣打，那我們絕對奉陪。」

大地的擁抱

大地失去了一部分自己，但是任務完成了，天空張開眼睛展示。

我感覺到整個大地因為失去帶領小隊去攻擊空地核心的人而感覺空虛。那些去的人知道他們大概回不來了，可是因為他們的行動，大地的聲音才可以繼續歌唱。

我願意付出我的聲音，只要能帶來空地的結束，我朝天空展示，營火在冰冷的夜晚溫暖我們。

可是回歸的安靜會是多大的損失啊。你走了這麼遠才來到這裡，他展示，聲音朝我伸來。

走了這麼遠，我心想。

因為我的確走了很遠。

在匕首把我從負擔的屍體中拖出來之後，在我對他展示我殺他的誓言之後，在我們聽到路上有馬來的聲音，他求我快跑之後——

我跑了。

當時城裡是一片慌亂的燃燒，混亂與煙霧讓我順利在不被人發現的情況下穿越南邊，然後我藏起來，直至夜落，我沿著彎曲的道路出了城。順著樹林一路往上爬，劃著之字的一筆一劃，直到放眼望去不剩任何遮蔽物，我得直起身用跑的，完全暴露在最後一段路上，覺得隨時都會有子彈從下方的山谷射中我的後腦杓——

我渴望但也同時害怕的結局——

但我辦到了。越過了山頂，我繼續跑。

我跑向一個傳說，一個寄生在負擔的聲音中的傳說。我們是大地的一份子，但我們有些人從來沒有看過大地，像我這樣的年輕人，出生時正在打仗，最後大地丟下了負擔，答應再也不會回來。於是大地，跟他們的戰獸一樣，只是影子跟神話，故事與低語，而我們夢想著有一天大地會回來解放我們。

有些人放棄了那個夢。有些人從來沒有過那個夢，從來沒有原諒大地一開始拋下我們。有些人，像是我的特別大地，雖然只比我大幾個月，同樣沒有看過大地，會溫和地對我展示，要我放棄任何被拯救的希望，放棄除了在空地的噪音間能勉強爭取到的人生之外，不可能有別種生活，還有在我害怕的夜晚告訴我，說有一天會是屬於我們的日子，一定會有，但那會是我們的日子，而不屬於一個顯然已經忘記我們的大地。

然後我的特別大地被奪走了。負擔的其他人也被奪走了。只留下我來抓住這個機會。所以我除了跑向傳說之外，還能有什麼選擇？我沒有睡。我跑過森林跟平原，在山丘間上上下下，穿過溪流河川。跑過空地的聚落，被焚燒後遺棄。凡是空地碰過的地方，必會留下疤痕。太陽升起，還是沒有睡，沒有停下，即使我的腳已經長滿水泡跟鮮血。

可是我誰都沒看到。沒有空地的人，沒有大地的人。沒有人。我開始以為我不只是負擔的最後一個，更是大地的最後一個，空地達成了目標，將大地從這世界消除。我是獨自一人。

在我這樣想的早上，在我站在河床上的一個早上，在我又看了周圍一圈，卻只看到自己，只有1017，手臂上燙了永遠的標記——

我哭了。我倒在地上，哭了。就在這時候，我被找到了。

他們從路對面的樹林間走出。先是四個，然後是六個，然後是十個。我先聽到他們的聲音，可是我自己的聲音也才剛剛開始恢復，在聲音被空地奪走之後，我的聲音也才剛開始恢復，剛開始對我說話。

我以為是我自己在叫自己。我以為是我自己在把我叫向死途。

我很樂意去。

可是，我看到了他們。他們比任何負擔都要高，都要壯，他們握著矛，我知道他們一定是戰士，他們是會幫我向空地報復的士兵，他們會平反所有對不起負擔的地方。

可是接下來他們向我打招呼，我發現他們的聲音很難懂，但他們似乎是在說，那些武器只是魚叉，他們也只是普通的漁夫。

漁夫。

根本不是戰士。不是出來獵捕空地的。不是出來為負擔的死復仇的。他們是漁夫，來河邊只是因為聽說空地已經放棄這一段河流。

然後我告訴他們我是誰。我用負擔的語言對他們說話。一陣極大的驚訝，我可以感覺到他們退縮的震驚，但不只這樣——

他們鄙視我的聲音有多尖銳，還有我說的語言。他們對於我代表的事情與其中的涵義感覺畏懼與羞恥。

他們遲疑了非常短暫的一段時間，才走上前來找我，來幫忙我，提供協助。他們的確來了，幫我站了起來，問我的經歷。我用負擔的語言回答，他們擔心地聽著，驚駭憤怒地聽著，一面聽一面計畫要帶我去哪裡，接下來會發生什麼事，不斷向我保證，我是他們其中之一，現在我回到他們身邊之後，我安全了。

我不是一個人了。

可是在這一切之前，有的是震驚，有的是鄙視，有的是畏懼，有的是羞恥。

大地終於出現了。它卻害怕碰我。

他們把我帶去他們的營地，深入南邊，穿過濃密的樹林，還有一片山丘。好幾百人住在圓滾的祕密巢穴，人數又多又大聲又好奇，我幾乎就要轉身逃走。

我長得跟他們不一樣。我比較矮，比較瘦，皮膚是不一樣的白色，我長在身上作為衣服的苔蘚跟他們的不同種。他們的食物我幾乎認不得，或者他們分享的歌曲，或是他們集體的睡眠方式。負擔的聲音帶來遙遠的回憶，想要安撫我，但我感覺到自己是不同的。我是不同的。

最不同的就是語言。他們幾乎不需要說話，訊息在眾人之間分享的速度快到我從來都聽不清，彷彿他們只是腦子的不同部分。

的確也是這樣。他們都屬於一個叫做大地的腦子。

負擔不是這樣說話的。我們被強迫要跟空地互動，被強迫要服從他們，我們學了他們的語言，但不只這樣，我們也學會他們偽裝聲音的能力，把聲音分開，隱藏。如果在我不想要隱密性時，有其他人可以溝通正好。

可是已經沒有我可以與之溝通的負擔了。我也不知要怎麼跟大地溝通。我一邊休息一邊吃一邊等全身的傷癒合，除了1017鐵環的紅色痛楚，一個訊息透過大地的聲音傳遞，直到來到一個通道，而這消息傳到天空的速度變得極快。

幾天後，他便來到營地，高高坐在他的戰獸上，身邊有一百名士兵，一路上還來了更多。

天空來見回歸，他顯示，立刻就替我取名，在他還沒見到我之前已經確保我會跟其他人格格不入。然後，他親眼看到了我。他有著戰士、將軍、領袖的眼睛。他有著天空的眼睛。他看我的樣子像是認出了我。我們進入一間特別為我們的會面而準備的密室，圓弧的牆壁在離頭頂很遠的地方交會。我把我的故事告訴天空，鉅細靡遺，從出生成為負擔的一員，到除了我以外的所有人都被屠殺。

在我說話的時候，他用聲音包圍我，唱著一首哭泣與悲傷的歌，所有在外營地，說不定是世界上全部的大地都在一起唱著，我被包圍在其中，大地把我放在他們聲音的中間，他們唯一的聲音，而有一瞬間，有短暫的一瞬間——

我再也感覺不到寂寞。

我們會為你復仇，天空對我展示。

這樣就更好了。

天空會遵守承諾的。他對我展示。

他是的，謝謝。我展示。

這只是開始，還有更多，更多會讓回歸高興的事。他展示。

包括在戰場上遇見匕首？

他看了我片刻。事情有輕重緩急。

我看著他站起來，有一部分的我在想，他是不是還保持著跟空地達成和平協議的想法，能夠避免直接屠殺空地，可是他的聲音拒絕回答我的懷疑。有一瞬間，我對於自己的懷疑感覺到羞愧，尤其是剛剛才進行了帶走一部分大地的攻擊事件。

回歸也在想我是不是有第二個消息來源，天空展示。

我猛然抬頭。

你很敏銳，但天空也是。天空展示。

在哪裡？其他的大地怎麼不知道？空地怎麼——我展示。

天空現在要求回歸的信任，他展示，聲音中帶著不安。還有警告。這必須是你不可違背的誓言，你必須承諾要信任天空，不論你可能看到或聽到什麼。你必須信任有一個你也許看不出來的更宏大的計畫。一個跟信任有關的更大目標。

可是我也聽得到他更深層的聲音。

我聽空地的聲音聽了一輩子，他們的聲音會隱藏，會打成一團結，但其實事實永遠比他們想得要更赤裸，而且我比所有的大地都更有揭開隱藏事物的經驗。

在天空聲音的深處，我看到的不只是天空跟回歸一樣，懂得在聲音中隱藏，我也看出一部分他在隱藏的東西——

你必須信任我，他又說了一次，對我展示他接下來幾天的計畫——

但他不會對我顯示他的消息來源。因為他知道當他終於對我坦白的時候，我會覺得受到無比的背叛。

收網

［陶德］

到處都是血。前院的草地上，通往屋子的小徑，你無法想像人身上居然能裝這麼多血。

「陶德？你還好嗎？」鎮長說。

「不好。怎樣的人現在還能說自己很好？」我盯著所有的血看。

我是圓圈，圓圈是我，我心想。

稀巴人一直攻擊。自從對發電廠攻擊之後，連續八天沒有停止。他們攻擊、殺死嘗試外出挖井來解決我們水源問題的士兵。他們在晚上隨機攻擊、殺死城鎮邊緣的警衛。他們甚至燒掉一排房子。沒有人傷亡，但當鎮長的人想要撲滅第一場火的時候，他們又燒了一排。

這段時間中，北邊跟南邊的小隊還是沒有報告，他們只是坐在那裡發愣，沒有聽到稀巴人經過他們來進城，或是在成功攻擊之後回去。薇拉的探測器也沒有消息，像是不論你在哪裡找，他們都正躲在別的地方。

現在，他們又做了一件新的事情。

大群的居民通常會在一到兩名士兵的陪伴下一一搜查外圍的屋子，盡量帶走他們所能找到的任何食物，收在糧倉裡。這一群在大白天時碰上稀巴人。

「他們在測試我們，陶德。」鎮長皺著眉頭說。我們站在屋子的門口，約莫是在教堂廢墟的東邊。「這一切只不過是開始而已，好戲還在後頭。你記得我的這句話。」

前面的房間裡有一名死去的士兵，我還看得到另外兩名死去居民的遺體，兩個都是年紀較大的男人，隔著櫥櫃的門被打死，還有一個女人跟男孩，他們躲在浴缸裡被打死。第二名士兵躺在花園裡，醫生正在救治，但他已經失去一條腿，在這個世界上絕對活不久了。

鎮長走到他身邊，跪了下來。「你看到了什麼，士兵？」他說，聲音低沉，而且幾乎可以稱得上溫柔。我對他這種語氣很有經驗。「跟我說說發生了什麼事。」

士兵幾乎是用喘的，眼睛睜得很大，噪音讓人不忍去看，充滿了撲向他的稀巴人，充滿士兵還有居民的死亡，最大部分就是他少了一條腿，這是永遠不可能康復的，永遠永遠都不可能——

「冷靜下來。」鎮長說。

我聽到低沉的嗡嗡聲，纏入士兵的噪音裡，想讓他平靜下來，讓他能集中精神。

「他們一直來。」士兵說，幾乎每說一個字就要喘一下，但是至少他還在說話。「我們開槍。他們倒下。然後又衝上來一個。」

「可是士兵，你一定有得到警告，你一定有聽到他們的聲音。」

「到處都是。」士兵驚喘，因為一股隱隱的疼痛仰著頭。

「到處都是？什麼意思？」鎮長說，聲音依然平靜，但是嗡嗡聲更大了。

「到處都是。」士兵說，喉嚨猛烈地抓取空氣，像是被強迫要說話。他應該是真的被強迫開口。「他們來了。到處都是。太快。衝向我們。全速。用棍子。我的腿。我的腿！」

「士兵。」鎮長又說了一次，更努力操控他的嗡嗡聲——

「他們一直來！他們一直——」

然後，他就這樣沒了，噪音很快消失，直到完全停止。他就這樣死在我們面前。

（我是圓圈——）

鎮長站了起來，一臉很煩的樣子。最後他久久地看了一眼面前的景象，看著屍體，看著他似乎無法預測也無法阻止的攻擊。周圍都是人，等著他下令。這些人眼看日子過去，卻沒有可打的仗，於是看起來越來越緊張。

「陶德，跟上。」鎮長終於生氣地喝了一聲，大步走向拴著馬的地方，我跑在他後面，甚至沒去多想其實他沒有命令我的權力。

〔**薇拉**〕

妳確定什麼都查不到嗎？陶德問。

他騎在安荷洛德上，跟著鎮長，剛結束探視城外一棟受到攻擊的屋子，這已經是連續第八起了，就連在這麼小的螢幕上我都看得出隱藏在他表情後的擔憂跟疲累。

「他們很難追蹤。」我說，又躺在醫療室的床上，又開始發燒，頻繁到我甚至沒法去看陶德。「有時候我們會瞥到他們，但是完全沒有有用的訊息，沒有我們能追蹤的。」我壓低聲音。「況且，席夢跟布萊德利現在都沒讓探測器離山頭太遠。居民有點像是在要求他們這麼做。」

他們也照做了。山頂現在擠到幾乎沒有地方走動。形狀破爛的帳棚一路蔓延到河床邊的主要大路旁，從棉被到垃圾袋，什麼材質都有。況且，物資越來越稀少了。駐紮地附近有小溪，維夫一天運兩次水桶來，所以水源問題沒有像陶德說的像城裡那樣嚴重，可是我們只有答案留給自己備用的食物，原本是給兩百人的補給品，現在卻得餵飽一千五百人。阿李跟麥格努斯不斷帶領一隊隊獵人進山，可是這跟新普倫提司城上受到士兵嚴格看守的食物庫存比起來，根本算不了什麼。他們有足夠的食物水卻不夠，我們有足夠的水食物卻不夠。可是鎮長跟夫人甚至從未考慮離開他們勢力最強的地方。更嚴重的是，一群人擠成這樣，任何小道消息幾乎立刻就會傳開來，在城裡被攻擊後，大家開始覺得稀巴人接下來就要攻擊我們，他們已經包圍了山頭，準備收網，把我們所有人都殺死。他們其實沒有這樣做，周圍也沒有他們逼近的跡象，可是居民一直在問我們要怎麼做才能保住他們安全，說我們的責任就是要在保護山腳下的城鎮之前，先保護山頂上的所有人。

有些人甚至開始在地上坐成半圓形，包圍偵察船艙門，什麼都沒有說，只是看著我們在做什麼，然後向山頂上的其他人回報。伊凡通常坐在最前面。他甚至開始叫布萊德利「人道份子」。這絕對不是什麼好話。

我懂妳的意思。下面這邊也沒比較好，陶德說。

「如果有什麼事情發生，我會告訴你。」

我也是。

「有消息嗎？」陶德才剛掛掉，柯爾夫人就進了醫療室。

「妳不應該偷聽別人的私人對話。」

「孩子，這星球上沒什麼是私人的。這也是我們的問題。」她檢查了我全身，我還躺在床上。

「妳的手臂怎麼樣？」

我的手臂在痛。消炎藥起不了什麼作用了，紅線又開始擴散。勞森夫人用新的綜合繃帶幫我裹好，但我看得出來她在擔心。

「不用妳管。勞森夫人做得很好。」我說。

柯爾夫人看著自己的腳。「妳知道嗎，我對處理感染還有點心得，主要是用定時——」

「我相信勞森夫人準備好的時候就會那麼做。」我打斷她。「妳有事嗎？」

她發出長長的嘆息，好像我讓她失望了。

過去八天以來一直都是這樣。柯爾夫人拒絕做任何柯爾夫人不想做的事情，她忙著在管理軍營——

發食物，照顧女人，花很多時間跟席夢在一起——

似乎從來沒有跟她討論和談的時間。

當我終於難得一次沒躺在床上，能夠逮住她的時候，她就說她在等，說和平只有在正確的時機才會到來，還有稀巴人會先動手，鎮長會還手，然後那時候我們才能介入，爭取和平。

可是我總覺得我們某些人認為的和平不一定也是別人眼中的和平。

「孩子，我想跟妳談談。」她看著我的眼睛，也許想知道我會不會閃躲。

我沒有。

「我也想跟妳談談。」

「那先讓我說，孩子。」她說。

然後，她說了一句給我一百年我都想不到她會這麼說的話。

［陶德］

「起火了，長官。」我跟薇拉結束通訊不到一分鐘，歐哈爾先生就如此報告。

「我眼睛沒瞎，隊長，但還是再次感謝你指出我們大家都看得出來的事情。」鎮長說。

我們從那該死的屋子回來時在路上停下，因為天邊出現火光。山谷北邊山上一些廢棄的農莊起火了。

至少我希望那些是廢棄的。

歐哈爾先生帶著大約二十名士兵趕上我，他們看起來跟我感覺的一樣累。我看著他們，讀著他們的噪音。他們年齡各異，從年輕到老都有，但現在每個人的眼神都一樣老。這群人裡幾乎沒有人想當兵，但都被鎮長強迫加入，被強迫離開他們的家人、農場、店鋪、學校。

然後他們開始每天都看到有人死掉。*我是圓圈，圓圈是我*，我又開始想。我現在隨時都在這麼做，努力想要保持住那沉默，讓想法跟回憶消失，大多數時候這對其他人也有效。別人開始聽不到我的噪音，我可以聽到他們聽不到我的噪音，就像泰特先生跟歐哈爾先生一樣，我不得不覺得，鎮長會教我這個方法，想要我成為他的手下，有一部分原因就是因為我學得會。

他做夢。不過我沒跟薇拉說。我也不知道為什麼。也許是因為我沒有看到她，這是我對過去八天非常討厭的地方。她待在山丘上看著柯爾夫人，可是每次我跟她通話時，她都躺在那張床上，看起來越來越蒼白虛弱，我知道她生病了，而且病得越來越重，但她卻什麼都沒跟我說，可能是不想讓我擔心，但這反而讓我更加擔心因為如果她有什麼問題，如果她出了什麼事——

我是圓圈，圓圈是我。

平靜下來。我沒有跟她說。我不想要她擔心。我控制得很好。

小馬男孩？馬鞍下的安荷洛德緊張地問我。

「沒事，乖。我們很快就回家了。」如果我知道屋子的情況有那麼糟，我根本不會帶她出來。她兩天前才肯讓我騎她，現在就連樹枝折斷這種小事都能讓她受到驚嚇。

「我可以派人去滅火。」歐哈爾先生說。

「沒有意義。就讓它們燒吧。」鎮長說。

服從！喜悅茱麗葉在下面漫無目的地尖叫。

「我一定得弄匹新馬。」鎮長喃喃自語。

然後，他抬起頭的樣子引起我的注意力。

「怎麼了？」我說。

可是他正看著四周，首先看向通往那該死屋子的路，然後是通往城裡的路。什麼都沒變。只有鎮長的表情變了。

「怎麼了？」我又說了一次。

「你沒聽到——」他沒說下去。

這時我聽到了——

噪音——

不是人類的噪音——

「他們竟敢。」鎮長氣得臉皺成一團。「他們好大的膽子。」

可是我現在聽得很清楚——

我們就這樣瞬間被包圍。

稀巴人正朝我們而來。

〔薇拉〕

柯爾夫人對我說的是：「我一直以來都沒對教堂的炸彈事件對妳道歉。」

我沒有回答。我太驚訝了。

「我不是想殺妳，也不是覺得妳的命沒有別人的重要。」她說。

我重重吞了一口口水。「出去。」我說。我很驚訝自己會這樣說。一定是因為燒昏頭了。「現在出去。」

「我原本是希望鎮長會翻妳的包包。如果他把炸彈拿出來，我們的問題就解決了，但是我也覺得這只有在妳被抓住的時候才會發生，而如果妳被抓住，妳很有可能也已經死了。」她說。

「那不是妳該做的決定。」

「是我該做的，孩子。」

「如果妳跟我商量，我甚至有可能說——」

「妳不可能答應任何或許會傷害妳那男孩的事。」

她等我反駁她。我沒有。

「作為領導者，有時候就是要做出最殘忍的決定，而我殘忍的決定就是，如果妳的性命因為妳堅持要進行的任務而結束，那我至少要把握機會，不論多微小的機會，要讓妳死得有價值。」

我可以感覺到我的臉變得有多紅，我的身體因為發燒還有純粹的憤怒而發抖。

「那只是所有可能之一。還有各種各式各樣的可能情況，結果卻都會是我跟阿李被炸成碎塊。」

「妳會因為我們的目標而成為烈士，我們會以妳之名戰鬥下去。」柯爾夫人說。她牢牢地盯著我。「妳想像不到烈士的強大。」

「只有恐怖份子會這麼說——」

「即使如此，薇拉，我想說的是，妳是對的。」

「我聽夠了——」

「讓我說完。那個炸彈是個錯誤。也許我的確有理由不擇手段除掉他，但我還是不該拿別人的性命去冒這麼大的風險。」

「妳說得該死的對——」

「所以，對不起。」

她真的把話說出來之後，出現一陣沉默，一陣沉重而斷不了的沉默，不斷繼續又繼續，然後，她起身離開。

「妳想要什麼？」我打斷她的動作。「妳真的想要和平，還是只想要打敗鎮長？」

她對我挑挑眉毛。「兩者應該是缺一不可的。」

「可是如果妳同時朝兩件事努力的結果是妳哪樣都無法完成呢？」

「我們必須得到一個值得生活的和平。如果只是回到之前那樣，那又有什麼意義？我們又為什麼有人因此而死？」

「有將近五千人的艦隊要來了。不會完全像先前那樣。」

「我知道，孩子——」

「如果妳是幫助我們重新達成和平的人，想想妳會佔據多強大的地位？妳可是幫助他們建立起一個和平世界的人啊。」

她沉思片刻，然後開始摸起門框，只為了不看我。「我之前跟妳說過，我有多欣賞妳的出色能力，記得嗎？」

我吞了口口水，因為這個回憶牽扯到瑪蒂，那個幫助我完成出色表現時被開槍打死的女孩。

「我記得。」

「我還是很欣賞妳，甚至比以前更欣賞。」她還是不看我。「我從來沒在這裡當過女孩。我們降落時，我已經是成年人了。我跟其他人想一起建立一座漁村。」她抿起嘴唇。「我們失敗了。魚吃我們的次數遠超過我們吃他們。」

「妳可以再試一次。跟新移民一起努力。妳說海不遠，只有兩天的距離——」

「其實只需要一天。如果是快馬的話只需要兩小時。我跟妳說兩天是因為我不想要妳過去。」

我皺眉。「又說謊——」

「可是那件事我也料想錯了，孩子。就算得花一個月，妳也會找過來。所以我很欣賞妳。妳很努力地活下來，讓自己站在一個能夠擁有真正影響力的位置，試著靠一個人的力量贏得妳想要的和平。」

「那妳幫幫我。」我說。

她用手掌拍了門框一、兩下，好像還在思考。

「我只是在想，孩子。想妳準備好了沒有。」她終於說。

「準備好什麼？」

可是這時她站了起來，一語不發地走了。

「準備好什麼？」我在她後面叫道，然後翻身下了床，雙腳踩在地上，站起來——

立刻因為頭暈而摔倒在另一張床上。我深呼吸幾次讓世界不再旋轉——

然後重又站了起來，跟在她後面走出去。

［陶德］

士兵們舉起來福槍搜索四周圍的藏身處，貌似稀巴人的咆哮彷彿從到處都是，自四面八方快速逼近——

鎮長舉起他的來福槍，我也舉起我的槍，一手摸著安荷洛德好穩住她，可是什麼都還看不到——

然後離我們有段距離的一個士兵尖叫著倒在地上，抓住胸口——

「那裡！」鎮長大喊——

突然一整隊稀巴人，幾十個人，從不遠的樹林裡衝出來，朝士兵發射他們的白棍子，士兵一面回擊一面倒下——

然後鎮長騎馬衝過我，邊開槍邊彎腰閃躲朝他射去的箭——

小馬男孩！安荷洛德在尖叫，我想騎她離開，讓她離開現在的情況——

到處都有稀巴人倒在來福槍下——

可是一個倒下，立刻就有另一個趕上來——

撤退！我在噪音裡聽到——

是鎮長發出來的——

朝我撤退！

不是大叫，甚至不是嗡嗡叫，而是直接出現在你的腦子裡——

我看到了——

有一瞬間完全不敢相信——

所有還活著的士兵，大概還剩下十二個，同時行動——

朝我撤退！

像是一群聽狗叫而行動的綿羊——

所有人一起！

他們邊走邊繼續開槍，但也同時退向鎮長，甚至連走路的速度節奏都一樣，所有不同的人突然看起來像是同一個人，像是一個人，爬過其他士兵的屍體，像是他們根本不存在——

朝我來！朝我來！

就連我都可以感覺到我的手開始拉著安荷洛德的韁繩要在鎮長後面排成一列——

跟他們其他人一起行動——

小馬男孩!?

我罵了自己一聲，拉她離開主要戰場——

可是士兵們還在繼續前進，雖然一個個倒下，他們還是繼續往這裡來，現在排成短短的兩排，同時開槍——

稀巴人死在槍下，倒在地上——

所有人往後退——

然後歐哈爾先生騎著自己的馬來到我旁邊，也在開槍，保持跟其他人一樣的節奏，我看到一個稀巴人從離我們最近的森林衝出來，朝歐哈爾先生舉起白棍子，然後——

趴下！我想——

想而沒有出聲——

一陣嗡嗡聲從我身上用最快的速度傳向他——

他立刻趴下，稀巴人開槍射過他上方——

歐哈爾先生又站了起來，開槍打死稀巴人，然後轉頭看我——

但他沒有道謝，眼中反而充滿白熱的憤怒——

突然，一切安靜下來——

稀巴人消失了。甚至沒有看到他們跑走，只是消失了，攻擊結束了，到處都是死掉的士兵，死掉的稀巴人，整個過程不到一分鐘——

還有兩排活著的士兵以絕對完美的兩排直線排好，來福槍舉成一樣的高度，一起看著稀巴人第一次出現的位置，所有人都等著要再開槍——

等著鎮長的下一個命令。

我看到他的臉充滿專注，還有一種令人難以直視的激烈。我知道這是什麼意思。意思是他的控制能力更好了。越來越快，越來越強，越來越俐落。

（可是我的也是，我心想，我的也是）

「沒錯。一點也沒錯，陶德。」鎮長說。

我花了一秒才反應過來，儘管我的噪音是安靜的，他還是聽到我了——

「我們回城裡吧。我想是試新方法的時候了。」他露出很久沒有出現的笑容。

〔薇拉〕

「這真是太棒了，維夫。」我出了偵察船，到處在找柯爾夫人時，聽到布萊德利說。維夫正將一整車裝滿清水的大桶子搬到船邊，準備分發。

「沒啥。該做的。」維夫對布萊德利說。

「很高興有人這樣想。」我聽到後面有人說。是阿李，今天打獵提早回來了。

「你看到柯爾夫人去了哪裡嗎？」我問他。

「妳也好。」他笑了。他舉起手中的山雞。「我把最肥的一隻留給我們。席夢跟人道份子可以吃小隻的。」

「不要那樣叫他。」我皺眉。

阿李看著朝船走回去的布萊德利。坐在艙門周圍，圍成半圈的人——今天人多了些——交頭接耳了一番，從那裡少數幾個男人的噪音裡，我又聽到人道份子。

「他想救我們。他想讓所有來的人都能和平地生活，跟稀巴人和平共處。」我對他們說。

「是啊，然後在這同時，他似乎沒注意到他的武器帶來和平的速度可比他的人道努力要快得多了。」伊凡大喊。

「他的人道努力可以保證你活得更久，伊凡。你管好自己的事就好。」我說。

「我相信活下去就是我們的事。」伊凡大聲說，他旁邊一個女人正在同意，髒兮兮的臉上露出得意的笑容，雖然她跟我一樣因為發燒而臉色發灰，戴著跟我一樣的鐵環，我還是想要對她打了又打，一打再打，好讓她不能再那樣看我。

可是阿李握住我的手臂，把我帶走，繞過偵察船走到引擎那邊。引擎還是關著，涼的，卻也是山頂上唯一一個不會有人搭帳棚的地方。

「愚蠢，心胸狹窄的人——」我罵個不停。

「對不起，薇拉，但我算是同意他們。」阿李說。

「阿李——」

「普倫提司總統殺了我媽跟我姊。只要我們能阻止稀巴人還有他，任何方法我都覺得很好。」

「你跟柯爾夫人一樣糟糕。」我說：「她可是想過要殺你的。」

「我只是說，如果我們有武器，我們可以展現更多實力——」

「然後確保未來幾年的屠殺！」

他露出看了就讓人生氣的笑容。「妳說這話就像布萊德利一樣。這裡只有他會這樣說話。」

「對，因為一山又怕又餓的人還真能提出一個理性的——」

我沒再說下去，因為阿李只顧著看我。看著我的鼻子。我知道，因為我在他的噪音裡能看到自己，看到我大叫生氣，看到我的鼻子皺起來，我每次生氣時就會這樣，看到他因為我鼻子皺起來而心中一暖——

突然，我跟他出現在他噪音中的畫面，緊緊抱著彼此，身上沒穿任何衣服，我看到他胸口上的金色毛髮，是我在現實裡從來沒看到的，細緻、柔軟，出奇濃密的毛髮一路長到他的肚臍和之下，還有——

「可惡。」他往後退。

「阿李？」我剛開口，他已經轉身快步離開，噪音充滿了明亮黃色的尷尬，大聲地在說：「我回獵人那邊了。」然後腳步更快了——

我又開始找起柯爾夫人來，但同時感覺到皮膚燙得不可思議，像是我全身都在臉紅——

〔陶德〕

小馬男孩？被稀巴人攻擊後，回鎮裡的一路上，安荷洛德都在這樣對我說，速度是前所未有的快。小馬男孩？

「快到了，乖。」我說

我跟在鎮長後面進入營地，他因為剛才控制路上所有人的過程很順利，所以整個人像在發光一樣。他從喜悅茱麗葉身上下來，把她交給詹姆士，他正等著我們。我也騎到他那邊，從安荷洛德的馬鞍上跳下。

「我需要她的食物，還有水。」我很快地說。

「有給她的食物，都準備好了。」他一面說，我一面牽著她走到我的帳棚。「可是我們限水，所以——」

「不行。」我用最快的速度幫她除下馬鞍。「你不懂。她現在需要水。我們剛剛——」

「她又在指揮你了嗎？」詹姆士說。

我眼睛睜得大大的轉向他。他在朝我微笑，不知道我們剛碰上什麼情況，只以為我被我的馬叫來叫去，不知道要怎麼照顧她，不懂她有多需要我——

「她真的很美，但你還是老大。」他從安荷洛德的馬鬃裡撿出一團亂草。

我可以看到他在想什麼，他在想他的農場，想到他跟他老爸以前養的馬，總共有三匹，都是褐色還有白鼻子，想牠們都被軍隊帶走了，之後就再也沒看到，應該就是在戰爭中死了——

這個想法讓安荷洛德又擔心地說小馬男孩？——

我更生氣了——

「不行。現在去幫她拿更多水來。」我對詹姆士說。然後，我甚至沒意識到，就開始狠狠地盯著他，用我的噪音推擠他，向他伸過去，抓住他的——

握住——

握住他——

我是圓圈，圓圈是我——

「你在做什麼，陶德？」他像是趕蒼蠅一樣在臉前面揮著手拍打。

「水。馬上去。」我說。我可以感覺到嗡嗡聲又響起，感覺到它在空氣中出現——

雖然天氣很冷，但我已經開始出汗了——

我也看到他在流汗——

流汗而且一臉迷惘——

他皺著眉頭。「陶德？」他的聲音好難過，聽起來就像是，我不知道該怎麼說，像是我背叛了他，像是我朝他的內在伸手，亂攪一通，所以我幾乎當場停了下來，我幾乎停止專心，我幾乎停止朝他伸去——

但也只是幾乎。

「我幫她拿很多水來。我現在就去拿。」他的眼神迷濛。

他走向蓄水槽。我花了一秒鐘恢復呼吸。我辦到了。我又辦到了。

感覺好好。

感覺好強大。

「誰來幫幫我啊。」我低低地說，全身發抖到必須坐下來。

〔薇拉〕

我在治療帳附近的一小群女人之間找到柯爾夫人，她正背對我。

「喂！」我大喊，氣呼呼地走過去。在剛才跟阿李發生過那種事之後，我的噪音非常大聲，但是我也感覺快昏過去了，不知道是不是等一下就要摔個狗吃屎。

柯爾夫人轉頭，我看到她身邊還有三個女人。納達利夫人、布萊斯懷特夫人，自從答案來到山頂上之後，兩個人甚至沒有對我說過一個字，但我也沒看她們。

我在看席夢。

「孩子，妳應該在床上休息的。」柯爾夫人說。

我瞪了她一眼。「妳不能問我是否準備好之後就這樣走掉。」

柯爾夫人看著其他人，包括點頭的席夢。「好吧，孩子。如果妳這麼堅決想知道的話。」

我還在喘氣，並從她的語氣發現，我恐怕完全不會喜歡她的答案。，然後她朝我伸出手，似乎是想問能不能扶我。我沒讓她扶，但也跟著她走離治療帳，後面兩個夫人跟席夢像是保鏢一樣走在我們後面。

「我們一直在討論一個想法。」柯爾夫人說。

「我們？」我又看著席夢，她還是什麼都沒說。

「隨著時間過去，恐怕我們的想法越來越像會成真。」柯爾夫人說。

「妳能不能趕快說重點？今天我很辛苦，而且人不舒服。」我說。

她點了一下頭。「好吧，孩子。」她轉身面對我。「我們在想，恐怕鐵環是治不好的。」

我下意識地摸著手臂。「什麼？」

「鐵環我們用了好幾十年。在舊世界時就有了，當然也有虐待或惡作劇讓人類套上鐵環的案例，但我們找不到任何一個案例，包括席夢在妳們那很廣泛的資料庫裡都找不到這種感染。」

「那又怎麼會——」

我沒說下去。因為我明白了她的暗示。「妳覺得鎮長在上面加了額外的東西。」

「他可以用這種方法傷害大量的女人，卻又不被任何人發現他的原意。」

「可是我們一定會聽說。男人都有噪音，一定會有謠言——」

「妳想想，孩子。想想他的歷史。想想在舊普倫提司鎮被殲滅的女人。」柯爾夫人說。

「他說那是自殺。」我知道這話聽起來有多薄弱。

「我們找到了甚至連我都無法辨認的化學物質，薇拉。這象徵著真正的危險。真正的影響。」席夢說。

她說影響的口氣讓我整個胃一陣緊縮。「妳什麼時候開始這麼信夫人的話了？」

「自從我發現妳跟所有被套上鐵環的女人都可能正受到那個男人的威脅。」她說。

「妳要小心點。她很擅長讓別人照她的意思做事。」我看著柯爾夫人。「讓人圍成半圈坐在那裡，評判我們其他所有人。」

「孩子，我沒有——」柯爾夫人開口。

「妳要我做什麼？妳要我怎麼辦？」我問。

柯爾夫人生氣地嘆口氣。「我們想要知道妳的陶德會不會知道什麼，有沒有什麼他沒告訴我們的事。」

我已經在搖頭。「他一定會告訴我的。他看到那東西在我手臂上的瞬間就會說了。」

「孩子，那他能去查嗎？」她的聲音很緊繃。「他會幫我們找到答案嗎？」

我花了一段時間才想通。但是當我一想通——

「喔，現在我懂了。」

「懂什麼？」柯爾夫人說。

「妳們想要有個間諜。」我越來越氣，聲音也越來越大。「又是妳的老伎倆，不是嗎？同樣的柯爾夫人，一有機會就想取得更多權力。」

「孩子，不是的。我們找到了化學成分——」柯爾夫人說。

「妳有陰謀。從以前到現在，一直拒絕告訴我妳們第一次是怎麼達成和平的，一直在等著鎮長先行動，現在妳又想要利用陶德，就像妳利用——」

「那會致命的，孩子。那個感染是致命的。」她說。

［陶德］

「羞恥會消失的，陶德。」鎮長跟以前一樣突然出現在我身後。我正看著詹姆士穿過軍營去幫安荷洛德提水。

「是你做的。」我還在全身發抖。「你把它放在我腦子裡，逼我——」

「我沒有做這種事。我只是讓你看到這條路而已。是你自己走上去的。」

我什麼都沒說。因為我知道這是真的。

（可是我聽到的那個嗡嗡聲——）

（那個我假裝不存在的嗡嗡聲——）

「我沒有控制你，陶德。那是我們協議的一部分，我一直都有遵守。唯一發生的事情是你找到了我一直說存在你體內的力量。關鍵就在慾望。你想要它發生。這就是秘訣。」

「才不是。每個人都有慾望，但他們不能夠控制別人。」我說。

「那是因為『大多數人』的慾望是被指揮。」他轉頭看著廣場，到處都是帳棚，士兵跟居民全都縮成一團。「大家都說想要自由，但他們其實真正想要的是沒有擔憂的自由。如果我能處理他們的問題，那他們不介意聽別人的話。」

「有些人。不是所有人。」我說。

「不。你就不是。這反而讓你更擅長控制其他人。陶德，這世界上有兩種人。他們。」他朝軍隊比了比。「還有我們。」

「你不要把我算進我們裡去。」

他只是又笑了。「你確定嗎？我相信稀巴人是透過他們的噪音連結起來，全體共同分享一個聲音。你覺得人類就不是嗎？讓我跟你連結在一起的，就是我們都知道該怎樣利用那個聲音。」

「我才不會變得像你。我永遠都不會變得像你那樣。」

「是不會。」他的眼睛閃亮。「我認為你會做得更好。」

突然有一陣光——

比任何燈光都要亮——

閃過廣場——

離軍隊無比的近，只差不是在軍隊當中——

「蓄水槽。」鎮長已經開始行動。「他們攻擊蓄水槽了！」

〔薇拉〕

「致命的？」我說。

「目前已經死了四個女人。」柯爾夫人說：「另外七個也撐不過這個禮拜。我們目前沒有大肆聲張，因為我們不想造成恐慌。」

「這也只是一千人中的四個人。也許那些人原本就體弱多病——」我說。

「妳願意用自己的性命來測試妳的想法嗎？用這裡每個戴鐵環女人的性命？就連截肢都於事無補，薇拉。妳覺得這聽起來像是一般的感染嗎？」

「如果妳是在問我，我覺得妳會不會靠說謊來讓我照妳的意思去做事，妳覺得我會怎麼回答？」

柯爾夫人深吸一口氣，像是努力讓自己不要發怒。「孩子，我是這裡最好的醫婦。」她的聲音因為充滿感情而激烈。「我卻救不了那些女人的命。」她的眼睛看著我手臂上的繃帶。「恐怕只要有鐵環的人我都救不了。」

我輕輕摸著手臂，感覺腫燙的傷口。「薇拉。」席夢低聲開口。「那些女人真的病得很重。」

可是不行，我在想。不行——

「妳不了解。她就是這樣。」我搖搖頭。「她把一件很小的事實變成更大的謊話，好讓妳照她說的去做。」

「薇拉。」柯爾夫人說——

「不對。」我說得更大聲，因為我想到更多。「萬一妳說對了呢？如果妳在說謊，那也是很高明的謊言，因為如果我是錯的，我們都會死，所以好吧，我去找陶德問問。」

「真是多謝妳了。」柯爾夫人沒好氣地說。

「可是。我不會叫他替妳當間諜，而妳也要為我做一件事。」

柯爾夫人的目光掃過我的臉，知道我有多認真。「做什麼？」她終於開口。

「妳不准再推託，要一步一步地跟我說清楚，當初妳是怎麼跟稀巴人達成和平協定的。然後，妳要幫我重新開始這個過程。不能再拖，不能再等。我們明天就開始。」

我可以看到她的腦子正在飛快地轉，想要看看能得到什麼好處。「這樣好了——」

「我不跟妳討價還價。要不照我說的去做，不然就什麼都沒有。」

這次她只稍稍遲疑一下。「同意。」

偵察船上傳來一聲大喊。布萊德利正從斜板跑下，噪音大作。「城裡出事了！」

［陶德］

我們跑向蓄水槽，前面的士兵一一讓路，雖然個個都背對著我們——我可以聽到鎮長在他們的腦子裡動手，叫他們讓開，叫他們不要擋路——

我們一趕到，就看見——

蓄水槽快倒了——

一邊支柱幾乎要被炸斷，也許是被那種會旋轉吐火的東西近距離攻擊，因為黏黏的白火在蓄水槽的木頭部分蔓延，幾乎就像液體一樣流過——

到處都是稀巴人。

來福槍朝四面八方開槍，稀巴人也在發射他們的白棍子，人類倒下，稀巴人也倒下，但那不是最嚴重的問題——

「火！」鎮長尖叫，對所有站在周圍的人腦子裡喊。「快點滅火！」

所有人開始行動——

但有哪裡不對勁，真的不對勁——

前線的士兵開始拋下來福槍去提水——

開槍到一半的士兵，站在稀巴人旁邊的士兵——

他們全都轉身離開，像是突然對於剛剛還在奮戰的戰場視而不見——

可是稀巴人可沒有這樣，所以人開始死得更快，但他們甚至沒有去看在殺他們的人——

等等！繼續打！我聽到鎮長在想。

可是現在卡住了，有些丟下槍的士兵又撿起槍，但其他人僵在原地，不知道該怎麼辦——

然後他們倒在地上，被稀巴人的武器擊中——

我看到鎮長的臉，幾乎要專心地裂成兩半，想要讓一些人做一件事情，另一些人做另一件事情，結果就是每個人什麼都沒做，死更多人，蓄水槽也要垮了——

「總統先生？」歐哈爾先生大喊，拿著來福槍衝進來，幾乎立刻就被鎮長攪得一團亂的操控弄僵在原地——

稀巴人看到軍隊一團混亂，完全沒在做自己該做的事，只有一部分士兵在開槍，其他人只是站在那裡，還讓火勢朝糧倉蔓延——

我可以感覺到稀巴人的噪音，即使我不懂他們的語言，也知道他們聞到一絲勝利的氣息，遠超過他們原本想像的勝利，也許是他們最終的勝利——

但我卻沒有僵住——

我不知道為什麼，但我似乎是唯一不受鎮長控制的人——

也許他其實不在我的腦子裡——

可是我沒時間去想這是什麼意思——

我抓起來福槍的槍管，朝鎮長的耳朵用力揮出——

他大叫一聲，往旁邊一倒——

附近的士兵也大叫一聲，像是被人揍了一拳——

鎮長單膝跪倒，手扶著頭，血從指間流出，噪音中的尖鳴聲在空氣中響著——

可是我已經轉向歐哈爾先生，對他大喊：「叫一排人開槍，快點，快點，快點！」我有點感覺到嗡嗡聲，但我不知道是因為我說的話，還是他看到眼前的景象，總之他已經跳了起來，叫離他最近的士兵排好隊，把他們干他的來福槍舉起來，開槍啊——

隨著槍聲重新撕裂空氣，稀巴人又開始倒下、退後，突如其來的變化讓他們被自己絆倒，我看到泰特先生朝我們跑來，我甚至沒讓他開口——

「去滅火！」我大叫。

他看著還跪在地上繼續流血的鎮長，然後他朝我一點頭，開始叫另一群士兵去拿水桶，去救我們的水跟食物——

周圍的整個世界像飛起來一樣，尖叫吶喊粉碎，有一排士兵開始前進，把稀巴人從蓄水槽邊逼開——

我站在鎮長上方，他還跪在那裡，抱著頭，濃稠的血一直流出來，我沒有跪在他身邊，我沒有檢查他好不好，我完全沒幫他忙。

但我發現我也沒拋下他不管。「你打我，陶德。」我聽到他說，聲音跟血一樣濃。

「你這白痴，你需要被打！你差點害死大家了！」

他一聽這話就抬起頭，手還是扶著頭。「沒錯，你阻止我是對的。」他說。

「干他的沒錯。」

「可是你辦到了，陶德。當情況需要你的時候，你就成了領袖。」鎮長重重喘氣。

然後，蓄水槽垮了。

〔**薇拉**〕

「剛才發生很激烈的攻擊。」布萊德利朝著跑向他的我們說。

「多大？」我立刻朝通訊器伸手。

「探測器上有一陣強光，然後——」

他沒再說下去，因為我們聽到另一個聲音。森林邊緣有人尖叫。

「現在又怎麼了？」席夢說。

聲音在樹林邊緣響起，我們看到大家從營火邊站起來，更多的尖叫聲——

而阿李——

阿李——

跌跌撞撞地穿過人群——

滿身鮮血——

雙手捧著臉——

「阿李！」

我全速往前跑，只是發燒讓我跑不快，也喘不過氣。布萊德利跟柯爾夫人迅速從我身邊跑過，抓住阿李，讓他躺在地上，柯爾夫人必須用力把他的手從滿是血的臉上扯開——

人群又傳來一聲尖叫——

我們都看到了——

阿李的眼睛——

沒有了——

就這樣沒有了——

在一片血肉模糊間被燒掉——

像是被強酸燒掉——

「阿李！」我跪倒在他旁邊。「阿李，你聽得到我說話嗎？」

「薇拉？」他伸出沾滿血的手。「我看不到妳！我看不到！」

「我在這裡！」我握住他的手，緊緊抓住。「我在這裡！」

「阿李，發生什麼事了？」布萊德利聲音低沉冷靜地問。「其他獵人呢？」

「他們死了。天啊，他們死了。麥格努斯死了。」阿李說。

我們都知道他接下來要說什麼，因為我們從他的噪音裡可以看到——

「稀巴人。稀巴人要來了。」阿李說。

［陶德］

蓄水槽的大樑垮下，巨大的金屬容器滾了下來，速度慢到幾乎像是假的——

重重摔在地上，壓死至少一個士兵——

我們能喝的每一滴水像一面牆般沖了出來——

直直撲向我們——

鎮長還站不穩，腦子昏昏沉沉——

「快跑！」我大叫，用我的噪音往外傳，同時一把抓住鎮長寶貝的制服，把他拖走——

水牆撲向街道，跟著我們衝入廣場，沖倒了士兵跟稀巴人，捲起帳棚跟床，攪成一鍋大粥——

糧倉的火被水牆澆滅，用的是我們僅存的最後一點水——

我幾乎是拖著鎮長的腳踝往前走，把我們拉開，途中穿過我一直喊著要他們「讓開！」的士兵——

他們真的讓開了——

我們來到屋子前面的臺階——

水沖過我們，水波拍上膝蓋繼續沖過，每一秒都變得更低，滲入地面——

一併帶走我們的未來。

來得快，去得也飛快，水消失了，留下一個溼透的廣場，上面滿是雜物跟各式各樣的屍體——

我才剛喘過氣，看著面前的混亂，鎮長在我身邊也開始恢復過來——

然後我看到——

不要啊——

就躺在地上，被水推到一旁——

不要啊——

詹姆士。

詹姆士，面朝上躺著，盯著天空——

喉嚨上有個洞。

我隱約知道自己拋下了來福槍，跑到他身邊，踩著水，跪倒在他身邊。

被我操控過的詹姆士。

沒有原因，只因為我想要就被我叫過來這裡的詹姆士——

被我叫來送死的詹姆士。

不要啊，拜託，不要啊。

「還真是可惜了。」鎮長在我後面說，聽起來很真誠，幾乎很善良。「我對你朋友的死非常遺憾。可是你的確救了我，陶德。這已經是第二次。一次是因為我自己的愚蠢，第二次是水牆。」

我什麼都沒說。

我的眼睛無法從詹姆士的臉上移開，他的臉仍然無辜，依然善良坦率友好，雖然他沒再發出任何聲音。

戰爭離開了我們。歐哈爾先生的槍在遙遠的街上響著。可是有什麼用？

他們毀了水槽。

他們殺了我們。

我幾乎沒聽到鎮長嘆氣。

「陶德，我想該是見見你那些朋友的時候了。我想也終於到我跟柯爾夫人好好促膝長談的時候了。」他說。

我用指尖輕輕闔上詹姆士的眼，想起我對戴維‧普倫提司也做過同樣的事，感覺到噪音中同樣的空洞，我甚至無法去想對不起，因為這遠遠不夠，一點都不夠，就算說了一輩子都不夠。

「稀巴人變成恐怖份子了，陶德。」鎮長說，但我卻沒怎麼在聽。「也許就要恐怖份子才能對付恐怖份子。」

這時，我們兩個人都聽到了。在廣場的混亂之上，有另一個咆哮，在一個似乎完全由咆哮所組成的世界裡，完全不一樣的咆哮。

我們看向東方，看向教堂廢墟上方，看向破爛卻還站著的磚頭鐘塔，似乎隨時都要垮下來。

在遠處，偵察船起飛了。

在邊緣

我浸泡在大地的聲音裡。我在攻擊空地，感覺到手中的武器發射，用我的眼睛看到他們的士兵死去，耳朵裡聽著戰鬥的咆哮與尖叫。我站在山頂崎嶇的邊緣俯瞰著下方的山谷，但是我也在戰場上，透過那些正在戰鬥，為大地獻出生命的人的聲音，一同經歷。

我看著蓄水槽垮下，只是靠近到能親眼看到它垮下的大地很快便死在空地的手下，每個死亡都在大地的聲音中留下慘烈的傷疤，突然的缺口拉扯著，疼痛著——

但這是必要的。

只有少數的必要，是為了拯救大地整體。也正在看的天空對我展示。

而且也要在艦隊抵達前結束這場戰爭，我回以展示，強調我沒教過他的怪詞。

還有時間，天空展示，他所有的注意力依然集中在下方的城市中傳來的聲音，不過數量變得更少，多半是在逃。

有嗎？我驚訝地問，不知道他怎麼能夠確定——

可是我先把我的擔憂放在一旁，因為天空的聲音打開，提醒我今晚要進行的任務，因為第一步轟炸蓄水槽已經完成。

無論如何，戰爭將在今晚有所改變。他們的水是第一步。全面攻擊是第二步。

過去幾天，大地也沒有閒著。大地的小隊以無預警的方式攻擊空地，在不同地方從不同方向在出人意料跟少有人跡的地方狠狠攻擊他們。大地與土地跟樹林是一體的，遠超過空地。大地很輕易便能偽裝自己，而空地的飄浮光也不敢靠得太近，免得被大地射下來。

空地當然可以對河的方向使用他們的大武器，甚至可以打中天空本人，不過他們不會知道他從這麼近的地方在觀戰。

可是如果他們真的發射了，河水會淹死他們。

而且也許還有另一個原因。否則為什麼空地有這麼強大的武器卻不使用？他們為什麼會允許自己一遍又一遍被攻擊，受的損失越來越嚴重，卻沒有回擊？

除非是跟我們原本不敢擁有的期望一樣，他們已經沒有武器可用了。

真希望我在下面。真希望是我在發射來福槍，射入匕首身上，我展示，一面繼續透過大地的聲音看著。

錯了。他們現在一定已經被逼得走投無路。我們進展得這麼快是因為他們沒有協調好他們的回應，天空聲音低沉深思地說。

你想要他們回應。天空想要空地暴露出自己的實力，我展示，愈發興奮起來。**我們可以現在攻擊，他們陷入混亂，如果我們現在行動——**

我們要等，直到聽到遠處山頂的聲音，天空展示。

遠處山頂。我們遙遠的聲音，負責出去蒐集情報的大地對我們展示空地分成了兩個營地。一個在下面的城裡，一個在遠處的山頂上。我們目前為止都沒有動山頂，因為他們似乎是逃離戰場的空地，那些對打仗沒有興趣的空地。可是我們也知道船降落在那裡，大的武器也很有可能是從那裡發射的。

我們一直無法靠近去確認他們是不是有更多武器，可是今晚一定可以。

大地準備好了。大地準備好可以攻擊了，我幾乎無法克制自己的興奮地展示。

沒錯，**大地準備好了**，天空展示。

從他的聲音，我看到他們。

許多大地聚集在城市的北方跟南方，過去幾天慢慢地聚集在一起，順著空地不知道的小路，隔著一段距離免得被空地聽到。

在天空的聲音中，我看到另一群在山頂附近躲起來的大地，已經準備好要出動。

現在，此刻，大地準備要全面進攻空地。把他們全部殲滅。

我們要等山頂上的消息，天空又展示一次，這次更為堅定。要有耐心。**先出手的戰士是先輸的戰士。**

如果聲音展示的是我們想要他們展示的呢？

他看向我，眼中帶著光芒，逐漸擴散到他的聲音裡，擴散成我周圍的世界，展示即將發生的事，展示註定將發生的事，展示所有我希望成真的事。如果山頂上的聲音發現空地的確用完了他們的大型武器——

那戰爭今晚就會結束。**我們勝利**，我展示。

他一手按住我的肩膀，把我包裹進他的聲音，溫暖我，將我拉入整個大地的聲音。**如果，而且只有如果**，他展示。

如果，只有如果，我展示回答。

天空以很低的聲音，也許只有我能聽到的聲音展示：回歸現在信任天空了嗎？

信。如果我懷疑過你，對不起，我毫無遲疑地展示。

我內心深處突然浮現一個感覺，酥酥麻麻的預言跟未來感，告訴我一定會在今晚發生，註定會發生，我希望空地面對的一切命運就是此時此刻，在我面前，在我們所有人面前。終於能夠為負擔報仇，為我的特別大地報仇，為我報仇——

突然一陣咆哮將夜晚撕成兩半。

那是什麼？我展示，可是我也可以感覺到天空的聲音正在搜尋，朝夜空裡尋找，同時也用眼睛在看，尋找聲音的來源，感覺逐漸升高的恐懼，害怕真的是另一個武器，是我們猜錯了，是——

那裡，他展示。

在很遠的地方，又遠又小，在遠遠的山頂上——

他們的船飛起來了。

我們看著船慢慢爬入夜空，像是河裡的天鵝一開始沉重地拍動翅膀——

我們沒辦法靠近看嗎？附近沒有聲音嗎？天空朝遠處傳送。

遠處的船艦剛開始看起來只是一個光點，慢慢地在遙遠的山頭盤旋，一邊轉一邊側向一旁，我們看到下方有小小的閃光掉到下面的森林，閃光在樹林中突然變得明亮，幾秒鐘後是轟隆隆的聲音順著山谷朝我們這裡滾來。

然後是山頂的聲音——

天空大喊，突然我們就在船艦拋下的閃光之下，在巨大的轟炸之下，樹木折斷，所有角度所有地方都是閃光，無處可逃，炸開整個世界，大地的眼睛看到閃光感覺痛苦然後像是被澆熄的火焰一般消失——

然後我聽到天空立刻送出撤退的命令。

不要！我大叫。

天空立刻轉頭看我。你要看他們被屠殺嗎？

他們願意死。現在是我們的機會——

天空反手揮了我一巴掌。我往後倒退幾步，驚訝無比，感覺整個頭都在發痛。

你說過你信任天空的，不是嗎？他展示，聲音中的憤怒抓住我，緊得我好痛。

你打我。

你有沒有說過？

他的聲音驅趕了我腦子裡的所有想法。我回望著他，自己也開始生氣，可是，有，我展示。

那你現在就要信任我。他轉向等在後面的道路。把遠處山頂上的大地帶回來。北方跟南方的大地等我的指示。通道立刻出發去將天空的命令直接傳遞給等待的大地。他用負擔的語言下達命令，好讓我能完全聽懂。撤退的命令。不是攻擊。

天空不看我，背對著我，但我仍然是比任何大地都擅長讀他心思的人，也許已經超過大地應該能讀透它的天空的程度。

這是你預料到的。你預料到會有更多武器，我展示。

他還是不看我，但他聲音中的改變顯示我是對的。天空沒有對回歸說謊。如果沒有別的武器，我們現在就會全面出擊，他展示。

可是你知道會有武器。你讓我相信——

你信的是你希望成真的事情。我說什麼都改變不了你，天空展示。

我的聲音中仍然迴盪著他那一巴掌帶來的痛。

我打了你，對不起，他說。

在他的道歉中，我看到了。在最短的幾秒鐘，我看到了，像是穿過雲朵的陽光，無庸置疑的光芒閃過。我看到他和平的天性。

你想跟他們談和。你想跟他們達成和平協定？我展示。

他的聲音變得冷硬。我難道沒有展現出相反的行為嗎？

你繼續留著那個可能。

任何睿智的領導者都會這樣做。你會學會。你一定要。

我眨眨眼，不了解。為什麼？

可是他只轉回頭去看山谷對面，看向飛船下面的山頂。我們喚醒了野獸。現在要看看牠會多生氣。

結盟

與敵人對話

〔薇拉〕

通訊器嗶嗶作響，我知道是陶德在找我，但我正在偵察船的醫療室中，腿上枕著阿李的頭，所有心思都被這件事佔據了。

「抱緊他，薇拉。」柯爾夫人說，站穩腳步，感覺到偵察船又開始傾斜。

再繞一圈我們就降落，席夢透過廣播系統說。

我們可以透過地板聽到低沉的轟聲，席夢拋下跳躍彈後，小包的炸彈透過磁力被束成一團，隨著落下的距離而散開，將下方的森林覆蓋在火焰與爆炸中。

我們又炸了稀巴人一次。

在阿李告訴我們他們要來之後，我幫著把他扛到偵察船上，柯爾夫人跟勞森夫人立刻開始治療他。隔著船艙門，我們仍能聽到山頂上的人在大喊，聽到他們的恐懼，但也聽到他們的憤怒。我可以想像那半圈看著我們的人在伊凡的帶領下逼問席夢跟布萊德利要怎樣回應被直接攻擊的情況。

「他們可能出現在任何地方！」我聽到伊凡大喊。

所以柯爾夫人一面麻醉阿李，勞森夫人一面沖洗著他被摧毀後血流如注的眼眶，我們也聽到席夢跟布萊德利憤怒地上船，兩人不斷爭吵。席夢走向駕駛艙，布萊德利則走進醫療室說：「我們要起飛了。」

「我這裡在開刀。」柯爾夫人頭也不抬地說。

布萊德利打開旁邊一個面板，拿出一個小東西：「重力手術刀，就算船翻過去也會穩穩待在妳手中。」

「原來是這種東西。」勞森夫人說。

「外面有麻煩嗎？」我問。

布萊德利只是皺眉，噪音裡的畫面都是一堆人擠到他面前，叫他人道份子。有些人朝他吐口水。

「布萊德利。」我說。

「妳們抓緊就是了。」然後他跟我們待著，而不是跟席夢一起進入駕駛艙。

柯爾夫人跟勞森夫人手下動作飛快，我已經忘記看柯爾夫人施展醫術是多麼神奇的事。她整個人極端專注，所有注意力都放在救回阿李的性命上，即使我們感覺到引擎啟動甦醒，感覺到船艦緩緩升上天空，環繞著山頂時微微傾斜，感覺第一枚炸彈在下方遠處爆炸。

柯爾夫人依舊不斷進行救治工作。

終於，席夢完成最後一輪，我可以從布萊德利的噪音裡感覺到他對於我們打開艙門時會在山頂上看到的景象有多憤怒。

「這麼嚴重？」柯爾夫人說著，小心翼翼收緊最後一針。

「他們甚至沒有興趣拾回喪命同胞的遺體。他們只想要動武，現在就要。」布萊德利說。

柯爾夫人走到牆邊的洗手槽邊，開始洗手。「他們這樣就滿意了。你履行了你的義務。」

「現在是我們的義務嗎？轟炸一個我們從來沒見過的敵人？」布萊德利說。

「你參與了這場戰爭，現在已經不能脫身了。人命關天，你不可能全身而退。」柯爾夫人說。

「這正是妳想要的。」

「布萊德利。」我的通訊器又開始嗶嗶叫，但我還沒打算放開阿李。「他們攻擊我們。」

「之後我們攻擊他們。之後他們攻擊我們，之後我們攻擊他們，一遍又一遍，直到大家全死光。」布萊德利說。

我低頭看著阿李的臉，大半都被繃帶蓋住，只冒出個鼻尖，嘴巴張開，沉重地喘氣，金色的頭髮在我手中，因為鮮血而黏膩。我的指尖可以感覺到他，他皮膚受傷後的燒熱，他昏迷身體的重量。

他再也恢復不到像從前那樣，永遠永遠都不可能，一想到這就讓我哽咽，胸口疼痛。

戰爭就是這樣。在我手中。這就是戰爭。我口袋裡的通訊器又開始嗶嗶叫。

［陶德］

「中立區？」鎮長眉毛挑起。「如果真有這樣的地方，那會是哪裡？」

「柯爾夫人以前的治癒之屋。薇拉是這樣說的。柯爾夫人跟偵察船的人日出時會在那裡跟你會面。」我說。

「那裡稱不上中立吧？不過很聰明。」鎮長說。

他臉上露出沉思的神情，回頭看著腿上泰特先生跟歐哈爾先生送來的報告，裡頭記載著情況有多嚴重。

真的蠻嚴重的。

廣場已經毀了。一半的帳棚都被蓄水槽的水沖走，幸好我的帳棚在很後面，所以安荷洛德也很安全，但其他地方全都泡爛了。糧倉的一面牆也因為水而垮掉，鎮長派人過去查看被破壞的區域，看看結局多快就會到來。

「他們真的狠狠給了我們一下，陶德。」鎮長對報告皺眉。「光這次行動就把我們的存水量削減了百分之九十五。就算我們使用最低配給，也只夠用四天，但到船艦抵達還有幾乎六個禮拜。」

「食物呢？」

「我們運氣不錯。」他朝我遞來一份報告。「你自己看。」

我盯著他手裡的報告。我可以看到泰特先生跟歐哈爾先生歪歪扭扭的筆跡在頁面上這裡一點，那裡一團，像是我們家以前農場裡有的小黑鼠，一轉一扭的速度快到掀起木板時幾乎半隻都看不到。我看著報告，心想真不知道怎麼能有人讀懂這東西，每個字在不同的地方看起來根本就是完全不一樣的東西，卻又是同樣的東西——

「對不起，陶德。」鎮長放下報告。「我忘了。」

我轉回身去看安荷洛德，不相信鎮長會忘記任何事情。

「你知道，我可以教你認字。」他的聲音不帶輕視。

他的這些話，讓我身上更熱，因為尷尬因為丟臉因為憤怒讓我想要把誰的頭給扯掉——

「有可能比你想得簡單。我一直在想該怎樣使用噪音來學習，而——」

「為什麼？因為我救了你一命？你不想欠我是吧？」我大聲地說。

「我想在這件事情上，我們已經扯平了，陶德。況且，這沒什麼好丟臉的——」

「你閉嘴好嗎？」

他看了我很久。「好。」他終於溫和地說：「我不是故意讓你不高興。告訴薇拉，我會照他們說的準備跟他們會面。」他站起來。「而且，我只帶你去。」

〔薇拉〕

「我覺得聽起來很可疑。」我對通訊器說。

我知道，我原本也以為他會吵鬧一下，結果他全都答應了，陶德說。

「柯爾夫人一直說他會自己去找她。我想她說對了。」

為什麼我不覺得這是件好事？

我笑了一下，結果咳了起來。

妳還好嗎？陶德問。

「沒事沒事。我擔心的是阿李。」我連忙說。

他怎麼樣了？

「情況穩定但還是不好。勞森夫人只有要餵他的時候才會讓他清醒。」

天哪。嗯，妳幫我向他問好吧，陶德說。

我看到他轉頭看右邊。知道了啦，就等我一下會死啊！

他轉頭看我。我得掛了。鎮長要跟我談明天的事情。

「我相信柯爾夫人也會想跟我談。早上見。」我說。

他羞赧地微笑。能看到妳太好了。我是說，能看到妳本人。離上次見面太久了，太太久了。

阿李在我旁邊的床上睡得很熟。勞森夫人坐在角落，每五分鐘就在螢幕上檢查一次他的情況。

她也在檢查我的情況，嘗試使用柯爾夫人想出來的定時治療法來處理我手臂上的感染。感染現在似乎已經蔓延到我的肺部。

致命的，柯爾夫人這麼解讀這個感染。

致命的。如果她說的是實話，如果她不是誇大好強迫我去幫她。

我跟他道別，結束通話。

我想就是因為這樣，所以我才沒有告訴陶德我病得多重，因為如果他開始生氣，而且他一定會生氣，我就得開始認為這一切都是真的——

柯爾夫人進來了。「孩子，妳覺得怎樣？」

「比較好了。」我說謊。

她點點頭，走過去看阿李的情況。「妳有他們的消息了嗎？」

「鎮長什麼都同意了。」我又開始咳嗽。「而且他要自己來，只有他跟陶德。」

柯爾夫人毫無喜悅地笑了。「那個人還真自負。很確定我們不會傷害他，所以要拿這件事來大肆炒做一番。」

「我說我們也是。只有妳、我、席夢、布萊德利。我們會把船鎖起來，駕車下去。」

「很好的計畫，孩子。」她檢查螢幕。「當然附近還要埋伏一些帶著武器的答案婦女。」

我皺眉：「剛開始我們不能先抱持著善意嗎？」

「妳什麼時候才學得乖？沒有力量作後盾的善意是沒有意義的。」她說。

「順著這條路走下去就是打不完的仗。」

「也許。但這也是通往和平的唯一方法。」她說。

「我不信。」我說。

「妳應該繼續不相信。天知道，說不定最後會是妳的理念獲勝。」她準備要離開。「明天見了，孩子。」

從她的聲音中我聽得出她有多期待。期待鎮長來求她的那天。

［陶德］

鎮長跟我騎著馬順著路走向治癒之屋。天色還是清晨前的冰冷夜晚，兩旁的樹木跟建築物都是我每天騎馬跟戴維一起去修道院時會經過的。

我今天是第一次在沒有他的情況下騎這條路。

小馬男孩，安荷洛德想，我從她的噪音裡看到橡果，戴維向來騎著的橡果，他老是想把牠叫做枯木，現在成了薇拉騎著的橡果，今天大概也會在。

可是戴維不在了。戴維哪裡都不會在了。

「你在想我兒子的事。」鎮長說。

「你給我閉嘴，不准提他。」我幾乎是反射地說。然後，我忍不住開口：「你為什麼還能讀到我的噪音？沒有別人可以。」

「我不是隨隨便便的別人，陶德。」

你也知道，我心想，試試看他聽不聽得到。

「可是你說得沒錯。」他拉著喜悅茱麗葉。「你表現得很出色，學習速度比我的任何一個隊長都要快。真不知道你最後會有多大的能力？」

然後他給了我一個幾乎像是驕傲的笑容。

在我們前進的方向，太陽還沒在路的盡頭昇起，天空只隱約帶著一點粉紅色。鎮長堅持我們要先到，堅持要在他們抵達前，我們就在那裡等著。

我跟他還有跟在我們後面的一群人。

我們來到轉向治癒之屋轉角的穀倉，轉彎走向乾掉的河。我們繞過一個彎，看到了屋子。跟我們預想的不同。我們原本以為會有一間治癒之屋可以進去會面，卻發現只剩下一個焦黑的木框，少了屋頂，前院裡滿是燒焦的木塊。一開始我以為一定是被稀巴人燒的，後來我想起答案在進城時把所有東西都炸了，就連他們自己的建築物也一樣。他們一點都不心痛大概也是因為鎮長把這裡變成了監獄，根本不會是讓人想來治病的地方。

我們沒想到的另一件事是他們已經到了，在路上等著我們。薇拉騎著橡果，旁邊是一輛牛車，有個黑皮膚的男人還有體型很壯的女人，一看就只可能是柯爾夫人。想先來這裡的人不只鎮長。

我感覺到他在我身邊開始生氣，但他很快就收起脾氣，沒多久我們就面對他們停了下來。

「早安。薇拉我認得，另一位當然就是著名的柯爾夫人，但是我想我還沒有認識這位先生的榮幸。」他說。

「我們在樹林裡有武裝的婦女。」薇拉還沒打招呼就冒出這句話。

「薇拉！」柯爾夫人說。

「我們在後面路上有五十個人。他說我們應該說那是為了防止稀巴人偷襲。」我說。

薇拉朝柯爾夫人點頭。「她只說我們應該要說謊。」

「這很難，因為我在那位先生的噪音裡看得很清楚有誰在。我想重新提醒各位，還沒有人介紹這位先生給我認識。」

「布萊德利・譚奇。」男人說。

「大衛・普倫提司總統。請多指教。」鎮長說。

「你一定就是陶德了。」柯爾夫人說。

「妳一定就是那個想殺掉我跟薇拉的人。」我直視她的眼睛。

她只對我微笑。「我想今天早上在這裡的人中，這樣做過的不只我一個。」

她比我想得要矮。也或許是我比較高。薇拉說過她很多事，包括領導軍隊，炸掉半個城，讓自己成為下一個城市的領導者，我以為她會是個巨人。當然，她是很壯，這星球上很多人都是這樣，如果要靠力氣做事才活得下去，當然要長成這樣。可是她的眼睛不同。看著你的時候，完全不允許你爭辯，看起來就像從未懷疑過自己，即便是該懷疑的時候。也許那的確是個巨人的眼睛。

我騎著安荷洛德走到橡果旁邊，想跟薇拉好好打招呼，並已感覺到我每次見到她時的一陣溫暖，但也看到她病得很重，很蒼白，而且——

她不明白地看著我，歪著頭。我發現她想要讀我。

而且失敗了。

〔薇拉〕

我盯著陶德。一直看一直看。卻聽不到他。

完全聽不到。

我以為只是戰場的慘烈讓他受到太大的精神創傷，被刺激到噪音都模糊了起來，但那跟現在這樣不同。他現在幾乎完全是安靜的。

就像鎮長那樣。

「薇拉？」他低聲問。

「我以為你們還有第四位？」鎮長問。

「席夢決定待在船上。」布萊德利說。

雖然我的眼睛還是盯著陶德，我可以聽到他的噪音裡滿是伊凡還有其他人，他們威脅我們，如果丟下他們，讓他們沒有辦法保護自己，他們會直接用暴力來解決。席夢最後必須答應留下。當然，應該是布萊德利要留下，因為他的噪音隨時隨地都在大聲廣播，但山頂上的人在伊凡的帶領下，不願意被人道份子保護。

「太不幸了。居民顯然渴望強而有力的領導者。」鎮長說。

「這是一種說法。」布萊德利說。

「所以我們在這裡齊聚一堂，準備決定這個世界的未來走向。」鎮長說。

「的確是。所以開始吧？」柯爾夫人同意地回答。

她開始說話，說的內容甚至讓我不再去看陶德。

她對鎮長說話的口氣如石頭般冷靜：「你是個罪犯與殺人犯。因為你對稀巴人進行種族屠殺，才為我們所有人招來這場戰爭。你對所有能掌控的女人施以囚禁、奴役，最後烙下永久的印記。你證明你無法阻止稀巴人的攻擊，同時失去一半的軍隊。軍隊早晚會反抗你的領導，決定支持偵察船的優勢火力，這樣至少能活過剩下的幾個禮拜，直到移民艦隊抵達。」

她說話時一直保持微笑，不理會布萊德利跟我看她的表情，還有陶德看她的表情——

可是，我看到鎮長也在微笑。

「所以，我們為什麼不該袖手旁觀，等你自我毀滅呢？」柯爾夫人說。

［陶德］

在漫長、沉默的一分鐘後，鎮長對柯爾夫人回答：「妳是個罪犯與恐怖份子。妳拒絕與我合作，讓新普倫提司城成為歡欣接待未來移民的天堂，反而想要把它炸毀，下定決心寧可毀了它也不讓它繼續以與妳的選擇相悖的形式存在。妳殺了士兵與無辜的居民，包括想要謀害小薇拉的性命，目的只是想要推翻我，以成為新柯爾城的絕對獨裁統治者。」他朝布萊德利點點頭。「偵察船的船員很明顯是在很勉強的情況下支持妳，只因為薇拉被妳陷害得發射了飛彈。那他們又有多少武器呢？足夠打敗十萬，百萬個稀巴人，迎接他們一波又一波的攻擊，直到我們所有人都死光為止？妳，夫人，要背負的跟我一樣沉重。」

他跟柯爾夫人還在向對方微笑。

布萊德利大聲嘆了口氣。「哎呀，剛剛這輪還真好玩。我們現在能不能談正事了？」

「那正事又是什麼呢？」鎮長用像是跟小孩子說話的語氣問。

「避免完全被殲滅怎麼樣？創造一個能容納所有人，包括你們兩人的星球怎麼樣？艦隊再四十天就到了，讓他們降落在一個和平的世界如何？我們每個人都有力量。柯爾夫人背後有支持她的一群人，雖然比你的軍隊人數更少，裝備也比較差。我們的位置比你們容易防守，但沒有足夠空間能負擔一個隨著時間過去，愈發騷動不安的群體。在此同時，你不斷遭遇你無法抵抗的攻擊——」

鎮長打斷他：「沒錯，合併軍力很顯然有軍事上的好處——」

「我說的不是這個。」布萊德利說，聲音變得更激動，噪音也是，我從來沒看過誰的噪音像他這樣赤裸跟笨拙，但同時卻又充滿一種他相信自己絕對正確的自信，他很確定他在做的絕對是正確的事，以及他有多大力量能貫徹他的信念。

我發現我有點喜歡他。

「我完全不是在說合併軍隊。我是在說我有飛彈，我有炸彈，我在說的是，如果你們不同意我們今天要討論的目標是要合併武力來結束這場戰爭，不是打贏這場戰爭的話，我很樂意丟下你們，讓你們自己小打小鬧去。」

有短短幾秒鐘，鎮長笑不出來。

「應該很簡單。」薇拉邊咳邊說：「我們有水，你們有食物。我們拿我們有的交換我們需要的。我們讓稀巴人看到我們是一體的，哪裡都不打算去，而且我們想要和談。」

可是她在說話時，我只看到她在冷風中抖得多厲害。

「同意。」柯爾夫人說，聽起來對於目前的進展很滿意。「那作為協商的第一點，也許總統願意告訴我們該如何逆轉鐵環的影響，因為我相信現在的情況正如他當初的打算，正在殺死所有戴上鐵環的女人。」

〔薇拉〕

「什麼？」陶德大吼。

「我完全不知道她在說什麼。」鎮長連忙說，可是陶德的表情已經非常難看。

「這只是個理論。他們什麼都還沒證明。」我說。

「妳覺得自己身體很好嗎？」柯爾夫人說。

「不是，但我也不是快死掉啦。」

「那只是因為妳年輕力壯。不是每個女人都這麼幸運。」柯爾夫人說。

「鐵環是來自安城裡一個普通養牛設備的儲藏間。如果妳的意思是我改變了它們好殺死所有被套上鐵環的女人，那你簡直是錯得離譜，而且我要非常強烈表達——」

「你不要給我裝清高。你把舊普倫提司鎮的所有女人都殺了——」柯爾夫人說。

「舊普倫提司鎮的女人是自殺，因為她們輸了一場她們發動的戰爭——」鎮長說。

「什麼？」陶德又說一次，轉過身去看鎮長，我發現這是他第一次聽到鎮長的版本。

「對不起，陶德。可是我的確告訴過你，你知道的事情是假的——」鎮長說。

「班告訴過我們發生了什麼事！你現在別想給我狡辯！我記得很清楚你是什麼樣的人，如果你傷了薇拉——」陶德大喊。

「我沒有傷害薇拉。」鎮長很強烈地說：「我沒有刻意傷害任何女人。你應該記得，我開始使用鐵環是因為柯爾夫人先展開恐怖攻擊，先開始殺死無辜的居民，先逼得我們必須開始追蹤是誰在攻擊我們。如果需要用到身分手環這件事要怪一個人——」

「身分手環？」柯爾夫人大喊。

「——那你應該指著她。如果我想要殺死所有女人，而我並不想，軍隊進城的第一天我就可以這麼做了，可是我當時沒有，現在也沒有！」

「即便如此，我是這星球上最好的醫婦，我卻治不好感染。你覺得這有可能嗎？」柯爾夫人說。

「好。」鎮長用力盯著她。「那這就是我們同意的第一件事。妳可以完全隨意取得我所有關於鐵環的訊息，還有我們是如何醫治城裡受感染的婦女，但我必須說，她們的狀況絕對沒有妳說的那麼危急。」

我看著陶德，但他顯然不知道這些事到底有多真實。我現在可以聽到他一點點的噪音，主要是擔心還有一些關於我的感覺，但還是沒什麼清楚的聲音，跟他以前完全不一樣。

幾乎像是我認識的陶德根本不在這裡。

【陶德】

「妳確定妳沒事嗎？」我騎馬靠近薇拉身邊問她，不管其他人繼續在談什麼。「妳確定嗎？」

「沒什麼好擔心的。」她說。我知道她在說謊讓我好過些，但這反而讓我更難過。

「薇拉，如果妳有哪裡不對勁，如果妳出什麼事——」

「柯爾夫人只是想嚇唬我，好讓我願意幫她而已——」

可是我看著她的眼睛，我知道這不完全是真話，我感覺自己的胃在下沉，因為萬一她發生什麼事，萬一我失去她，萬一她——

我是圓圈，圓圈是我，我心想。

消失了，不見了，安靜了，我發現我剛閉上眼睛，我再睜開時，薇拉驚恐地看著我。

「你剛做了什麼？我剛剛可以聽到的一點噪音就這樣消失了。」

「我現在可以辦到了，讓我自己安靜下來。」我別過頭說。

她的眉頭驚訝的皺起來。「你想要這樣？」

「這是件好事，薇拉。」我的臉有點燙。「我終於可以守住一、兩個祕密了。」

可是她在搖頭。「我以為是你看到很可怕的事情，以至於噪音整個安靜下來。我沒想到你是故意的。」

我吞口口水。「我的確看到了那麼可怕的事情。這樣做可以讓它停下來。」

「可是你是從哪裡學到的？知道該怎麼做的人是他，對不對？」

「不要擔心。情況都在我的控制下——」

「陶德——」

「這只是個工具而已。念這些字的同時可以讓人集中注意力，加上你的欲望——」

「聽起來很像他會說的話。」她壓低聲音。「他覺得你很特別，陶德。他一直都這麼覺得。他可能在引誘你做一件你不想做的事，或是很危險的事。」

「你不覺得我知道我多不能信任他嗎？」我語氣有點不愉快地說：「他沒辦法控制我的，薇拉。我強到可以擊退他——」

「你能控制別人嗎？」她用同樣的語氣回問。「如果你能保持安靜，那不就是下一步？」

那畫面又出現在我腦中，詹姆士，死在廣場上，有一秒鐘我無法逃開，我的羞恥感整個衝上來，像是我要吐了，我是圓圈，圓圈是我——

「我還不會。而且那是不好的事。我反正也不想。」

她催促橡果走上來，讓我們兩個人的臉貼得很近。「你拯救不了他的，陶德。」她的語氣變得柔和點，但解救兩個字讓我整個人一縮。「你沒辦法的。因為他自己不想要。」

「我知道。」我說，還是不太看她。「我知道的。」

有一瞬間，我們兩個只是看著柯爾夫人還有普倫提司鎮長吵架。

「你有的不只那些！我們從探測器可以看到你的倉庫有多大——」柯爾夫人說。

「夫人，妳的探測器能夠看到倉庫裡面嗎？因為那種科技可以讓我都大吃一驚——」

薇拉搗著嘴咳嗽。「你真的好嗎，陶德？」

我的回答是問她：「鐵環真的不會傷害妳嗎？」

我們都沒有回答。

白天感覺更冷了。

〔薇拉〕

他們談了好幾個小時，持續了一整個早上，直到太陽高高爬到天上。陶德沒說什麼，而我每次想要加入，就咳得停不下來。所以最後只是布萊德利跟鎮長還有柯爾夫人們一直吵一直吵一直吵。

不過他們還是決定了很多事情。除了交換醫療資訊之外，他們會開始一天兩次的運輸，一次是運水，一次是運食物，鎮長提供額外的車輛，搭配答案的拖車，還有士兵保護好進行交換。如果我們所有人都聚集在一個地方就會合理多了，可是鎮長拒絕離開城市，柯爾夫人也不願意離開山頂，所以我們只好往一個方向拖十公里的水，再往另一個方向拖十公里的食物。

這應該也算得上一種開始吧。

布萊德利跟席夢每天會開船巡邏城市跟我們的山頂，希望靠威脅就能讓稀巴人乖一點。在漫長的一天結束後，他們最後的一個協議是柯爾夫人會提供一些答案中最優秀的婦女，協助鎮長抵抗稀巴人對城市的偷襲。

「可是只能防禦。你們兩個都必須對他們釋出和談的意願。否則這些都沒用。」我堅持。

「孩子，妳不能靠突然收手停戰就說這叫和平。就算妳在跟敵人和談時也要繼續打。」

她說這話的時候是看著鎮長。

「的確如此。」鎮長也看著她。「以前就是這樣。」

「你們這次也會這樣嗎？你們保證？」布萊德利說。

「這的確是個達到和平的可能。」他又露出那種微笑。「至於達到和平之後，天曉得我們所有人都會站在什麼樣的位置。」

「尤其是如果你能在艦隊降落前讓自己成為締結和平的主要功臣？想想他們會有多佩服。」柯爾夫人說。

「還有他們會因為妳這麼有技巧地把我帶到談判桌上，而對妳非常佩服。」

「如果他們要佩服任何人，那一定會是薇拉。」陶德說。

「或是陶德。」布萊德利在我還來不及開口前就插嘴。「因為有他們，今天這件事才會發生。可是說實在的，如果你們兩個有誰想在未來擁有一席之地，你們最好現在就有那個樣子，因為現在任何旁觀者都看得出來，總統是個屠夫，而柯爾夫人是個恐怖份子。」

「我是個將軍。」鎮長說。

「我是為自由而戰。」柯爾夫人說。

布萊德利苦笑。「我想我們終於談完了。我們同意了今天要開始做什麼，還有明天會發生什麼。如果我們接下來的四十多天能維持下去，那這個星球也許就還有未來。」他說。

［陶德］

柯爾夫人牽起轡繩，朝牛背上一甩。牛說維夫？作為回答。

「妳要來嗎？」柯爾夫人對薇拉喊。

「你們先走。我想跟陶德說說話。」薇拉說。

柯爾夫人一臉早就料到的表情。「很高興終於見到你，陶德。」她隨著馬車離開，意味深長地看了我一眼。

鎮長向他們點頭告別，然後說：「你準備好我們隨時都可以走，陶德。」他騎著喜悅茱麗葉緩緩回到馬路上，好讓我能跟薇拉獨處。

「你覺得這會成功嗎？」她對著拳頭咳嗽。

「六個禮拜後船就會到。甚至不用那麼久，應該說是五個半禮拜。」我說。

「五個半禮拜後，全都又會變了。」

「五個半禮拜後，我們就可以在一起了。」

可是她沒有回應這句話。

「你確定知道你跟他在做什麼嗎？」她說。

「他在我身邊的時候不一樣，薇拉。不是像他以前那樣的邪惡瘋子。我想我能管住他，不讓他把我們所有人都害死。」

「不要讓他進到你的腦子裡。」她說，我很少聽到她用這麼嚴肅的語氣說話。「他在那種時候的破壞力最大。」

「他沒有在我的腦子裡。」我說：「而且我可以照顧自己。所以妳得照顧好妳自己。」我想要微笑，但沒成功。「妳要活著，薇拉・伊德。妳要好起來。如果柯爾夫人可以治好妳，那妳不管用什麼方法都要逼她治好妳。」

「我沒有要死。如果我要死我會告訴你的。」她說。

我們安靜了一下，然後她說：「你對我來說是最重要的，陶德。在整個星球上，只有你是最重要的。」

我重重吞下口水。「妳也是。」

我們都知道彼此是認真的，但在我們分開，分朝兩個方向騎馬離開時，我敢打賭我們都在想對方在重要的事情上是不是都在說謊。

「你來啦。」回城路上，我趕上鎮長。「你覺得剛才怎麼樣，陶德？」

「如果鐵環的感染帶走薇拉，在我把你料理完之後，你會求我殺了你。」我說。

「我相信。」他說。我們騎馬前進，城市的咆哮升起，迎接我們。「所以你必須相信，我絕對不會做那種事。」

「對於剛才達成的協議，你也要遵守信用。我們現在的目標是和平。真正的和平。」我說。

「陶德，你以為我只是因為想打仗而打仗。我其實不想。我要的是勝利。有時候勝利代表的是和平，對不對？艦隊也許不會喜歡我做過的每一件事，但我覺得他們會聽信一個在極大的逆境中仍然贏得和平的人。」

逆境都是你自己創造出來的，我心想，可是沒有說出來，因為他聽起來又像在說實話。也許我真的在漸漸影響他。

「現在，該看看我們是不是真的能建立起一個和平的世界。」他說。

通道的終點

我理了理手臂鐵環上的新鮮苔蘚，輕柔地碰著它。又是一天結束，我一個人坐在突出的石塊。鐵環帶來的痛仍然存在，每天都在提醒我，我是誰，我從哪裡來。

雖然它一直沒有癒合，我卻停止再吃大地給的藥。

我知道這個想法不合邏輯，但我最近開始相信，唯有空地離開這裡之後，痛才會消失。**或者只有那時，回歸才會允許自己痊癒，**天空爬到我旁邊展示。**來吧，時間到了。**

什麼時間？

我充滿敵意的語氣讓他嘆了口氣。**該讓你看看我們為什麼會贏這場戰爭。**

空地的船艦轟炸大地，天空撤回我們的進攻後，已過了七夜。這七個晚上，我們什麼都沒做，只是看著我們遙遠的聲音回報空地的兩個團體又會面了，他們開始交換補給品好互相幫助，遠處山頂的太空船又升了起來，飛過整個山谷，高高地飛過所有人的軍隊，這是從那天開始的例行公事。

七個夜晚，天空就這麼允許空地變得強壯。七個夜晚，他等待和平的發生。

回歸不解的是，天空一個人決定一切，我們穿過大地時他顯示。

我看著我們經過的大地，他們的聲音彼此連結，形成一個聲音，我還是覺得這麼輕鬆的連結非常難辦到。**是的，我知道，**我展示。

他停下腳步。**不，你不知道。你不知道。**

然後他打開聲音，對我展示他的意思，對我展示其實被稱為「天空」就像被稱為「回歸」一樣，都是放逐，而且更不是他自己選擇的放逐，在他們選他為天空之前，他只是大地的一員。

然後他為了成為天空，被迫從聲音中分離。

我看到他原本多開心，因為透過聲音跟他連結起來的都是他最親近的人、他的家人、他的打獵同伴，還有他的特別大地，他打算跟她一起增加大地的聲音。可是我看到他被帶離她身邊，他們所有人身邊，被割離，被捧起，我看到他年紀有多小，年紀不比——

回歸現在大多少，他展示。他高高地站在我面前，盔甲被太陽曬得堅硬，頭盔重重壓在他壯碩的脖子跟肩膀上，卻也因為同樣的肌肉而高高舉起。大地經過深沉的內在檢視好找到的天空，被選上的不可能拒絕。過去的人生已經結束，必須拋下，因為大地需要它的天空來守護它，而天空只能有大地。

他出現在自己的聲音裡，穿戴起這這個角色的服飾，冠上「天空」這個名字，離開被他統治的人。

你一個人在統治，我展示，並感覺到它的沉重。

但我不是一直都只有一個人，回歸也不是，他展示。他的噪音突然伸向我，我還來不及反應——

我就已經回到——

——我的特別大地在我們一起住的木屋裡，晚上被我們的空地主人從屋外鎖起，我們負責整理主人的前院，照顧她的花草，灌溉她的蔬菜。我從來不知道生我的是誰，我在有任何記憶以前就被送給我們的主人，而我唯一認識的只有我的特別大地，她不比我大多少，但她教我該怎麼樣好好完成我們的工作，好讓我們只會偶爾被打，她現在正在教我如何燒灶火，用燧石打出火花，點起我們唯一的熱源——

——我的特別大地讓我可以保持沉默，而當我們把主人的蔬菜拿去市場賣，見到其他的負擔成員時，他們的聲音友善地對我伸來打招呼，讓我不好意思到縮回自己裡面，我的特別大地吸引住他們的注意力，讓我需要害羞多久都可以——

——我的特別大地縮在我的肚子邊，因為感染而生病，開始咳嗽，整個人都在發燒，這是負擔中最嚴重的病徵，因為會讓我們被拖去給空地獸醫看，之後就再也見不到那個人。我用身體貼著我的特別大地，懇求泥巴、石頭、木屋，懇求所有拜託讓溫度降下來，拜託，降下來——

——我的特別大地跟我在我們年輕時的一個夏夜，用我們主人每星期給我們的一桶水洗自己，洗對方，一同訝異地發現兩個人有另一種親密的可能——

——我的特別大地安靜地跟我在一起，我們的聲音被空地偷走，我們被隔離，放在各自的岸邊，彷彿隔著一個太大的裂縫喊話，我的特別大地緩慢地、溫柔地透過彈舌跟手勢，試圖讓我明白——

——我的特別大地站起來，木門被打開，空地出現在面前，帶著他們的槍跟刀，我的特別大地又站在我面前，最後一次保護我——

——天空放開我，我大喊出聲，當時的恐怖再次活在我的聲音裡，像是剛剛才發生，又發生一遍——

你想念他，天空展示。你愛他。

他們殺了我的特別大地，我展示，燃燒熄滅再燃燒。他們把他從我身邊奪走了

所以我第一天看到你的時候就認出你，天空展示。我們是一樣的，天空跟回歸。天空代表大地說話，回歸代表負擔說話。

我還在沉重地喘氣。你為什麼要逼我現在想起這一切？

因為你需要了解天空是誰。因為記得是很重要的，他展示。

我抬起頭。為什麼？

可是他只展示，跟我來。

我們穿過整個營地，直到我們來到一條不起眼的小路，穿過一些樹林。走進去不遠，就有兩名道路守衛，他們出於對天空的尊敬低下頭，讓我們通過。小路一路往上，最後突然拐個大彎，進入幾乎立刻藏起我們的樹林。我們繼續往上爬，爬到一個一定是這個谷地最高的位置，順著一條只夠一個人行走的小路。

雖然困難，但大地有時候必須保守祕密不讓自己知道，天空邊走邊展示。只有這樣我們才能擁有希望。

因為這樣所以他們才創造了天空嗎？我展示回答，跟著他走上一排石頭臺階。承擔無可避免的行為而來的重擔？

是的，正是如此。這是我們另一個相像的地方。他看了我一眼。我們都學會要保守的祕密。

我們來到一片從上面垂下來的常春藤。天空用他的長手臂拉開常春藤，露出後面的入口。

一圈通道就站在裡面的空曠處。通道是大地成員中聲音特別寬敞，從小就被選出來，在整個幅員遼闊的大地上成為天空最快的信差，加快聲音的傳遞。可是這些通道都面對面，將他們的聲音投注在彼此身上，成為封閉圓圈中的一環。

通道的終點，天空對我展示。他們一輩子都住在這裡，從出生開始，他們的聲音就被訓練來達成這個目的。一旦進去，祕密就可從聲音中被抽離，安全地存在這裡，直到再次需要為止。天空把太危險，不能廣為人知的想法都留在這裡。

他轉身面向我。還有一些別的。他朝通道終點揚起聲音，圓圈微微移動，多了一個開口。我看到裡面的東西。

圓圈中央是張石床。石床上躺著一個男人。

一個空地男人，失去意識。而且在做夢。

你的來源，我靜靜地展示，兩人一起進入圓圈，圓圈在我們身後關起。

一個士兵，天空展示。在路邊找到的，我們以為他傷重而死了，可是他的聲音出現了，毫無防備，而且打開，在沉默的最最邊緣。我們阻止它完全消失。

阻止？我展示，盯著那個人看，聲音被通道的聲音淹沒，讓它離開了更大的聲音，好讓它的祕密永遠不會離開這個圈。

任何能被聽到的聲音都可以醫治，即使離身體很遠。他真的很遠。我們治療了他的傷口，開始呼喚他的聲音，把它帶回自己裡面，天空展示。

讓他活起來，我展示。

沒錯。在整個過程中，他的聲音告訴了我們很多事，讓我們在對付空地時能有很大的優勢，在回歸回到大地之後，他說的事情變得更重要。

我抬起頭。你在我回來之前就已經想要攻擊空地了嗎？

天空的責任就是隨時準備迎接任何威脅大地的可能性。

我低頭看來源。所以你才說我們會贏。

來源的聲音告訴我們，空地的領袖是一個不會與人真正達成同盟的男人。無論他跟遠處的山丘達成什麼樣的暫時協議，他都只會將權力集中在自己手中，而只要對他施加壓力，他會毫不遲疑地背叛對方。這是他們的弱點，也是大地可以利用的弱點。我們的攻擊在日出時開始。我們到時候看看他們的同盟到底能承受多少壓力。

我瞪著他。可是你還是想跟他們和談。我看得出你的內心。

如果這樣能拯救大地，是的，天空會這麼做。回歸也會這麼做。

他不是在問我。他是在告訴我，我會這麼做。

可是這就是我把你帶來這裡的原因，他把我的噪音重新引回那個男人身上。如果和平到來，如果最後事情是這樣解決，我會把來源完完整整的交給你，隨你處置。

我不解地抬頭看他。把他給我？

他快被治好了，我們讓他一直睡著好聽他沒有防備的聲音，可是我們隨時可以叫醒他，天空展示。

我轉身去看那個人。可是這樣為什麼就能讓我報仇？為什麼——？

天空朝通道的盡頭揮手，讓他們的聲音為這男人的聲音讓路——

好讓我能聽到。

他的聲音——

我走到石桌邊，彎腰靠近男人滄桑的臉，臉上是半數空地都有的毛髮缺陷。我看到大地的治療貼在他的胸口，他穿著破爛衣服。在此同時，我不斷聽到他的聲音。普倫提司鎮長。武器。羊。普倫提司鎮。某天一大早。然後他說——

他說——

陶德。

我立刻轉身去看天空。可是這是——

沒錯，天空展示。

我在匕首的噪音裡看過他——

沒錯，天空再次展示。

這個人叫班，我展示，聲音因為驚訝而大大展開。他對匕首來說幾乎跟他的特別空地一樣寶貴。

而如果我們的結局是和平，那為了補償所有空地對你施加的痛苦，他就是你的，天空展示。

我轉身看那個人。轉身看班，心想：他是我的。如果最後是和平收場，他就是我的。

隨我殺死。

和平過程

［陶德］

我們聽到他們從樹林裡穿過的聲音，雖然很遠，但速度很快。

「等等。」鎮長低聲說。

「他們會直接碰到我們。」我說。

日出第一道霧濛濛的光線照在他轉向我的臉。「這就是當誘餌的危險，陶德。」

小馬男孩？安荷洛德在我身下緊張地說。

「沒事的，乖。」雖然我一點都不確定。

服從！喜悅茱麗葉在我們旁邊想。

「閉嘴。」鎮長跟我同時說。

鎮長朝我大大笑開。

有一秒鐘，我也朝他笑了。

過去一個禮拜跟過去相比，幾乎可以說是很好。

食物跟水的交換按照之前談過的進行，鎮長或柯爾夫人都沒做手腳，而人就是這樣，只要不需要擔心怎樣才會有水喝，人自然會高興一點。營地也安穩下來，城市幾乎又有城市的樣子，薇拉說山頂也平靜了點，幾乎正常起來。她甚至說她覺得舒服點了，但隔著通訊器，我很難知道她是不是在說真話，因為同時她幾乎每天都能找到我們不能見面的新理由，我忍不住擔心，我忍不住要想——

（我是圓圈，圓圈是我）

可是我也很忙，忙鎮長的事。他整個人變得好友善。拜訪軍營中的士兵，問候他們的家人，他們的老家在哪裡，戰爭結束後想做什麼，覺得新移民怎麼樣等等。跟居民也這樣說話。

他也開始一直給我各式各樣的好東西，像是叫一直抱怨的歐哈爾先生把我的帳棚弄得舒服很多，有更軟的床，一大堆棉被來禦寒。他隨時都確保安荷洛德有額外的食物跟水，而且每天都會告訴我，他的醫生在用什麼方法想要治好鐵環的問題，以確保薇拉不會有危險。

很奇怪。可是很好。不過這些好事能發生都是因為這一整個禮拜都沒有稀巴人來攻擊。當然，我們也沒有因為這樣就停止計畫如何防禦他們。布萊德利跟席夢利用探測器選出幾種稀巴人可能溜進城裡的方式，鎮長開始讓這些路變成最好的標靶。有了我們的新盟友，她們沒有噪音，晚上可以安安靜靜溜進樹林，做出很多準備。

現在看起來，我們做的這麼多準備真是好主意。

我們面對一條穿過城南的小路，我們可以聽到稀巴人來的聲音，來自我們猜到的地方。而且他們的聲音越來越大。

「沒什麼好擔心的。」鎮長對我說，抬頭看著樹林上方，掛在我們後面天空中的探測器。「一切都按照計畫進行。」

稀巴人的噪音升高，越來越吵，越來越持續，幾乎快到什麼都讀不清。

陶德，陶德！安荷洛德越來越緊張。

「陶德，讓你的馬安靜下來。」鎮長說。

「沒事的，乖。」我揉揉她的肚子，卻也把她的轠繩往旁邊拉，帶她站得比較靠後，讓我跟鎮長假裝在守著的挖井工具擋在前面一點。

我拿起通訊器。「妳在探測器上看得到什麼嗎？」

都不清楚。有些動靜，但是很模糊，說不定只是風吹的，薇拉說。

「不是風。」

我知道，她搗著嘴咳了咳。等等。

稀巴人的噪音變得更大聲——

又更大聲——

「開始了，陶德。他們來了。」鎮長說。

我們準備好了，通訊器說，但那不是薇拉的聲音。

是柯爾夫人。

突然，稀巴人像洪水般從影子裡湧出——

湧上小路，衝向我們——

舉高武器準備攻擊——

「等等。」鎮長對我說，瞄準來幅槍——

他們不斷衝上小路——

二十，三十，四十個——

這邊卻只有我跟鎮長兩個　——

「等等。」他又說一次——

他們的噪音充滿空氣中——

他們不斷衝上來——

不斷衝上來，直到我們的射程範圍內——

滋滋滋，是白棍子發射的聲音——

「薇拉！」我大喊——

現在！我聽到通訊器傳來柯爾夫人的聲音——

轟！

路兩邊的樹木炸成幾百萬片碎片，片片都帶著火，撕裂稀巴人，也把我跟鎮長炸得不斷後退，

我很努力控制住安荷洛德，不讓她逃走或把我甩掉——

等到我重新轉個圈面向正面時，煙霧已經散開，我們可以看到倒下的樹跟燃燒的樹幹——

而且沒有稀巴人的跡象——

只有路上的屍體——

很多屍體。

「那到底是什麼鬼？那比妳說的要大太多了！」我朝通訊器大吼。

一定是配方錯誤。我跟布萊斯懷特夫人說說，柯爾夫人說。

可是我看到她在微笑。

「也許有點太興奮了。」鎮長朝我騎馬過來，露出大大的微笑。「可是和平過程開始了！」

然後我們聽到後面有新的聲音。一群在路上埋伏，以防我們需要協助的士兵現在正朝我們行軍前進，快速而且開心——

他們在歡呼。

鎮長勝利地騎入他們中間，像是他早就料到這個狀況。

〔薇拉〕

「那是屠殺。這樣怎麼會有和平的開始？」布萊德利憤怒地說。

「我們配方熬煮太久了。」柯爾夫人聳聳肩。「第一次難免的，下次就知道了。」

「下次——」布萊德利想要說些什麼，可是她已經走出了駕駛艙，我們原本都在那裡，從主螢幕上看發生了什麼事。席夢在外面操作遙控投影器，用三維投影讓山頂上的人能看到爆炸發生時，外面傳來很大的歡呼聲。柯爾夫人出去時，歡呼聲更大了。

「她故意的。」布萊德利說。

「當然。她就是這樣。給她一顆蘋果，她會把整棵樹都搬走。」我說。

我站了起來——

然後立刻又坐了下去，因為我的頭好暈。

「妳還好嗎？」布萊德利說，噪音中充滿擔心。

「跟平常一樣。」我說。

但其實不是。柯爾夫人的定時治療效果還可以，但今天早上我又重新狠狠燒了起來，一直退不下去。除此之外，又死了六個女人，全都是年紀較大，健康情況更糟的，但我們有更多人病得更重了。有時候，只要從對方的臉色就可以看得出來誰有環，誰又沒有。

「她從鎮長提供的資訊裡什麼都沒找到嗎？」布萊德利問。

我搖搖頭，開始咳嗽。「也不知道他是不是什麼都拿出來了。」

「再三十三天艦隊就會到，那時就會有最完善的醫療艙。妳撐得住嗎？」布萊德利說。

我點點頭，但那只是因為我咳得答不出話。

過去一個禮拜順利得令人緊張。維夫每天駕車載著一桶桶水出發，帶著一車又一車食物回來，一點問題都沒有。鎮長甚至派了士兵保護他，還有工程師來改善集水過程。他也讓納達利夫人跟勞森夫人去幫他統計食物跟管理發放。

我從來沒看過柯爾夫人這麼開心。她甚至開始講起要怎麼和談。顯然，要從轟炸很多東西開始。布萊斯懷特夫人，也就是當初負責我的軍事訓練那位，那簡直像是上輩子的事情，現在則是忙著在樹林裡安放炸彈，希望讓稀巴人看看我們也能騙過他們，甚至能抓到一個沒在爆炸中喪生的稀巴人。然後我們就把牠送回去，告訴他們，如果他們不跟我們和談，我們就要一直炸。

柯爾夫人發誓上次就是這樣成功的。

我的通訊器嗶嗶叫，是陶德在攻擊之後，打來告訴我們最後的消息。

「沒有活口，對不對？」我邊咳邊問。

沒有，他有點擔心的樣子。薇拉，妳——

「我沒事。只是咳嗽而已。」我很努力壓下去。

自從我們在以前的治癒之屋旁邊的大會面後，我過去一個禮拜以來，只在通訊器上看過他一次。我沒有下去，他也沒有上來。有太多事要做了，我告訴自己。

我也告訴我自己，不是因為沒有噪音的陶德讓我覺得很——

讓我覺得像是——

「我們明天再試試看。一直試到成功為止。」我說。

對啊，我們越快開始和談，這一切就能越快結束，越快讓妳恢復過來。

「也越快讓你離開他。」我說完後才發現我居然說出口了。發的什麼鬼燒。

陶德皺眉。我沒事的，薇拉。我發誓。他現在比以前好太多了。

「好？他什麼時候好過？」我說。

薇拉——

「三十三天。就這麼幾天。只要再撐三十三天就行了。」我說。可是我必須說，那感覺就像永遠那麼久。

［陶德］

稀巴人一直不停攻擊。

我們也一直阻止他們。

服從！我們聽到喜悅茱麗葉在很遠的路上大喊。服從！

我們聽到鎮長在大笑，鎮長的牙齒在月光下閃爍。你甚至可以看到他制服袖子上的金線閃爍。

「現在，現在！」他在大喊。

布萊斯懷特夫人厭惡地嘖了一下，按下遙控器的按鈕，鎮長身後的馬路在一片火焰中爆發，立刻燒光跟上來的稀巴人，他們以為他們避開另一條路上很明顯的陷阱後，找到一個走散的士兵。

可是那個陷阱不是陷阱。走散的士兵才是。

這是我們五天內阻止的第五次攻擊，每一次他們都變得更聰明，我們也變得更聰明，有假陷阱跟假的假陷阱，還有不同的攻擊路線等等。

其實感覺很不錯，像是我們真的終於在做什麼，像是我們終於——

（在贏了——）

（贏得戰爭——）

（真見鬼的刺激——）

（閉嘴）

（可是是真的——）

喜悅茱麗葉猛然停在安荷洛德旁邊，我們一起看著火焰變成一團穿過樹頂的雲，消失在冷冷的夜空中。

「衝！」鎮長大喊，嗡嗡聲穿過聚集在我們後面的士兵噪音，他們排好隊形，衝了過去，追著任何可能還活著的稀巴人往前衝。

可是從那團火焰的大小看來，這次也不像會有活口。

鎮長轉頭看到路面遭受的破壞時，笑容消失了。

「妳的爆炸火力又一次神祕地強烈到不留任何倖存者。」他轉向布萊斯懷特夫人說。

「你寧願他們殺了你嗎？」她的口氣像是在說她一點也不介意。

「妳只是不想要我們先抓到稀巴人。妳想要幫柯爾夫人抓到一個。」我說。

她瞪我的那一眼硬得可以當晚餐盤用了。「小子，對長輩說話要有禮貌，懂不懂。」

鎮長一聽就開始大笑。

「夫人，我要怎麼對妳說話都可以，我很瞭解妳們的領袖，妳不用裝作她沒在耍任何把戲。」

我說。

布萊斯懷特夫人轉頭看鎮長，臉上表情完全沒變。「風度很好嘛。」

「可是很正確，向來如此。」鎮長說。

我感覺到自己的噪音因為突然的稱讚而變得微微粉紅。

「請向妳的夫人報告一貫的成功，還有一貫的失敗。」鎮長從上而下看著布萊斯懷特夫人說。

布萊斯懷特夫人跟納達利夫人一起回城，離開時還一直惡狠狠地瞪著我們。

「陶德，要是我站在她的立場，我也會這樣做。」鎮長說。士兵開始從火場邊回來，又一次，沒有找到任何活著的稀巴人。「以避免我的敵人獲得優勢。」

「我們應該要合作的，我們應該要朝和平努力。」我說。

他似乎也不太擔心這件事。看看走過我們周圍的士兵，邊大笑邊說笑話，因為在這麼多次敗仗之後，他們終於又看到勝利了。等我們回到廣場時，要恭喜鎮長的人一定更多。

薇拉告訴我，柯爾夫人在偵察船旁也受到同樣英雄式的待遇。

他們在比誰能比較和平。

「陶德，我想也許你說得對。」鎮長說。

「什麼對？」我問。

「我們應該要合作。」他轉頭看我，臉上又是那個笑容。「我想該是我們換個方法的時候了。」

〔薇拉〕

「現在發生什麼事了？」阿李說，想要抓綁帶下的傷口。

「不准動。」我開玩笑地把他的手拍掉，只是這個動作讓我的手臂痛得不得了。

我們在偵察船的治療室裡，牆上的螢幕正顯示山谷各處的探測器。在布萊斯懷特夫人過度火爆的攻擊之後，鎮長提議由席夢負責下一次任務，這讓所有人都大吃一驚。柯爾夫人同意了，席夢開始工作，計畫整個行動，整個行動的重點在於抓到一個稀巴人，讓它帶著和平訊息回去。

在我們殺了這麼多稀巴人之後，要這麼做感覺很奇怪，可是我從一開始就很清楚，戰爭完全不合理。竟得要靠殺人的方式來告訴他們你不想要殺人了。

都是怪物。男女都一樣，我心想。

所以，今天席夢安排了範圍更廣的誘敵戰術，把探測器大大方方地安置在空中，看起來像是我們認為稀巴人會從南邊的某條特定道路前進，布萊斯懷特夫人在那裡安裝了誘餌炸彈，刻意提早引爆，看起來像是我們這裡出現失誤，讓北邊的另一條路徑完全暴露，那裡藏著答案的武裝女兵，在席夢的帶領下躲起來，目標是希望沒有噪音的她們能讓稀巴人措手不及，抓到一個活口。

「妳什麼都不告訴我。」阿李又在抓綳帶。

「讓布萊德利坐你旁邊不是更簡單嗎？你可以透過他看到發生的事情。」我說。

「我寧願有妳在。」他說。

我在他的噪音裡面看到自己，沒有什麼太私密或過分的內容，只是一個比較漂亮的我，乾乾淨淨，整整齊齊，健健康康，而不是發著高燒，整個人又瘦又髒，而且是洗不掉的髒。

他沒有多提自己失明的事，只是會拿這件事來開玩笑，而當他周圍有噪音的時候，他還是可以透過噪音看到，說這幾乎跟有眼睛一樣好。可是他獨自一人的時候，我經常在他身邊，因為我們兩個這些日子以來簡直像是活在這個蠢醫療室裡，所以我看得出來，看到他大部分的人生同時消失了，他唯一能看到的就是記憶，還有別人眼中的世界。

他甚至因為燒傷得太嚴重，而沒辦法哭。「妳靜靜地坐在那裡時，我知道妳就是在讀我。」

「抱歉。」我別過頭，又開始咳嗽。「我只是擔心而已。這次一定要成功。」

「妳不能一直覺得這一切都是妳的責任。妳那時候只是在保護陶德。如果需要打仗來救我媽跟我姊，我絕對不會遲疑。」他說。

「可是戰爭不能憑自己的好惡來決定，否則永遠沒辦法做出對的決定。」我說。

「可是如果妳做的決定裡面沒有自己，那妳就不能算是人了，不是嗎？所有的戰爭都是從某個人身上開始的，不是嗎？也都是為了某個人，不是嗎？只是原因通常是恨而已。」

「阿李——」

「我只是在說，他很幸運，有一個這麼愛他的人，願意為他挑戰全世界。」他的噪音反映出他的不自在，猜想我現在是什麼表情，什麼反應。「我只是想說這個。」

「他也會為我這麼做。」我靜靜地說。

我也會為妳這麼做，阿李的噪音說。

我知道他會的。可是那些因為我們的行為而死的人，他們不也有願意為他們殺人的人？所以到底誰是對的？

我把頭埋進掌心。頭感覺真的很重。每天，柯爾夫人都在嘗試用新方法來治療感染，每天我都會舒服一下以後，又變得更嚴重一點。

致命的感染，我心想。

而艦隊還要好幾個禮拜才會來，如果他們真的能幫我——

船艦的通訊系統突然喀啦一聲，讓所有人嚇了一大跳。

他們成功了，布萊德利的聲音聽起來很驚訝。

我抬起頭。「成功什麼？」

他們抓到一個了，在北邊，布萊德利說。

我來回看著各個螢幕。「可是，太早了。還沒有——」

不是席夢。是普倫提司。我們還沒開始，他就抓到一個稀巴人了，布萊德利的聲音聽起來跟我的腦子一樣不解。

【陶德】

「柯爾夫人會氣死的。」我說。鎮長忙著跟上來恭喜他的士兵握手。

「這個可能讓我心情出奇地平靜呢，陶德。」他完全享受著他的勝利。

因為北邊的士兵還在，不是嗎？他們在那裡閒閒沒事做，一天到晚被定期溜進城裡攻擊我們的稀巴人笑。

柯爾夫人忘了他們。布萊德利跟席夢也忘了。我也忘了。但鎮長沒忘。他看著席夢安排今晚的大計畫，同意布萊斯懷特夫人可以安置誘敵炸彈的時間跟地點，然後當稀巴人發現北路上的那段山谷因為我們正忙著假裝沒在看著南邊而出現破綻時，他們正如我們的希望，派了一小隊士兵想要溜過我們的士兵，就像之前的幾十次那樣——

只是這次，我們不像以前那樣好講話。

鎮長把他的人移到適當的位置，他們從旁邊包圍上來，截斷稀巴人逃跑的路線，用火力打死大部分，這時候他們還沒反應過來到底發生了什麼事。

最後只剩下兩個稀巴人，不到二十分鐘後，他們就被押進城裡，看到這一幕的軍隊整個咆哮起來。泰特先生跟歐哈爾先生把他們帶到教堂後面的馬廄等著，鎮長則繼續接受整個新普倫提司城的道賀。我慢慢走過人群，跟他一起走了很久，到處都是握手跟歡呼跟拍背的人。

「你可以先告訴我啊。」我壓過周圍的噪音大聲說。

「沒錯，陶德。」他停下腳步，看了我一分鐘。周圍的人繼續衝來衝去。「我應該先跟你說的。我道歉。下一次我一定會說。」

我很驚訝地發現，他聽起來像是認真的。

我們繼續穿過人群，終於繞到馬廄後面。

兩個非常生氣的夫人在那裡等著我們。

「我要求你讓我們進去！」納達利夫人說，旁邊的勞森夫人哼哼兩聲表示同意。

「安全第一，兩位。我們不知道被抓住的稀巴人有多危險。」鎮長朝他們微笑。

「現在就讓我們進去。」納達利夫人說。

可是鎮長還在微笑。他後面跟著一整城微笑的士兵。「先等我確定狀況是否安全吧？」他說著，站到其中一名夫人身邊，她被一排士兵擋著，只能看著鎮長進去。我跟在後面也進去了。

我的胃整個縮起來。

因為裡面是兩個稀巴人，綁在椅子上，手臂綁在身後的方式我再熟悉不過。

（但他們都不是1017，我不知道這讓我安心還是焦躁——）

其中一人的赤裸白皮膚上都是紅色鮮血，他穿著的苔蘚被撕掉，丟在地上。可是他抬著頭，眼睛睜得大大的，該死的噪音顯示各式各樣的畫面，都是在說我們會付出什麼樣的代價——

可是他旁邊的稀巴人——

他旁邊的稀巴人已經看起來不太像是稀巴人了。

我正準備要大吼，但是——

「這見鬼是怎麼一回事？」鎮長大吼，讓我嚇了一跳。也讓其他人嚇了一跳。

「質問啊，長官。」歐哈爾先生說，雙手跟拳頭滿是鮮血。「我們在很短的時間內知道了很多。」他朝看起來整個被打壞的稀巴人揮揮手。「後來這個很不幸因為之前受到的傷，所以——」

突然傳來我有一陣子沒聽到的呼一聲，鎮長用噪音揮出一巴掌，一拳頭，一顆子彈，歐哈爾先生的頭重重往後彈，倒在地上，整個人不停抽搐。

「我們的目標是和平！」鎮長對其他人大吼，他們帶著羊一般的驚訝看著他。「我沒有授意你們進行拷問。」

泰特先生清清喉嚨。「這個比較扛得住。」他指著還活著的那個。「他非常耐打。」

「算你運氣好，隊長。」鎮長的聲音依然很激動。

「我去叫夫人們。她們可以治好他。」我說。

「不用了。因為我們要放他走。」鎮長說。

我呆住。「什麼？」

「什麼？」泰特先生說。

鎮長走到稀巴人後面。「我們的計畫是要抓住一個稀巴人，讓他帶著我們想要和平的消息回去。」他拿出匕首。「所以我們就要這樣做。」

「總統先生——」

「請打開後門。」鎮長說。

泰特先生停下腳步。「後門？」

「盡快，隊長。」

泰特先生打開馬廄的後門，那裡通往廣場的反方向——通往夫人們的反方向。

「喂！你不能這樣。你答應——」我說。

「我正在履行約定啊，陶德。」他彎下腰，嘴巴貼著稀巴人的耳朵。「我想你應該懂我們的語言吧？」

我想著，他是在用那個聲音嗎？

可是鎮長跟稀巴人之間已經有一陣低低的噪音來回，某種又深又黑又硬的聲音在他們之間流動，快到房間裡沒人聽得到。

「你們在說什麼？你在告訴他什麼？」我上前一步問。

鎮長抬頭看我。「我在告訴他，我們有多急著想要和平。」他歪著頭。「你不信任我嗎？」

我吞口口水。再吞口口水。我知道鎮長想要和平，也想要和平成為他的成就。我知道我在蓄水槽旁救了他以後，他變得比較好了。我也知道他並沒有被拯救。我知道他是不能被拯救的。

（不能嗎？）

可是他的表現很像已經改過自新。

「你要跟他說也可以。」他說，眼睛看著我，匕首一揮。稀巴人驚訝地往前撲，手臂突然自由了。他看著四周好一會兒，不知道要發生什麼事，直到他的眼睛看到我——

在那瞬間，我試著把自己的噪音變重，變大聲，真是有夠痛，像是我很久沒用的肌肉，但我努力丟給他所有真相，包括我們真的想要的，不管鎮長怎麼說，我跟薇拉是真的想要和平，想要這一切結束，還有——

稀巴人嘶的一聲打斷我——

我在他的噪音裡看到自己——

然後我聽到——

他認出我？

然後是語言——

我的語言——

我聽到——

匕首。

「匕首？」我說。

可是那稀巴人只是又嘶了一聲，然後衝向門口，跑到很遠很遠很遠的地方——

天知道帶著什麼樣的訊息回到他的族人身邊。

〔**薇拉**〕

「他好大的膽子。」柯爾夫人咬著牙。「還有整支軍隊繞著他團團轉。就像他統治城裡最糟糕的那段時間一樣。」

「真可惜我沒機會能跟那稀巴人說到話。」席夢跟著其他夫人一起生氣地坐拖車穿過城裡。「告訴他們不是所有人類都一樣。」

「陶德說他有傳達我們真正想要的訊息。」我咳個不停。「希望最後能傳遞的是他的訊息。」

「如果真的傳遞過去，所有功勞也都會歸到普倫提司身上。」柯爾夫人說。

「重點不是在比誰的得分比較多。」布萊德利說。

「不是嗎？你真的希望當艦隊到達的時候，佔優勢的是那個人？那是你想要的聚落生活嗎？」柯爾夫人說。

「妳講得好像我們有權力解除別人的職位，好像我們可以隨隨便便飄進來任意妄為。」布萊德利說。

「為什麼不能？他是個殺人狂。他殺了我的姐姐跟母親。」阿李說。

布萊德利要回答，但席夢說：「我傾向同意。」這句話招來布萊德利的噪音一陣驚訝的狂吼。「如果他的行為危害到所有人的生命——」

「我們在這裡的目的，是要建立起一個可以容納幾乎有五千人的聚落，他們不該一醒來就要面對戰爭。」布萊德利打斷她。

柯爾夫人只是重重嘆了口氣，像是根本沒聽他說話。「我該出去跟外面的人解釋為什麼成功的不是我們。」她走出小小的治療室。「如果那個伊凡敢說什麼，我要打腫他那張土臉。」

布萊德利看向席夢，噪音裡滿是問題跟反對，充滿需要她解釋的事情，到處都是她的畫面，一堆他希望自己能碰觸她的畫面——

「你能不能不要這樣？」席夢別過頭。

「對不起。」他退了一步又一步，最後什麼都沒說，出了房間。

「席夢——」我說。

「我就是沒辦法習慣。我知道我應該能習慣。我知道我必須習慣，可是實在……」

「這其實也可以是件好事。可以這麼親密。」我想著陶德。

（可是我聽不到他的噪音裡——）

（他感覺一點都不親密——）

我又開始咳嗽，咳出肺裡醜陋的綠色東西。

「妳臉色看起來很糟，薇拉。妳介不介意用點鎮靜劑幫妳休息？」席夢說。

我搖搖頭。她走到抽屜邊，拿出一塊小貼紙，輕輕黏在我的下巴。

「給他一個機會。他是個好人。」我一邊抗拒藥效一邊說。

「我知道。」她說。我的眼皮開始垂下。「我知道。」

我滑入黑暗，鎮靜劑的黑暗，好長一段時間完全沒有感覺，享受絕對的空無，像是漆黑的太空一樣漆黑——

可是終究結束了——

我卻還睡著——

夢到——

夢到陶德——

在我碰不到的地方——

我聽不到他——

我聽不到他的噪音——

我聽不到他在想什麼。他像個空殼一樣盯著我看——

像是裡面沒有人的石雕——

像是他死了——

像是天啊不要——

他死了——

他死了——

「薇拉。」我聽到後睜開眼睛。阿李伸手搖醒我，噪音充滿擔心以外，還有些別的——

「發生什麼事了？」我感覺全身都是發燒過後出的汗，衣服跟床單整個溼透——

（陶德，離我越來越遠——）

我看到布萊德利站在床腳。「她動手了。柯爾夫人動手了。」他說。

［陶德］

聲音很小，理論上周圍是軍營中大多數人睡眠時的噪音，我應該完全聽不到。

但那是我認得的聲音。

一聲尖鳴。

在空中。

小馬男孩？安荷洛德緊張地說，看著我走出帳棚，走向每天越來越冷的落日。

「是追蹤彈。」我對她也對所有人說，尋找聲音的來源，看到軍隊中還醒著的人也開始找了起來，直到他們的噪音升起，看到它晃晃歪歪地斜飛入天空，離開瀑布山腳下的乾河床。它在往北飛，一直往北，朝向最有可能藏著稀巴人軍隊的山裡——

「他們以為自己在幹什麼？」鎮長突然出現在我身邊，眼睛盯著追蹤彈，轉向睡眼惺忪跑出自己帳棚的歐哈爾先生。「去找布萊斯懷特夫人。快去。」

歐哈爾先生衣衫不整地跑去了。

「追蹤彈的速度太慢，不可能造成任何真正損傷。這一定是誘敵。」鎮長說著，目光飄到被打壞的之字形山坡。「陶德，你能不能聯絡薇拉？」

我走進帳棚裡拿通訊器，出來時就聽到追蹤彈射中北邊某些樹的遙遠轟聲。可是鎮長說得沒錯，就連牛跑得都比追蹤彈快，所以它只可能有一個作用。

引開稀巴人的注意力。可是要從哪裡引開？

鎮長還在看著稀巴人一開始出現的崎嶇山坡，那個山坡已經不能允許軍隊爬下來——

或爬上去——

可是一個人可以——

一個人可以爬過碎石——

一個沒有噪音的人可以——

鎮長的眼睛睜大，我知道他也想到了，就在此時——

轟！

從之字形山頂傳來爆炸聲。

〔薇拉〕

「她怎麼辦到的？」布萊德利說，我們從治療室的螢幕上看著追蹤彈劃過天空，阿李透過布萊德利的噪音看著。「她怎麼在我們什麼都不知道的情況下安排這些？」

我的通訊器嗶嗶叫，我立刻接起來。「陶德？」

可是那不是陶德。

如果我是妳，我會現在就用探測器去看山頂，柯爾夫人對我微笑。

「陶德呢？妳怎麼拿到通訊器的？」我邊咳邊問。

布萊德利的噪音發出聲音，讓我轉頭去看。我看到他想起席夢在備用物品櫃裡弄著另外兩個通訊器，但告訴他只是在盤點。

「她不會的。甚至不跟我說一聲？」他說。

「我們應該看看山丘。」我說。

他按下取得控制權的按鈕，然後指揮探測器飛到山頂上，切換成夜視模式，一切又變成黑色與綠色。「我們要看什麼？」

我突然想通了。「檢查體熱。」

他又按了一下畫面，然後——

「那裡。」我說。

我們看到一個人形，順著山坡往下，貼著樹林，但動作很快，就算被看到也沒什麼關係。

「那只可能是哪位醫婦夫人。如果是男人早就被他們聽到了。」我說。

布萊德利把探測器畫面調大，讓我們也能看到山丘邊緣。稀巴人站在崎嶇的山丘邊，看著追蹤彈打中的北區森林。

卻沒看到在下面逃走的醫婦夫人。

然後螢幕充滿閃光，熱感應器超載，一秒後我們聽到轟的一聲從探測器的喇叭傳來。

我們同時聽到船外巨大的歡呼聲。「他們在看？」阿李說。

我看到布萊德利的噪音裡又出現了席夢，以及一堆髒話。

我拿起通訊器。「妳做什麼了？」

可是柯爾夫人不見了。

布萊德利將螢幕轉換成往船外廣播的通訊功能。他的噪音開始隆隆作響，隨著一分一秒過去，愈發大聲與堅定。

「布萊德利，你在——」我才剛開口。

他對通訊器開口，我可以聽到他的聲音在外面迴響：「周圍淨空。偵察船要升空了。」

［陶德］

「那個賤人。」我聽到鎮長說，讀著他周圍士兵的噪音。廣場陷入混亂。沒人知道發生了什麼事。我一直想呼叫薇拉，但是訊號不通。

「當一個男人用賤人稱呼一個女人，通常都是因為她做對了某件事。」一個聲音從靠近軍營邊緣的拖車上傳來。

柯爾夫人對我們微笑，看起來像是找到餿水桶的狗。

「我們已經送出和平訊息。」鎮長朝她發怒。「妳竟敢——」

「不要跟我說什麼敢不敢的。」她同樣憤怒地回答。「我只是讓那些稀巴人知道，沒有噪音的我們隨時都可以攻擊他們，就算是他們自家後院也無法倖免。」

鎮長重重地喘口氣，然後聲音變得溫和得令人害怕。「夫人，您一人進城嗎？」

「當然不是。我上頭有人。」她指著掛在軍營上方的偵測器。

然後，我們從東邊遠處山頂聽到熟悉的轟隆聲。偵察船緩緩升入空中，柯爾夫人來不及隱藏她的驚訝。

「妳所有朋友都參與了妳的小計畫嗎，夫人？」鎮長的聲音又開心起來。

我的通訊器嗶嗶叫，這次出現薇拉的臉。「薇拉——」

等等，我們來了，她說。

她關掉通訊器，我聽到周圍的軍隊突然一陣騷動。歐哈爾先生從大路走入廣場，把布萊斯懷特夫人推在前面，她對這樣的前進方式非常不滿。同時，泰特先生從糧倉後面繞過來，帶著納達利夫人跟勞森夫人，手上拎著一個布袋，手臂伸得又直又長。

「叫你的人立刻放開那些女人。現在。」柯爾夫人命令。

「我可以向妳保證，她們只是一時被牽扯進來而已，畢竟我們都是盟友。」鎮長說。

「在山腳下抓到她。當場活逮。」歐哈爾先生靠近時一邊大喊。

「這兩個人在房間裡藏炸彈。」泰特先生說著，把袋子交給鎮長。

「那都是用來幫你們的炸彈，白痴。」柯爾夫人朝他啐了一口。

「它要降落了。」我舉起手遮住眼睛，擋住偵察船降落時颳起的大風。它唯一能降落的地方就是廣場，但廣場上到處都是士兵，他們全部忙著讓開。船沒有散發什麼熱氣或其他東西，但還是大得不行。我轉過臉，避開它與地面接觸時瞬間颳起的風——

剛好看到之字形山坡。上面聚滿了光——

船還沒完全降落，門就打開了，薇拉立刻出現，撐著門框好站直，她看起來病了，病得非常重，比我擔心的還要嚴重，整個人又虛弱又瘦，幾乎站都站不住，甚至沒用套著鐵環的手臂，我不應該留下她的，我不應該留下她一個人在上面，我離開她太久了，我跑過鎮長身邊，他伸出手想攔住我，但是我繞過他——

我來到薇拉身邊——

她的眼睛與我對望——

她在說話——

我來到她身邊時她說——

「他們來了，陶德。他們下山來了。」

沒有聲音

這東西沒這麼簡單，天空展示。我們看著出奇虛弱的武器慢慢升入空中，朝山谷北邊飛去，大地很輕易就能避開它可能落下的位置。

注意，所有眼睛注意，天空朝大地展示。

空地開始展示他們的力量。在我們又開始攻擊他們的那個早上，他們突然知道我們從哪裡來。我們都透過進行攻擊的大地眼睛看著，看到空地如何重新團結起來，看到他們發現自己的長處。

那些聲音在一陣火焰跟碎片中被切斷。只有一個答案，過了幾小時之後，天空展示。

沒有聲音的空地，我展示。

空地跟我回到通道的終點。

通道的終點困住所有進入的人的聲音。不讓別人知道來源是誰，知道這個人除了血緣之外，其實就是匕首的父親，是匕首以為沒有人聽到的時候就會偷偷想念的那個人，而這個人其實一直都在我唾手可及的地方，是攻擊匕首內心的方法——

這些情緒在我體內燃燒，明亮直接到不可能瞞過大地，可是天空命令通道的終點化為一個聲音，包圍著我們的聲音，確保我們對這件事情的想法只限制在這些通道裡面。我們的聲音將一如往常，但這些念頭永遠不會進入大地的聲音，而是直接回到通道的終點。

我們知道那些沒聲音的人近來都受到壓迫，天空展示。這是通道第一次反擊的晚上，我們站在來源兩邊。可是現在她們參戰了。

他們很危險，我展示，我想到以前的主人，他會安靜地躲在我們後面，在沒有任何警告的情況下打我們一頓。有聲音的空地不信任他們，雖然他們共同生活在一起。

天空平舉著手在來源胸口上方。現在，我們必須要知道。他的聲音探出，包圍來源的聲音，而來源在無止盡的睡眠中開始說話。

那天晚上我們離開通道的終點時，兩個人都很安靜，一直到我們爬下山坡，回到俯瞰空地的山頂營地。

我沒想到會是這樣，天空終於展示。

沒有嗎？他說她們是危險的戰士，在上一次的大戰中協助讓大地臣服，我展示。

他也說她們是締結和平的一方，天空展示，摸著下巴。他們被有聲音的空地背叛，殺害。他看著我。我不知該怎麼想。

意思就是，現在的空地比以前更危險了。意思就是，現在應該要把他們徹底解決，把河流釋放，徹底把他們消滅掉，就像他們從來沒有存在過一樣，我展示。

那正在來的路上的空地呢？還有之後一定還會再來的空地呢？因為既然有兩批，就一定會有更多，天空說。

那時候我們可以讓他們看看，如果他們不承認大地的力量，他們會碰到什麼下場。

那他們就會用強大的武器從空中把我們殺死，而我們卻沒有辦法打中他們。天空轉頭看著空地。問題還是沒有解決。

於是我們每天派出更多突襲小隊，更多次地測試他們的新能力。我們每次都被騙過，被打退。然後今天，大地被空地抓住了。

又被送回來。帶來兩個不一樣的訊息。

空無。回到我們的大地展示，那個大地受到他們的酷刑，被強迫看著另一個大地在他身邊被殺死，然後被空地的領袖送回來，帶著他要求的訊息。

一個空無，沉默，讓所有聲音都沉默的訊息。

這是他對你展示的？天空問道，仔細地觀察他。

那一個再次對我們展示訊息，展示全然的空無，完全的沉默。

可是這是他要的？還是他是在對我們展示他自己？天空展示之後，轉向我。你說他們覺得他們的聲音是個詛咒，是個必須被「治好」的東西。也許他其實只是想要這個。

他想要殲滅我們。他是這個意思。我們必須攻擊他們。我們必須趁他們變得太強前打敗他們——

你故意忘記另一個訊息。

我皺起眉頭。另一個訊息，匕首傳遞的另一個訊息。他顯然也開始使用治好聲音的「藥劑」，想要把自己藏起來，露出他這個懦夫的本性。天空要回來的大地對我們再次展示匕首的訊息——他對大地受到的對待表示驚駭，一種老掉牙的驚駭，一個我太熟悉，根本沒有用的驚駭。而他和其他人，包括船上的跟匕首的特別空地，他們根本不想要戰爭，最想要一個會歡迎所有人，可以讓所有人一起生活的世界。

和平的世界。

匕首不代表他們。他不能——我展示。

可是我看到這個念頭在天空的聲音中翻騰。於是他離開，當我想要跟上去時，他叫我別跟去。我氣了好幾個小時，知道他一定是去了通道的終點，去思考該怎樣背叛我們所有人，接受和平。當他終於在冰冷的黑夜裡回來時，他的聲音依然翻騰。

怎麼樣？我們現在該怎麼做？我憤怒地展示。

然後傳來空中的尖鳴，是那個慢得奇怪的火箭發出的聲音。

所有眼睛注意，天空再次展示，我們注意火箭畫出弧形，朝向地面。我們也注意山谷上空，尋找是否有更大的飛彈或是又折返的飛船，注意通往山谷以外的道路，注意是否有軍隊前進，等待，注意，猜想這是意外還是訊息還是失敗的攻擊。

我們注意了所有地方，卻漏掉腳下的山丘。

爆炸的瞬間驚嚇了所有人的所有感官，撼動大地每個部分的眼睛耳朵嘴巴鼻子皮膚，因為有一部分的我們死於其中，當山丘邊緣再次爆炸時被撕成碎片。死去的大地成員敞開聲音，把死狀散發給我們所有人，所以我們一起跟他們死去，一起跟他們受傷，一起被同樣的煙霧籠罩，一起被同樣的泥巴跟石頭雨擊中，擊倒我跟——

天空，我聽到——

天空？開始在我身體撼動。天空？一陣脈動竄過整個大地，因為有一瞬間，極短暫的一瞬間——

天空的聲音安靜了。

天空？天空？

我的心跳加速，聲音加入所有人的聲音，歪歪倒倒地站起來，掙扎著要克服塵土，克服內心的恐慌，喊著天空！天空！

直到——

天空在這裡，他展示。

我抓起蓋住他的石頭，其他人的手也伸了過來，把他從碎石下挖出來，他的臉跟手上都是血，可是盔甲救了他一命，他站起來，煙霧跟灰塵在身邊環繞——

找個使者過來，他展示。

天空派了使者去空地。不是我，儘管我苦苦懇求。

他派了被抓走後又回來的那個。我們透過他看著，看到通道跟著他一起走下崎嶇的山坡，每隔一段時間就停下來，好讓大地的聲音能像舌頭一樣深入空地，透過被選中的那人說話。

我們透過他的眼睛看著，跟他一起走入空地，看著空地們退後的表情，在他面前分出一條道路，沒有抓他，也沒有像上次那樣歡呼，而在他們的聲音中，他可以聽到他們的領袖下令，要他們讓他毫髮無傷地過去。

我們現在應該要釋放河流，我展示。

可是天空的聲音推開我的。

於是大地走在他們的街道上，離開身後最後一名通道，自己一個人走過他們的中央廣場，走向他們的領袖，一個在負擔的語言中叫做普倫提司的人，他站在那裡等著迎接我們，像是他是空地的天空。

可是那裡還有其他人。三個沒有聲音的空地，包括匕首的特別空地，那個空地的臉經常出現在匕首的腦海裡，頻繁到幾乎跟我自己的臉一樣熟悉。匕首在她身邊，跟之前一樣安靜，但即便是現在，他無用的擔憂還是一樣明顯。

「你好。」一個聲音說——

不是那個領袖的聲音。

是其中一個沒有聲音的人說的。

她透過他們嘴巴發出的答答聲，站到空地領袖的前面，朝我們的使者伸出手，可是她的手臂被空地的領袖抓住。兩個人掙扎了一會兒。

然後匕首站出來，走過他們身邊。

走到使者面前。

領袖跟沒有聲音的人看著他，彼此被對方困住。

匕首用他的嘴說：「和平。我們想要和平。不管這兩個跟你說了什麼，我們想要的是和平。」

我感覺到身邊的天空，感覺到他的聲音接收了匕首說的話，說的方式，然後我感覺到他透過使者更努力地往外伸，深入空地裡面，深入匕首無聲的聲音裡。

匕首驚喘。

天空聽著。

大地聽不到天空聽到的。

你在做什麼？我展示。

可是天空已經透過通道傳送回應——

送出大地的聲音，順著山坡，順著道路，過了廣場，進入使者的聲音——

速度快到我相信天空一定為此早有準備——

一句話——

一句讓我的聲音憤怒得無法遏止的話——

和平，天空對空地展示。和平。

天空對他們提出和平。

我憤怒地離開天空身邊，離開所有大地身邊，走著，然後跑上山坡，到屬於我自己的懸崖旁——

可是我不可能離開大地，不是嗎？大地就是世界，唯一能離開的方法就是離開世界。

我看著手臂上的鐵環，看著標示我永遠無法與他們融合為一的東西，我發下重誓。

殺死匕首的班根本不夠，但是我會這麼做，而且會讓匕首知道我這麼做——

可是我要做的不只這些。

我要阻撓這個和平。就算要我的命也在所不惜。

我會替負擔報仇。

我會替自己報仇。

沒有和平。

艦隊

談判小組

「當然，是我去。」鎮長說。

「除非我死。」柯爾夫人氣沖沖地說。

鎮長得意地笑了：「這個條件我可以接受。」

我們全都塞在偵察船上的小房間裡。

我、鎮長、柯爾夫人、席夢跟布萊德利，臉上蓋著嚇人繃帶的阿李躺在一張床上，臉色難看極了的薇拉躺在另一張床上。我們在這裡進行新世界人類史上最重要的談話。在一間聞起來都是汗味跟病味的小房間裡。

［陶德］

和平。稀巴人對我們這樣說了。和平。大聲又清楚，像是盞路燈，像是要求，像是我們問題的答案。

和平。

可是不只這樣，有東西在我腦子裡挖了一輪，像是鎮長之前那樣，但是更快、更俐落，感覺起來也不像是來自於我們面前的稀巴人，比較像是在他背後還有更大的一個意識，透過他伸向我，讀我，讀我的真實想法，不管我是不是已經沒有聲音——

就像世界上只有一個聲音，而且只跟我說話——

它聽到我是認真的。

然後稀巴人說，**明天早上。山頂上。派兩個**。他轉頭看了我們所有人，在鎮長身上停頓一秒，鎮長也直直地回看他，然後他轉身就走了，甚至沒花時間去看我們是不是答應。

我們就是在這個時候開始吵了起來。

「你很清楚，大衛，偵察船上的其中一個人必須去。意思是我們只有一個人能去——」柯爾夫人說。

「那也不會是妳。」鎮長說。

「也許是個陷阱。」阿李說，他的噪音低沉。「如果是這樣，我贊成鎮長去。」

「也許陶德該去。他們是跟他說話。」布萊德利說。

我們都看他。

「不行，陶德留下。」鎮長說。

我立刻轉身：「我要做什麼輪不到你插嘴。」

「如果你不在這裡，那有誰能阻止這位好夫人在我的帳棚裡放炸彈？」鎮長說。

「你的主意太好了。」柯爾夫人微笑。

「夠了。柯爾夫人跟我非常適合——」席夢說。

「我去。」薇拉細微的聲音打斷我們所有人。

「不可以。」我開口，可是她已經在搖頭。

「他們只要兩個人去。我們都知道不能是鎮長或柯爾夫人。」她躺在床上說，一面重重地咳嗽。

鎮長嘆口氣。「為什麼你們兩個還是堅持要叫我——」

「也不能是你，陶德。得要有人阻止他跟她害死我們所有人。」她說。

「可是妳生病了——」我說。

「是我朝他們的山射飛彈。我得彌補。」她低聲說。

我吞口口水。但是她的表情告訴我，她很認真。

「我願意贊成。薇拉很適合代表我們理想的未來。席夢可以跟她一起去，作為談判的領袖。」柯爾夫人說。

席夢挺直身體，可是薇拉說：「不行。」咳咳。「布萊德利。」

布萊德利的噪音炸出驚訝的小火花。如果席夢有噪音，一定也會。

「這不是妳的決定，薇拉。」她說：「我是任務指揮官，該由我——」

「他們可以讀他。」薇拉說。

「一點沒錯。」

「如果我們派去兩個沒有噪音的人，那看起來是什麼樣子？他們可以讀到布萊德利，他們會看到和平，真的和平。陶德可以跟鎮長一起待在這裡。席夢跟柯爾夫人可以在談判時在偵察船上，從空中保證我們的安全，我跟布萊德利上山去。」

她又開始咳嗽。「現在你們該走了，讓我為明天早上好好休息。」

一陣沉默。我們所有人都開始考慮她的主意。

我恨死了。

可是就連我都必須同意這很合理。

「好吧。那就這樣說定了。」布萊德利說。

「好吧。那我們找個地方來討論一下談判條件吧？」鎮長說。

「好。可以。」柯爾夫人說。

他們全部開始一一走出房間，鎮長離開前最後回頭看了一眼。「真好的一艘船。」說完，他消失在門外。阿李厭煩了布萊德利的噪音，也走了出去。

薇拉開口想說他可以留下，但是我想他是故意留下我們獨處。

「妳確定嗎？妳不知道那裡會發生什麼事。」他們都走了以後，我問。

「我也不想要這樣，但必須這樣。」她說。

她的語氣有點硬，說完以後就只是看著我，不說話。

「怎麼了？發生什麼事了？」我說。

她開始搖頭。

「怎麼一回事？」我說。

「你的噪音，陶德。我非常痛恨它。對不起。可是我痛恨到極點。」

〔薇拉〕

他不明白地看著我。但是他聽起來不像是不懂。我什麼都聽不到。「我變安靜是好事，薇拉。這能幫我們，幫我，因為如果我可以……」他沒再說下去，因為他看到我的表情沒有變。

我不能再看他。

「我還是我。我還是陶德。」他低聲說。

可是他不是了。他不是以前那個陶德，以前的他，所有想法會散得到處都是，繽紛燦爛的一片，就算要他的命也沒法說謊，就算真的要用命來換他也不能說謊，那個陶德我可以聽到他所有不安的想法，我可以依賴他，我了解他——

我——

「我沒有變。我只是變得比較像妳，比較像妳從小到大認識的男人，比較像布萊德利以前的樣子。」他說。

我一直不看他，希望他看不到我有多累，看不到我每次吸氣手臂都會痛，看不到高燒快把我從裡到外燒乾了。「我真的很累，陶德。明天早上很快就到了。我需要休息。」我說。

「薇拉——」

「反正你也應該出去跟他們在一起。確保鎮長跟柯爾夫人不會讓自己成為暫代領袖。」

他呆呆地看著我。「我不知道暫代領袖是什麼意思。」

他突然又變得很像我從前認識的陶德。我笑了，一點點。「我沒事。我只是需要多睡一點。」

他還在盯著我看。「妳要死了嗎，薇拉？」

「什麼？沒有。沒有，我沒有——」

「妳是不是要死了卻不告訴我？」他的眼睛緊抓著我不放，充滿擔心。

可是我還是聽不到他。

「我沒有變好，可是這不代表我隨時都會死。柯爾夫人一定會找到辦法救我，就算她不行，艦隊也有各式各樣，比偵察船上好太多的檢查儀器。我可以撐到那個時候。」

他還在盯著我看。「因為萬一——」他的聲音很沙啞。「我沒有辦法接受，薇拉。我沒有辦法。」

出現了——

他那還是太安靜卻存在的噪音從他最深處開始燃燒，燒著他的感覺，燒出他有多認真，有多擔心我，燒到我可以聽得到，雖然很小聲，但是我聽得到——

然後我聽到，我是圓圈——

他又變安靜了，跟石頭一樣安靜。

「我沒有要死。」我沒有辦法看他。

陶德在那裡站了一秒。「我在外面等。」他終於說：「妳需要什麼就叫我。妳叫我，我去幫妳拿。」

「我會的。」我說。

他點點頭，嘴唇抿得很緊。又點了一下頭，然後走了。我靜靜坐在原處，聽著外面廣場軍隊的咆哮，還有鎮長、柯爾夫人、席夢、布萊德利，以及阿李還在爭辯的聲音。

可是我聽不到陶德。

［陶德］

布萊德利大聲嘆氣，他們似乎在營火邊吵了好幾個小時，現在已經是晚上最冷的時候，大家都縮成一團在發抖。「所以大家都同意了？我們提議兩邊立刻停火，過去一切既往不咎。之後是討論河的問題，然後開始為未來的共同生活奠定基礎。」

「同意。」鎮長說。他看起來一點都不累。

「可以。」柯爾夫人說完，站了起來，身體僵硬地讓她哼了兩聲。「都快天亮了。該回去了。」

「回去？」我說。

「陶德，山頂上的人需要知道發生了什麼事。而且我得叫維夫把薇拉的馬牽下來，她不可能用走的上山。她燒得太嚴重了。」她說。

我回頭看著偵察船，希望薇拉至少能睡一會，希望她醒來時能舒服些。

不知道她說自己不會死是不是在騙我。

「她到底怎麼樣了？」我問柯爾夫人，跟著她一起站起來。「她到底病得多重？」

柯爾夫人看了我很久，很久。「她很不好，陶德。」她的口氣非常嚴肅。「我只能希望所有人都在盡一切力量來幫她。」

她說完就丟下我走了。我轉頭看鎮長，他正看著柯爾夫人離開我身邊。他走了過來。「你擔心薇拉。」他沒有半點詢問的意思。「我同意她看起來氣色好些了。」

「如果她因為那個鐵環出了半點差錯。」我的聲音低沉堅定。「我向上帝發誓，我一定會——」

他舉手阻止我說下去。「我知道，陶德。比你以為得還要清楚。」他的聲音聽起來又是那麼的誠懇。「我會叫我的醫生們加倍努力。不要擔心。我不會讓她出事的。」

「我也是。」布萊德利聽到我們的對話。「陶德，她是個鬥士，如果她覺得自己明天可以上山，那我們就要相信她。我會確保她不會有事，你要相信我。」

我在他的噪音裡聽到他每字每句都是認真的。他嘆口氣。「不過我想，這意思是我也需要匹馬了。」雖然我不會騎，他的噪音有點擔心地說。

「我叫安荷洛德帶你。」我轉頭看向她在吃著稻草的地方。「她會照顧你們兩個。」

他微笑。「你知道嗎，薇拉曾經告訴我們，如果我們不知道這裡到底發生了什麼事，我們最可以依靠的人就是你。」

我感覺自己的臉在發熱。「這樣啊。嗯。」

他用力友善地拍了一下我的肩膀。「我們明天早上清晨時會飛來。天知道？說不定明天就一切太平了。」他眨眨眼。「也許那時候你就能教我你是怎麼樣能這麼安靜的。」

他、阿李、席夢、柯爾夫人一起回偵察船，柯爾夫人留下她的牛車等維夫來。布萊德利用廣播器叫大家退後。士兵們退了，引擎開始轉動，偵察船像是被空氣形成的軟墊頂了起來。

偵察船還沒飛回山頂一半，我就聽到鎮長的聲音。

「各位！」他大喊，聲音扭轉，硬鑽入附近的人耳朵裡，擴大到廣場上的所有人。

「我向各位報告，勝利！」他大吼。歡呼聲響起，持續了很久，很久。

〔薇拉〕

船在一陣顛簸中落回山頂，船艙門打開，我也醒了過來。我聽到柯爾夫人對聚集的人群大喊：「我們勝利！」歡呼聲大到隔著厚厚的金屬牆都聽得很清楚。

「這可不是好事。」阿李躺回隔壁床上，噪音想像著柯爾夫人雙手舉在空中，所有人把她扛在肩上，帶她進行勝利遊行。

「我想也差不多。」我小小地笑了起來，引來很長一串咳嗽。

門打開，布萊德利跟席夢進來。「妳錯過了慶祝大會。」布萊德利諷刺地說。

「這是她應得的。她在很多方面其實是個了不起的女人。」席夢說。

我想回答，但突然咳了起來，劇烈到布萊德利拿出一塊醫療貼布，貼在我的喉嚨上。清涼的感覺讓咳嗽立刻紓緩很多，我緩緩呼吸幾次，好讓涼煙能進入肺裡。

「所以你們有什麼計畫？我們還有多少時間？」我說。

「幾個小時。我們會飛回城裡，席夢會在下面跟上面這裡都安裝投影器，好讓所有人都能看到發生的情況，然後她會保持船在空中，直到會面結束。」

「我會看著你們兩個。」席夢說。

「很高興聽到妳這麼說。」布萊德利小聲但真誠地回答，然後他對我說：「維夫會帶橡果來讓妳騎上去，陶德也把他的馬給了我。」

我微笑：「真的啊？」

布萊德利回以微笑：「我猜這是他對我表示信任？」

「這代表他認為你會回來。」

我們聽到兩組腳步聲從外面的斜坡走上來，還有繼續的歡呼聲，只是沒有之前那麼大聲。還有爭執的聲音。

「夫人，我覺得這令人難以接受。」伊凡說著，柯爾夫人比他更早一步進門。

「那你又是憑什麼覺得你所謂的可以或不可以接受有什麼意義？」她沒好氣地回答，聲音中的憤怒足以讓大多數人不敢回嘴。可是伊凡沒被嚇住。

「我代表人民。」

「是我代表人民，伊凡。不是你。」她說。

伊凡瞥向我。「妳要派一個小女孩跟人道份子去跟大到足以殲滅我們的敵人談判。夫人，我不能承認這會是大部分人民的決定。」他說。

「伊凡，有時候人民不知道什麼對他們才是好的。有時候人民必須被說服去做必要的事。這就是領導。不是他們想要什麼你就喊破頭的去支持。」

「夫人，為了妳自己好。我希望妳是對的。」他說。

他最後看了我們所有人一眼，走了。

「外面都好嗎？」席夢問。

「很好，很好。」柯爾夫人說，很顯然心思已經轉到別的事情上。

「他們又開始歡呼了。」阿李說。

我們都聽到了。

但那不是為了柯爾夫人。

［陶德］

小馬男孩，安荷洛德說，蹭著我。然後她說，小馬男孩，好。

「其實這是為了她。如果發生什麼事，我要他能夠把她帶出來，就算要把她抱走也行，好嗎？」我說。

小馬男孩，她說著一面靠著我。

「可是妳確定可以嗎，乖乖？妳確定妳沒事嗎？因為如果妳不行，我是絕對不會要妳去的——」

陶德，為了陶德，她說。

我喉嚨塞住，得要吞嚥幾次才能說：「謝謝妳，乖乖。」我得很努力不要去想，上次我要另一隻動物為了我勇敢的結果。

「你是個很出色的年輕人，你知道嗎？」我聽到後面有人在說。

我嘆口氣。他又出現了。「我只是在跟我的馬說話。」我說。

「不是的，陶德。」鎮長從他的帳棚走過來。「我一直有事想要告訴你，希望你能讓我在世界改變前說完。」

「世界隨時都在改變。至少我的世界一直是這樣。」我拉起安荷洛德的韁繩。

「聽我說，陶德。」他很認真地說：「我想告訴你，我開始有多敬重你。敬重你在我身邊跟我並肩作戰，還有每次面臨挑戰跟危險時，你都在我身邊，但更重要的是，當沒人敢站起來反抗我時，你都會挺身而出，當你身邊整個世界都昏了頭的時候，你靠自己的努力真正贏得了這個和平。」

他摸上安荷洛德，輕輕揉著她。她動了一下，但允許他摸。

所以我也允許。

「我想新的移民會想要見的人是你，陶德。不是我，不是柯爾夫人，他們眼中在這裡的領袖會是你。」他說。

「嗯，我們還是先等和平到來再慶功吧？」我說。

他從鼻子噴出一團冷空氣。「陶德，我想給你一樣東西。」

「我不要你的東西。」我說。

可是他已經遞出手中的一張紙。「拿著。」

我等了一秒，但還是接了過來。上面寫著一行字，又密又黑又神祕。

「你讀讀。」他說。

我突然真的生起氣來。「你找打是吧？」

「拜託你。」他的聲音聽起來好溫柔，好真誠，讓我雖然很生氣，卻還是低下眼睛去看那張紙。上面只是字，我想應該是鎮長的筆跡，黑黑的一團，寫成一條線，像是無法靠近的天邊。
「你看著字，告訴我上面寫什麼。」他說。
紙在火光中閃爍。每個字都不長，我認識其中幾個是我的名字——
就連我這種笨蛋也認得自己的名字——
第一個字是——
我的名字是陶德・赫維特。我是新普倫提司城的男人。
我眨眨眼睛。
上面那排字就是這樣說的，寫在紙上，每個字都像太陽一樣燦爛。
我的名字是陶德・赫維特。我是新普倫提司城的男人。
我抬起頭。
鎮長的整個表情很專注，直直地盯著我，沒有控制的嗡嗡聲，只有隱約的哼聲（每次我想著我是圓圈時也會有同樣的哼聲——）
「上面寫些什麼？」他問。
我低下頭——
我讀了——
我讀出聲。
「我的名字是陶德・赫維特。我是新普倫提司城的男人。」
他吐出長長一口氣，哼聲消失。「現在呢？」
我又看了那些字。字還在紙上，但是開始溜走，意義逐漸溜走——

但沒有完全消失。

我的名字是陶德・赫維特。我是新普倫提司城的男人。紙上是這麼寫的。

它還是這麼說。

「我的名字是陶德・赫維特。」我慢慢念著，因為我很努力想看出來。「我是新普倫提司城的男人。」

「你的確是。」鎮長說。

我抬頭看他。「這不是真的識字，這只是你把字放到我腦子裡。」我說。

「不對。我一直在想稀巴人是怎麼學習，怎麼傳遞資訊。他們沒有文字，可是如果他們隨時都跟彼此連結在一起，那他們根本不需要。他們可以直接交換知識。他們的噪音裡帶有他們的身分跟他們知道的一切，把所有的自己分享在同一個聲音裡。也許整個世界都只有一個聲音。」

他的話令我抬起頭。一個聲音。來到廣場的稀巴人。那個像是整個世界在說話的一個聲音。對我說話的聲音。

「我沒有把這些字給你，陶德。我給你的是我對閱讀的知識，你也從我這裡接受了，就像我分享該如何安靜的知識一樣。我想這是第一步，能走向甚至超出我想像的連結，像是稀巴人那樣的緊密連結。現在這個過程還很簡單粗糙，但是我可以繼續修正。陶德，你想想看，如果我們掌握了這個能力，我們能分享多少知識，而且會是多麼容易。」

我又看著那張紙。「我的名字是陶德・赫維特。」我靜靜讀著，依然看到大部分的字。

「如果你允許，我相信我能給你足夠的知識，等到移民到來的時候，你就能讀你母親的日記了。」他的聲音聽起來很坦白誠實。

我想了想。我媽的書。上面還留著亞龍一刀刺下的痕跡，我還藏著，只被薇拉的聲音念過一次……

我不信任他，永遠不會，他不可能被救贖……

可是我看他的眼光不一樣了，把他看成一個人，而不是一個怪物。

因為如果我們真的能有所連結，能有同一個聲音——

也許這是雙向的。

（那個哼——）

也許他能讓我學會怎麼做一些事——

我也能讓他變得更好。

我們聽到遠處傳來的轟聲，是偵察船升空的聲音。在東邊的天空中，船跟太陽一起升起。

「我們得晚點再來繼續這個討論，陶德。現在是創造和平的時候了。」鎮長說。

〔薇拉〕

「很重要的一天，孩子。」柯爾夫人對我說。我們都聚集在醫療室裡，席夢駕駛飛船回城。「對妳跟對我們所有人來說都是。」

「我知道今天有多重要。」我靜靜地說。

布萊德利看著螢幕來觀察我們的進展。阿李待在山丘上好觀察今天伊凡那邊的情況。我聽到柯爾夫人低聲笑了。

「什麼事？」我問。

「喔，只是覺得我把所有的希望押在一個最恨我的女孩身上，挺諷刺的。」她說。

「我不恨妳。」我說，明白雖然發生了這麼多事，但這是真的。

「也許吧，孩子。但妳也絕對不信任我。」

我沒有回答。

「帶來和平，薇拉。」她的語氣變得認真。「帶來一個很好的和平。好到所有人都知道是妳做的，而不是那個男人。我知道妳不想要一個由我掌權的世界，但我們也不能允許他掌權。」她轉頭看我。「無論如何，那都必須是妳的目標。」

我感覺到胃裡一陣緊縮。「我盡力。」我說。

她慢慢搖頭。「妳知道嗎，妳很幸運。很年輕。眼前有好多機會。妳可以成為比我更好的我。一個永遠不會被逼得要變成如此冷血的我。」

我不知道該怎麼回應。「柯爾夫人——」

「不用擔心，孩子。」她站起來，船準備降落。「妳不用成為我的朋友。」她的眼神出現一絲火花。「妳只需要成為他的敵人。」

這時，我們都感覺到降落的一陣小小顛簸。時間到了。

我下了床，走出艙門。門打開面向廣場，我看到的第一眼就是陶德站在一片士兵的最前面，那裡一邊站著安荷洛德，另一邊是橡果跟維夫。

在士兵看著我們的咆哮中，還有鎮長看著我們。他的制服平整筆挺，臉上的表情讓人想要一巴掌打掉，天空中的探測器把一切轉播回山頂上的投影器，讓所有人都能看到，而每個人都聚集在我身後，一起站在斜板上，我們所有人準備好要開始這件很大、很大的事——

在這當中，陶德看到我，他說：「薇拉。」

那時候，我才真正感覺到我們要做的事，有多麼沉重。我走下艙門，整個人類世界的眼睛都在看著我們，說不定整個稀巴人世界的眼睛也在看著我們。我從鎮長伸出的手邊走過，讓他去歡迎其他人。

我直直走向站在兩匹馬中間的陶德。

「嘿。」他說，臉上掛著他那歪歪的笑容。「妳準備好了嗎？」

「沒有人能比我準備得更好了。」我說。

兩匹馬在我們身邊聊起天，小馬男孩，小馬女孩，帶領，跟隨，語氣充滿馬群一份子對另外一份子的溫暖，兩面開心的牆壁在那瞬間把我們跟其他人隔離開來。

「薇拉・伊德，和平使者。」陶德說。

我緊張地笑了。「我怕到幾乎沒辦法呼吸。」

我想上次我們說完話之後，他面對我有點害羞，但他還是握住我的手。只是這樣。

「妳會知道妳該怎麼做的。」他說。

「你怎麼能這麼確定？」我說。

「因為妳一直是這樣。在最重要的時候，妳總是做出最正確的事。」

我發射飛彈就不是，我想，而他一定從我的臉上看出了些什麼，因為他又用力捏捏我的手，突然間這完全不夠，雖然我還是很討厭沒辦法聽到他的內心，雖然這感覺像是在對我曾經認識的陶德拍成的照片說話，我還是衝向他，而他抱住我，臉埋在我的頭髮裡，聞著天知道有多臭的發燒味跟汗味，但光是能在他身邊，能感覺他的手臂抱著我，能被我知道的他的一切包圍，雖然我聽不到他——

我必須信任這個還是陶德的人。

然後，在世界的某處，鎮長開始他血腥的演講。

〔陶德〕

鎮長爬到偵察船旁邊的一台拖車上，站在比所有人都高的地方。

「今天，是一個高潮，也是一個新開始！」他說，聲音穿過聚集在廣場上的士兵噪音，還有城裡不是士兵的男人噪音，這個噪音擴大了他的聲音，讓所有人都能聽到他的聲音，所有人都在看著他，疲累卻充滿希望，就連女人，有些站在邊緣，手中甚至還牽著小孩，平常她們會盡一切努力把小孩藏起來，但現在每張臉，無論年紀大小，都希望鎮長說的話能是真的。

「我們靠著極大的機智與勇敢跟敵人纏鬥，如今我們讓他跪倒在我們面前！」他說。

一陣歡呼，雖然這並不是事實。

柯爾夫人雙手抱胸看著他，然後我們看到她朝鎮長的拖車走去。

「她想做什麼？」布萊德利邊問邊站到我跟薇拉旁邊。

我們看著她也爬上拖車，站到鎮長旁邊，後者用恨不得殺了她的目光瞪了她一眼，但沒有中斷演說：「你們的子子孫孫都會記得這一天！」

「**各位！**」柯爾夫人用音量壓過他。可是她沒有看著眼前的人群，而是抬頭看著傳遞畫面回山頂的探測器。「**我們這輩子都會記得這一天！**」

鎮長用跟她一樣大的音量吼：「**透過你們的勇氣跟犧牲——**」

「你們堅毅地度過了最艱難的時候——」鎮長大喊。

「我們達成了不可能的任務——」柯爾夫人大喊。

「前來這裡的移民會看到我們為他們創造的世界——」

「我們透過自己的鮮血跟決心創建了這個新世界——」

「我們該走了。」薇拉說。

我跟布萊德利驚訝地看著她，但是我立刻看到他的噪音出現一絲惡作劇。我請安荷洛德跟橡果都跪下來，我扶著薇拉爬上橡果的背，維夫幫布萊德利爬上安荷洛德。不過他看起來對自己的能力不太放心。

「不要擔心。她會好好照顧你的。」我說。

小馬男孩，她說。

「安荷洛德。」我回答。

「陶德。」薇拉跟安荷洛德一樣說。

我轉頭看著薇拉說：「薇拉。」

只有這樣，只有她的名字。

此時，我們明白，就是現在。

開始了。

「在我們的世代中，光輝和平的典範——」

「我帶著你們迎接偉大的勝利——」

馬開始穿過廣場，經過演講的拖車，穿過為他們讓路的士兵，朝向通往稀巴人山坡的路前進。

鎮長看到這個情況，聲音頓了一下。

柯爾夫人則是一直吼，因為她正抬頭看著探測器，根本沒注意到他們，直到鎮長立刻說：「我們用最大的歡呼聲歡送和平使者！」

所有人立刻歡呼，打斷說到一半的柯爾夫人，她看起來不太高興。

「薇拉不會有事的。」維夫說。我們一直看著她消失在路上的身影。「她每次都挺過來了。」

所有人還在歡呼，可是鎮長跳下拖車，走到我跟維夫身邊。

「他們就這樣走了。比我以為的要早。」他聽起來還在氣。

「你們會說掉一整個早上。我們還不知道山上有什麼樣的危險等著他們。」我說。

「總統先生。」柯爾夫人走過我們，朝偵察船的斜坡前進，表情有點扭曲。

我一直看著薇拉跟布萊德利，直到他們消失在廣場外，然後我的眼睛開始盯著席夢趁大家被演講吸走時架起來的大投影機，飄在巨大的教堂廢墟上，同樣的畫面傳送回山頂，薇拉跟布萊德利騎馬前進，走向戰場死區。

「要是我是你，我不會擔心他們，陶德。」鎮長說。

「我知道。一有哪裡不對勁，偵察船就會把稀巴人炸飛。」我說。

「沒錯。」鎮長的口氣讓我轉過頭，像是他知道些什麼卻沒說出來。

「什麼意思？你做了什麼？」

「你為什麼總是懷疑我做了什麼，陶德？」

可是他臉上還是有那種笑容。

〔薇拉〕

我們騎馬離開城市邊境，穿過一片燒焦的屍體，倒下的樹木一樣散落各地，是那次飛箭火焰攻擊時留下來的。

布萊德利看著四周說：「在這麼美，這麼有潛力的地方，我們只會重複同樣的錯誤。我們難道就這麼恨天堂，所以一定要把它變成垃圾堆嗎？」

「這就是你鼓勵人的方式？」我問。

他大笑。「妳把它想成我在發誓要做得更好好了。」

「你看。他們幫我們清出一條路了。」我說。

我們走到通往稀巴人營地的山腳。大小石頭都被搬開，稀巴人屍體跟他們座騎的屍體也都被移開。這些屍體是鎮長的火炮，我的飛彈，還有柯爾夫人的炸彈一起留下的，所以我們都有份。

「這只可能是個好現象。一個小小的歡迎，讓我們的路走得更順暢。」布萊德利說。

「更容易走進陷阱裡？」我緊張地抓緊橡果的轠繩。

布萊德利似乎想要先走，但是橡果擋在安荷洛德前面，因為他感覺到她的遲疑，想要靠表現出自信的樣子讓她更安心。

跟隨，跟隨。他的噪音幾乎顯得溫柔。

她跟了。

我們就這樣上山。

一邊爬，我們一邊可以聽到後面山谷的引擎聲，是席夢駕著船飛上天空，她會像是浮在熱氣流上的老鷹一樣看顧著我們，一有哪裡不對就會帶著武器撲下來。

我的通訊器嗶嗶叫。我把通訊器從口袋裡拿出來，看到陶德在看我。「妳還好嗎？」他問。

「我才剛走而已。而且席夢已經來了。」我說。

是啊，我們都能看到妳，比平常都要大，就像妳那些影片的主角一樣，他說。

我想要笑，但出來的只是咳嗽聲。

一有危險，任何一點點危險的跡象，妳就要趕快走，他更認真地說。

「不要擔心。」我說。然後我說：「陶德？」

他隔著通訊器看我，猜到我要說什麼。妳會沒事的，他說。

「如果我出了事——」

不會的。

「可是萬一——」

不會的。他的語氣幾乎像是在生氣。薇拉，我不會跟妳道別，所以妳想都不用想。妳上去談出個和平來以後，就下來好讓我們趕快把妳治好。他更靠近通訊器。我很快就會見到妳了，知道嗎？

我小小吞嚥一下。「好的。」

他掛掉了。

「一切都好嗎？」布萊德利問。

我點頭。「趕快結束這件事吧。」

我們爬上臨時的小路，離山頂越來越近。船高得可以看到有什麼在等著我們。

看起來像是歡迎隊伍，席夢透過布萊德利的通訊器說。空地上有一個應該是他們的領袖的人坐在一頭戰獸上。

「有什麼看起來有危險的嗎？」布萊德利問。

看起來沒有，但是他們人很多。

我們繼續前進，在破碎的山丘上，我發現我們現在的位置一定就是當初陶德跟我逃離亞龍身邊時，跳到瀑布下的那個平台上，那個平台當時站了一排稀巴人射他們的火箭，可是那個平台已經不見了，被我炸光——

我們繼續走過我被射傷，而陶德打敗戴維・普倫提司的地方。

我們靠近最後一段上坡，只有一小點山坡還算保有原來的形狀，但也已經很靠近最後一個我跟陶德以為我們安全的地方，在這裡我們看著以為是安城的地方。最後居然變成現在這樣。

「薇拉？妳還好嗎？」布萊德利壓低聲音問。

「我覺得我又開始燒起來了。我剛剛有點恍神。」我說。

「快到了。我會跟他們打招呼。我確定他們一定會回應。」他溫和地說。

然後我們再看會發生什麼事，他的噪音說。

我們爬上最後一段被炸壞的之字形山路，爬過山頂，進入稀巴人的營地。

［陶德］

「他們快到了。」我說。

我跟維夫還有廣場上的所有人都在看著教堂廢墟上面的大投影螢幕，看著薇拉跟布萊德利還有突然看起來很小的兩匹馬走向等著他們的半圈稀巴人。

「那一定是他們的領袖。」鎮長指著一排等著的戰獸中，最大的那一頭背上站著的人。我們看著他看到薇拉跟布萊德利騎馬翻過山丘，半圈的稀巴人讓他們除了往回跑之外，沒有別的地方可逃。

「他們會先互相問好。」鎮長說，眼睛不曾絲毫離開螢幕。「事情都是這樣開始的。然後兩邊會宣告自己有多強壯，最後會開始表達自己的意圖。這過程很正式。」

我們螢幕中的布萊德利，他似乎正在照鎮長說的做。

「稀巴人要下來了。」我說。

稀巴人的領袖緩慢卻優雅地抬腳翻過動物背上，下來之後拿掉他戴著的頭盔，交給旁邊的稀巴人。

然後他穿過空地。

「薇拉正在下馬。」維夫說。

他說得沒錯。橡果跪了下來讓她下馬，她有點僵硬地踩到地面上。她轉身背向橡果，準備好要迎接稀巴人的領袖，他繼續慢慢朝她走來，伸出雙手——

「很順利，陶德，非常順利。」鎮長說。

「不要說這種話。」我說。

「喂！」維夫突然大叫，整個人往前傾——

我看到了——

看到的士兵們也發出轟隆轟隆的聲音——

一個稀巴人從半圈中跑出來——

破壞他們的隊伍，跑向稀巴人的領袖——

直直撲向他——

稀巴人的領袖轉身——

好像很驚訝——

在冰冷清晨的陽光下，我們可以看到——

跑著的稀巴人手上有刀——

「他要殺死他們的領袖——」我說，站了起來——

人群的咆哮升起——

然後跑著的稀巴人來到他們的領袖身邊，舉著刀——

到他旁邊——

跑了過去——

跑過舉手要阻止他的領袖——

可是他避過了——

繼續跑——

跑向薇拉——

這時候我認出他——

「不要，不要！」我說

是1017——

直直朝薇拉跑去——

握著刀——

他會殺了她——

他要殺她來懲罰我——

「薇拉！」我大吼——

「薇拉！」

特別的

清晨要來了，天空展示。他們很快就會到。他站在我面前，穿著他最完整的盔甲，雕刻繁複的陶土蓋住他的胸口跟手臂，太精緻太美麗，根本不適合穿上戰場。頭盔像是尖錐形的草屋戴在他的頭上，配上他腰邊一柄同樣沉重的裝飾石刀。

你看起來很可笑，我展示。

我看起來像是領袖，他回示，一點都不生氣。

我們甚至不知道他們會不會來。

他們會來的。他們會來的，他展示。

他聽到我發誓要破壞兩邊的和平。我知道他聽到了。我那時氣到根本沒想到要藏住，但就算我藏了他大概也還是會聽到。可是他卻還讓我待在他身邊，完全不害怕我的渺小，甚至沒假裝把我當成一個威脅。

不要以為我會隨隨便便就把和平送出去。不要以為他們可以隨心所欲地對待這世界。只要我是天空，我就不會讓負擔的事件重現，他展示。

我在他的聲音深處看到某樣東西在閃動。

你有個計畫，我惡狠狠地說。

這樣說好了，我不會不針對所有可能先加以考量就展開始會談。

你會這樣說只是要我閉嘴，我展示。他們會不計一切地強取豪奪，除非他們奪走我們的一切，否則他們絕對不會停止。

他嘆口氣。天空再一次請回歸信任他。為了證明這一點，天空希望空地來找我們的時候，回歸能站在他身邊。

我驚訝地抬頭看他。他的聲音很誠實——

（——我自己的聲音渴望碰觸他的，渴望知道他是真心對待我，對待負擔，對待大地，我想要信任他的渴望強烈到像是胸口在痛——）

我對你的承諾沒有改變。來源任你處置，他展示。

我一直看著他，讀著他的聲音，讀著裡面的所有細節：他每分每秒，醒著睡著都感覺到大地的責任壓在他身上，既沉重又偉大。他對我的擔憂，看著我被憎恨跟復仇的心活活腐蝕。他擔心未來的幾天跟幾週跟幾月會怎麼發展，因為不論今天發生什麼事，大地將永遠改變，大地已經永遠地改變了。而我看得出來，如果他被逼到極點，他會放棄我，逕自行動，如果是為了大地好，他會留下我。

可是我也看到如果真的發生這樣的事，他會有多傷痛。而我也看到，藏在通道盡頭的，是他的計畫。

我會去，我展示。

粉紅色的陽光開始出現在遠處的天際線。天空站在他的戰獸鞍上。他最優秀的士兵也穿著正裝盔甲，配著正裝石刀，排成半圓形，包住山頂崎嶇的邊緣。空地可被允許走到這裡，但不能再靠近了。

大地的聲音完全敞開，所有人透過他們的天空看著山丘邊緣。天空展示，我們只有一個聲音。我們是大地，只有一個聲音。天空透過他們把訊息傳送出去。

大地重複他的話語，把所有人透過同樣的連結在一起，面對敵人，韌不可斷。

我們是大地，只有一個聲音。

除了回歸，我想。因為我手臂上的鐵環又開始痛了。我撥開苔蘚看，周圍的皮膚繃得緊緊的，跟金屬結合在一起，疤痕又腫又繃，自從戴上的那一刻起，隨時隨地都在痛。

可是身體的痛跟我聲音中的痛相比，根本不算什麼。

因為這是空地對我做的。是匕首對我做的。這東西標出我是「回歸」的身分，讓我永遠無法與大地合而為一，只能聽著他們在我身邊念誦，揚起單一的聲音，使用空地能了解的語言。

我們是大地，只有一個聲音。

除了回歸，他的聲音是孤單的。

你不是孤單的聲音，天空展示，從他的座騎上低頭看我。回歸是大地，大地是回歸。

大地是回歸，周圍的聲音開始念誦。

說。天空對我展示。說出來，好讓空地知道他們面對的是誰，說出來，這樣我們才能有同一個聲音。

他伸出手像要碰我，但他站得太高，在他的戰獸上離我太遠。**說出來，這樣你才會是大地。**

他的聲音也伸向我，包圍我，請我加入他，加入大地，允許自己融入一個更廣闊，更偉大，一個也許能——

空地的船艦突然在我們對面的空中升起，停在那裡等著。

天空看著它，念誦在我們背後繼續響著。

時間到了。他們來了，他展示。

我立刻認出她。我的驚訝強烈到天空很快低頭看了我一眼。

他們派她來了，我展示。

他們派了匕首的特別空地來。

我的聲音揚起。他也一起來了嗎？他會不會——？

不是。那是另一個空地，他的聲音跟他們一樣大聲混亂。而且混亂的內容都是和平。他對和平的渴望瀰漫全身，希望、擔憂，還有以它為中心升起的勇氣。

他們想要和平，天空展示，大地的聲音充滿笑意。

可是我抬頭看著天空，我也看到了和平。

空地騎著馬走向半圈，但停在一段距離外，緊張地看著我們，聲音大而期待，她的則是沒有聲音的人的沉默。

「我的名字是布萊德利．譚奇。」他透過嘴巴跟聲音說：「這是薇拉．伊德。」

他等著看我們聽不聽得懂他的語言。在天空短暫地一點頭後，他說：「我們是來建立雙方之間的和平，結束這場戰爭，不再流血，看我們是否能改正過去，建立一個我們能和平共存的新未來。」

很久，天空什麼都沒展示，念誦在他身後小聲反覆地迴響。

我是天空，天空展示，用的是負擔的語言。

空地男人一臉驚訝，但是我們從他的聲音看得出來他懂。我看著匕首的特別空地。她看著我們，在清晨的冰冷中，臉色發白，全身發抖。她發出的第一個聲音是不斷朝拳頭咳嗽的聲音。然後她開口：

「我們有所有人民的支持。」她說，只用嘴巴彈出聲音，天空也打開一點自己的聲音，好確保他能聽得懂她的話。她朝依然飄在山坡上方的船艦揮手，顯然是準備好我們一有什麼動靜就會朝我們發射更多武器。「支持將和平找回來。」她說。

和平。需要我們成為奴隸的和平，我恨恨地想。

安靜，天空低頭朝我展示。展示很柔和，卻很堅定的命令。

然後他從戰獸上爬下，腿往後一踢，穩穩地踩到地面。他拿下頭盔，交給最近的士兵，然後他開始走向空地。走向那個男人。有了點時間更仔細讀他的噪音之後，我發現他才剛到，代表那些以後要來的空地。要來把大地從屬於他們的世界中趕走的空地。要來把我們所有人變成負擔的空地。他們之後一定還會有更多。更多。

我想寧可死了，也比讓那種事發生來得好。

我周圍的一個士兵轉向我，聲音中帶著驚訝，用大地的語言要我安靜。

我的眼睛看著他身上的石刀。

天空緩慢，沉重，用領袖的樣子走向空地。

走向匕首的特別空地。

那個匕首，雖然他一定也在擔心，焦急和談的結果，雖然他一定想要做對的事，卻派了他的特別空地來，懦弱到不敢親自面對我們——

我想到他把我從負擔的屍體中拖出來——

我想到要打倒他的誓言——

我發現自己想著，不行。

我感覺到天空的聲音落在我身上，感覺到在這最重要的一刻，它伸向我，要我安靜。

我再次想著，不行。

不行，不能容許這件事發生。

特別空地從她的馬背滑下去迎接天空。

我還沒決定，但我的身體已經開始動作。

我從身邊的士兵身上抽出刀，速度快到他完全沒有反抗，只發出驚訝的一聲高叫，我舉起刀往前跑。我的聲音出奇清楚，只看見眼前的景象，路上的石頭，乾涸的河床，天空伸出要阻止我的手，可是他身上的繁複盔甲重到他來不及——

我跨越距離衝向她——

我的聲音越來越大，發出一陣嚎叫，不是負擔也不是大地的語言——

我知道他們在看著我們，從船艦上看著，從飄在空中的光點看著——

我希望匕首能看到——
看著我衝上去殺掉他的特別空地——
沉重的刀舉在我手中——
她看到我跑來，往後靠向她的座騎——
空地男人大喊一聲，他的座騎想要擋在我跟匕首的特別空地之間——
可是我太快，距離太短——
天空也在我身後大喊——
他的聲音，整個**大地**的聲音在我後面爆發，伸出來想阻止我——
但是聲音阻止不了身體——
她繼續往後倒——
倒向她座騎的腿，她的座騎也想保護她，但跟她纏成一團——
沒有時間——
只有我——
只有我的復仇——
刀舉起來——
刀拉向後方——
沉重，渴望落下，早就準備好——
我走出最後幾步——
我用全身重量開始揮下結束——

然後她舉起手臂保護自己——

交易

〔薇拉〕

攻擊不知道從哪裡冒出來的。稀巴人的領袖，他自稱天空，向我們走來，迎接我們——

可是突然有另一個人跑向他，手中握著凶猛的石刀，光滑沉重——

他要殺掉天空——

他要殺掉他自己的領袖——

在和平會談上，將要發生這種事——

天空轉身，看見拿刀的人靠近，想要阻止他——

可是拿匕首的人輕易地閃過他——

閃過他身邊，跑向我跟布萊德利——

跑向我——

「薇拉！」我聽到布萊德利大喊——

他調轉安荷洛德要擋在我們中間可是他們至少比他慢兩步——

我跟跑來的那個稀巴人中間是空的——

我往後撞上橡果的腿——

小馬女孩！橡果說——

我倒向地上——

沒有時間——

稀巴人撲向我——

匕首舉在空中——

我舉起手，絕望地想要保護自己——

然後——

然後刀沒有落下。

刀沒有落下。

我抬起頭。那個稀巴人正盯著我的手臂。

我跌倒時，袖子往後滑，露出手臂，繃帶也鬆掉了。他正盯著我手臂上的鐵環——紅腫，感染，一看就是帶著病氣的鐵環，上面刻著 1391 ——

我這時也看到了——

他的前臂一半的位置，跟我一樣有著亂糟糟的疤痕——

刻著 1017 的鐵環——

這個是陶德的稀巴人，那個他在修道院從鎮長的屠殺中放走的稀巴人，他手上也有一個鐵環，我一看就知道他也同樣受到感染——

他揮刀的動作僵住，刀舉在空中，準備落下卻沒有落下，只是盯著我的手臂——

然後一對馬蹄重重踢中他的胸口，把他踢飛過一片空地——

［陶德］

「**薇拉！**」我不要命地尖叫，找馬，找核融車，什麼都好，只要能帶我上山——

「沒事了，陶德！沒事了！你的馬把他踢走了。」鎮長大喊，盯著投影畫面。

我抬頭看投影，剛好看到1017摔在地上，離他原本站的位置好幾公尺。他摔成一團，安荷洛德的後腿落回地面——

「真是乖女孩！乖馬！」我大喊。一把抓起我的通訊器，我大吼：「薇拉！薇拉，妳在嗎？」

這時我看到布萊德利跪在薇拉旁邊，稀巴人領袖抓起1017，簡直是用甩的把他丟給其他稀巴人，他們把他拖走，我看到薇拉在她的口袋裡掏，要找通訊器——

陶德？她說。

「妳沒事吧？」我說。

陶德，剛剛那個是你的稀巴人！你放走的那個！她說。

「我知道。如果再讓我碰到他，我一定要——」

他看到我手臂上的鐵環時，就停下來了。

薇拉？席夢從偵察船發問。

不要開火！不要開火！薇拉連忙說。

我們去把你們接出來，席夢說。

不行！薇拉怒喊。你們沒看到他們也嚇一跳嗎？

我大吼：「薇拉，妳讓她把你們帶走！那裡不安全，我早就知道不該讓妳——」

你們兩個聽我說！沒事了，你們沒——

她突然中斷，從投影畫面上我們看到稀巴人的領袖又走了過來，用和平的姿態伸著雙手——

他在說他很抱歉，他說這不是他們要的……薇拉停頓片刻。他的噪音畫面多過於文字，可是我想他應該是在說那個人發瘋了之類的。

我的心像被刺中。1017發瘋。1017被逼瘋了。

當然。發生過那種事，誰不會瘋？可這不代表他就可以攻擊薇拉——

他說他希望和平會談可以繼續，還有，啊——

在投影畫面中，稀巴人的領袖握住她的手，扶著她站起來。他朝圍成半圓的稀巴人揮手，他們讓開，更多稀巴人抬著一些用細木片編成的椅子，每個人一張。

「他們在幹嘛？」我用通訊器問。

我想他在——她沒說下去，半圓又分開，另一個稀巴人穿過他們，抱了滿手的水果跟鮮魚，旁邊的稀巴人抬著一張木片編成的桌子。他在提供我們食物，薇拉說，在同時我也聽到布萊德利在後面某處說了謝謝。

我想和平會談現在要繼續了，薇拉說。

「薇拉——」

陶德，我是認真的。我們能有幾次機會？

我氣了一秒，可是她的聲音聽起來很固執。

「好吧，但是妳要把通訊器開著，聽到沒？」

我同意，席夢在另外一個頻道上說。而且妳一定要告訴他，他們剛剛差一點就變成了煙霧跟碎片。

一陣安靜，在投影畫面中，稀巴人的領袖在椅子上挺起背脊。

他說他知道，還有——

這時候，我們都聽到了，有聲音傳過來，而且是用我們的語言，用聽起來像是我們的聲音，卻是上百萬個人同時開口，說著同樣一句話。

大地對回歸的行為表示遺憾，聲音說。

我看著鎮長。「這是什麼意思？」

〔薇拉〕

「我很坦白地說，實話就是，我們沒有辦法離開。這是一張單程票，要花上幾十年的時間。我們的祖先認為這個星球是移民的首選，而深太空探測器——」他不自在地清清喉嚨，雖然從他的噪音裡已經可以看出來他要說什麼「深太空探測器沒有顯示這裡有任何智慧生命，所以——」

所以空地不能離開，天空說，看著我們後面飛在空中的偵察船。空地不能離開。

「對不起？你剛說什麼不能離開？」布萊德利說。

可是空地要為很多事情負責，天空說，他的噪音讓我們看剛才拿刀衝向我們的那個人，那個手臂上有鐵環，陶德認識的人——

還有畫面背後的心情，超越語言，直接以心情的方式傳達給我們，包括深深的難過，不是為了我們，不是為了和談中斷，而是為了那個攻擊我們的人，那份難過同時伴隨著稀巴人被滅族的畫面，還有1017存活，找到剩下來的稀巴人時的畫面。除此之外，更是充滿對那個人內心的創傷，由我們造成的創傷的心情——

「我不是在找藉口，但那不是我們。」我打斷他。

天空停止了他的噪音，看著我，感覺像是這個星球上所有的稀巴人也在看我。

我很謹慎地措詞。

「布萊德利跟我是新來的。我們非常渴望不要再犯下第一批移民的錯誤。」

錯誤？天空說，他的噪音再次打開，裡面一定是第一次稀巴人戰爭的畫面——

死傷的數量遠遠超過我的想像——

數千稀巴人死去的畫面——

人類惡形惡狀的畫面——

孩童，嬰兒的畫面——

「我們沒有辦法改變已經發生的事情。」我想要別過頭，但是他的噪音無所不在。「可是我們可以努力不再讓這種事情發生。」

「首先就是立刻停火。」布萊德利補充，似乎被畫面的沉重壓得難以招架。「這是我們可以同意的第一件事。我們不攻擊你們，你們也不再攻擊我們。」

天空只是又打開他的噪音，展示一面有十個人那麼高的水牆，衝向我們椅子下的河床，淹沒面前的一切，狠狠衝入下面的山谷，將新普倫提司城從地圖上泯除。

布萊德利嘆口氣，接著打開自己的噪音，裡面的畫面是偵察船的飛彈燒光這片山頂，然後從天空有更多飛彈落下，從一個稀巴人根本不可能反擊的高度落下，在一片火雲裡摧毀稀巴人一族。

天空的噪音出現滿意的感覺，像是我們剛確認他早就知道的事情。

「所以現在情況就是這樣。那我們該怎麼辦呢？」我邊咳邊說。

更長的一陣沉默，然後天空的噪音再次打開。

我們開始談話。

［陶德］

「他們已經談了好幾個小時了。」我在營火邊看著投影畫面。「談那麼久幹嘛啊？」

「請你安靜些，陶德。」鎮長正努力聽清我的通訊器中傳來的每個字。「我們需要知道他們討論的所有事，這很重要。」

「有什麼好討論的？我們不要打了，和平地過日子就好了啊。」我說。

鎮長看了我一眼。

「好啦好啦，我知道，可是她身體不好。她不能在那麼冷的地方坐一整天。」我說。

我們都圍在營火邊，我跟鎮長，還有泰特先生跟歐哈爾先生一起看著投影畫面。城裡所有人也都在看，不過隨著時間的過去，大家的興趣也越來越低，因為看人連說好幾個小時的話其實很無聊，不管他們談的事有多重要。維夫最後終於說他需要回去找珍，駕著柯爾夫人的牛車回山上去了。

薇拉？我們聽到通訊器中傳出聲音。是席夢。

什麼事？薇拉回答。

我想跟妳說一下燃料的情況，親愛的。能量槽可以讓我們維持到傍晚時段，但是在那之後妳就得考慮是否明天再回來談了，席夢說。

我按下我的通訊器按鈕：「妳不能把她留在那裡。」我說。

我看到投影畫面中，稀巴人領袖跟布萊德利同時露出驚訝的樣子。「妳不能讓她離開妳的視線。」

可是回答的卻是柯爾夫人。陶德，不用擔心。就算我們要把船的燃料燒光，也要讓他們知道我們有多堅強，多堅定。

我不懂地看向鎮長。

「夫人，妳剛是在廣播給整個山頂上的人聽吧？」他故意說得大聲點，好讓通訊器能收到。

大家能不能都閉嘴？要不然我要把這東西關掉了，薇拉說。

這句話讓她又開始咳了起來，我看到她在投影畫面中顯得有多蒼白，多瘦，多小。讓我最心痛的就是這個小。她在體型上一直都只比我小一點。

可是想到她就讓我覺得她跟這個世界一樣大。

「有什麼需要妳就呼叫我。什麼事都可以。」我對她說。

我會的，她說。

嗶的一聲，我們什麼都聽不到了。

鎮長驚訝地抬頭看著投影畫面。布萊德利跟薇拉又開始跟稀巴人領袖說話，但是我們誰的聲音都聽不到。她把所有聲音都切斷了。

多謝你啊，陶德，柯爾夫人氣呼呼地在通訊器另一頭說。

「她不是要我閉嘴。是你們都在打岔。」我說。

「笨死了的小賤人。」我聽到歐哈爾先生在營火另一邊低聲罵道。

「你說什麼？」我大吼一聲，站了起來，用目光對他射出子彈。

歐哈爾先生也站了起來，喘著氣想找人打架。「現在我們不就都聽不到他們在幹嘛了？就因為你派個小女孩去——」

「你閉嘴！」我說。

他鼻孔一掀，手握成拳。「那你又想怎樣，小鬼？」

我看到鎮長準備要介入——

可是我說：「出列。」

我的聲音很平靜，噪音很輕——

我是圓圈——

歐哈爾先生毫不遲疑地上前一步——

踩到營火裡面。他站在那裡一秒，什麼都沒發現，然後痛得大叫一聲，跳到空中，發現褲腳已經著火，連忙跑走去找水來澆熄。我聽到鎮長跟泰特先生大笑特笑的聲音。

「陶德啊，幹得很不錯喔。」鎮長說。

我眨眼。整個人全身發抖。

我剛剛真的會傷到他。

我可以的，只需要一個念頭。

（感覺其實不錯——）

（閉嘴——）

「現在顯然在協商進行的過程中，我們可以殺點時間。」鎮長還在笑。「我們來讀點閒書怎麼樣？」

我才剛喘過氣來，所以又花了一分鐘才想明白他是什麼意思。

懲罰開始。開始的方式會為接下來的一切定調。」

〔薇拉〕

「不行。」布萊德利又開始搖頭，隨著太陽漸漸準備下山，呼吸也開始結出白霧。「我們不能從懲罰開始。開始的方式會為接下來的一切定調。」

我閉上眼睛，想起來像是永遠以前，他也對我說過一模一樣的話。他說得對。我們當時一開始就是以災難開始，接下來基本上也就是連續不斷的災難。

我把頭埋在手裡。我好累。我知道我又燒起來了，帶來多少藥都沒用，雖然天變冷的時候，稀巴人燒起了火，我還是在發抖咳嗽。

不過今天的情況很順利，遠比我們預期的要好很多。我們同意了各式各樣的事：在會談時完成停火協議，設立議會來討論所有紛爭，甚至開始協商移民可以居住的地方。

可是一整天裡，有一個始終跨越不過的障礙。

罪行，天空用我們的語言說。罪行是空地語言裡的字。對大地犯下的罪行。

我們終於弄懂了大地是他們，空地是我們，而對他們來說，就連我們的名字都是一項罪行，但是他們的要求更明確。他們希望我們把鎮長還有他的領頭士兵交給他們，讓他們針對這些人對於一部分叫做負擔的稀巴人所犯下的罪行進行懲罰。

「可是你們也殺了人。你們殺了好幾百人。」我說。

這場戰爭是空地開始的，他說。

「可是稀巴人也不是毫無過錯。兩邊都有錯。」我說。

鎮長屠殺的畫面立刻出現——

其中一個是陶德走過一堆又一堆的屍體，走向 1017 ——

「不對！」我大喊，天空驚訝地倒回椅子。「他跟那件事完全沒有關係。你不知道——」

「好了，好了。」布萊德利舉起雙手。「天都晚了。我們能不能同意今天是非常有成果的第一天？你看我們有多大的進步。坐在同一張桌子上，吃著同樣的食物，朝同樣的目標努力。」

天空的噪音安靜了一點，但我又有同樣的感覺，感覺每個稀巴人都在看著我們。

「我們明天繼續會面。我們跟我們的人談談，你跟你們的人談談。我們大家都會帶著新的看法回到這裡。」布萊德利說。

天空想了一會兒。空地跟天空今天晚上住在這裡。空地會是我們的客人，他說。

「什麼？不可以——」我吃了一驚，充滿警惕地說。

可是更多稀巴人已經開始搬出三頂帳棚，所以這件事顯然是一開始就安排好的。

布萊德利按住我的手臂。「也許我們應該待著。也許這是信任的展現。」他壓低聲音說。

「可是船——」

「船不用升空也能發射武器。」他加大音量好讓天空聽到，而我們從他的噪音知道他聽到了。

我看著布萊德利的眼睛，看著他的噪音，看著向來存在的善良跟希望，就算是這個星球或噪音或戰爭或任何目前為止發生的事情都帶不走。所以，與其說是我同意他的看法，倒不如說我是為了保有他的那份善良，所以我說：「好。」

帳棚像是編得很密的綠苔做的，一下就架了起來，天空對我們正式道了聲晚安後就消失在他的帳棚裡。布萊德利跟我站起來去照顧馬匹，馬用溫暖的嘶鳴歡迎我們。

「今天其實滿好的。」我說。

「我想，對妳的攻擊可以說變成了我們的好處。讓他們更願意同意。」布萊德利壓低聲音說：「可是妳有感覺到嗎？像是每個活著的稀巴人都在看妳？」

「有。我一整天都在想這件事。」我低聲回答。

「我認為他們的噪音不只是用來溝通。」布萊德利壓低的聲音充滿驚喜。「我想那就是代表他們的身分，我認為他們就是他們的聲音，所以如果我們能學會用他們的方式說話，如果我們能真正學會加入他們的聲音……」

他沒再說下去，噪音充滿活力，閃閃發光。

「怎麼樣？」我說。

「不知道我們這樣能不能因此踏上成為一體的路途。」他說。

〔陶德〕

我在投影畫面中看著薇拉睡著。我對於她要在那裡過夜這件事說了不好，席夢跟柯爾夫人也都說了，可是她還是留下，偵察船晚上時飛回來。她打開帳棚前面，我可以看到她在帳棚裡咳嗽，翻來翻去。我的心再次伸向她，伸向她，想要在那裡。

不知道她在想什麼。不知道她有沒有想到我。不知道這一切要花多久，我們才能一起和平地過日子，找醫生把她的感染治好，好讓我能照顧她，聽她親口對我說話，而不是透過通訊器，而她可以再讀我媽的書給我聽。

或者我可以讀給她聽。

「陶德，我好了，就等你。」

我朝他點頭，走回我的帳棚，從我的背包裡拿出我媽的書，習慣性地摸過封面，摸過亞龍的匕首刺穿它卻救了我一命的痕跡。我打開書頁，讀著字，讀著我媽的親手筆跡，寫在我出生後的幾天，那時她還沒死在稀巴人戰爭中，或是死於鎮長手中，或是死於自殺，一個他一直說是事實的謊話，我又有點開始對他怒氣滾滾，對灑在紙上，像被踢翻的螞蟻窩一樣，密密麻麻，滑不溜丟的黑字怒氣滾滾，我改變主意了，不想讓他教我，所以——

我讀著，每個字突然出現在紙上，清楚得不得了。我最親愛的兒子，不到一個月大，人生卻就已經為你準備好了挑戰！

我吞口口水，心臟跳得很快，喉嚨卡住，但我不想把眼光從紙上移開，因為她在那裡，她在那裡——

兒子，玉米田長壞了。這是連續第二年，對我們打擊很大，因為玉米可以餵班跟希禮安的羊，他們的羊則餵飽我們所有人——

我可以感覺到低低的哼聲，感覺到鎮長站在我後面的帳棚口，把他的知識放到我的腦子裡，跟我分享——

兒子，光這樣還不夠麻煩。亞龍傳道士開始怪起稀巴人，那些可憐的小東西看起來像是從來沒吃飽過。我們一直聽到安城那裡傳來關於稀巴人的問題，但是我們的軍事負責人，大衛・普倫提司說我們應該尊敬他們，不應該因為一次農作物收成不好就尋找替罪羔羊——

「你這樣說了？」我的眼睛沒有從紙上移開。

「如果你母親說有就有。」他的聲音聽起來很疲累。「陶德，我不能一直這樣維持下去，對不起，但是這件事需要的精力——」

「再一下下。」我說。

可是你在隔壁醒了。真有趣。每次都是因為你在那裡教我，所以才打住我在這裡跟你說話。可是這代表我一直都能跟你說話，兒子，我高興都還來不及呢！我強壯的小男人，你一直——

她的話從紙上消失了，溜出我的腦袋，突然得讓我驚呼一下，雖然我看到接下來她說了什麼（擁有我所有的愛，她說，她說我擁有她所有的愛），但越來越難，越來越密，越來越亂，黑字的森林封住我前進的路。我轉頭去看鎮長。他額頭上都是汗，我發現我也是。

（空中還是有隱約的哼——）

（可是我才沒有不安，一點都沒有——）

「抱歉，陶德。我只能撐這麼久。」他微笑。「可是我越來越熟練了。」

我什麼都沒說。我呼吸很急，胸口很緊，媽的話像瀑布一樣在我腦子裡亂沖，她就在那裡，在跟我說話，跟我說話，說著她對我的期望，說著她愛——

我吞口口水。全部吞下去。「謝謝你。」我終於說。

「不客氣，陶德。一點都不客氣。」鎮長低聲說。

我們站在我的帳棚裡，我突然發現我長得有多高——

我幾乎可以直視他的眼睛——

我再一次看到面前的男人——

（最小的一點哼，幾乎令人愉快——）

不是怪物。

他咳嗽。「陶德，你知道的，我可以——」

「總統先生？」我們聽到有人喊。

鎮長退出我的帳棚，我跟他一起出去，以防萬一有事發生。

「時間到了。」泰特先生立正站著。我轉頭看投影畫面，但什麼都沒改變。薇拉還睡在她的帳棚裡，其他都跟之前一樣。

「什麼時間？」我說。

「該是贏得這場爭論的時間了。」鎮長站得更挺。

「什麼意思？你說要贏這場爭論是什麼意思？如果薇拉有危險——」

「是沒錯，陶德。但是我會救她。」他微笑地說。

〔薇拉〕

「薇拉。」我聽到這個聲音，睜開眼睛，有一瞬間不知道自己在哪裡。我腳邊有火光，用最舒服的方式把我烤得暖烘烘的，我躺在一張似乎是用木片編成的床，但光這樣講完全沒辦法形容床有多軟——

「薇拉。有事情發生了。」布萊德利又低聲說了一次。

我坐起來的速度太快，整個腦子發暈，得要往前靠，閉上眼睛才能喘過氣。

「天空十分鐘前醒了。他沒回來。」他低低說。

「也許他只是去上廁所。我認為他們應該還是需要上的。」我的頭開始脹痛。

火光讓我們看不清楚另一邊的半圈稀巴人，大多數人都睡了。我把身邊的被子拉得更緊。這被子似乎是苔蘚做的，像是他們種在自己身上作為衣服用的那種，但是靠近些看，這東西跟我想像得差很多，更像是布，更厚，而且非常暖。

「不只這樣。我在他們的噪音裡看到哪裡不對。只是一個畫面而已，非常快，一閃就過，但很清楚。」布萊德利說。

「是什麼？」

「一群稀巴人全副武裝，溜進城裡。」他說。

「布萊德利，噪音不是這樣的。它包括幻想跟記憶跟希望還有真相跟假象，你需要很多練習才能看出來什麼可能是真的，而不是那個人希望是真的。大多數情況噪音只是一團亂。」

他什麼都沒說，但他看到的畫面在他的噪音中重複出現。他說得一點都沒錯。同時，這個畫面也擴散到世界裡，跨越半圈，散到稀巴人那裡。

「我相信沒事的。不是有一個來攻擊我們？也許沒投票贊成和平的人不只是他——」我說。

通訊器中突然的嗶嗶叫讓我們都嚇了一跳。我伸手從被子下把通訊器拿出來。

我一接起來，就聽到陶德大吼。*薇拉！妳有危險！妳得快走！*

［**陶德**］

鎮長拍掉我手中的通訊器。

「你這樣反而讓她更危險。」他邊說我邊追著通訊器跑。看起來沒壞，但的確關掉了，我忙著按按鈕把她找回來。

「我不是開玩笑，陶德。」他的語氣強硬到讓我停下動作，抬頭看他。「如果他們察覺到我們知道發生了什麼事，那我不能保證她的安全。」

「那你告訴我發生了什麼事。如果她有危險——」

「她有。我們都有。可是陶德，如果你信任我，那我就能救我們大家。」他轉向還站在旁邊的泰特先生。「都準備好了嗎，隊長？」

「是的，長官。」泰特先生說。

「準備好什麼？」我來回看著他們兩人。

「這，就是有意思的地方了。」鎮長回過頭來看我。

通訊器在我手中響起。

陶德？陶德你在嗎？我聽到。

「你信任我嗎，陶德？」鎮長說。

「告訴我到底是什麼事。」我說。

可是他只又問我一次。「你信任我嗎？」

陶德？薇拉說。

〔薇拉〕

薇拉？我終於又聽到他的聲音。

「陶德，發生什麼事了？」我擔心地抬頭看布萊德利。「你說我們有危險是怎麼回事？」

妳……一陣沉默。等等，別動。

然後他掛斷了。

「我去牽馬。」布萊德利說。

「等等。他說別動。」

「他也說我們有危險。如果我看到的是真的——」

「妳覺得如果他們想要傷害我們，我們能逃多遠？」

我們現在看到稀巴人的半圈裡有些人正在看我們。感覺不像有威脅性，可是我把通訊器抓得緊緊的，希望陶德知道他在做什麼。

「如果這一直是他們的計畫怎麼辦？要我們開始會談，然後展示他們的能力？」布萊德利壓低聲音說。

「我沒有從天空那裡得到我們有危險的感覺。一次都沒有。他為什麼要這麼做？他為什麼要冒險？」我說。

「好擁有更多籌碼。」

我一想就懂了。「懲罰。」

布萊德利點頭。「也許他們是要去對付總統。」

我坐得更挺，想起天空的屠殺畫面。「意思是他們會往陶德那裡去。」

【陶德】

「隊長，做好最後準備。」

「是的，長官。」泰特先生行禮。

「還有，請你叫醒歐哈爾隊長。」

泰特先生微笑。「是的，長官。」他又說了一次後離開。

「告訴我是怎麼回事，否則我現在就上去把她接下來。我現在信任你，但時間很有限——」

「一切都在我的掌握中，陶德。當你發現我掌握了多少時，你會很高興的。」鎮長說。

「怎麼掌握法？你怎麼知道到底發生什麼事？」我問。

「這樣說好了。我們抓到的稀巴人說了比他自以為更多的情報。」他的眼神精光閃閃。

「什麼？他說了什麼？」我說。

他的笑容幾乎像是不敢相信對方的決定。「他們要來抓我們，陶德。他們要來抓我跟你。」他的聲音滿滿的都是笑意。

〔薇拉〕

我們要找什麼？席夢從還停在山頂上的偵察船裡問。

「任何探測器看到的不尋常現象。」我看向布萊德利。「布萊德利認為在他們的噪音裡面看到有一支攻擊小隊。」

他們是想要展現實力，想要讓我們知道他們還佔著上風。柯爾夫人說。

「我們認為他們是想去抓鎮長。他們一直要我們把他交出來，好能懲罰他的罪行。」我說。

這樣不好嗎？柯爾夫人說。

「如果他們去抓總統，陶德就在他身邊。」布萊德利與我對望一眼說。

這樣啊。嗯，這的確對大家來說都是個麻煩，柯爾夫人說。

「我們不確定是不是這樣。有可能都是誤會。他們的噪音跟我們的不一樣，比較——」

等等。我看到東西了。席夢說。

我從山頂上往外看，看到其中一個探測器朝城南飛。我可以聽到我後面的稀巴人噪音也在說他們看到了。「席夢？」

有光。有隊伍在前進，她說。

［陶德］

「長官！」歐哈爾先生整個臉腫得像是剛睡醒。「城南有光！稀巴人在朝我們進攻。」

「是嗎？」鎮長的驚訝一看就是假的。「那你最好派兵去迎敵，對吧，隊長？」

「我已經命令各小隊準備出兵，長官。」歐哈爾先生說，一臉得意的樣子，還不忘瞪我一眼。

「太好了。我期待你的報告。」鎮長說。

「是的，長官！」歐哈爾先生行禮，小跑步離開去跟他的小隊會合，準備帶他們上戰場。

我皺眉。有哪裡不對勁。

薇拉的聲音從通訊器裡傳來。陶德！席夢說有光在通往南邊的路上！稀巴人要來了！

「對。鎮長正派人去跟他們打。妳還好嗎？」我邊看著鎮長邊說。

稀巴人沒對我們怎麼樣，但我們已經好一陣子沒看到他們的領袖了。她壓低聲音。席夢準備升空，也在準備武器。我聽到她的聲音中出現失望。看樣子是沒有辦法和談了。

我正要回答時，聽到鎮長說：「現在，隊長。」這是對在一旁耐心等著的泰特先生說的。

泰特先生從營火邊拿起一根燃燒的火把。

我說：「什麼現在？」

泰特先生把火把高舉過頭。

「現在什麼？」

世界瞬間裂成兩半。

〔薇拉〕

轟！

一聲爆炸聲在山谷中響起，一遍又一遍地迴盪，像雷聲一樣低沉咆哮。布萊德利把我扶了起來，我們出去外面看情況。月亮在夜空中只剩細絲，除了城裡的營火外，幾乎什麼都看不到。

「發生什麼事了？剛剛那是什麼？」布萊德利正在質問。

我聽到後面的噪音一陣騷動，轉頭過去看。半圈的稀巴人現在全醒了，站了起來，朝我們走來，貼近山丘邊緣，也在看著山谷——

我們所有人都看到煙霧升起。

「可是——」布萊德利剛開口——

天空穿過後面的一排稀巴人。我們還沒看到他，就聽到他的聲音，他的噪音是一片聲音跟畫面跟——

跟驚訝——

他在驚訝——

他衝過我們，站到山邊，看著下面的城市——

薇拉？我聽到席夢在通訊器上說。

「剛才是妳嗎？」我說。

不是，我們還沒準備好——

那剛才是誰在攻擊？柯爾夫人插嘴。

「而且是在哪裡？」布萊德利說。

因為煙不是從南邊來的。現在就連我們都看到樹林裡有光，還有另外一批光點從城裡出去朝他們前進。

煙霧跟爆炸是來自河的北邊，在廢棄果園裡的山丘上。

又有一聲。

[陶德]

轟！

第二聲跟第一聲一樣響亮，點亮了城北跟城西的夜晚，士兵聽到立刻從帳棚裡出來，正盯著開始升起的煙。

「我想再一發應該就夠了，隊長。」鎮長說。

泰特先生點點頭，又舉起火把。我現在看到在歪歪倒倒的教堂鐘塔上還有另一個人，他在泰特先生第一次舉起火把時就把自己的火把點燃，對河岸旁邊的人傳遞訊息——

那些人控制著鎮長仍然擁有的大砲——

當我們突然有一艘偵察船用更大更好的武器來保護我們時，就沒再用到的大砲——

可是那些大砲可還是一點問題都沒有的喔——

轟

我又拿起我的通訊器，裡面傳來一堆亂七八糟的聲音，包括薇拉的聲音，大家都想知道發生了什麼事——

「是鎮長。」我朝通訊器裡說。

他在朝哪裡開炮？她說。光不是從那裡來的——

然後通訊器被鎮長從我手裡一把搶走，滿臉得意的樣子，在火光下閃閃發光——

「是的，但那才是稀巴人真正所在的地方，親愛的。」他轉身，不讓我把通訊器搶回去。「妳要不要問問妳那個朋友，天空啊？他會告訴妳的。」

這時候我終於把通訊器從他手邊搶回來，但他臉上的笑容讓我不安到幾乎不敢看。

他笑得像是贏了什麼。像是他贏了最大獎。

〔薇拉〕

他是什麼意思？薇拉，他是什麼意思?!柯爾夫人驚慌地透過通訊器說。

天空正轉身看我們，噪音轉動的速度快到裡面的畫面跟感覺讓人根本讀不懂。

但他看起來並不開心。

我把探測器移到總統開炮的地方了，我的天啊。席夢的聲音說。

「給我。」布萊德利拿走我手上的通訊器。他按了幾下，突然通訊器打出一個小一點的三維畫面，就像飄在山谷下的哪個大投影器。畫面飄浮在夜空裡，被我的小通訊器點亮——

屍體。

稀巴人的屍體。身上是布萊德利在那一閃噪音中看到的所有武器。有幾十個人，絕對可以讓城裡陷入一片混亂——

足夠抓走陶德跟稀巴人，就算抓不走也能殺了他們——

而且到處都沒有光。

「如果這些屍體是在北邊的山上，那南邊的光是什麼？」我問。

〔陶德〕

「什麼都沒有！那裡什麼都沒有！只有幾根在地上燒的火把，但什麼都沒有！」歐哈爾先生跑回營地說。

「是的，隊長，我知道。」鎮長轉向我。

歐哈爾先生突然煞車。「你知道？」

「我當然知道。」鎮長轉向我。「我能再借用一下通訊器嗎，陶德？」他伸出手。

我沒給他。

「我答應會救薇拉，不是嗎？你覺得如果我們允許稀巴人今天晚上獲得他們的小勝利，她會發生什麼事？你認為我們會發生什麼事？」她問。

「你怎麼知道他們會攻擊？你怎麼知道那都是假的？」我問。

「你是說我是怎麼救了所有人？」他還在朝我伸手。「我再問你一次，陶德。你信任我嗎？」

我看著他的臉，他完全不可相信，不可拯救的臉。

（然後我聽到哼聲，一點點——）

（好吧，我知道——）

（我知道他在我腦子裡——）

（我不是笨蛋——）

（但他的確救了我們——）

（而且他把我媽的話給了我——）

我把通訊器交給他。

〔薇拉〕

天空的噪音像暴風一樣打轉。我們都在投影畫面中看到發生了什麼事。我們都聽到城裡士兵的歡呼聲。我們都可以感覺到遠處偵察船升起，跨越山谷的微微顫抖。

不知道我跟布萊德利會發生什麼事。不知道會不會很快。

可是布萊德利還在爭論。「你攻擊我們。我們是抱持誠信的心情前來，你卻——」

通訊器繼續嗶，聲音比平常要大。

我想該是讓他聽到我的聲音的時候了，布萊德利。

又是鎮長，居然還有他的臉，又大又得意又在微笑，飄在通訊器打出的畫面中。他甚至轉頭，好像他正面對著天空。好像他正在看著天空的眼睛。你以為你知道了些什麼，對不對？你以為你被抓的士兵看到我的內心，看到我可以跟你一樣深讀噪音，對不對？所以你就告訴自己，這件事我可以利用一下。

他怎麼辦到的？我們聽到柯爾夫人在一個只有聲音的頻道上說。他在朝山頂上廣播——

所以你把他當成和平使者送回來，鎮長繼續說，像是沒有聽到她。然後讓他給我看一些剛好夠讓我自以為發現你要從南邊攻擊我們的計畫，可是在那下面還有另一個計畫，對不對？埋得很深，不可能有任何……空地能讀到。

天空的噪音一陣騷動。

把那個通訊器拿走！柯爾夫人的聲音大喊。打斷他！

可是你沒想到我的能力，鎮長說。你沒想到我讀你的程度有可能超過任何稀巴人，深到可以看到真正的計畫。

天空面無表情，但是他的噪音很大聲，敞開，充滿怒氣。因為他知道鎮長說的都是真的。

我看著你那和平使者的眼睛，看著你的眼睛，我讀出了一切。我聽到聲音在說話，我知道你要來了。他把通訊器拿得更近，讓他的臉在投影畫面中顯得更大。所以你聽清楚，聽好了。如果我們真打起來，勝利會是我的。

然後他消失了。他的臉跟影像消失，所以天空能看到的只有我們。我們聽到偵察船的引擎，但是他們還在半個山谷外。這裡的稀巴人全副武裝，但那並不重要，因為如果需要，天空自己就可以把我跟布萊德利除掉。

可是天空沒有動作，他的聲音帶著陰冷的感覺盤旋環繞，感覺又像是所有的稀巴人目光都在他體內，看著我們，思考剛才發生的事——

還有決定他的下一步。然後他往前走了一步。我無意識地往後退了一步，撞到布萊德利，他伸手扶住我的肩膀。

我別無選擇，天空說。

然後他說，和平。

［陶德］

我們從稀巴人領袖的噪音裡聽到和平，迴盪在整個廣場上，就像鎮長的聲音那樣，他的臉充滿整個投影畫面——

周圍的歡呼聲像整個世界一樣大。

「你怎麼辦到的？」我低頭看著我的通訊器。

「你有時候總需要睡覺的，陶德。你能怪我對新科技感興趣嗎？」他說。

「恭喜您，長官。」泰特先生與鎮長握手說：「這下子可給他們點顏色看看了。」

「謝謝你，隊長。」鎮長說。

他轉向歐哈爾先生，他對於被派去做一件完全沒有意義的事情非常非常不高興。「你做得很好。我們得看起來像真的。所以我不能告訴你。」

「當然，長官。」歐哈爾先生說，聽起來一點都不覺得有哪裡好。然後士兵衝了進來，每個都想跟鎮長握手，每個都在說他是怎樣騙過了稀巴人，每個都說贏得和平的是鎮長，他不靠偵察船就辦到了，他真的給了他們點顏色看看，是吧？

鎮長站在那裡接受一切，收下每個字，每個讚美他勝利的字。

有一秒鐘，有那麼一秒鐘——

我覺得有一點點驕傲。

我舉起匕首

我舉起我的匕首，是我在來這裡的路上從炊房偷出來的，一把用來屠宰獵物的匕首，又長又重，又鋒利又凶殘。

我舉在來源上方。

我原本可以讓和平變得不可能，我原本可以讓這場戰爭永遠沒有結束，我原本可以把匕首的心臟跟生命都撕裂——

可是我沒有。

我看到她的鐵環。

看到就算是空地中沒有聲音的人也非常清楚地露出她的痛。她也被烙下標記，就像他們標記負擔一樣，而且效果似乎一樣。

我想起烙印的痛，不只在手臂，更是鐵環環住我的自我的痛，把曾經的我變得更小，好讓所有的空地永遠都只能看到我手臂上的鐵環，不是我，不是我的臉，不是我同樣被奪走的聲音——

他們奪走我的聲音，好讓我們變得像是空地中沒有聲音的她們。

所以我沒辦法殺她。她就像我。她像我一樣被套上了環。

然後那野獸抬起後腿，把我踢過空地，可能踢斷我胸口不只一根骨頭，就連現在都還在痛的骨頭，但這沒有阻止天空把我抓起來，丟入大地的懷中，對我展示，**如果你跟大地不是同一個聲音，**

那也是因為你的選擇。

於是我明白了。我被放逐了。回歸不會回歸。

大地把我從和談區帶走，帶入營地深處，粗暴地叫我走。

可是我不會在沒有實現天空的最後一個諾言時就離開。

我偷了一把刀，來到這裡——

準備要殺掉來源。

天空準備祕密攻擊空地的消息透過通道的終點閃過，令我抬起頭。原來這就是他的計畫，會讓空地知道敵人有多強大，我們能在和平會談時走入他們的據點，帶走我們想要的特定敵人，對他們施以他們應得的懲罰。在那之後的和平，如果我們選擇和平，那也會是我們主導的和平。

所以他要我信任他。

可是他失敗了。他承認被打敗了。他主動要求和平。所以大地將會受盡空地的欺侮，和平將不會是大地以力量為主導的和平，而是弱者的和平——

所以我站在來源上方，拿著我的匕首。我準備好要進行我被拒絕的報復。我準備好要殺他。

我知道你會來這裡，天空展示，跟在我後面進入通道的盡頭。

你不是該忙著建立和平嗎？我展示回去，並沒有移開的打算。你不是該忙著背叛大地嗎？

你不是該殺人嗎？他展示。

這是你答應我的。你答應要把他給我，隨我處置。所以我做完這件事以後就走。

然後我們將失去回歸，天空展示。回歸會失去自己。

我轉頭看他，用匕首指著鐵環。當他們用這個套上我的時候，我就已經失去自己了。當他們殺死負擔的其他人時，我就已經失去自己了。當天空拒絕為我報仇時，我就失去自己了。

那你現在奪走啊。我不會阻止你，天空展示。

我看著他的眼睛，看著他的失敗。在藏有祕密的通道盡頭，我看到了，我看到這失敗不只如此。

你原本要把匕首給我。那就是你的驚喜。你原本要把匕首給我，我讚嘆道。

我的聲音開始因為明白而燃燒。我原本可以擁有匕首，我原本可以擁有匕首——

可是你連這點都失敗了，我憤怒地展示。

所以你可以拿來源復仇，他展示。我說了，我不會阻止你。

對，我幾乎對他啐了一口。你不會。

我轉身面向來源——

我舉起匕首——

他躺在那裡，聲音在夢境中呢喃不覺。它在通道盡頭說出了所有祕密，這麼多星期，這麼多月躺在這裡，敞開而有用，從沉默的邊緣返回，沉浸在大地的聲音裡。

來源。匕首的父親。

匕首聽到的時候會哭得多慘啊。他會怎麼樣哀號，呻吟，怪罪自己，憎恨我，因為我奪走他摯愛的——

（我感覺到天空的聲音在我後面，讓我看到我的特別大地，可是為什麼是現在——？）

我要復仇——

我要讓匕首跟我一樣痛——

我一定會——

我現在就動手——

然後——

然後——

然後我開始大吼——

揚起我的聲音，吼向全世界，用我所有的自己吼出來，我整個聲音，我的每種感覺跟疤痕，我的每道傷口與疼痛，吼出我的回憶跟我的失去，為我的特別大地而吼——

為我自己吼——

為我的軟弱而吼——

因為——

我辦不到——

我辦不到——

我跟匕首一樣沒用。我辦不到。

我癱在地上，吼聲在通道盡頭迴盪，在天空的聲音中迴盪，也許外面整個大地，還有我內心打開的空虛間迴盪，足以把我整個人吞沒的空虛——

然後，我感覺到天空的聲音溫柔地落在我身上——

我感覺到他扶住我的手臂，扶我站起來——

我感覺到周遭的溫暖。我感覺到理解。我感覺到愛。我推開他，往後退。

你早就知道，我展示。

天空不知道，他回示。可是天空希望。

你拿我的失敗來折磨我。

這不是失敗。這是成功。他展示。

我抬起頭。成功？

因為現在你的回歸終於完整了，他回示。在你的名字成真的瞬間，也成為謊言。你回歸大地，再也不是回歸。

我懷疑地看著他。你在說什麼？

只有空地才會因為恨而殺人，為了自私的原因打仗。如果你這麼做了，你會變成跟他們一樣，你也永遠沒有辦法回歸大地。

你殺過空地，你殺過他們好幾百人，我展示。

可是只有在大地的未來遭遇危險的時候。

可是你同意跟他們談和。

我做的決定是對大地最好的決定，他展示。這是天空必須隨時想要的。當空地殺害我們的時候，我跟他們打，因為那對大地是最好的。當空地想要談和時，我給他們和平，因為那對大地是最好的。

你今天晚上攻擊他們，我展示。

為了把匕首帶給你，還有把他們的領袖繩之以法，要他為對負擔犯下的罪行負責。這些也對大地是最好的。

我看著他，想著。可是空地還是有可能把他們的領袖交出來。我們看過他們爭論。他們還是有可能因為他犯的罪而把他交給你。

天空想想我的問題。有可能。

可是匕首。他們會願意為他開戰。如果你把他帶來這裡——

你不會殺他的。你剛剛才展示這點。

但我有可能會殺他。那戰爭就永遠不會有結束的一天。為什麼要為了我冒這麼大的險？為什麼要為了我賭上一切？

因為饒了匕首一命能夠讓空地看到我們的寬容。它會表示就算有原因時，我們也能選擇不殺人。這會是一個很強而有力的表示。

我盯著他看。可是你不知道我會怎麼做。

天空看著來源，依舊睡著，依舊活著。我相信你不會。

為什麼？我逼問。我做什麼有什麼重要？

因為，這是你成為天空以後需要知道的，他展示。

你剛說什麼？我過了很漫長，很沉重的很久以後展示。

可是他已經開始走到來源身邊，手捂住來源的耳朵，低頭看著來源的臉。

當我是天空的時候？你是什麼意思？我大聲展示。

我想來源已經盡了他的責任。他抬頭看我，聲音帶著一絲戲謔。我認為叫醒他的時候到了。

可是你是天空，我氣急敗壞地說。你要去哪裡？你生病了嗎？

沒有，他展示，回頭看來源。可是有一天我會走。

我的嘴巴大張。等到那天——

醒來，天空展示，將他的聲音送向來源，如石頭落水——

等等！我展示——

可是來源已經大聲地深吸一口氣，開始睜開眼睛。他的聲音加快，又加快，因為逐漸清醒而愈發清晰，他再眨眨眼，驚訝地看著我跟天空——

可是沒有恐懼。

他坐了起來，一開始因為虛弱又倒了回去，但天空扶著他用手肘撐起，他繼續看著我們，先是一手按向胸口的傷口，聲音唱著模糊的記憶，又看了我們一眼。

我做了好奇怪的夢，他展示。

雖然他用的是空地的語言，他用的卻是無庸置疑，完美的大地聲音。

—和平的人生—

光輝的日子

〔薇拉〕

「聽聽他們吵的。」布萊德利說，隔了這麼遠，城裡傳來的咆哮依然逼得他得特別大聲說話。「終於為件好事在歡呼了。」

「你覺得會下雪嗎？」我坐在橡果的馬鞍上，抬頭看著湧入的雲，對於一個晴朗寒冷的冬天來說是個罕見的景象。「我沒看過雪。」

布萊德利微笑。「我也沒有。」他的噪音也在微笑，因為我這句話說得沒頭沒腦的。

「抱歉。這個發燒。」我說。

「快到了。等一下就可以把妳包得暖烘烘的。」

我們正從之字形的山路下來，走在往廣場的路回去。在昨晚的砲火攻擊後的清晨回去。在我們達成和平之後回去。這次是真的。我們成功了。雖然是鎮長的行動才讓整件事定下來——柯爾夫人一定不會高興——可是，我們成功了。在兩天後，我們會有第一次人類——稀巴人議會來決定所有細節。目前，議會成員是我、布萊德利、席夢、陶德、鎮長、柯爾夫人，我們六個必須合作好跟稀巴人一起創造這個新世界。

這件事也許真的能讓我們大家一起合作。

我真的希望自己的身體能夠舒服一點。和平到了，真正的和平，我想要的一切都實現了，可是我的頭好痛，咳嗽好嚴重——

「薇拉？」布萊德利擔心地問。

從路的那一頭，我看到陶德跑來接我們，我燒到感覺他似乎像衝浪般，劃過歡呼的波浪衝來，有一秒鐘世界變得非常亮，我不得不閉上眼睛，陶德突然出現在我身邊，舉起手——

「我聽不到你。」我說。

然後我從橡果的馬鞍摔下，倒入他的懷裡——

［陶德］

「光輝的，新的一天。今天，我們打敗了敵人，開始一個新的時代！」鎮長的聲音響亮地迴盪。下面的所有人都在歡呼。

「我受夠了。」我摟著薇拉一起坐在長椅上，低聲對布萊德利說。我們在一輛馬車上，面前是擠滿人的廣場，鎮長的臉不只出現在我們後面飄著的投影畫面上，也出現在旁邊兩棟建築物的牆上。又一樣他自己學會的技能。布萊德利皺眉，聽著鎮長說個沒完。柯爾夫人跟席夢坐在另一邊，眉頭皺得更緊。

我感覺薇拉轉頭。「妳醒了。」我說。

「我剛睡著了嗎？為什麼沒人把我放到床上？」她說。

「一點也沒錯。鎮長說妳得先來這裡，可是他還剩下兩秒鐘，之後我就要——」

「我們的和平使者復原了！」鎮長轉頭看我們。他舉著麥克風，但我很確定他其實根本不需要。「大家一起感謝她拯救我們的性命與結束這場戰爭！」

突然我覺得我們要被所有人升起的咆哮給淹死。

「發生什麼事了？他為什麼那樣說我？」薇拉說。

「因為他需要一個不是我的英雄。」柯爾夫人恨恨地說。

「大家也不要忘記英勇無比的柯爾夫人，她在我對抗稀巴人反抗行動中提供相當多的幫助。」

柯爾夫人的臉紅到可以煎蛋。「幫助？」她幾乎吐了口口水。

可是鎮長的聲音幾乎蓋過她。

「在我把演講台交給夫人之前，我有一件事要宣布，尤其希望薇拉能聽到。」鎮長說。

「什麼事？」薇拉對我說。

「不知道。」我說。我是真的不知道。

「我們得到了突破。今天，我們在辨認環的嚴重意外問題上取得重大突破。」

我無意識地抓緊薇拉。所有人也安靜下來，安靜得不得了。

探測器也正把這一幕傳回山頂。星球上所有的人類都在聽著鎮長的話。

他說：「我們研發出藥劑了。」

「**什麼？**」我大吼，但是我的聲音已經被所有人發出的聲音淹沒。

「這一天居然發生在我們迎接和平的一日，真是天作之合。在即將邁入新時代的一天，我同時也對各位宣布，鐵環的病症將要結束，真是太神奇，神的保佑啊！」

他現在開始在跟探測器說話，直接看向最多生病女人的方向，看著就連醫婦都治不好的她們。

「沒有時間可以浪費了。我們會立即開始發放藥劑。」

然後他轉身看著我跟薇拉：「先從我們的和平使者開始。」

〔薇拉〕

「所有功勞都被他一個人佔走了！」柯爾夫人大吼，飛回山頂的路上，她在醫療室裡用力繞來繞去。「他把他們全都哄住了！」

「妳甚至不打算試用解藥？」布萊德利說。

柯爾夫人看著他的表情像是他剛叫她脫光一樣。「你真的認為他剛剛才發現？他早就有了！如果他有的真是解藥而不是另一個定時炸彈。」

「可是他為什麼要那麼作，如果救了那些女人能讓他更受歡迎？」布萊德利說。

「他是個天才。就連我都得承認這點。一個殘忍，血腥，可怕，野蠻的天才。」柯爾夫人氣得話都說不順。

「妳覺得呢，薇拉？」隔壁床上的阿李問。

我只能咳嗽回答。當鎮長想要給我新繃帶時，柯爾夫人擋在我面前，拒絕讓他的半點繃帶碰到我，必須等她跟其他醫婦先徹底檢查過一遍。

聚集的人群對她發出噓聲，真真正正的噓聲。

尤其是鎮長帶出三名有鐵環的女人。那三個女人完全沒有感染的跡象。「我們還沒找到能安全移除鐵環的方法，但是對早期的效果很明顯。」鎮長說。

情況當場失控，柯爾夫人甚至沒有辦法演講，不過就算她去了，下面的人大概也只會噓她。我們下了馬車後，陶德說他跟我們一樣什麼都不知道。「柯爾夫人可以做她的測試。我看看我能找出什麼。」他對我說。

可是他緊緊抓住我的手臂，不知道是希望還是害怕，因為我聽不到他。

我們其他人終於回到了偵察船，勞森夫人來幫我們測試鎮長的藥劑。

「我不知道該信什麼，只知道如果他救了我們，的確對他有好處。」我終於說出口。

「所以我們的決定必須基於什麼是對他最好的？太棒了，簡直是太棒了。」柯爾夫人說。

準備降落，席夢透過通訊系統說。

「我跟你們說，當我們一起坐上那個議會桌的時候，他會發現他能輕輕鬆鬆扳倒我的日子早就過了。」我們落地時，一陣抖動。「現在，輪到我演講了。」她的聲音散發著怒氣。

引擎都還沒關，她就衝出房間，走下斜坡，進入等待我們的人群，我在螢幕上都能看到他們。有幾個人歡呼迎接她。可是只有幾個人。一點都不像鎮長在城裡受到的歡迎。然後這群人，在伊凡與其他人的領導下，也開始噓她。

［陶德］

「我為什麼要傷害那些女人？」鎮長從營火的另一邊對我說，夜色漸漸在他光輝的一日落下。

「就算你還是相信我打算把她們每一個殺掉，我為什麼會選現在，在我獲得最大勝利的一刻？」

「但是你為什麼沒跟我說？說你快做出藥了？」我說。

「因為如果我失敗了，我不希望你失望。」

他看了我很久，想要讀透我的心思，但是我現在厲害到我覺得連他都讀不到。

「我能猜猜看你相信什麼嗎？」他終於說：「我猜你想要盡快讓薇拉用到藥。我想你擔心柯爾夫人會因為不希望我是對的，所以不會盡快進行她的測試。」

我的確這樣想。是的。我希望這藥是真的，想到我幾乎要喘不過氣來，可是說這話的人是鎮長。但這可以救薇拉。但這是鎮長——

「我還認為你想要相信我，相信我會真的這麼做。如果不是為了她，也該是為了你。」

「我？」我說。

「我想我弄清楚你的特別天分了，陶德・赫維特。我從我兒子的行為中早就該看出來了。」我的胃突然緊縮，因為憤怒，因為哀傷，每次他提到戴維時就會這樣。

「你讓他變得更好。」鎮長的聲音很柔和。「你讓他變得更聰明，更善良，更明白這個世界以及他在這個世界上的位置。」他放下他的咖啡杯。「不論我願不願意，你也為我做了同樣的事。」

又是那個淡淡的哼——

把我們連接起來——

（可是我知道它在那裡，完全不會影響我——）

（完全不會——）

「我對於大衛的事覺得很後悔。」他說。

「你打死了他。」我說：「那不是一件隨便就會發生的事。」

他點頭。「我每天都更後悔。跟你每相處一天，我就更後悔。每天，你都讓我變得更好。因為我知道有你在看著我做的一切。」他嘆口氣。「就連今天，在一個一定是我這輩子有過的最大勝利中，我的第一個想法仍然是，陶德會怎麼想？」

他朝漸黑的天空揮揮手。「陶德，這個世界，這個世界會說話，它的聲音真大。」他的眼神朦朧。「有時候，你只能聽到它的聲音，它想要讓你消失在裡面，讓你消失。」他幾乎在說悄悄話。

「可是，當我聽到你的聲音，陶德，我就會被它帶回來。」

我不知道他在說什麼，所以我只問：「你一直有治療鐵環的藥劑嗎？你只是一直不拿出來嗎？」

「不是。我要我的人日夜不停地工作，好能為你救下薇拉。好讓你知道你對我有多重要。」他的聲音變得強大，近乎激動。「你拯救了我，陶德・赫維特。在所有人都覺得不可能時，甚至不願意時，你救贖了我。」他微笑。

我還是什麼都沒說。因為他是不能被救贖的。薇拉甚至都這麼說過。

可是——

「她們會去檢查，她們會發現藥劑是真的，然後你就會看出來我說的是實話。這件事重要到我甚至不會要求你來相信我。」他又等我說話。我還是什麼都沒說。

「現在，我該要準備我們的第一次議會會議了。」他雙手一拍大腿，最後看了我一眼，走回他的帳棚。

一分鐘後，我放棄了，走到安荷洛德旁邊，她跟喜悅茱麗葉一起綁在我的帳棚旁，咬著吃不完的稻草跟蘋果。

她在山頂上救了薇拉一命。我永遠不會忘記。現在鎮長又在這裡說他也要這麼做。我真希望我能相信他。我想要信。

（被救贖——）

（可是有多少——？）

小馬男孩，安荷洛德蹭著我的胸口說。

服從！喜悅茱麗葉大喝，眼睛瞪得大大的。

我還來不及說話，安荷洛德更大聲地回罵服從！

然後喜悅茱麗葉就把頭低下了。

「好乖！真是乖。」我驚訝地說。

小馬男孩，她說。我摟著她，感覺她的溫暖，她濃濃的馬味搔動我的鼻子。我抱著她，想著救贖。

〔薇拉〕

「伊凡，你不會跟稀巴人一起在同一個議會中。」柯爾夫人說。

伊凡跟著她重重地踩著腳步進到偵察船上。「而且你不可以進來。」

今天是我們從城裡回來的第二天，我還躺在床上，感覺前所未有的糟糕，高燒完全不理會柯爾夫人最新的抗生素混劑。

伊凡站在那裡一會兒，反抗地看著柯爾夫人，看著我，看著躺在另一張床上的阿李，看著正在幫阿李最後一次拆繃帶的勞森夫人。「夫人，妳還擺出一副妳是這裡老大的樣子。」伊凡說。

「法洛先生，我是這裡的老大。」柯爾夫人憤怒地對他說：「就我所知，沒有人指派你當新醫婦。」

「所以外面的人才會一批批地回城？所以半數女人才會已經開始用鎮長的新藥？」她說。

柯爾夫人轉身面向勞森夫人。「什麼？」

「我只給了快死的那些，妮可拉。」勞森夫人有點不好意思地說：「如果要在必死跟可能死之間選擇，那選擇是很清楚的。」

「現在已經不只是要死的那些，因為其他人已經看到這藥多有效。」伊凡說。

柯爾夫人沒理他。「妳居然沒跟我說？」

勞森夫人低頭。「我知道妳會多生氣。我想勸別人別這麼做，可是——」

「連妳的醫婦都在質疑妳的權威。」伊凡說。

「伊凡・法洛，你給我閉嘴。」勞森夫人怒喝。

伊凡舔舔嘴唇，又開始打量我們，然後離開，走回外面的人群理。

勞森夫人立刻開始道歉。「妮可拉，我真的很抱歉——」

「不。妳說得沒錯。」柯爾夫人打斷她。「情況最糟的那些本來也就可以賭一把……」柯爾夫人揉揉額頭。「其他人真的已經開始回城了？」

「沒他說的那麼多，但的確有一些。」勞森夫人說。

柯爾夫人搖頭。「他開始贏了。」

我們都知道她說的是鎮長。「妳還是有議會。妳比他更擅長在議會中表現。」我說。

她又搖搖頭。「他應該現在就開始做計畫了。」

她從鼻子噴口氣，然後也不發一語地離開。

「想做出計畫的人不只她一個。」阿李說。

「我們也知道她以前的計畫有多順利。」我說。

「你們兩個閉嘴。」勞森夫人怒氣沖沖地說：「因為她，今天才有很多人活著。」她把阿李臉上最後一點繃帶扯掉，用了超過必要的力氣。然後她咬著下唇，抬頭看我。阿李的鼻樑後面，原本是眼睛的地方只有一道粉紅色疤痕，眼眶現在被赤紅的皮膚蓋著，原本看著我們的藍眼睛永遠不在了。

「阿李——」我想說些什麼，但是他的噪音說他還沒有準備好，所以他改變了話題。

「妳要用藥嗎？」他問。

我在他噪音的前面看到他對我的所有感情。也有我的畫面。美得遠超過我能達到的極限。

可是那也是他永遠會看到我的樣子。「我不知道。」我說。我是真的不知道。我一點沒有變得更好，艦隊還要好幾個禮拜才到，也不知道他們來了之後是不是真的有用。致命的，我一直想。現在我不覺得柯爾夫人只是在嚇我了。不知道我是不是勞森夫人提過的，要在註定喪命跟也許喪命之間挑一個的人。

「我不知道。」我又說了一次。

「薇拉？」維夫出現在門口。

「啊。」阿李說，他的噪音伸向維夫，幾乎不情願地在看維夫看到的東西——看到他自己帶疤的眼睛。

「呼。」他吹了聲口哨，但還是可以聽到裡面的緊張，還有假裝大器的樣子。「這還沒那麼慘。你們兩個說得好像我幾乎是稀巴人一樣。」

「我把橡果從城裡帶回來了。」維夫對我說：「把她跟我的牛放在一起。」

「謝謝，維夫。」我說。

他點頭。「小李啊，如果你需要我幫你看東西，你說一聲就好了。」他說。

阿李的噪音充滿驚訝跟感動，明亮到讓維夫能看見他的答案。

「嘿，維夫？」我突然想到一件事，越想越覺得好。

「怎？」他說。

「你想不想加入新議會？」

［陶德］

「這是個呆透了的主意。」我說，在通訊器裡看著薇拉的臉。「每次他們想要做笨事，維夫甚至不會說不，只會說我們該做什麼。」

我也是這樣覺得，她說，又整個人咳成一團。

「測試得怎麼樣？」我說。

用過的女人目前還沒有出現問題，可是柯爾夫人想多做一些檢查。

「她永遠都不會准妳用吧？」

薇拉沒有反對。你覺得呢？

我深吸一口氣。「我不相信他。不論他多努力說他被救贖了。」

他這樣說？

我點頭。

他當然會這樣說。

「是啊。」

她等我再說些什麼。可是？

我看著她的眼睛，透過通訊器看著她，她在山頂上，跟我在同一個世界卻感覺好遠。「他似乎需要我，薇拉。我不知道為什麼，但我似乎對他很重要。」

他以前說你是他的兒子，那時我們正在跟他對峙。他說你有力量。

我點頭。「我不相信他做這些只是因為那顆他沒有的善心。」我吞口口水。「可是我相信他會為了讓我站到他那邊而這麼做。」

這理由就夠讓我們冒險嗎？

「妳要死了。」我說，然後繼續說下去，因以她已經想要打斷我。「妳要死了，妳騙我妳沒有，但是薇拉，如果妳出事，如果妳出事——」

我的喉嚨狠狠卡住，像是不能呼吸。

一瞬間，我什麼都說不出來。

（我是圓圈——）

「陶德？」她終於開口，第一次不否認她病得比自己承認得嚴重。「陶德，如果你要我用，我就會用。我可以不等柯爾夫人。」

「可是我不知道。」我的眼睛還是溼的。

「我們明天早上就要飛過去，騎馬參加第一次會議。」她說。

「所以？」

「如果妳要我用，我要你親手幫我捆上繃帶。」

「薇拉——」

「如果是你，陶德，那一切都會順利。如果是你，我就知道我是安全的。」她說。

我好久沒說話。

我不知道該說什麼。

我不知道該怎麼辦。

【薇拉】

「所以妳也要用？」在我跟陶德結束通話後，柯爾夫人從門口說。

我剛要抱怨她又在偷聽我的私人對話，但是她做這種事的次數頻繁到我甚至已經不生氣了。

「還沒決定。」

我跟她兩人單獨在一起。席夢跟布萊德利在準備明天的會議，阿李跟維夫在一起，學怎麼照顧牛，因為他可以看到牛的噪音。

「測試的怎麼樣？」我問。

「非常好。」她還是雙手交抱胸前。「強效抗生素混合普倫提司說他在稀巴人武器裡找到的一種草汁，能讓藥劑的揮發比我們原本的速度快上十到十五倍，攻擊感染的速度快到它根本來不及反擊。其實真的很聰明。」她正視我的眼睛，我發誓我看到她在難過。「這是真正的突破。」

「可是妳還是不信任？」

她沉重地坐在我身邊。「我怎麼信？他都做過那些事了？我怎麼能不坐在這裡擔心那些急著想用藥劑的女人，而我只能擔心她們是否正走入另一個陷阱裡。」她咬著下唇。「現在還有妳。」

「也許。」我說。

她深吸一口氣，吐出。「其實不是所有女人都用了，有些人，不少人寧願相信我會為她們找到更好的治療方法。我一定可以，一定可以。」

「我相信妳。但來得及嗎？」我說。

她臉上的表情罕見到我花了一秒才認出來。她看起來幾乎像是被打敗。

「妳病得好重，困在這個小房間裡，妳甚至不知道妳在外面人的心裡是多大的英雄。」

「我不是英雄。」我驚訝地說。

「拜託，薇拉。妳面對稀巴人，贏了。妳是他們希望自己能成為的一切。妳完美地代表了未來。」她變換一下姿勢。「不像我們這些被留在過去的人。」

「我不覺得——」

「妳上山時是個女孩，下來時已經是個女人。我每天要被人問五百遍和平使者怎麼了。」她說。這時我才明白她話中的重要性。「如果我用藥，妳認為所有人都會用。」

柯爾夫人什麼都沒說。

「那他就完全贏了。妳是這樣想的。」我繼續說。

她還是什麼都沒說，看著地板。當她終於開口時，我沒想到她會說出這種話。「我想念海。騎快馬的話，我可以現在就離開，日落的時候到，但是在我們搭建漁村失敗以後，我就沒再看過海了。我搬到安城來，再也沒有回頭。」她的聲音是前所未有的小聲。「我以為那個人生結束了。我以為安城裡有值得奮鬥的東西。」

「妳還是可以奮鬥。」我說。

「我想也許我已經被打敗了，薇拉。」她說。

「可是——」

「不。孩子，我以前有過權力從手中溜走的經驗。我知道那是什麼感覺。但我一直知道我還會東山再起。」她轉身看我，眼神難過，卻仍然讀不透。

「可是孩子，妳沒有被打敗，對不對？還沒有。」她點點頭，像是自言自語，然後又點點頭，站起來。

「妳要去哪裡？」我喊她。

可是她只是一直走，不回頭。

［陶德］

我舉起我媽的書。

「我想讀最後。」

讀著報告的鎮長抬頭。「最後？」

「我想要知道她發生什麼事了。聽她怎麼說。」我說。

鎮長往後靠。「你認為我怕你聽到？」

「你怕嗎？」我直視他。

「我只怕你會有多難過，陶德。」

「我？」

「那是很慘烈的時代，那段歷史，不論是我的，班的，你母親的版本，都不是喜劇收場。」

我一直盯著他。

「好吧。攤開到最後。」鎮長說。

我又看了他一秒，然後打開她的書，翻著書頁，直到我看到最後一篇，我的心臟想到會讀到怎樣的內容便漏了一拍。字如同往常一般，一團亂，像山崩一樣到處亂灑（不過我的確更懂得怎樣讀懂其中一些），我的眼睛直接看到最後面，最後幾段，看到她寫給我的最後幾件事——

突然，幾乎在我還沒準備好的時候——

這場戰爭，我最親愛的兒子——

（她在那裡——）

我痛恨這場戰爭因為它威脅你未來的日子，陶德，這場戰爭當我們只是在跟稀巴人打的時候就已經夠慘了，可是現在還出現不同的派系，在大衛・普倫提司，我們這裡小軍隊的領袖，還有潔西卡・伊莉莎白，我們的鎮長之間。她召集了女人還有許多男人站在她那邊，包括班跟希禮安，關於戰爭進行的方式。

「你讓鎮上的人分裂了？」我說。

「又不只我一個這麼作。」鎮長說。

陶德，看到我們這樣分裂，讓我的心好痛，我們還沒談成和平就已經分裂成這樣了我不知道這裡要怎樣才能成為真正的新世界，因為我們只是把舊紛爭帶進來。

（淺淺的哼聲也在——）

鎮長的呼吸很輕，我知道他現在沒有以前那麼掙扎。

（我知道他在把我們兩個人連結在一起——）

可是還有你，兒子，現在是城裡最年輕的男孩，也許是這個世上最年輕的，所以必須由你來讓一切回到正軌，聽到沒？你是土生土長的新世界人，所以你不需要重複我們的錯誤。你可以擺脫過去，也許，只是也許，你會為這個地方帶來天堂。

我的胃小小緊縮一下，因為這是她從第一頁就對我有的期許。

可是一天給你這麼多責任應該就夠了吧？我現在得離開了，去參加伊莉莎白鎮長召集的祕密會議。喔，我美麗的孩子，我很擔心她會提出什麼提議。

就這樣。

在那之後，都是空白。

沒了。

我抬頭看鎮長。「伊莉莎白鎮長提議什麼？」

「她提議要攻擊我跟我的軍隊，陶德。這場攻擊她們輸了，雖然我們很努力不要讓這件事成為一場很慘烈的戰爭，但是她們最後自殺好確保我們的末日。對不起，但這就是事實。」

「才不是。」我開始氣起來。「我媽不會對我做這種事。班說——」

「陶德，我沒辦法說服你。」他難過地皺眉。「我知道我說什麼都沒用。我很確定我當時也犯下錯誤，也許甚至是帶來比我預料更糟後果的決定。也許的確是這樣。」他往前傾身。「可是那是以前，陶德。不是現在。」

我的眼睛還是溼的，想著我媽最後的話。

害怕即將發生的事情。

不論是什麼事。

因為答案不在這裡。

我對鎮長的了解跟以前一樣。

「陶德，我是個壞人。可是我越來越好。」鎮長說。

我的指尖摸著我媽日記的封面，摸著割傷。我不信他的版本，我就是不信，永遠不信。

可是我相信那是他相信的。

我相信他甚至有可能真的覺得遺憾。

「如果你傷害薇拉，你知道我會殺了你。」

「這是我為什麼說我永遠不會這麼做的諸多理由之一。」

我吞口口水。「藥劑會讓她好起來？會救她的命？」

「是的，陶德，會的。」他只說了這麼多。

我抬頭看天空，看著另一個凍死人的夜晚，依然滿天都是雲，但還沒有下雪。又是一個睡不了多少或根本沒辦法睡的晚上，是第一次大議會前的晚上。是我們真正開始創造一個新世界前的晚上。就像我媽說的那樣。

「把繃帶給我。我自己幫她上。」我說。

他發出低沉的聲音，幾乎像在噪音裡的聲音，而他的臉很努力地克制住笑容，一個真正、真實、真心的笑容。

「謝謝你，陶德。」

他聽起來也像是認真的。

我等了很久才說——

但我還是說了。

「不客氣。」

「總統先生？」我們聽到。歐哈爾先生走來我們身邊，等著要打斷我們。

「什麼事，隊長？」鎮長依然看著我。

「有個人一整個晚上都在騷擾我們的士兵，說要跟你會面。想要對你表示支持。」歐哈爾先生說。

鎮長甚至沒有隱藏他的煩躁。「如果我得要聽這星球上的每個人對我表示支持——」

「他說要告訴你，他的名字是伊凡・法洛。」歐哈爾先生說。

鎮長一臉驚訝。

然後他臉上出現另一種笑容。

伊凡・法洛。

那個哪裡強就去哪的人。

［薇拉］

「妳看，多美。」席夢透過通訊系統說，我們感覺到偵察船慢慢升空。喀的一聲，醫療室中的所有螢幕都顯示出粉紅色的太陽在遠處的海邊升起。

它只出現了一下，就又被雲朵蓋起來。

「日出。」布萊德利說，他的噪音伸向阿李讓他看。

「好兆頭。陰天的時候有太陽探出頭來。」阿李說。

「我們下降是為了創造一個新世界。」布萊德利的噪音溫暖而興奮。「這次是個真正的新世界。」他微笑，房間充滿他的笑容。

只有維夫不在，因為他替我把橡果騎到城裡，並在那裡等著與我們會合。柯爾夫人坐在我床邊的椅子上。她整晚不在，一定是去想該怎麼樣在跟鎮長的鬥爭中佔到上風。或是該怎麼樣接受自己的失敗。這讓我出奇地難過。

「妳決定要接受藥劑沒，薇拉？」她壓低了聲音，只讓我一個人聽到。

「我不知道。我得跟陶德談談。可是我就算用也不是因為要故意跟妳做對。而且我想也不會有什麼影響——」我說。

「會的，孩子。」她轉向我。「不要誤解我的想法。我已經接受了。身為領導者的一部分責任就是知道什麼時候該交棒。」

我想要坐起來。「我沒有想奪走誰的——」

「妳有人民的支持，薇拉。只要利用一點小技巧，妳很容易就能把這件事變成妳的權力背景。」

我咳嗽。「我不覺得我能——」

「這個世界需要妳，孩子。」她說：「如果妳是反對派的代表，我也可以接受。只要反對派有個代表。」

「我只是想盡我所能創造出最好的世界。」

「那妳就繼續努力吧，一切都會變好的。」她說。

她沒再多說，不久後偵察船就降落，沿著斜坡滑到廣場中心，人群的咆哮升起來迎接我們。

「稀巴人等我們中午到。」席夢看到我們走出來的時候說，布萊德利扶著我。「總統答應我們每個人都會有一匹馬，以及用今天早上的時間來討論議程。」

「陶德說鎮長同意盡量縮短演講時間。」

「非常謝謝妳，孩子，不過妳也許也該想想妳打算說什麼。」

「我？可是我不——」

「他在那裡。」她望向斜坡的另一端。

陶德穿過人群朝我們走來，腋下夾著一捆繃帶。

我聽到柯爾夫人低聲自言自語：「聽天由命吧。」

［陶德］

「我其實也不知道我在做什麼。」我攤開鎮長給我的繃帶。

「你就把它像布一樣纏上來就好。要緊，但不能太緊。」薇拉說。

我們在我的帳棚裡，坐在我的床上，外面的世界繼續它響亮，咆哮的一天。鎮長跟柯爾夫人跟布萊德利跟席夢跟維夫跟阿李（他算是自己硬擠過來的），全部都在爭誰該第一個去跟稀巴人說話，還有他們會說什麼，一堆亂七八糟的事情。

「你在想什麼？」薇拉用力地盯著我。

我微微地笑了。「我在想，我真的不知道自己在做什麼。」

她也小小地微笑回答。「如果這是現在的你，那我想我也只好習慣了。」

「妳不討厭了？」

「是討厭，但那是我的問題，不是你的。」

「我還是我。我還是陶德。」我說。

她別過頭，眼睛看著繃帶。「你確定嗎？你確定這不是騙人的？」

「他知道如果他傷害你，我會殺了他。而且他最近的表現——」

她抬起頭。「但也許他只是裝的——」

「我覺得我開始改變他了，薇拉，至少夠讓他想要為了我而救妳。」

她一直看，一直想要讀我。我不知道她看到什麼。一分鐘後，她伸出手臂。

「好，那就開始了。」我說。

我開始解開她手臂上的舊繃帶。我解開一層又一層，最後鐵環1391終於露在外面。它看起來很嚴重，比我想得還要糟糕，周圍的皮膚又紅又腫，用一種看起來很可怕的樣子繃得緊緊的，更外面的皮膚顏色很深，都是很不正常的紫色跟黃色，而且還有味道，生病跟壞掉的味道。

「天啊，薇拉。」我低低說。

她什麼都沒說，但是我看到她吞了一口口水，所以我只是拿起第一捆新的繃帶，包在鐵環上面。當第一波藥劑注入她的循環系統時，她小小喊了一聲。

「痛嗎？」我說。

她咬住嘴唇，快速點頭，然後叫我繼續。我解開第二捆繃帶，然後是第三捆繃帶，像鎮長教我的那樣捆在第一捆的邊緣，她又小小喊了一聲。

「陶德，你看。」她的呼吸又快又淺。

她手臂上的瘀青跟深色已經開始退去，我可以看到藥劑流進她體內，就在她的皮膚下跟她的感染作戰。

「妳覺得怎麼樣？」我問。

「像被很燙的刀子戳。」她說，雙眼各流下一滴眼淚——

我伸出手——

然後我用拇指碰上她的臉頰——

很溫柔——

擦掉一滴眼淚——

感覺到她的皮膚在我的手下——
感覺她的溫暖，柔軟——
感覺像是我只想永遠永遠摸著她——
我對於自己這麼想覺得很尷尬——
然後我發現她聽不到——
然後我開始想這對她來說一定很難受——
然後我感覺到她更用力地將臉頰貼近我的手指——
轉過頭，所以我的手掌捧住她的頭——
捧著她——
又流下一滴眼淚——
然後她轉得更多——
轉過頭，直到她的嘴唇貼著我的手掌——
「薇拉。」我說——
「我們準備好，可以出發了。」席夢說，把頭探入帳棚。
我立刻把手抽開，雖然我知道我們沒做什麼不對的事。
在漫長又尷尬的一秒後，薇拉說：「我覺得舒服很多了。」

[薇拉]

「可以了嗎？」鎮長的臉上露出一個大大的微笑，他的制服袖子上有金色條紋，看起來像是全新的。

「如果一定要的話。」柯爾夫人說。

維夫加入我們，我們聚集在教堂廢墟前，後面有台拖車，上面有個麥克風，方便柯爾夫人的聲音被大家聽到。所有畫面都會投影回山頂，照在兩棟建築物的牆上，還有浮在我們後面的廢墟上方。

人群已經在歡呼。

「薇拉？」鎮長問道，伸出手把我牽上舞台。陶德站起來要跟在我後面。

「如果沒有別人介意的話，我想今天早上能不能只是普倫提司總統跟我兩個人進行很短的致詞？」柯爾夫人說。

鎮長看起來很驚訝，但我先開口。「好主意。這樣會進行得比較快。」

「薇拉——」鎮長說。

「而且我想要坐一下，讓藥劑有機會作用。」

「謝謝妳。」柯爾夫人格外認真地說：「薇拉・伊德，妳會是個很好的領袖。」然後，她在自言自語：「是的，妳會。」

鎮長還在想要怎樣得到他要的結果，但席夢跟布萊德利不為所動，所以他最後只好同意。「好吧。」他朝柯爾夫人伸出手肘。「我們跟大家講講話吧？」

柯爾夫人沒理會他的手肘，直接走向舞台。鎮長快速跟上，好能搶在她前面，讓所有人看到他讓她先上台。

「剛才那是怎麼一回事？」陶德看著他們離開。

「對啊，妳什麼時候開始讓她隨心所欲了？」布萊德利的噪音中滿是疑問。

「請你對柯爾夫人好一點。我想我懂薇拉的作法了。」席夢說。

「那是什麼？」陶德說。

「**新世界的各位**。」我們聽到柯爾夫人的聲音從廣播器中傳出。「**我們這一路走了多遠啊**。」

「柯爾夫人認為她身為領導者的日子已經接近尾聲。這是她告別的方式。」席夢說。

維夫的臉上出現奇怪的表情。「告別？」

「**普倫提司總統帶領我們走得很遠，走到我們甚至不知道的地方**。」柯爾夫人說。

「可是她還是領導者啊，有很多人，很多女人——」坐在我們後面的阿李說。

「世界開始變了，而改變這世界的人不是她。」我說。

「所以她決定要在自己的決定下退出。我欣賞她，知道什麼時候退場。」席夢的聲音帶著某種莫名的感情。

「**帶我們從一個深淵的邊緣，到另一個深淵邊緣**。」柯爾夫人說。

「再見？」維夫更強調地說。

我轉向他，聽到他噪音裡的擔心。「維夫，怎麼了？」

可是陶德也猜出來了，眼睛睜得更大。

「**他為了保護我們，殺了又殺，殺了又殺，殺戮無數**。」柯爾夫人說。

人群不安地交頭接耳，噪音升高。

「薇拉，她認為這是結束，她認為這是結束。」陶德的聲音帶著震驚。

我轉身去看舞台。我也終於明白柯爾夫人做了什麼，但太遲了。

〔陶德〕

我還不知道為什麼之前，我已經在跑，我只知道我必須趕到舞台，趁還沒——

「陶德！」我聽到薇拉在我後面大叫，我一邊跑一邊轉身，看到布萊德利抓住她的肩膀好攔住她，席夢跟維夫跟在我後面跑，跑向舞台——

跑向柯爾夫人正在發表她不受歡迎的演講的舞台——

「**一個沉浸在鮮血中的和平。一個以女人的屍體鋪成的和平**——」她正對麥克風說。

人群對她大噓特噓，我來到平台後面邊緣——

鎮長正在對柯爾夫人微笑，那是個危險的笑容，一個我太熟悉的笑容，一個會讓她盡量把自己的情況越弄越糟糕的笑容——

可是我想明白的不是那件事——

我跳上舞台後面，柯爾夫人在我右邊，鎮長在我左邊——

席夢跟我跳上右邊，維夫接著跳上來——

「**一個他以兩隻沾滿鮮血的拳頭緊抓不放的和平**——」柯爾夫人說。

鎮長轉頭看我在做什麼——

正好柯爾夫人也正轉向他——

說著：「**可是還是有人太關心這個世界，不會允許這件事發生**——」

然後她解開外套的釦子——

露出她捆在腰上的炸彈——

［薇拉］

「**放開我！**」我大喊，看到陶德跳上舞台，我更努力掙扎要布萊德利放開我。席夢跟維夫緊接在後。

我也懂了——

柯爾夫人曾經告訴過我，妳一定想不到烈士是多麼強大的存在——

人們會因死者之名而多盡力地戰鬥——

我聽到人群看到投影畫面後同時倒抽一口冷氣——

布萊德利跟我也看到了——

柯爾夫人放大的畫面，臉如一盤牛奶般平靜，解開外套，露出捆在身上的炸彈，像馬甲一樣綁在身上，炸藥的量足夠殺死她，殺死鎮長——

殺死陶德——

「**陶德！**」我尖叫——

［陶德］

「**陶德！**」我聽到薇拉在後面尖叫——

可是我們離柯爾夫人太遠了——

要走太多步才能阻止她——

她的手移向炸彈上的按鈕——

「**跳！跳下拖車！**」我尖叫。我一面尖叫一面跳——

跳開——

跳到旁邊——

抓住席夢的外套，把她一起拉走——

「為了新的世界。為了更好的未來。」柯爾夫人說著，麥克風依舊響亮。

然後，她按下按鈕——

〔薇拉〕

轟

火焰從柯爾夫人身上朝四面八方爆炸，快到熱浪把我整個人推向布萊德利，我的頭撞上他的下巴，讓他痛得嘶了一聲，但我站穩身子，用力靠近熱浪，看見火焰朝四面八方散開，我則一直尖叫著「陶德！」因為我看到他從拖車上跳下，拖著某人跟他一起跳，拜託拜託拜託第一波爆炸帶著一波煙霧跟火焰衝入空中整台拖車燒了起來所有人都在尖叫噪音大得不得了我終於掙脫布萊德利用力往前跑——

「**陶德！**」

〔**陶德**〕

「**陶德！**」我又聽到，耳朵嗡嗡響，衣服又熱又焦——

可是我只想到席夢——

我抓住她，兩個人一起從拖車側面翻下去，火呼的一聲從我們旁邊衝過，但我們一邊摔的時候翻了身，所以我知道大部分的火燒到了她，火焰直接燒到她，我忙著把她身上衣服的火拍掉，煙讓我完全看不到，我一直大叫：「席夢！妳還好嗎？席夢！」

然後一個充滿痛楚的聲音說：「陶德？」

然後——

然後那不是席夢的聲音。

濃煙開始散開。

不是席夢。

「你救了我，陶德。」鎮長說，躺在那裡，臉上跟手上都是嚴重的燒傷，衣服像溼木材一樣冒煙。「你救了我的命。」他的眼睛滿是不可置信——

在爆炸中，我選擇救的人——

我想都沒想就選擇的人——

（他甚至沒有時間來控制我——）

（他沒有時間強迫我——）

是鎮長。

「陶德！」我聽到薇拉大喊——

我轉頭去看——

維夫正勉強站起來，他朝拖車後面跳下去——

薇拉還在跑——

看著我跟鎮長在地上，鎮長還在呼吸，還在說話——
「我覺得我需要醫婦，陶德。」他說著——
找不到席夢——
炸彈爆炸時站在柯爾夫人面前的席夢——
我那時候可以拉住的席夢——
「陶德？」薇拉站在離我們有一小段距離的地方，維夫在咳嗽卻也盯著我們看，布萊德利跟在他們後面跑來——
每個人都看到我救了鎮長——
而不是席夢——
薇拉又說了一次——
「陶德？」
她從來沒有像現在離我那麼遠。

來源

隔著包圍我們的通道終點，我們瞥見一眼粉紅色的太陽在東方升起，之後立刻消失在過去兩天一直掛在我們頭頂的灰雲。掛在我跟來源上方。我們一起等著和平議會開始。天空希望他在準備開會的時候，我能待在這裡，拿食物給來源，幫他重新恢復體力，讓他能在睡了這麼久之後重新走路，負責帶他洗澡，帶他像空地那樣刮鬍子，同時還要利用這段時間對他展示他在擔任大地的來源這段期間發生的所有事。在此同時，他似乎也成了大地。

他打開聲音，對我展示他在其他地方看過的日出，田野變得金黃，來源跟他的特別空地在經過一大早的努力後，站直身體來看太陽升起，這麼簡單的回憶，卻充滿喜悅、失去、愛、哀痛——

還有希望。

一切完美地透過大地的聲音展示，還有從他醒來後就一直保持的奇怪開朗。

然後他的聲音展示他為什麼充滿希望。

來源今天會被帶回給空地，作為意外驚喜，展現我們的善意。

他能夠再見到匕首了。

他看著我，溫暖從聲音中溢出，一種我忍不住也感覺到的溫暖。

我立刻站起來好避開。*我去拿早餐*，我展示。

謝謝，他對走向灶火邊的我展示。

我沒有回示。

在我們喚醒來源的第一晚，天空對我展示，我們過去幾個月一直都在聽他的聲音，他一定也在聽，學習用我們的聲音說話，適應它，最後擁抱它。天空的聲音在我身邊改變形狀。就像天空希望回歸會的那樣。

我也擁抱了大地的聲音，我展示。我盡力了。

來源把大地的語言當母語一樣使用，但你還是只說負擔的語言。

這就是我的母語，我展示，然後別過頭。這是我特別的語言。

我那時也在灶火邊，替來源煮自從他被灌食液體好幾個月後的第一頓正餐。只因為他會用我們的聲音說話，不代表他是我們的一員，我展示。不是嗎？天空問。大地如果不是它的聲音，那是什麼？

我轉頭看他。你該不是想說——？

我只是想說如果這個人可以這麼投入大地，這麼明顯透徹地了解一切，感覺自己是大地的一部分——

這難道不會讓他變得更危險嗎？我展示。這難道不會讓他成為我們的威脅？或是讓他成為盟友？天空回示。這是不是為我們提出對未來前所未有的希望？如果他辦得到，別人呢？別人能有更深刻的理解嗎？

我沒有答案，而他準備離開。

你說要我當天空是什麼意思？整個大地，為什麼是我？

一開始我以為他不打算回答。但他還是說了。

因為整個大地中，你最懂空地。整個大地中，你最懂如果有一天要邀請他們加入我們的聲音，那會意味著什麼。而在整個大地中，你是最想選擇戰爭的人，所以當你選擇和平時，他的聲音會變得更洪亮，意義更重大。

我把早餐端給來源，一碗跟所有我看過的空地食物都不一樣的燉魚，但是來源沒有抱怨。他什麼都不抱怨。

就算我們強迫他沉睡，當他是囚犯關著也沒有抱怨，反而還謝謝我們，謝謝我治好他胸口的子彈傷，彷彿是我親手替他治好的一樣。我很意外地發現，那個子彈是匕首那個大聲的朋友射的，就是在我手臂套上鐵環的同一個。

他也沒有抱怨我們透過聽他的聲音盡量取得每個優勢。雖然他很難過這麼多同類死於戰爭，他一方面也很高興幫助我們贏過空地的領袖，更高興這件事帶來和平。

我沒有抱怨是因為我被改變了，他在我把早餐遞給他的時候展示。我聽到大地的聲音。這感覺很奇怪，因為我還是我，還是一個獨立的個體，但我也是許多的綜合。他咬了一口早餐。我認為我是我們這一族的下一個進化階段，就像你一樣。

我驚訝地坐起來。我？

你是大地的一員，但是你能像人類男人一樣隱藏自己的噪音，故意混淆。你是大地的一員，但是你把我的語言說得比我還好，比我碰過的任何人類男人都要好。你跟我是我們兩族之間的橋樑。

我氣了。有些橋是永遠不該過的。

可是他還在微笑。就是這種想法才讓我們之間的戰爭持續這麼久。

你能不能不要這麼開心了，我展示。

啊，是，但是今天，今天我又能看到陶德了，他展示。

匕首。他對我展示過匕首，一遍又一遍，多到經常像是匕首就跟我們一起站在通道盡頭的第三個人。他在來源的聲音裡看起來多燦爛，多年輕、青春、強壯。多麼被愛。

我告訴來源到他醒來前一刻的所有故事，包括匕首做過跟沒做的每個行為，但他沒有失望，而是覺得驕傲。為匕首克服困難而趕到驕傲。理解與疼惜匕首受過的所有苦，犯下的所有錯。而每次來源想到匕首的時候，都會響起一首奇特的空地音樂，一首匕首小時候聽的歌，一首將匕首與來源緊緊綁在一起的歌——

「請你叫我班。」來源透過嘴巴說：「還有，匕首叫做『陶德』。」

大地不用名字，我回示。如果你理解我們，那你就該理解這點。

回歸是這樣想的嗎？他展示，喝著滿滿一口燉魚，一面微笑。

我的聲音裡再次充滿我不想要的溫暖跟笑意。

你下定決心要討厭我，對不對？他展示。

我的聲音變得冷硬。你們殺了我的族人。你們殺了他們，奴役他們。

他的聲音伸向我，是我從來沒有從空地那裡感覺過的溫柔。我們之中只有一些人是這樣。你對抗的那個人也殺死了我的特別空地，所以我跟你一起反抗他。

我站起身想走，但他展示，請等等。我停下腳步。我們，我的族人，非常對不起你。我知道，而所有人都可以說你們把我留在這裡這麼久，同樣也是對不起我。可是我個人並沒有任何對不起你的地方。你也沒有對不起我的地方。

我努力不讓自己的噪音出現我握著匕首站在他面前的那一幕。

然後我停止了。我讓他看到我原本打算對他做什麼。我想要做什麼——

可是你停手了，他展示。此時此刻，我們必定是理解對方，一個人的一個聲音，伸向一個大地的一個聲音。這一定是真正和平的開始。

的確是，天空展示，走入通道的盡頭。這是最好的開始。

來源放下他的早餐。時間到了？他展示。

時間到了，天空確認。

來源發出一聲開心的嘆息，他的聲音再次充滿匕首。「陶德。」他用空地的啾啾聲說。

這時候，我們聽到遠處的爆炸。

我們很快轉頭去看天邊，雖然我們用眼睛一定什麼都看不到。

發生什麼事？來源問。**我們被攻擊了嗎？**

「我們？」我對他展示。

等等，等一下就會出現，天空展示——

的確，沒多久之後，通道的聲音便收到大地的聲音從下面傳來，讓我們看到城中心發生了爆炸，一個在一大群空地前面發生的爆炸，可是我們看的眼睛是在山丘邊緣，高高地俯瞰下面的城，唯一能看到的就是一閃火光跟一柱煙。

是大地嗎？是大地做的嗎？來源問。

不是，天空展示。他很快走出通道盡頭，示意要我們跟著他。我們走到陡峭的山路邊，我還得扶著依然虛弱的來源才能爬下去，走到通道底時，來源的聲音充滿了一樣東西——

害怕。

不是為自己，不是為和平會談——

是為了匕首。他整個聲音只能展現他多害怕在要跟匕首重逢的早上失去他，害怕最糟的情況發生，他失去了他的兒子，他鍾愛的兒子。我可以感覺到他的心因為擔心而痛，因為愛跟關心而痛——

一種我熟悉的疼痛，一種我感覺過的疼痛——

一種我們爬下山時從來源傳到我身上的疼痛——
匕首——
陶德——
站在我的聲音裡，像任何一個生命一樣真實脆弱無可替代——
我不要。
我不要。

分離

［陶德］

當勞森夫人把繃帶貼上鎮長的後腦杓時，他只是小小抽了一口氣，雖然那裡燒傷得很可怕。

「重度燒傷，但很淺。燒的速度快到沒有燒很深。你會留下疤痕，但會痊癒。」勞森夫人說。

「謝謝妳，夫人。」鎮長說，等她在他臉上的燒傷塗上透明軟膏，這裡的傷口沒有後腦杓那麼嚴重。

「我只是完成我的工作。」勞森夫人脾氣不好地說：「而且還有別人等著處理。」

她離開偵察船上的治療室，帶走一堆繃帶。我坐在鎮長旁邊的椅子上，手上也是燒傷軟膏。維夫躺在另一張床上，燒到前面但還活著，因為當炸彈爆炸時，他其實已經摔下去了。

外面情況就不一樣了。阿李利用人群的噪音正在幫助幾十個被柯爾夫人的自殺行動中燒傷、受傷的人。也有被炸死的。

至少有五個男人跟一個女人，都是擠在前面的人。

當然還有柯爾夫人本人。

還有席夢。

爆炸後，薇拉就沒再跟我說過話。她跟布萊德利兩人一起不知在做什麼。做離我遠遠的事情。

「沒事的，陶德。」鎮長看到我一直在看門口。「他們會發現你必須瞬間做出決定，我又是最近的——」

「你不是。」我握緊拳頭，表情忍不住一變，被燒傷的地方還真痛。「我得把手伸得更遠才拉得到你。」

「你卻真拉住我了。」鎮長還是有點不敢相信的樣子。

「對啦對啦，都說過了。」我說。

「你救了我。」他幾乎在自言自語。

「對啦，我知道——」

「不，陶德。」他在床上坐起來，雖然這樣做明顯讓他很痛。「你救了我。你完全沒必要那麼做。我沒辦法告訴你，你這樣做對我的意義。」

「你不是一直很努力在說嘛。」

「我永遠不會忘記，你認為我還是值得拯救的，而我是值得的，陶德。是你讓我變成這樣。」

「你不要再說這種話了。其他人死了。其他我沒有救的人死了。」我說。

他只是點頭，點頭，讓我又因為沒救席夢而覺得自己爛透了。

然後他說：「她不會死得沒有價值，陶德。我們一定能證明。」他聽起來又像在說實話，他每次都是。

（的確感覺像是真的——）

（還有淡淡的哼聲——）

（開心地發光——）

我看向維夫。他正抬頭看向天花板，沾滿黑灰的皮膚從白色繃帶間冒出來。「窩想你也救了我。你梭，跳。你梭，下拖車。」

我清清喉嚨。「那不算救到你，維夫。這句話就沒救到席夢。」

「你在窩腦子裡。你在窩腦裡梭跳，窩還沒要跳，腿就跳摟。你讓偶跳。」維夫眨巴著眼睛看我。「你怎麼做到的？」

我轉過頭去。我恐怕真的是用了控制住他的方法，而如果席夢沒有噪音，她大概就不會有反應。可是鎮長也許會有反應。我也許甚至不用拉他。

鎮長把兩隻腳放在地上，很痛苦地自己站起來。

「你要去哪裡？」我說。

「去跟大家說話。我們需要告訴他們，和平會談不會因為一個醫婦的行為就終止。我們需要對他們表示，我還活著，薇拉也還活著。」他小心翼翼地摸著脖子後面。「這個和平很脆弱。人民很脆弱。我們需要告訴他們，沒有必要放棄希望。」

他最後兩個字像是戳到我。

泰特先生抱著一堆衣服進門。「長官，您要我拿來的，在這裡。」他把衣服遞給鎮長。

「你要穿乾淨的衣服？」我說。

「你也是。」他把半堆衣服遞給我。「我們當然不能穿燒焦的破布出去。」

我低頭看看自己的衣服，都是在勞森夫人把燒焦的部分從我皮膚上扒掉後剩下的布塊。

「陶德，去穿上。你會覺得好多了。」鎮長說。

（那淡淡的哼——）

（它的喜悅——）

（讓我的心情不有再那麼糟糕——）

我開始穿上新衣。

〔薇拉〕

「那裡。」布萊德利指著駕駛艙的螢幕。「他是離席夢比較近，但普倫提司比較靠近舞台邊緣。」

他把錄像畫面放慢，停在柯爾夫人就要按下炸彈按鈕的瞬間。是席夢還在衝向她，維夫已經往後退要往下跳的瞬間。那時陶德已經在朝鎮長伸手。

「他不會有思考的機會。更沒有選擇的可能。」布萊德利哽咽地說。

「他直接衝向鎮長，甚至不用想。」我說。

我們又看了一次爆炸，這個畫面被廣播到城內，還有在山頂上觀看的人，天知道他們現在在想什麼。我們又看到鎮長被救。席夢沒有。

布萊德利的噪音好難過，好破碎，我簡直不忍看。

「妳告訴過我，在這個星球上，不管懷疑誰，我都可以信任陶德。妳說過的，薇拉。妳每一次也都說對了。」他閉上眼睛。

「除了這一次。」因為我能讀到布萊德利的噪音，讀到他真正的想法。「你也怪他。」

他別過頭，我看到他的噪音在自我掙扎。「陶德顯然很遺憾。從他表情你就能看得出來。」

「但是你聽不到。在他噪音裡聽不到。聽不到真相。」

「妳問過他了嗎？」

我只是看著螢幕，看著柯爾夫人把自己炸掉之後的火焰跟混亂。

「薇拉——」

「她為什麼這麼做？」我問，聲音大得過分，想要填補這世界上突然多出來的，一個有著席夢形狀的洞。「為什麼選在我們終於得到和平的時候？」

布萊德利難過地說：「也許她希望少了他們兩個，這個星球會以妳這樣的人為中心，凝聚起來。」

「我不想要這個責任。這不是我要的。」

「可是妳可能就會得到這個責任，妳也會睿智地運用它。」

「你怎麼知道？連我都不知道。你說戰爭永遠不該因為私人理由而發起，但是對我來說，這場戰爭全都是出於私人理由。如果我沒有發射飛彈，那我們根本不會在這裡。席夢還會——」

「哎。」布萊德利打住我，免得我變得更激動。「聽我說，我得要聯絡艦隊，告訴他們發生了什麼事。」他的噪音因為哀傷而垮下。「告訴他們我們失去她了。」

我點點頭，眼睛變得更溼。

「妳，妳得去跟妳那男孩談談。」他抬起我的下巴。「如果他需要被拯救，那妳就要救他。妳不是這樣告訴我，這就是你們為彼此做的？」

我流下幾滴眼淚，但是點點頭。「一遍又一遍。」

他給了我一個擁抱，一個堅強又哀傷的擁抱，之後我離開，讓他能夠聯絡艦隊。我用最慢的速度走回醫療艙，感覺自己被撕成兩半。我不敢相信席夢死了。我不敢相信柯爾夫人死了。而我不敢相信陶德救了鎮長。但那是陶德。我用生命相信的陶德。我真的把命都交給他過。我信任他在我身上放繃帶，說實在，我現在比過去幾個月都要舒服很多。而如果他救了鎮長，那一定是有原因。一定的。

我在醫療艙的門外深吸一口氣。因為那個原因就是善良，不是嗎？因為陶德不就是那樣的人？雖然他犯錯，雖然他殺了在河邊的稀巴人，雖然他在鎮長手下做了許多事，陶德基本上還是好的，我知道，我看過，我在他的噪音裡感覺過——

可是我感覺不到了。

「不。那是陶德，是陶德。」我又告訴自己。

我推了開門的按板。

然後看到陶德跟鎮長穿著相似的制服。

［陶德］

我看到她在門口，看到她有多健康——

看到她見到我跟鎮長穿的衣服一模一樣，包括外套袖子上的金線。

「不是妳想得那樣。我的衣服都被燒掉了——」我說。

可是她已經從門邊退開，退開——

「薇拉。」鎮長的口氣強烈到足以停下她的腳步。「我知道這段時間對妳來說很辛苦，可是我們必須對人民講話。我們必須向他們保證和平過程會依照原訂計畫進行。同時我們必須用最快速度派遣使者到稀巴人那裡去向他們做出同樣的保證。」

薇拉直視他。「你把必須兩個字說得太輕易。」

鎮長努力微笑，不管自己的燒傷。「薇拉，如果我們不現在就去對人民講話，事情很可能就會垮掉。答案可能會希望完成柯爾夫人的行動，利用混亂的這一刻動手。稀巴人可能因為同樣的理由攻擊我們。我自己的人說不定都認為我失去行動能力，決定叛變。我相信這些都不是妳想看到的結果。」

我看到她也能感覺到，他身上散發的那種奇怪喜悅。

「你要告訴他們什麼？」她說。

「妳希望我說什麼？告訴我，我絕對會一字一句重複。」

她瞇起眼睛。「你在玩什麼把戲？」

「我沒有耍什麼把戲。我今天差點就死了卻沒死。我沒死是因為陶德救了我。」他上前一步，聲音帶著興奮。「也許不是妳要的結果，但如果陶德救了我，那我就是值得被拯救的，妳懂嗎？而如果我是值得被拯救的，那我們都是，這整個地方，這整個世界。」

薇拉看著我求救。

「我覺得他還沒恢復過來。」我說。

「也許你說得沒錯，但是我說要跟人民說話也是對的。薇拉，我們需要這麼做，而且要趕快。」

薇拉看著我，看著我穿的制服，尋找某種真相。我努力讓我的噪音變得沉重，讓她看到我的感覺，對她展示我覺得一切都失控，我沒有打算要讓這件事發生，但既然發生了，也許——

「我聽不到你。」她靜靜地說。

我又試著想要打開，但感覺像有東西擋住我——

她瞥向維夫，眉頭皺得更深了。

「好吧。」她沒有看我。「我們去跟人民說話。」

〔薇拉〕

「薇拉。」陶德跟著我下了斜坡，在我後面喊著。「薇拉，我很抱歉，妳為什麼連聽我說這一句都不肯？」

我停在那裡，想要讀他，可是只有沉默。「你真的抱歉嗎？如果你必須重新選擇一次，你確定你不會做同樣的事？」

「妳怎麼會這樣問？」他皺眉。

「你看到自己今天穿著什麼嗎？」我轉頭看向鎮長，他正慢慢走出來，小心翼翼地照顧傷口，但臉上的燒傷阻止不了他微笑，依然穿著一套乾淨得不可思議的制服。跟陶德的一樣。「你們簡直就像父子一樣！」

「妳不要這樣說！」

「我說的是真話。你自己看看你們兩個。」

「薇拉，妳知道我的。在這個世界上還活著的人中，妳是知道我的。」

可是我在搖頭。「也許我已經不知道了。自從我聽不到你之後——」

這句話讓他真正皺起眉頭。「所以妳要的就是這樣？只要妳能聽到我想的一切，我就是好的，但是反過來就不行了？如果所有權力都在妳手上，我們就是朋友？」

「陶德，這跟權力無關，是信任——」

「難道我做的還不夠讓妳信任我嗎？」他指著斜坡上的鎮長。「他正在為和平努力。他這麼做是因為我。因為我改變他了。」

「是嗎？」我瞥向他袖子上的金線。「那他又怎麼改變你了？改變到讓你救了他，而不是席夢？」

「他沒有改變我，薇拉——」

「你是不是控制維夫，要他從拖車上跳下？」

他的眼睛睜大。

「我在他的噪音裡看到了。如果這件事讓維夫不安，那一定不是好事。」我說。

「我救了他的命！我是為了做好事——」他大喊。

「所以這樣就是對的？包括你之前說你做不到？說你不會這麼做？你為了對他們好，控制過多少人？」

他努力想說些什麼，我可以從他眼中看到真正的懊悔，懊悔某樣他沒告訴我的事，但我還是從他完全不存在的噪音裡聽不到——

「我都是為了妳！我想給妳一個完全安全的世界！」他終於大吼。

「我也同樣為了你！最後卻發現也許你已經不是你了！」我吼回去。

他的臉非常生氣，但也同樣驚駭，震驚，痛苦，直到我幾乎可以——

有一瞬間我幾乎可以——

「是他！」一個聲音劃開聚集在偵察船邊的咆哮聲。

「是總統！」

其他聲音跟著喊，先是一個，然後是上百，然後是上千，咆哮越來越大聲，直到我們像在噪音的大海中，湧上斜坡，把鎮長抬起來。他開始慢慢往下走，頭抬得高高的，表情喜悅，手伸向所有人讓他們看到，他活下來了，他還是他們的領袖。

他還是掌控一切，他還是勝利者。

「來吧，陶德，薇拉。」他說：「世界在等待。」

［陶德］

「世界在等待。」鎮長拉著我的手臂，把我從薇拉身邊拖走，眼睛看著為他歡呼的人群，為他咆哮的人群，我可以看到投影畫面還在播放，探測器還被設定要跟隨我們，跟隨他，我們出現在廣場周圍建築物的牆上，鎮長走在前面，我被他拖在後面，薇拉還站在斜坡上，布萊德利和維夫跟在她後面走來——

「聽聽他們，陶德。」鎮長對我說，我又感覺到那個哼——

那個喜悅的哼——

我甚至在人群的咆哮裡感覺到——

「我們真的可以辦到。」他看著在我們面前分開的人群說，他們為我們讓路，讓我們能走到泰特先生跟歐哈爾先生搭出的新講台。「我們可以真正統治這世界。我們真的可以讓這裡成為更好的地方。」

「放開我。」我說。

可是他沒有放開。他甚至沒有看我。

我轉頭去找薇拉。她還站在斜坡上。阿李穿過人群走向她，他們都看著我允許自己被鎮長拖走，我們穿著同樣的制服——

「放開我。」我又說了一次，用力往反方向拉。

鎮長轉身，用力抓住我的肩膀，人群擋住我跟薇拉之間的路——

「陶德。」鎮長說，喜悅的哼聲像陽光一樣從他身上散發出來。「陶德，你不明白嗎？你辦到了。你帶我走上救贖的道路，我們終於來到了。」

人群還在咆哮，因為鎮長出現了，所以大聲得不得了。他站得更挺，看著周圍的士兵，居民，甚至包括女人都在歡呼，而他帶著微笑說：「請安靜。」

〔薇拉〕

「什麼鬼？」我說，感覺眾人的咆哮幾乎立刻消失，以同心圓的方式往外擴散，直到歡呼停止，包括聲音跟噪音，幾乎讓這地方變得完全靜默，就連女人都一樣，因為她們看到男人變得很安靜。

「我聽到了。」鎮長低語。

維夫也低聲說：「窩也聽到了。」

「聽到什麼？」我說，在這個新出現的安靜裡顯得太大聲，讓人群裡有幾張臉轉過來，叫我安靜。

「就是請安靜幾個字。」布萊德利低低地說：「就在我的腦子裡。我敢發誓，我的噪音也變安靜了。」

「怎麼可能？他怎麼會有那麼大力量？」我說。

「自從爆炸以後，他就怪怪的。」維夫說。

「薇拉。」布萊德利按住我的手臂。「如果他能同時對一千個人這麼做——」

我轉過頭，看到鎮長站在陶德前面，看著他的眼睛。

我往前走，走向人群。

［陶德］

「我等這一刻已經等了一輩子。」鎮長正在對我說，我發現我沒辦法轉過頭。我發現我其實不想轉過頭。「我甚至不知道我在等，陶德。我想要的只是讓整個星球完全屈服於我，如果沒辦法，那也要完全毀滅它。如果我得不到，那別人也別想得到。」

周圍的噪音幾乎完全安靜下來。「你怎麼辦到現在這樣的？」我問。

「可是我錯了，你懂嗎？當我看到將發生在柯爾夫人身上的事，當我發現我沒有料到她的行為，你卻發現了，而且還救了我——」他停下來，我敢發誓是因為他激動到說不下去。「陶德，當你救了我的時候，一切就改變了。一切都明白了。」

（那個哼，像是燈塔一樣在我腦子裡發光——）

（那個喜悅——）

（感覺很舒服——）

「我們可以把這個世界變得更好。你跟我一起，把它變得更好。有你的善良，有你能感受、難過、遺憾，無論做什麼都拒絕放棄的善，如果我們把它加上我能領導所有人，能控制所有人的能力——」

「他們不想要被控制。」我說。

他的眼睛。我沒有辦法不看——

「不是那種控制，陶德。是和平的控制，善意的控制——」

還有喜悅——

我感覺得到——

「像是稀巴人領袖對他人民的那種。」鎮長繼續說：「那就是我聽到的聲音。那單一的聲音。他們就是他，他就是他們，他們就是這樣活下來的，他們就是這樣學習、成長、存在。」他開始喘氣，臉上的燒傷軟膏讓他看起來像是從水底冒出。「我可以為這裡的人成為那樣的存在，陶德。我可以是他們的聲音。你可以幫我。你可以幫我變得更好。你可以幫我變成善的。」

我在想——

我可以幫助他——

我可以——

（不——）

「放開我。」我說——

「從你還在普倫提司鎮我就知道你很特別。可是只有今天，只有在你救了我之後我才明白為什麼。」他更用力地抓住我。「你是我的靈魂，陶德。」他說。周圍所有的人都因為他這句話的強烈而暈眩，他們的噪音確認這句話，同時回應。「你是我的靈魂，我一直在找你，只是自己不知道而已。」他不敢相信地朝我微笑。「現在我找到你了，陶德。我找到你了——」

這時候，出現一個聲音，一個不一樣的聲音，從人群邊緣某處傳來，他們的噪音出現低沉的雜音，從廣場另一邊傳了過來。

「稀巴人。」鎮長低聲說，過了幾秒之後我才看到，在人群的噪音中出奇地清楚。有一個稀巴人騎著戰獸從路的另一頭走來。

「還有……」鎮長微微皺眉，墊高了腳要看。

「還有什麼？」我說——

可是我從所有人的噪音裡也看到——

稀巴人不是一個人——

有兩頭戰獸——

然後我聽到了——

我聽到讓世界顛倒的聲音——

〔薇拉〕

我用力擠過人群，越來越不在乎我是不是踩到人，或是正用力把他們推開，尤其他們好像幾乎都沒注意到。就連女人也似乎被眼前的景象吸住全部注意力，表情充滿同樣奇特的期待——

「讓開。」我咬著牙說，因為我現在明白了，但太遲了，太遲了。鎮長當然已經鑽到陶德裡面，他當然會這麼做，而陶德也許真的改變他了，一定是把他變得更好，但鎮長永遠是比較強大，比較聰明的那個，而變得更好不代表他會真的變好，而當然他也一直在改變陶德，當然是的，我怎麼會笨到沒看見，沒跟他談談——

沒救到他——

「陶德！」我大喊——

可是卻被人群噪音的波動掩埋，某個被看到的人傳回的畫面，透過噪音朝人群散播——

噪音中有兩個稀巴人從路的那邊過來——

兩個騎著戰獸的稀巴人，一個是坐著而不是站著——

我突然震驚地發現，站著的那個就是攻擊我的同一個稀巴人——

可是我沒有時間多想，因為噪音突然修正自己——

坐著的稀巴人不是稀巴人——

是男人——

而在人群的噪音裡，像是賽跑時的交棒一樣，我可以聽到——

那個人在唱歌——

［陶德］

我的胃從我的腳下掉出去，呼吸像是我要被嗆死，我的腿在動，我在扯開鎮長的掌握，感覺到他留下的瘀青，因為他不想放手——

可是我要去——

上帝啊，我要去——

「陶德！」他在我後面喊著，聲音帶著真正的震驚，真正的痛苦，因為我跑離他身邊——

可是我在跑——

世上什麼都不能阻止我跑去——

「**讓開！**」我大喊——

我面前的士兵跟人都立刻讓開，彷彿甚至不能自己決定——

因為他們沒有決定——

「陶德！」我聽到後面有人在喊我，還是鎮長，但是更遠了——

因為在前面——

神啊，我不敢相信——

「**讓開！**」

我很努力在聽，在聽那聲音，想要聽到那首歌——

人群一直在讓，為我開道，好像我是一團要燒掉他們的火——

稀巴人也透過他們的噪音傳回來——

是1017——

那個稀巴人是1017——

「不！」我大喊，跑得更努力——

因為我不知道1017來這裡是什麼意思——

但他就在人群的噪音裡——
我越近，他就變得越明亮清晰——
遠比一般噪音還要清晰——
「陶德！」我聽到後面傳來——
但我沒有停下——
因為我更近了，就連人群升起的噪音都阻止不了——
那首歌——
像空氣一樣清澈——
把我的心撕成兩半——
那首歌，我的歌——
一**大清早，太陽初升……**
我的眼睛溼了人群散開他們為我讓開的路接上他們為稀巴人讓開的路——
再幾個人——
再幾個——
人群散開——
他就在那裡——
他就在我眼——
我必須停下——
我必須停下，因為我覺得自己甚至站不住了——

當我說出他的名字時，聲音小得不得了——

但他聽到了——

我知道他聽到了——

「班。」

〔薇拉〕

是班。

我在人群的噪音裡看得清清楚楚，彷彿他就站在我面前。旁邊是想殺掉我的稀巴人，1017，騎著一頭戰獸，班在他後面，坐在另一頭上，他唱的歌也越來越清楚，**我聽到少女在山谷呼喊**——

可是他的嘴沒有動——

這一定是人們的噪音傳錯了——

但他就在那裡，朝路這邊騎來，而因為這裡沒有人認得他，所以他的臉一定是對的，那一定是班——

我可以感覺到鎮長的藥流過我的身體，我利用我新生的力量開始更用力地把人推開——

因為在他們的噪音裡，我也看到鎮長在我前面擠了過去——

我看到陶德來到班身邊——

就像是我人在那裡一樣看到——

感覺就像我在那裡一樣感覺到，因為陶德的噪音打開了，他離鎮長越遠，離班越近，自己的噪音就變得跟之前一樣開，帶著驚訝與喜悅，還有滿滿的愛，直到讓人幾乎無法直視，這些感情像波浪一樣打回人群，人群被他的情緒震撼住，被陶德傳遞給他們的感情震撼——

就像鎮長那樣傳遞給他們——

［陶德］

我甚至說不出話來，就是說不出來，我沒有辦法用言語表示，我只能跑向他，跑過1017，班下了他的戰獸，他的噪音升起，帶著我知道的一切來迎接我，自從我還是嬰兒時的所有，代表他真的是班的所有——

而且他不是用說的——

他張開雙臂，我撲進去，力道大得我們都撞上他騎著的動物——

你長得好大了，他說——

「班！」他的話讓我驚叫。「啊，上帝啊，班——」

你跟我一樣高了，跟男人一樣壯，他說。

我幾乎沒注意到他說的方式有點奇怪我只是緊緊抱住他眼睛一直在漏水我幾乎說不出話來只能感覺他就在這裡，本人就在這裡，活著活著活著——

「怎麼會？」我終於說道，往後退開一點點，但還是緊抱住他，再也說不出話來，但他懂我的意思——

稀巴人找到我。戴維・普倫提司對我開槍，打中我——

「我知道。」我說，胸口變得更沉重，胸口重重地往下沉，噪音也變得更重，已經很久都沒有這麼重了，而班可以看到他說——

讓我看。

我讓他看了，在我半句話都還說不出來時，我讓他看到離開他以後發生的所有可怕的事，我敢發誓他甚至在幫我，幫我讓他看到亞龍的死，薇拉受傷，我們分散，答案的攻擊，對稀巴人上環，對女人上環，稀巴人的死，然後我看向還騎在戰獸上的1017，然後我也讓班看到了全部，以及接下來的所有事，戴維・普倫提司變得有人性結果死在鎮長的手上還有戰爭以及更多死亡——

沒事了，陶德。都過去了。戰爭過去了，他說。

而且我知道——

我知道他原諒我。

他原諒我的一切，說我甚至不需要被原諒，說我已經盡力了，說我雖然犯過錯但這代表我還是人而重要的不是我犯下的錯而是我對錯誤的回應，而我從他身上可以感覺到，從他的聲音可以感覺到，告訴我現在可以停下來，一切都會變好——

我發現他不是用話語告訴我。他是直接把這些都送到我的腦子裡，不過不對，不是，他是用這些把我包圍，讓我坐在裡面，知道這是真的，他的原諒，他的——還有一個我原本不知道但是突然懂得的字——寬恕，如果我希望，我可以得到他的寬恕，寬恕所有的一切——

「班？」我不懂，遠超過不懂。「這是怎麼回事？你的噪音——」

我們有很多事情要談，他說，仍然不是用嘴說，我開始覺得怪怪的，但他的溫暖整個包圍我，所有代表班的一切，我的心直接裂開，我用笑容回應他給我的笑容——

「陶德？」我聽到後面有人在喊。

我們轉頭去看。

鎮長站在人群邊緣，看著我們。

［薇拉］

「陶德？」我停在鎮長身邊時，聽到他這樣說——

因為是班，我不知道怎麼可能，但真的是他——

他跟陶德轉頭去看，兩個人周圍一團暈眩快樂的噪音，擴大到一切，包括仍然站在他們身邊戰獸身上的稀巴人，我走向班，我自己的心也在脹大——

可是我跑過去時，瞥了鎮長的臉一眼——

在那一刻，我看到痛苦，閃過他沾滿亮晶晶的燒傷軟膏的臉，然後消失了，被我們很熟悉的臉所取代，是鎮長的臉，喜怒難分，大局在握——

「班！」我大喊，他張開雙手接住我。陶德退開一步，但是班散發的感覺好舒服，好強烈，一秒鐘後陶德擁抱我們兩個，我開心到開始哭了。

「摩爾先生，你的死訊似乎是不實報告。」鎮長從遠處喊道。

就像你的報告一樣，班說，可是他說的方法很奇怪，不是用嘴，而是用噪音，我從來沒聽過這麼直接的方法。

「這非常出人意料，但當然很令人喜悅。的確很喜悅。」鎮長瞥了陶德一眼後說，但我在他的笑容後面找不到多少喜悅。

可是陶德似乎沒有注意。「你的噪音怎麼了？你為什麼這樣講話？」他對班說。

「我相信我大概知道。」鎮長說。

可是陶德沒在聽他說話。

「我晚一點再解釋。」班第一次用嘴說話，但他的聲音很沙啞粗糙，彷彿好幾個月沒用過。可是先讓我說一件事，他重新透過噪音，朝鎮長還有鎮長身後的所有人說。我們仍然擁有和平。大地依然想要和平。新世界仍然對我們敞開。我就是來告訴你們這件事。

「是這樣嗎？」鎮長還是掛著他那冷冰冰的微笑。

「那他在這裡幹什麼？」陶德朝1017點點頭。「他想殺薇拉，才不管什麼和平。」

回歸犯了錯，我們必須原諒他，班說。

「誰做了什麼？」陶德不解地說。

可是1017已經帶著戰獸掉頭，完全不理我們，穿過人群出城而去。

「不錯不錯。」鎮長的笑容還掛著。班跟陶德倚著對方，感情像波浪一樣從他們身上散發出來，一波接著一波，讓我即使面對這麼多的麻煩，仍然覺得很愉快。「不錯。」鎮長加大音量又說一次，想要讓所有人把注意力放在他身上。「我非常，非常想要聽聽班要說什麼。」

我相信你是很想聽的，大衛，班用奇怪的噪音說。可是首先我跟我兒子有很多事情要聊。

陶德身上這時傳出一波情緒——

他沒有看到鎮長臉上再次閃過的痛苦。

［陶德］

「我還是不懂啊，所以你現在是稀巴人了嗎？」我已經不知道第幾次這樣說了。

不是，班用他的噪音說，但遠比普通噪音說的話要清楚很多。稀巴人用這個星球的聲音在說話，他們就活在星球的聲音裡面。現在，因為我沉浸在這個聲音裡的時間，所以現在我也是這樣說話。我跟他們產生了連結。

又是連結。

我們在我的帳棚裡，只有我跟他，安荷洛德綁在外面，擋住門口。我知道鎮長跟薇拉跟布萊德利跟所有人都在外面，等我們出來告訴他們到底是怎麼一回事。但讓他們等去。

我終於又跟班重聚，我再也不會讓他從我視線裡消失。

我吞口口水，想了想。「我還是不懂啊。」我又說了一次。

「我認為我們所有人都可以朝這個方向前進。」他用他的嘴說，聲音沙啞粗糙。他咳嗽兩聲，又用噪音開始說起來。如果我們都能學會用這種方式說話，那我們跟稀巴人之間就再也沒有隔閡，人類之間也不會有隔閡。陶德，這就是這個星球的祕密。溝通，真實、開放的溝通，讓我們終於能完全理解對方。

我清清喉嚨。「女人沒有噪音。她們怎麼辦？」我說。

他呆住。我忘記了，我已經好久沒有跟女人一起生活。他突然眼神一亮。稀巴人女人也有噪音，如果有辦法讓男人停止噪音——他看著我——那一定也有辦法讓女人開始有噪音。

「現在這種情況，我不覺得你說的事能成功。」

我們靜靜地坐了一段時間。好吧，也不能算是靜靜地，因為班的噪音不斷在我們周圍翻攪，把我的噪音包進去，混合在一起，好像這是天經地義的事，我隨時都能知道關於他的一切，任何事情都可以，像是戴維射中他之後，他是如何滾入樹叢裡等死，結果躺在那裡一天一夜後才被一群打獵的稀巴人找到，接下來就是做了好幾個月的夢，在那段時間他幾乎快死了，泡在一個充滿奇怪聲音的世界，學習稀巴人知道的所有知識跟歷史，學習新的名字跟感情跟想法。

當他醒來以後，他就變了。

但他仍然是班。

而我盡量用我的噪音告訴他在這裡發生的所有事情，還有我還是不太了解我到底最後怎麼會穿上這身制服。我的噪音好幾個月以來都沒有感覺這麼開闊自由了——

可是他只問一件事，為什麼薇拉沒有跟我們一起在裡面？

［薇拉］

「妳難道不會覺得被排斥在外？」鎮長又開始繞營火了。

「不會啊。那是他父親。」我看著他說。

「不是他真正的父親。」鎮長皺眉頭說。

「也差不多了。」

鎮長一直繞，表情冷硬。

「除非你是說——」我說。

「如果他們出來了——」他朝班跟陶德鑽進去之後就開始說個不停的帳棚點點頭。我們可以聽到甚至看到一團噪音在打轉，比任何一般人的噪音都要濃密複雜。「請叫陶德來叫我。」

說完他就走了，歐哈爾隊長跟泰特隊長跟在他後面。

「他是怎麼了？」布萊德利看著鎮長離開。

回答的是維夫。「他覺得他失去他兒子了。」

「他兒子？」布萊德利問道。

「鎮長不知怎麼，覺得陶德替代了戴維的位置。你也看到他是怎樣跟他說話。」我說。

「我透過其他人聽到一些。」坐在維夫旁邊的阿李說：「什麼陶德改變他之類的。」

「現在陶德真正的父親來了」我說。

「還還在最不好的時候。」阿李說。

「或者說是即使趕到。」我說。

帳棚的簾子打開，陶德探出頭。

「薇拉？」他說。

我轉頭看他——

我一轉頭，就能聽到他在想的一切。

一切。

比以前更清楚，超乎我想像的清楚——

我甚至不確定我應該要能聽到這麼多，但我一看他的眼睛，我就看到了——

在他所有的感覺中——

即使我們吵過架——

即使我懷疑過他——

即使我傷害了他——

我看到他有多愛我。

但我看到的不只這些。

［陶德］

「現在該怎麼辦？」薇拉對班說，跟我一起坐在我的小床上。我握著她的手，我們什麼都沒說，她讓我握住，我們坐在一起。

接下來就是和平，班說。天空派我來是想知道爆炸是怎麼一回事，想知道和平還有沒有可能。他微笑，這一笑就是他整個噪音都在笑，朝我們蔓延過來，讓人很難不跟著笑。而和平是有可能的。回歸現在就正在跟天空說這件事。

「你為什麼覺得1017值得信賴？他攻擊過薇拉。」我說。

我捏捏薇拉的手。她捏捏我。

因為我了解他。我可以聽到他的聲音，聽到他的掙扎，聽到想要表現出的善。他跟你一樣，陶德，他沒有辦法殺人。

我聽了之後就看著地上。

「我覺得你應該要跟鎮長談談。我認為他不太高興你回來了。」薇拉跟班說。

沒錯，我也有這種感覺，不過他很難懂，不是嗎？班說。他站了起來。「可是他需要知道，戰爭結束了。」他用說話的聲音沙啞。他看著我跟薇拉坐在那裡，又露出一個小小的微笑，留下我們兩人在帳棚裡。

我們有一分鐘沒有說話。

也許又等了一分鐘。

然後我告訴她自從我看到班以後，一直在想的事。

〔薇拉〕

「我想要回舊普倫提司鎮。」陶德說。

「什麼？」我很驚訝地問，雖然我已經在他的噪音裡看到這個念頭。

「也許不是舊普倫提司鎮本身，但也不是這裡。」

我坐了起來。「可是陶德，我們才剛開始——」

「可是我們會開始，而且很快的。」他還握著我的手。「船會來，移民會醒，會有新城，會有新人。」他別過頭。「我在城裡住過一陣子後，我覺得我不太喜歡城市。」班離開以後，他的噪音變得安靜下來，但我還是可以看到他在想像艦隊來了以後的生活，一切回歸正常，所有人又順著河分散開來。「你想要離開。」我說。

他看我。「我想要妳跟我一起走。還有班。也許還有維夫跟珍。布萊德利想要也可以一起來，那個勞森夫人似乎也不錯。我們為什麼不一起建一個鎮呢？離這一切遠遠的鎮。」他嘆口氣。「一個離鎮長遠遠的鎮。」

「可是需要有人看著他——」

「這裡會有五千個人知道他是什麼樣的人。」他又看著地面。「況且，我想也許在他身上我已經盡力了。我累了。」他說。

他說的方式讓我也發現自己有多累，對這一切感覺到多疲累，還有他一定也是很累，他看起來有多累，看起來多疲倦與厭倦這一切，讓我的喉頭一緊。

「我想要離開這裡。我想要妳跟我一起。」他說。

我們靜坐在一起好久。

「陶德，他在你的腦子裡。我看到他在那裡。像是你們兩個連結在一起。」我最後終於說出。

陶德聽到連結兩個字就嘆口氣。「我知道。所以我想走。我就差一點點，但我沒有忘記我是誰。班提醒了我需要知道的一切。對，我也跟鎮長連結在一起，但我已經把他拖離了戰爭什麼的。」他說。

「你有沒有看到他對人群做的事？」

「快結束了。我們會有和平，他會得到他的勝利，他不需要我，雖然他覺得他需要。艦隊會來，他會成為英雄，但是他的人會是少數，我們就盡快離開，好嗎？」陶德說。

「陶德——」

「快結束了。我可以撐到結束。」他又說了一次。

然後，他用一種不一樣的方式看著我。

他的噪音越來越安靜，但是我還是可以看到——

看到他如何感覺我的手貼著他的皮膚，看到他多想握住我的手，貼在唇邊，看到他多想吸入我的氣味，還有我在他眼裡有多美，在病過之後現在看起來有多健康，還有他多想輕輕碰我的脖子，那裡，他多想把我抱在懷裡然後——

「我的天啊。」他猛然別過頭。「薇拉，對不起，我不是故意——」

我只是把手伸向他的脖子後面——

他說：「薇拉——？」

我把自己拉向他——

吻了他。

感覺像是，等好久了。

［陶德］

「我完全同意。」鎮長對班說。

你同意？班驚訝地說。

我們都聚在營火邊，薇拉坐在我旁邊，又握著我的手，像是永遠都不想放開。

「當然。我說過很多次，我想要的就是和平。這是我真正想要的。你至少要相信我認為這對自己很有利。」

太好了，那我們就按照原訂計畫，繼續開會，如果你的傷允許你參與？班說。

鎮長的眼睛噴出火花：「摩爾先生，請問你說的是什麼傷？」

我們所有人一句話都沒說，只是看著蓋滿他臉上的燒傷軟膏，還有他脖子後面跟頭上的繃帶。

不過的確，他看起來似乎完全沒有感覺到自己的傷勢。

「在這段期間，有些事情必須立刻進行，還有一些必要的保證。」鎮長說。

「對誰保證？」薇拉問。

「首先是山頂上的人，也許他們還沒有凝聚成烈士軍，但我相信柯爾夫人一定有留給布萊斯懷特夫人萬一她失手後的指示。必須有人回去把事情解決。」鎮長說。

勞森夫人皺眉：「我去。她們會聽我的。」

「我也去。」阿李的噪音特地投往我跟薇拉以外的方向。

「我們的朋友維夫會駕車送他們去。」鎮長說。

一聽到這句話，所有人都抬起頭。

「我駕飛船送他們回去。」布萊德利說。

「然後離開一整個晚上？」鎮長專注地看著他。（我不知道是不是聽到那個哼聲——）「要等到早上才會帶著比我們城裡任何醫療設備都優秀的燒傷治療器材回來？況且，我認為你，布萊德利，今天，現在，就應該跟班還有薇拉一起回去稀巴人那裡。」

「什麼？可是我們同意是明天——」薇拉說。

「等到明天，柯爾夫人想要創造的裂痕可能已經牢不可動了。如果你們兩個，第一次會談的英雄今天晚上回來，而且把事情已經談妥了，那不是更好？就像一條慢慢流下的河？」

「我想跟班一起去。我不要——」我說。

「陶德，對不起，是真的，但是你跟之前一樣，必須留在這裡，確保我不會做出其他人不贊同的事情。」鎮長說。

「不行。」薇拉說，聲音出奇的大。

「都過了這麼久，妳現在才擔心？」鎮長微笑看她。「薇拉，這只是幾小時的事而已，現在沒了柯爾夫人，贏得這場戰爭的功勞全部落在我一個人身上，我有很多循規蹈矩的理由，相信我。艦隊說不定會請我登上王位。」

一陣長長的沉默，所有人看著對方，思考著。

我必須說，這一切聽起來很有道理。當然不包括王位那部分，班最後說。

所有人開始討論細節，我則看著鎮長。他也看著我。我以為會看到憤怒，但只看到難過。這時我明白——

他在告別。

〔薇拉〕

「那個班的噪音實在是太驚人了。」我扶著阿李爬上會帶他們回山頂的拖車，他一面說：「簡直像是整個世界都在裡面，而且好清楚。」

我們辯論過一陣後，最後決定依照鎮長的計畫。我、布萊德利、班現在騎馬去找稀巴人。阿李、維夫、勞森夫人去山上安撫情況。陶德跟鎮長待在這裡坐鎮。我們會盡快回來。

陶德說他覺得鎮長只是想私下跟他告別，因為班回來了，而如果陶德不在那裡，說不定更危險。我還是反對，直到班同意陶德，說這是真正和平前的最後幾小時，而陶德對鎮長的正面影響在此時的作用是最大的。

但我還是擔心。

「他說所有稀巴人都是這樣說話的。所有稀巴人都是這樣，這是他們演化的過程，好與星球完美契合。」我對阿李說。

「我們就沒那麼契合了？」

「他說如果他學得會，那我們都能學得會。」

「那女人呢？她們呢？」

「那鎮長呢？他也沒噪音了。」

「陶德也沒有。」阿李說得沒錯。陶德離班越遠，就越安靜，然後我看到阿李的噪音裡有陶德，看到我跟陶德在陶德的帳棚裡，看到我跟陶德——

「喂！沒有發生這種事啦！」我滿臉通紅。

「一定有發生什麼事。你們在裡面好久。」他嘟囔著說。

我什麼都沒說，只是看著維夫把牛綁在拖車前面，勞森夫人忙著處理她想要帶回山頂的補給品。

很久後，我說：「他要我跟他一起走。」

「什麼時候？去哪裡？？」阿李問。

「等這一切結束。盡快就走。」我說。

「妳會走嗎？」我沒有回答。

「他愛妳啊，妳這個白痴，就連瞎子都看得出來。」阿李的口氣並不壞。

「我知道。」我低聲說，轉頭看著營火邊的陶德，他正在替安荷洛德上馬鞍，好讓布萊德利騎。

維夫走過來說：「我們準備好了。」

「祝你好運，維夫。明天見。」我說。

「妳也是，薇拉。」

我擁抱阿李，他在我耳邊說：「妳走了以後，我會想妳。」

我離開他身邊，甚至擁抱了勞森夫人。「妳看起好健康，簡直像是新的一樣。」

然後維夫一甩韁繩，馬車開始繞過教堂廢墟，繞過至今依舊佇立在那裡的孤獨鐘塔。

我看著他們消失。

然後一片雪花落在我的鼻尖上。

［陶德］

我伸出手接著雪花，笑得跟白痴一樣。它們像完美的小水晶一樣落在我手上，然後幾乎立刻融化，我燒傷的皮膚還是紅的。

「好幾年來第一次。」鎮長像所有人一樣抬頭，看著白羽毛一樣落下的雪花，下得到處到處到處都是。

「真難得啊。」我還在微笑。「班！」我走過去，他正在把安荷洛德介紹給他的戰獸認識。

「陶德，等等。」鎮長說。

「幹嘛？」我有點不耐煩，因為我寧願跟班而不是鎮長分享雪花。

「我想我知道他發生什麼事了。」鎮長說，我們同時看向班，他還在跟安荷洛德說話，現在也包括其他馬。

「他什麼都沒發生，他還是班。」我說。

「是嗎？他被稀巴人打開了。我們不知道這對人類的影響。」鎮長說。

我皺著眉，感覺胃一陣緊縮。是憤怒。可是也有點害怕。「他沒事。」我說。

「我只是關心你才說的，陶德。我知道他重新回到你身邊讓你有多高興，能夠又跟你父親重聚，對你的意義有多重大。」他聽起來很真心。

我盯著他看，想要猜透他的想法，保持自己的噪音很輕，所以我們只是兩顆石頭，什麼都沒透露給對方。

兩顆慢慢被雪掩蓋的石頭。

「你覺得他有危險？」我終於說。

「這個星球就是資訊。隨時隨地，從不停息，包括它想給你的資訊，它想從你身上得到，好分享給其他人的資訊。我想你可以用兩種方法回應。你可以控制要給它多少，像你跟我靠關掉噪音的作法——」鎮長說。

「或者可以完全對它打開。」我看著班，他看著我，對我微笑。

「至於哪種是對的方法，就得再看。但如果我是你，我會看著你的班。為了他好。」鎮長說。

「你不用擔心。我這輩子都會看著他的。」我轉頭看鎮長。

我說的時候在微笑，仍然被班對我的笑容溫暖，但我在鎮長眼中看到一閃而過的眼神，很短暫，立刻消失，卻存在。

是一閃痛苦。可是，立刻消失了。

「我希望你也能在這裡看著我。」他說，原本的微笑重新出現。「讓我走在正途上。」

我吞口口水。「你會很好的，不論有沒有我。」

又是一閃痛苦。「對。對，我相信我會的。」他說。

〔薇拉〕

「你看起來像是在麵粉裡面打過滾。」我低頭對走來的陶德說。

「妳也是。」他說。

我搖搖頭，一片片雪花落在我身邊。我已經騎上橡果，可以聽到馬在跟陶德打招呼，尤其是布萊德利身下的安荷洛德。

她是個小美人，而且我覺得她有一點點迷戀上這傢伙了，旁邊騎著戰獸的班說。

小馬男孩，安荷洛德說，朝戰獸一低頭後，立刻別開眼睛。

「我建議你們要做的第一件事情是安撫他們。告訴稀巴人我們更堅定和談的決心，然後看看能不能讓他們立刻做出一些善意的表現。」鎮長走過來說。

「像是釋放河流。我同意，讓人民看到他們的未來是有希望的。」布萊德利說。

「我們會盡力。」我說。

「我相信妳會，薇拉。妳向來如此。」鎮長說。

可是我注意到他一直看著告別中的陶德跟班。

只是幾個小時而已，我聽到班說，噪音溫暖而明亮可靠。

「你要好好的。我不要再失去你第三次了。」陶德說。

那樣的話，運氣也太糟糕了吧？班微笑。他們擁抱，溫暖而強壯，像是父子。

我一直看著鎮長的表情。

「祝妳好運。」他來到我馬鞍邊。然後放低聲音。「妳繼續想想我說的話。妳想想未來。」他害羞地笑了。「因為現在我們真的能有未來了。」

「你確定嗎？因為我可以留下。布萊德利可以——」我問。

「我說了。我覺得他只是想告別。所以感覺很奇怪。真的幾乎要結束了。」

「你確定你不會有事？」

「我很確定。我這麼久都應付過來了，再撐一、兩個小時沒問題。」陶德說。

我們又捏捏彼此的手，捏得久一點點。

「我會，陶德。我會跟你走。」我低聲說。

他什麼都沒有說，只是更用力地握住我的手，舉到他的面前，像是想要把我整個人吸入他裡面。

［陶德］

「雪變大了。」我說。

薇拉跟班跟布萊德利已經上路一小段時間，我看著投影畫面，看到他們走上山朝稀巴人的營地前進，在這個天氣裡速度不快。薇拉說他們到的時候會呼叫我，但是看看他們的進度也沒影響，不是嗎？

「雪片很大，不用擔心。要是雪很小，又像雨那樣密的時候就是碰上暴風雪了。」鎮長撥掉袖子上的雪。「這些只是假象。」

「可是這還是雪。」我說，看著遠處的馬跟戰獸。

「來吧，陶德。我需要你幫忙。」鎮長說。

「我幫忙？」

他朝自己的臉比一比。「我也許會說我沒有受傷，但是用了燒傷軟膏以後會讓這句看看起來更可信。」

「可是勞森夫人——」

「回山上去了。你可以順便在手上也擦一些。很有效。」他說。

我低頭看著我的手，隨著藥效褪去，也開始在發痛了。「好吧。」我說。

我們走向偵察船。船停在廣場旁邊不遠處，走上斜坡進入醫療艙，鎮長找張床坐了下來，脫下制服外套，疊好放在旁邊，開始拆下後腦跟脖子上的綳帶。

「那些繃帶才剛綁上，不要拆比較好。」

「太緊了。我想請你幫我綁得鬆一點。」鎮長說。

我嘆口氣。「好吧。」我走到治療艙的抽屜，拿出一些燒傷繃帶，還有一罐用在他臉上的燒傷軟膏。我撕開繃帶的包裝，叫他往前靠，把繃帶鬆鬆地貼在他後腦杓很嚴重的傷口上。「這看起來不太好。」我輕輕地放下繃帶。

「如果你沒救我，那情況會更糟。」繃帶的藥劑滲入燒傷，進入他的循環系統，讓他舒服地嘆了口氣。他坐起來準備敷軟膏，把他的臉湊向我，他臉上有笑容，看起來幾乎是難過的笑容。「你記得我替你綁繃帶的時候嗎，陶德？好幾個月以前了。」他問。

「我不太可能忘記。」我在他額頭上抹軟膏。

「我認為那是我們真正了解彼此的一刻。你看到了也許我並不是十惡不赦。」

「也許。」我小心翼翼地用兩隻手只把軟膏抹在他紅通通的顴骨上。

「這一切就從那時候開始。」

「對我來說，開始得早很多。」

「現在你反過來替我上繃帶，就在結束的時候。」他說。

我停下來，手卡在空中。「什麼結束？」

「班回來了，陶德。我不會不知道這是什麼意思。」

「什麼意思？」我很警戒地看著他。

他再次微笑，笑容充滿難過。「我還是可以讀你，別人都不行，但整個星球上也沒有別人像我，不是嗎？就算你跟太空一樣的沉默，我還是可以讀你。」

我往後退開他身邊。

「你想搬走。」他聳聳肩膀。「很可以理解。這一切結束後，你想帶著班跟薇拉離開，去別的地方開始新生活。」他皺眉。「離開我。」

他的話並不具有威脅性，而是我預期中的告別，但這個房間的感覺，這個奇怪的感覺——

（還有那個哼聲——）

（我第一次注意到——）

（它完全從我腦子裡消失了——）

（不知道為什麼這比之前在的時候感覺還要可怕——）

「我不是你的兒子。」我說。

「你幾乎是了。」他的聲音低得幾乎像是悄悄話。「你原本會是多棒的兒子。一個我可以終於交棒的兒子。一個噪音裡有力量的兒子。」

「我不像你。我永遠不會像你。」我說。

「你是不會。因為你真正的父親來了。雖然我們的制服是一樣的，是吧，陶德？」

我低頭看著我的制服。他說得沒錯。就連大小都幾乎跟鎮長的一樣。然後他微微轉過頭，看向我身後。「你可以出來了，士兵。我知道你在那裡。」

「什麼？」我轉頭看向門，正好看到伊凡進來。

「斜坡放下來了。」他看起來有點尷尬。「我只是想確保沒有不該進來的人進來。」

「法洛士兵，你永遠不忘記往有權力的地方鑽。」鎮長難過地笑了笑。「不過恐怕已經不是這裡了。」

伊凡緊張地看了我一眼。「那我走了。」

「是的。我想你終於該走了。」鎮長說。然後，他平靜地朝在床上疊得好好的制服外套伸手，我跟伊凡站在那裡看他手伸向一個口袋，拿出一把槍，臉上表情完全沒變化，隨手就射穿伊凡的腦袋。

〔薇拉〕

我們聽到時，剛到山頂上，剛走進稀巴人營地沒多遠，天空跟1017等著迎接我們。

我在馬鞍上轉身，回頭看著城市。「剛才那是槍聲嗎？」我說。

〔陶德〕

「你瘋了。」我舉著雙手，慢慢朝門邊移動，伊凡身上的鮮血灑得到處都是。鎮長舉起槍時，他沒有動，甚至連抖都沒抖，什麼都沒有做，沒有阻止自己的死亡。

「你不能控制我。你沒辦法。我會跟你打，我會贏的。」我說。

我知道為什麼。

「你贏得了嗎，陶德？」他的聲音仍舊低沉。「停住。」

我停住了。我的腳感覺像是凍在地面，手還是舉著，但哪裡都去不了。

「你一直以為你比我強嗎？」鎮長從病床上站起來，仍然握著槍。「我幾乎要說你可愛了。」他笑著，好像很喜歡可愛這兩個字。「你知道嗎，陶德？你原本有的。你的確有的。當你當個好兒子的時候，你要我做什麼我都願意。我救了薇拉，救了這城，我為和平奮鬥，都是因為你開口。」

「退後。」我說，但我的腳動不了。我沒辦法把腳從這該死的地上舉起來。

「然後你救了我的命，陶德。」他繼續朝我走來。「你救了我，而不是那個女人，那時候我想，他跟我是一條**心**，他是真的跟我一條**心**，他真的是我想像中的完美兒子。」

「放我走。」可是我連用手捂住耳朵都不可能。

「然後班來到城裡。」他的聲音帶著火氣。「就在一切都完成的時候。就在你跟我把這個世界的命運掌握在我們手中的時候。」他攤開手掌，像是要給我看這世界的命運。「然後就像雪花一樣融化了。」

薇拉，我朝他的腦袋想。

他以微笑作答。「你沒有以前那麼強大了，對吧？當噪音變無聲的時候，要這麼做可就沒這麼容易了。」

我的胃往下墜，這才明白過來他做了什麼。

「不是我做了什麼。」他來到我面前。「是你做了什麼。這都是你做的好事。」

他舉起槍。

「你打碎了我的心，陶德・赫維特。你打碎了一顆父親的心。」

然後他用槍托敲上我的太陽穴，世界變成一片漆黑。

未來降臨

天空穿過一片從雲朵上輕輕落下的雪花朝我過來。它像白色的葉子落下，已經在地上鋪成一片棉被，也鋪在我們，還有我們騎著的戰獸身上。

這是個好兆頭。象徵新開始，過去一筆勾銷，好讓我們能有一個新的未來，天空開心地展示。

或者只是天氣現象而已，我展示。

他笑了。作為天空就是要能夠這樣想。這是未來，還是只是天氣？

我騎馬來到山丘邊緣，好更清楚地看到那三個正橫越山前最後一塊空地的人。他們現在就來了，沒有等到明天，顯然很期待進一步代表和平的舉動，好平息讓他們分裂的紛爭。天空已經讓大地去我們堵住河的地方準備，因為我們知道他們一定會要求讓河緩緩釋放，回歸正常的河道。

我們會給他們。當然要先經過協商，但我們會給他們。

你怎麼知道我會是天空？你又不能告訴大地要選誰。我在他們的噪音裡面看過。在天空死後，大地必須同意一個人選。

沒錯，天空展示，把身上的苔蘚披風拉得更緊。可是我看不出來他們還有什麼別的選擇。

我不合格。我還是對空地很憤怒，但即使他們該死，我還是無法下手殺了他們，我展示。

你不認為就是這樣的衝突才能成就一名天空？在兩個不可能的選擇出現時，尋找第三個解決方法？只有你知道負擔這樣的重擔是什麼感覺。只有你才曾經做出過這些選擇，他展示。

我低下頭，看到除了來源之外，是之前來過的兩個空地，一個皮膚黑一點，噪音很吵的男人——

還有匕首的特別空地。

那你現在又看到匕首本人以後，你對他有什麼想法？天空問。

因為他當時在那裡。他跑向來源，看到我卻根本沒有放慢腳步，帶著如此大的喜悅，如此多的愛迎向來源，讓我很想當場就騎戰獸離開。然後來源的聲音帶著同樣的感情大大打開，覆蓋到周圍每一個人身上。

包括回歸。

有一瞬間，我也在那份喜悅裡面，我也在那份愛與快樂裡面，在他們的重逢與重新交流裡面，我又一次看到匕首，看到他是個有瑕疵的空地，但是當來源原諒匕首，當來源寬恕匕首做的每件事時——

陶德做的每件事時——

我感覺到我的聲音也加入了，我感覺到我的聲音加入來源的聲音，也給予我自己的原諒，願意放下與忘記他對我犯下的所有錯誤，他對於我們一族人民犯下的所有錯誤——

因為我透過來源的聲音可以看到匕首對自己的懲罰遠超過我能對他做的任何事——

他只是一個空地，一個很普通，沒什麼特別的空地，我對天空展示。

他不是，天空溫和地展示。他在他們之中，就像回歸在大地之中一樣出色。所以這就是為什麼你來到這裡時沒辦法原諒他。也就是為什麼你現在原諒他了，即使只是透過來源的聲音——

我沒有憑自己的想法去原諒他——

但是你看到這是可能的。光這一件事情就更顯出你的出色。

我一點不覺得我有哪裡出色，我只是覺得累，我展示。

和平終於到來。你會得到休息。你會得到快樂，天空展示，伸手按住我的肩膀。

他的聲音如今包圍我，我驚訝地倒抽一口氣——

因為未來在天空的聲音裡，一個他鮮少提起的未來，因為最近未來是如此黑暗——

但在這裡就跟剛落下的冰花一樣明亮——

這個未來裡，空地信守承諾，待在自己的邊界裡，而現在在山頭上包圍著我們的大地能夠不受戰爭侵擾地生活——

但也包括空地能學會用大地的聲音說話，而對彼此的理解不僅僅是可能，更是渴望的——

在這個未來中，我會跟天空並肩工作，學習如何當領導者——

在這個未來中，他會指引我，教導我——

一個充滿陽光與休息的未來——

一個再也沒有死亡的未來——

天空輕輕地捏著我的肩膀。回歸沒有父親。天空沒有兒子，他展示。

我明白他在說什麼，他要求什麼——

他也看到我的無法決定——

因為如果我失去他，就像我失去了我的特別大地一樣——

那是一個可能的未來。還有其他的。現在其中一個到了，他抬起頭。

來源領著他們前來，聲音中的開心與樂觀為他們開道，一過山頭便迎向我們。空地男人是第二個，他們的語言中他叫「布萊德利」，他的聲音也更大聲，更粗糙，遠沒有來源的範圍那麼遠。

最後是她。匕首的特別空地。薇拉。她騎馬過了山丘，座騎在一堆堆白色冰塊中留下蹄印。她看起來比之前健康太多了，幾乎好了，她的改變讓我忍不住去想，他們是不是找到鐵環的治療方法，因為我手臂上的那個仍然刺痛燃燒——

可是我還來不及問，天空還來不及好好迎接他們，砰一聲響徹整個山谷，奇特地被一片白壓抑，顯得模糊。

一個不可能聽錯的砰聲。匕首的特別空地立刻在馬鞍上轉身。

「是槍聲嗎？」她問。

雲朵立刻進入來源跟空地男人的聲音。

還有天空。

說不定沒什麼，他展示。

「這地方什麼時候會沒什麼了？」空地男人說。

來源轉向天空。我們的眼睛看得到嗎？我們近到可以看見嗎？他問。

「什麼意思？看什麼？」空地男人問。

等等，天空說。

匕首的特別空地正拿著一個從口袋拿出的小盒子。「陶德？陶德你在嗎？」她對盒子說話。可是沒有聲音。但我們都聽到了一個熟悉的聲音——

「是太空船！」空地男人說著調轉座騎，看到太空船從山谷中升起。

「陶德！」匕首的特別空地對鐵盒子大喊——

但仍然沒有回答。

發生什麼事了？我們以為船的駕駛員被殺死了——天空的聲音帶著命令。

「是死了。我是另一個也是唯一知道怎麼駕駛的人——」空地男人說。

可是飛船如今從城中心慢慢爬起——

開始朝我們飛來——

速度加快——

「陶德！」匕首的特別空地開始逐漸驚慌。「回答我！」

是普倫提司，只可能是他，來源對天空展示。

「但是怎麼可能？」空地男人質問。

現在這個不重要。如果是鎮長——來源展示。

我們得跑，天空說完，轉向大地，立刻發佈命令，快跑快跑快跑——

船發出嗖的一聲，幾乎來到我們正上方，嗖的聲音讓已經開始逃跑的我們轉頭——

太空船發射了它最大的武器——

直直射向我們——

新世界的結束

最後一戰

［陶德］

「陶德，醒來。」鎮長的聲音透過通訊系統傳來。「你會想要看的。」

我呻吟著翻過身——

撞到伊凡的屍體，他的鮮血灑在地板上，隨著船的晃動翻滾流來流去——

隨著船的晃動——

我抬頭看螢幕。我們在空中。我們在該死的空中——

「什麼鬼?!」我大吼——

鎮長的臉出現在螢幕中。「你覺得我的飛行技術怎麼樣？」他說。

「怎麼可能？」我站了起來。「你怎麼知道——？」

「知識的交換，陶德。」他說。我看到他調整一些控制鈕。「我說的話你都沒在聽嗎？一旦你跟一個聲音連結過之後，你就可以知道它知道的一切。」

「布萊德利。你從他那裡拿出來怎麼駕駛飛船。」我明白了。

「一點沒錯。」又是那個笑容。「出乎意料的簡單。只要知道訣竅就好。」

「帶我們下去！現在就帶我們下去——」我大吼。

「否則你想怎麼樣，陶德？你做出了選擇。很清楚的選擇。」他說。

「這不是選擇！班是我唯一的父親——」

我一出口就知道這話說錯了，因為鎮長的眼睛變成我從來沒看過的黑暗，當他開口的時候，像是太空的黑暗進入他，從他口中吐出來。

「我曾經也是你的父親。我塑造你，教導你，要不是我，不會有今天的你，陶德・赫維特。」他說。

「我沒有想要傷害你。我誰都不想傷害——」我說。

「動機不重要，陶德。只有行為重要。像是這個——」

他伸出手，按下一個藍色的按鈕。「看著。」他說——

「不要！」我大喊——

「看著這個新世界結束——」

在另外的螢幕中——

我看到兩枚飛彈從偵察船的兩邊發射——

直直朝山頂發射——

朝她在的地方發射——

「薇拉！**薇拉！**」我尖叫。

〔**薇拉**〕

沒有地方可以逃，根本不可能跑得比用不可思議的速度朝我們呼地飛來的飛彈更快，一道道煙霧穿過落下的雪——

陶德，我有不到一秒的時間想著——

然後飛彈帶著巨大的爆炸聲擊中，稀巴人的噪音尖叫，碎塊飛入空中——

然後——

然後——

然後我們還在——

沒有一波波的熱浪會死亡，我們腳下的山頭也還在，沒有被毀滅——

發生什麼事？班問，我們所有人都抬起頭。河床上有道裂痕，飛彈打中的地方有些煙霧，可是——

「沒有爆炸。」我說。

「那個也沒有。」布萊德利指向山邊，有條疤痕，是樹叢跟灌木被撕開的地方，可以看到飛彈的外殼裂成碎片——

是因為跟岩石的撞擊而碎裂，不是因為爆炸。

「不可能是空包彈。不可能兩枚都是。」我看向布萊德利，感到一陣興奮。「你拆掉了彈頭的管線！」

「不是我。」他說，回頭看著偵察船，停在空中，鎮長想必也跟我們一樣在想為什麼大家都還站在這裡。「席夢。」布萊德利說。他轉頭看我。「我們到最後都還因為我有噪音，而我認為她跟柯爾夫人走得太近這兩件事而沒有和解，但是……」他回過頭看偵察船。「她一定是看到潛在的危險。」我可以看到他的噪音哽咽。「她救了我們。」

天空跟1017也在看著，可以聽到他們對於飛彈沒有殺死所有人的驚訝。

這是船上唯一的武器嗎？班問。

我抬起頭看到偵察船已經在空中轉開——

「跳躍彈。」我想起來——

【陶德】

「搞什麼鬼？」鎮長咆哮——

但我正在看著顯示山頭的螢幕——

飛彈沒有爆炸——

只是撞上山邊，就這樣而已，造成的傷害跟丟一塊很大的石頭差不多——

「陶德！」鎮長朝攝影機大吼。「你對這件事知道多少？」

「你朝**薇拉**發射飛彈！你是個垃圾，聽到沒？**垃圾！**」我回吼。

他又發出咆哮聲，我跑向醫療艙，但門當然關著，然後整個地板往上一彈，因為他突然加速往前飛。我摔倒在床上，腳被伊凡的血帶著一滑，很努力想要盯著螢幕看，在山頂上找她人在哪裡——

我另一手拍著口袋在找通訊器，但那當然也被他拿走了——

但我開始在房間裡找，因為席夢以前也在船上對我們說過話，不是嗎？而如果通訊系統能從駕駛艙朝這裡說，也許也能從這裡往外說——

我又聽到兩聲呼的聲音——

在螢幕中，又有兩枚飛彈朝山頂射去，這次靠得比較近，兩枚都重重射入在河床上逃跑的稀巴人當中——

可是還是沒有爆炸——

「很好。」我聽到鎮長用很平靜的語氣說，那代表他真的生氣了。

我們正飛過稀巴人上空——

該死的，他們人還真見鬼的多——

我們干他的怎麼會以為能跟這麼大的軍隊打？

「我相信這艘船上還有另一級武器。」鎮長說——

螢幕畫面變成從上往下，看到跳躍彈落向逃跑的稀巴人——

落下，墜地，卻還是沒有爆炸——

「**該死的！**」我聽到鎮長大吼——

我撲向鎮長的聲音傳出的通訊面板。我碰了一下旁邊的螢幕，一排字跑出來——

「那就這樣吧。我們只好用傳統的方式來了。」鎮長在我後面的螢幕上憤怒地說。

我正看著螢幕上的字，強迫自己專注，逼出鎮長教過我的一切——

慢慢的，慢慢的，慢慢的，它們變得有意義——

〔薇拉〕

「我們想要和平！」布萊德利朝天空大喊，看著跳躍彈幾乎毫無影響地墜落，只傷到剛好在下面的可憐稀巴人。「這是一個人的行為！」

可是天空的噪音沒有言語，只有憤怒，憤怒他被欺騙，憤怒他的戰力因為自己提出和平而減弱，憤怒我們背叛了它。

「我們沒有！他也想殺掉我們！」我大喊。

我的心光想到鎮長對陶德做了什麼事就要擔心地跳出來——

「你能幫我們嗎？你能幫我們阻止他嗎？」布萊德利對天空說。

天空驚訝地看著他。他後面的稀巴人還在跑，還在逃離偵察船，但是河岸的樹林開始藏起他們大多數人，而偵察船也停止投放不會爆炸的跳躍彈，只是陰森森地浮在還在飄落的雪中。

「你們那種會燒，會冒火的東西。就是用弓射出來的那種。」我說。

那些對有武裝的船艦有效嗎？天空問。

「如果大量射出的話，也許會有。不過要趁船還低到可以被射中。」布萊德利說。

船正在掉頭，還浮在同樣的高度，我們聽到引擎的頻率改變。

布萊德利猛然抬頭。

「怎麼了？」我說。

布萊德利搖頭。「他在改變燃料比例。」他說，噪音突然變得大聲，帶著迷惘與震驚，彷彿想起一件幾乎想不太起來的事情——

「他是和平的最後障礙。如果我們能阻止他——」我對天空說。

那就會有別人取代他。空地的惡性向來如此，天空說。

「那我們就只能更努力！如果我們抵抗船上那個人到了這個程度，你不覺得這至少表示這對我們有些人而言有多重要嗎？」

天空轉頭看天，我可以看到有同意的跡象，思索著我說的有道理，但同時對上另一個事實，也就是空中的太空船——

還有即將來的船——

天空轉向1017。透過通道傳遞訊息。命令大家準備武器，他說。

（1017）

我？我展示。

大地需要學會聽你的。他們可以從現在開始，天空展示。

然後他對我打開聲音，我幾乎還沒反應過來，就已經在用大地的語言傳遞出他的命令——

我讓它從我身體流過，彷彿我只是一個渠道——

流過我，進入通道，進入士兵，還有周圍等待的大地，而透過我說話的不是我的聲音，甚至不是旁邊天空的聲音，而是更大天空的聲音，那個無論是哪個人擔負這個名字，卻永遠獨立於外的另一個天空，這個天空是大地們的統一意見，是我們所有人累加的聲音，是大地對自己說話的聲音，能保護大地的生命安全，以及做出面對未來的準備，是那個在透過我說話——

那才是天空的聲音——

它在叫士兵準備開戰，也要剩下的大地一起作戰，在我們最需要的時候，聚集起旋轉火焰跟戰獸背上的武器——

成功了，援軍要來了，來源對空地來的人展示——

然後上面傳來嘶聲，我們全部抬頭——

看到一片火流從船艦的引擎倒下——

像是傷口的鮮血一樣倒下，煙霧跟蒸氣在冷空氣中散發，倒在大地上，讓大地燃燒，而船艦開始在我們上方繞一大圈，火焰像牆一樣從地上升起，燃燒所有能燃燒的一切，樹木、密屋、大地、世界——

「火箭燃料。」空地來的男人說。

「他把我們困在這裡。」匕首的特別空地說，帶著她的座騎繞圈，她的座騎看到四面八方的火焰，驚慌地喊叫起來。

船艦在空中升得更高，飛的弧度更彎，繼續倒出火焰——

他要摧毀一切。他要把整個山谷給燒掉，來源說。

［陶德］

船左右亂晃，我在通訊面板前幾乎站不住——

螢幕上到處都是火——

「你在做什麼？」我大吼，一面很努力不要驚慌，同時很辛苦地讀著面板上的字——

「布萊德利忘記他祖父教過的老船長技巧。改變燃料比例，提供氧氣之後，它就會燒啊燒啊燒個不停。」鎮長說。

我抬頭，看到我們升高在空中，劃過上方山谷邊緣，繞過一圈，往下面的樹倒下火雨，而這火又黏又超熱，有點像是稀巴人的武器，而雖然天上在下雪，樹仍然因為熱而爆炸，點燃其他樹木，火竄過樹林，遠超過稀巴人能逃跑的速度，螢幕上顯示一大片燃燒的火環，跟著我們飛行的軌道，包圍山谷，把他們困在裡面——

他要把整個世界燒掉。

我看著通訊螢幕。有一堆方塊我可以按，但我還在讀第一個。最斤，我認為上面寫的是這個。最斤通訊。我吸一口氣，閉上眼睛，試著減輕噪音，感覺當鎮長在裡面時是什麼樣子——

「陶德，看著世界燃燒。看著最後一場戰爭開始。」鎮長說。

最近通訊，一定是。最近。我按下。

「陶德？你在看嗎？」鎮長說。

我抬起頭，看著他在螢幕上的臉，發現他看不見我。我繼續看通訊方塊。右下方有一個紅圈圈，寫著視訊關閉。我第一次讀過的。

「你其實不在乎誰贏，對不對？」我說。

他現在繞過新普倫提司城，把南邊還有北邊的森林都浸泡在一片一定會燒到城市的火海。我已經看到一道火焰燒穿一排外圍的房屋。

「你知道嗎，陶德？我發現我真的不在乎，沒錯。這很厲害吧？我只想要整件事結束，我只想要整件事終於能結束。」他說。

「原本可以結束。原本可以和平結束了。」我說。

通訊螢幕上現在是一排最近通訊，我猜的。我正一一讀著——

「陶德，我們原本可以一起建立起和平的。可是你決定那不是你要的。」鎮長說。

通訊，通訊，通訊口，通訊品——

「所以我必須感謝你，因為你讓我回歸我真正的目的。」他說。

通訊器1。通訊器1。原來是這樣，通訊器1。這東西是一張通訊器列表，從1到6，不過不是按照順序。1在上面，然後是3（我猜是3），然後也許是2，下面反正就是其他的——

「你說你改變了。你說你變成不一樣的人。」我滿頭大汗地看著螢幕。

「我錯了。人是不能被改變的。我永遠會是我。你永遠會是陶德・赫維特，無法殺人的男孩。」

「這個啊，人會變的。」我很感慨地說。

鎮長大笑。「你沒聽我在說嗎？人不會變的，陶德。人不會變。」

船又一震，他繞過另一圈，燃燒下面的世界。我還在跟通訊面板奮鬥。我不知道哪一個數字是薇拉，但如果這些是最近通訊，而且是按照時間排順序，那她要不然是1就是3，因為——

「陶德，你在那裡幹什麼？」鎮長說。通訊螢幕變成空白。

〔薇拉〕

隔著到處都是的濃煙，我們已經幾乎看不到偵察船。我們目前為止在滿是岩石的河床中央還算安全，但是根本出不去，到處都是火。鎮長繞過整個山谷，火亮到根本無法直視。

怎麼會有這麼多？班問，我們看著火燒過森林，以不可思議的速度擴散。

「幾滴就夠炸掉整座橋了。想想一整船會有多可怕。」我說。

你不能聯絡船嗎？天空問我。

我舉起通訊器。「沒有回答。我一直在試。」我說。

既然這艘船已經離開我們的武器範圍，天空的噪音凝結成一個決定，只那就有一個辦法。

我們全部人都盯著他，明白他的意思。

「河。」我說。

然後空中的咆哮聲讓我們所有人轉身——

「他掉頭了！」布萊德利大叫——

我們從分開的煙霧中看到偵察船飛過山丘邊緣，像是最後審判一樣尖嘯著衝出天空——

直撲我們而來——

［陶德］

螢幕上只剩火焰，到處都是火，包圍山谷，包圍新普倫提司城，在薇拉的山頭上燃燒，薇拉在這一片燃燒中的某處——

「我會殺了你！你聽到沒？**我會殺了你！**」我大吼。

「我真的希望你會，陶德。」鎮長說，在他留下的最後一個螢幕上，他臉上露出奇怪的笑容。「你等得夠久了。」

可是我已經在找其他聯絡薇拉的方式（拜託拜託拜託）。通訊螢幕沒法恢復，但我發誓我看過勞森夫人在醫療床邊的螢幕上做過什麼，我走過去，按上其中一個。

我一碰螢幕，螢幕就整個亮起來，上面一團字，其中一個是通訊開頭。

「我也許應該要告訴你接下來會發生什麼事，陶德。你必須要知道。」鎮長說。

「閉嘴！」我按著螢幕上的通訊方塊。

跳出來另外一堆方塊，這次一大堆都是通訊開頭。我深吸一口氣，努力讓噪音變成學習形態。如果鎮長可以偷來知識，那我該死的一定也可以。

「我命令歐哈爾隊長帶領小支軍隊跟必定會攻擊城市的稀巴人軍隊作戰。這當然是自殺任務，但是歐哈爾隊長向來都是可以犧牲的。」鎮長說。

通訊中木，我讀著。我瞇起眼睛，吐一口氣。拜託拜託拜託。

通訊中木。我根本不知道那是什麼意思，所以我第三次深呼吸，閉上眼睛（我是圓圈圓圈是我）。我再次睜開眼睛。通訊中樞。沒錯，就是這個意思。我按下去。

「泰特隊長到時已經帶領剩下的軍隊前往山頂，去把反抗的答案軍殘黨殲滅。」鎮長繼續說個不停。

「我們當然不能讓我冒著又被恐怖份子炸死的險，不是嗎？」他說。

我抬起頭：「什麼？」

「干你的怪物！」

「然後泰特隊長會帶領軍隊去海邊。」

這次我真的抬起頭了。「海邊？」

「那裡會是我們的最後一戰，陶德。」鎮長說，我看到他笑得很開心。「背後是海，前面是敵人。背水一戰，有什麼比這個更好的？只剩下戰與死。」

我繼續看通訊螢幕。就在那裡。最近通訊。我按下去。更多方塊跑出來。

「可是這必須從稀巴人領袖的死開始。」鎮長在說：「我很遺憾，這也代表他周圍所有人都得死。」

我又抬起頭。我們來到山丘邊緣，飛過去，順著乾涸的河床往下飛，追著逃跑的稀巴人——

追著薇拉——

我在螢幕上看到她了——

看到她還騎著橡果，布萊德利和班在他旁邊，稀巴人領袖在他們後面，要他們快跑——

「不要！不要！」我尖叫。

「對於失去她我很遺憾。」鎮長說，我們衝向他們，火焰跟在我們後面流下。「而說實話，失去班我倒不怎麼遺憾。」

我按下通訊螢幕最上面的按鈕，那個寫著通訊器1的按鈕，我尖叫：「**薇拉！**」我的聲音大到嗓子都破音了：「**薇拉！**」

可是在螢幕中，我們已經飛到他們上方——

（1017）

天空用力一扯他的戰獸，把空地的牲口都擠到一邊，推出船艦的前進方向，推向在河邊燃燒的樹——

可是空地的動物都在抗拒——

火，火！我聽到他們瘋狂地叫著。

船艦來了！我展示，不只對天空，更對周圍的大地，朝四面八方送出警告，同時一面把我自己的動物拖向燃燒的樹木，那裡有一小塊空地可以讓我們暫時躲避——

去！我聽到天空說，我的戰獸回應，轉頭就朝火場跑，空地的動物也同樣往前跑，然後是來源、空地男人、匕首的特別空地——

班跟布萊德利跟薇拉——

他們的動物朝我跑來，朝燃燒樹林中的小空地跑去，我們在那裡待不久，但也許能避開仍然尖叫俯衝的船艦——

周圍整個大地的害怕從我身上穿過，包括他們的驚恐，他們的死亡，我感覺到的遠超過我能看到的，那些跑過我衝刺中戰獸身旁的大地，我全都可以感覺到，我感覺到留在北邊山谷的士兵，還有南邊的士兵，想要在每棵樹都在燃燒的森林裡為性命搏鬥，火星在樹枝尖跳躍，穿過落下的冰塊，遠比大多數人能跑的要快。我也可以感覺到河上游的大地，遠離這裡的火災煉獄，看著火場從山谷衝向他們，吞沒一部分逃跑的人，我看到一切，透過每個大地的眼睛看到全部——

我看到這個星球的眼睛，看著自己燃燒——

我也在燃燒——

「快點！」我聽到匕首的特別空地大叫，我再次轉頭，看到她在叫天空，他的戰獸落在我們後面一、兩步外，因為他正在送出命令，要大地自行躲避——

船艦從正上方飛過——

朝河床灑下火焰——

天空的眼睛與我對上——

它們隔著煙霧跟火焰跟落冰與我對上——

不，我展示——

不！

他消失在一片火牆後——

〔薇拉〕

馬往前跳，一片火牆呼地順著我們身後的河床往前衝——

幾乎沒有地方可逃，前面的樹都燒了起來，山邊的岩石也在燃燒，就連雪花都在半空中蒸發，原本飄浮的地方只剩下一小朵煙霧。我們躲過第一波攻擊，但是如果他回來，那就沒有地方去，沒有地方去——

「薇拉！」布萊德利大叫，安荷洛德撞上橡果，他們用害怕的嘶鳴互相打招呼——

「我們該怎麼出去?!」我邊說邊咳嗽，轉身看到一座十公尺高的火牆燒掉我們原本所在的河床——

「天空呢？」布萊德利說。

我們轉頭看班，第一次發現我們聽不到他的噪音，他的噪音集中在我們以外的地方，周圍附近的所有稀巴人也都停了下來，像是被凍結住，在一片火場中，這景象顯得很詭異，雖然我們沒有地方可逃——

「班？」我說——

可是他盯著河床上的火牆——

這時我們聽到了——

一個撕裂的聲音，像是空氣被撕成兩半，從我們後面靠近——

1017——

下了他的戰獸，用跑的——

衝向已經在裸石上消退的火焰——

留下一堆燃燒的灰燼——

像之前稀巴人發射火箭時的戰場——

只是這次只有兩堆——

1017衝向他們，他的噪音發出我這輩子從沒聽過的如此可怕，如此充滿憤怒與悲傷的聲音——

他衝向天空與他的戰獸的焦黑屍體——

（回歸）

我跑著——

腦子裡沒有別的想法——

聲音中沒有別的聲音，只有我自己幾乎聽不到的哭喊——

一聲我堅持一定要收回去的哭喊——

一聲拒絕相信我看到的景象，拒絕接受發生事實的哭喊——

我跑過空地跟來源，只隱約感覺到他們的存在——

隱約知道我耳朵，頭腦，心臟裡的咆哮——

我聲音裡的咆哮——

河床上的石頭還在燃燒，但是我一面靠近，一面看到火也開始熄了，所以這次攻擊燃燒了更多面積只是浪費——

但並不是浪費，因為它顯然只有一個目標——

我衝入火焰，感覺皮膚被燒焦，有些岩石跟煤炭一樣紅——

但我不在乎——

我衝到天空騎著座騎的地方——

來到他倒在石頭上的地方——

他跟那動物還在燃燒——

我拍打著火焰，想要用空手熄滅，哭喊越來越大聲，擴散到我以外的地方，離開我，進入這個世界，進入大地，試圖抹去發生的一切——

我抓著天空燃燒的手臂，把他從他燃燒的動物身上拖下——

我大聲地展示，不要！

我的皮膚在岩石上燃燒，我自己的苔蘚因熱氣而冒煙——

不要！

但他在我手裡只是死氣沉沉的重量——

然後——

然後——

然後我聽到他——

我整個人僵住——

完全沒有辦法移動——

天空的身體在我的手裡——

可是他的聲音——

在他的身體之外——

浮在空中，留下他的身體——
可是指著我——
展示——
天空——
他對我展示，天空——
然後他不在了——
在下一刻，我聽到他們——
我聽到整個大地的聲音——
每一個都凍結在當場——
雖然我們有些人正在燃燒，卻還是凍結——
雖然我們有些人正在死去，去還是凍結——
像我一樣凍結，抱著天空的屍體——
只是那已經不是天空的屍體——
天空，我聽到——
然後是大地在說話——
大地的聲音，交織成一個聲音——
天空是大地的聲音，有一瞬間，這連結被截斷了，大地迷失在世界中，沒有可以說話的嘴——
但只有一瞬間——
天空，我聽到——

這是大地——

在對我說話——

他們的聲音進入我——

他們的知識進入我，所有大地的知識，所有過去天空的知識——

他們的語言也以一種我現在明白是我過去一直抗拒的方式突然湧入我，想讓自己獨立於他們之外，但在一瞬間，我全都知道了——

我知道了他們每一個人——

我知道我們每一個人——

而我知道是他——

他把它交給我——

天空是大地選的——

但在戰爭中，不能有延誤——

他死的時候，告訴大地，**天空**——

而大地往我裡面說，**天空**——

而我回答——

我回答，**大地**——

然後我站起來，留下老天空，把我的哀傷暫時放在一旁等待——

因為這重擔立刻掉在我身上——

大地有危險了——

大地的安危必須重於一切——
所以只有一件事可以做——
我背向大地，背向也在叫我天空的來源，背向空地男人與匕首的特別空地，所有人都看著我，所有聲音都聽著我——
我是天空——
我說大地的語言——
（但我自己的聲音還在——）
（我自己充滿憤怒的聲音——）
我告訴大地釋放河流——
立刻全部釋放——

〔薇拉〕

「這會毀了城市！」布萊德利說，甚至不用班轉述——
因為我們在周圍所有人的噪音裡都可以看到，看到1017叫他們釋放河流——
「城裡還有無辜的人。積蓄這麼久的水力會把他們從這個星球上沖刷掉！」布萊德利說。
班說：已經完成了。天空發話了，所以已經開始。
「天空？」我說——
新天空，他看著我們後面——
我們轉身。

1017從河床上熱石頭散發的蒸氣間走出，眼神與之前完全不同。

「他是新天空？」布萊德利問。

「完蛋了。」我說

我可以跟他談，我會努力幫他做出對的決定，但我不能阻止河流——班說

「我們得警告城裡。我們有多少時間？」布萊德利說。

班的眼睛失焦片刻，在他的噪音裡我們看到稀巴人架的水壩攔住了不可思議的大量河水，全部堆積在陶德跟我曾經看到那一群不斷對彼此呼喊這裡的動物的草原上，現在滿滿都是水，整個像是內陸海。水壩在非常後面，而且要釋放也需要工作，班說，然後眨巴著眼睛。二十分鐘最多了。

「根本不夠！」布萊德利說。

你就只有這麼多時間，班說。

「班——」我說。

陶德在上面，班看著我的眼睛，他的噪音感覺像是直接射入我，我聽到他聲音的方式是我從來沒有在這個星球上的任何一個男人身上聽過的。陶德在上面，還在為妳戰鬥，薇拉。

「你怎麼知道？」

我可以聽到他的聲音，班說。

「什麼？」

不是很清楚，也沒有什麼明確的內容，他看起來跟我一樣意外。可是我可以感覺到他在上面。我們選擇天空時，我可以感覺到所有人。他的眼睛睜大。我聽到陶德。我聽到他在為你奮戰。他騎著他的戰獸靠近我。妳也必須為他奮戰。

「可是稀巴人正在死去，還有城裡的人——」我說。

如果你為他奮戰，就是為我們所有人奮戰。

「可是不能對戰爭投入個人好惡。」我幾乎是用問的——

如果對象是可以結束這場戰爭的人，那這就不是為個人，而是公眾了，班說。

「我們得走了。現在就走！」布萊德利說。

我花了最後一秒思考，最後對班點點頭，便開始掉轉馬頭，想要找條安全的路來穿過大火——

結果看到1017擋在我們面前。

「讓我們去。船上的人是我們兩人的敵人。他是這個星球上所有人的敵人。」

幾乎像安排好的一樣，我們聽到偵察船的咆哮聲又繞了回來，準備再來一次——

「拜託你。」我求他。

可是1017不讓我們走——

我在他的噪音裡可以看到——

看到我們在他的噪音裡死去——

不行。沒有時間報仇了，你一定要把大地帶離河床，班騎馬上前說。

可是我們可以看到1017的掙扎，看到他的噪音扭來扭去，想要報仇，但也想要救他的族人——

「等等。」我想起來——

我拉起袖子，露出鐵環，現在已經是正在癒合的粉紅色，不再會殺死我，但也永遠在那裡——

我感覺到1017的噪音出現驚訝，但他還是沒動——

「我跟你一樣恨殺死你們天空的人。我會不惜一切來阻止他。」我說。

他又看著我們一會兒，火焰繼續在我們周圍燃燒，偵察船繼續從山谷另一邊飛回來——
趁天空還沒有改變主意前，去吧，他說。

［陶德］

「薇拉！」我尖叫，可是通訊器1或3還是沒有回答，我感覺腳下的地板又一晃，我抬起頭，看到我們在河床上點起一片火海之後，又要繞回去——

可是煙太大，我看不到她或班——

（拜託拜託拜託——）

「陶德，你看看稀巴人。他們甚至沒在跑。」鎮長透過通訊器說，聽起來似乎覺得很好奇。

我會殺了他，我該死的會殺了他——

然後我突然想到，阻止他是我想要的，是我渴望，超過一切的，所以如果需要的是渴望——

停止攻擊，我心想，不管船艦怎麼晃怎麼抖，我仍然非常專心，想要找到他在駕駛艙中的位置。停止攻擊，現在降落。

「我感覺到來敲門的人是你嗎，陶德？」鎮長大笑。

我腦子裡突然強光一閃，一閃劇烈白色的炙熱疼痛，還有他從之前就在用的話，**你什麼都不是什麼都不是什麼都不是**，我重重往後退，眼睛模糊，腦子變成漿糊——

「你其實根本不用試。看起來我們的薇拉活下來了。」鎮長說。

我眨著眼睛想看螢幕，看到我們正飛向馬背上的兩個人，其中一個是薇拉——

（感謝上帝感謝上帝——）

騎馬穿過燃燒的山邊，能避就避，不能避就跳過去——

「不用擔心，陶德。我在這邊的工作已經結束。如果我沒猜錯，河一下就到了，我們會在海邊等待命運的來臨。」

我還在重重喘氣，但我同時衝回通訊面板。

也許我的通訊器是通訊器1，但3號是柯爾夫人——

我伸手按下通訊器2。「薇拉？」

在螢幕上我可以看到她，小小瘦瘦一個人，騎在橡果的背上，衝到燃燒山丘的邊緣，跳到下面崎嶇的小路——

我看到她驚訝地身體一震，看到她跟橡果突然停下來，看到她的手伸向披風——

「陶德？」我聽得清清楚楚——

「這是什麼？」我聽到鎮長說——

可是我還在按按鈕——

「海，薇拉！我們要去海！」我大喊。

然後，我又被一波噪音打中——

〔薇拉〕

「海？」我對通訊器大喊。「陶德？你是什麼意思——？」

「妳看！」布萊德利騎在安荷洛德身上，跑在破碎的之字形小路上較前面的地方，他正指著偵察船——

船正從山谷往我們的反方向飛，朝東邊飛——

朝大海飛——

「陶德!?」

「薇拉，我們得走了。」布萊德利趕著安荷洛德下山。通訊器還是沒有聲音，可是布萊德利說得對。有一面水牆要撲來了，我們必須盡量警告下面的人——

雖然橡果再次衝下山時，我知道我們也許只能救出很少人——

甚至可能連我們自己都救不了——

［陶德］

我呻吟一聲，從地板上爬起。我摔在伊凡的屍體上。我抬頭看螢幕，但現在什麼都不認得，連火都沒看到，只有綠色的樹跟山在我們下面——

所以我們正在去海邊的路上——

等著一切的結束——

我用外套擦掉伊凡的血，那件跟鎮長完全搭配的爛外套。光想到我們兩人看起來很像就讓我覺得很丟臉——

「你看過海嗎，陶德？」他問。

我忍不住去看——

因為就在那裡——

大海——

有一秒鐘，我移不開眼睛——

所有螢幕同時被海填滿，滿滿的滿滿的滿滿的，一片水大到沒有盡頭，只有一開始的沙灘，被沙子跟雪蓋滿，然後是無盡的水一直一直伸向滿是雲的天邊——

我看的頭暈到必須轉過頭——

我走回跟薇拉聯絡上一秒的通訊器，但是當然現在也被關掉了，鎮長把所有我可能用來跟她說話的東西都關了。

現在只剩下我跟他，飛向大海——

只有我跟他來算總帳——

他攻擊薇拉。他攻擊班。如果他們沒被大火燒死，也可能被洪水淹死，所以我們絕對有干他的一大筆帳要算——

沒錯，這筆帳算定了——

我開始想著她的名字。我開始好好的，狠狠地想著她的名字，來練習，來暖身，準備我的腦子，我的噪音——

感覺我的憤怒，感覺我對她的擔心——

也許因為他把我的噪音變小聲，所以我會變得更難跟他打，但如果他還能用他的噪音來揍我，那我也一定可以揍他——

薇拉，我想。

薇拉——

（天空）

我必須要大地穿過火海才能拯救它。我必須要大地爬上山谷邊燃燒的山丘，穿過燃燒的樹木，穿過塌倒爆炸的密屋，我必須要他們穿過極大的危險才能逃出從河谷沖下來的更大危險——

一個我帶給他們的更大危險——

一個天空認為必要的更大危險——

因為這些是天空的選擇，這些是天空為了大地好而必須做出的選擇。如果我們讓火繼續燒過森林，極多的我們會被燒死，而逃跑的過程中還是有可能讓極多的我們被燒死——

但至少如果是後者發生，我們能帶上幾百個空地一起——

不，我聽到來源展示，跟在我後面爬上陡峭的山坡。我們騎在戰獸上，想要找路穿過火牆，好能夠在水到之前離河床夠遠。戰獸一路上很痛苦，但是我們必須強迫牠們前進，希望牠們的盔甲能救牠們的命。

天空不能這樣想，來源展示。對空地開戰只會摧毀大地。和平一定還是可能的。

我站在鞍上，轉身看他，低頭看著像個人類坐在鞍上的他。和平？你期待他們做出這種事情以後還有和平？我憤怒地展示。

是他們其中之一做出這種事。和平不只是可能，更對我們的未來至關重要，來源展示。

我們的未來？

他沒有回答。唯一的另外選擇就是保證相互毀滅。

那又有什麼問題？

可是他的聲音已經開始因為憤怒而發光。那不是天空會問的問題。

你對天空又懂什麼？我展示。你對我們又懂什麼？你用我們聲音說話的時間只不過是你一輩子的一小部分而已。你不是我們。你永遠不是我們。

只要去分我們跟他們，那大地就永遠不會安全，他展示。

我正要回答，但是大地的聲音從西邊山谷喊了出來，警告我們。我們的座騎開始爬得更快。我抬頭看山谷，穿過還在落下的冰片，穿過在兩邊燃燒的火焰，升高到上方雲朵的煙霧——

順著河床，一面蒸氣牆正在往前衝，後面跟著河，像是跑在飛箭前的呼嘯聲——

來了，我展示。

濃霧衝過我們，繼續往上，把整個世界覆蓋在白色中。

我看了來源最後一眼——

然後我打開聲音——

我對所有大地打開，好讓他們都能聽到，找到通道好往外傳遞，直到我知道自己在跟所有大地，無論何處的大地說話——

然後我聽到了，我送出去的第一個命令的回音，拿起武器的回音——

像是等待被實現的命運，待在那裡——

我在聲音中抓住它，又往外送了一次，比先前送得更遠，更廣——

我告訴大地，大家準備，準備開戰——

不行！來源又大喊——

可是跟城市一樣高的水牆撲了過來，吞沒遭遇的一切，包括他的聲音——

〔薇拉〕

我們順著馬路衝進城裡，橡果跟安荷洛德跑得快到我幾乎抓不住他的鬃毛——

小馬女孩抓好，橡果說，居然還跑得更快了——

布萊德利騎在安荷洛德背上，跑在我前面，滿天的雪花被我們劃破，繞著我們旋轉。我們很快來到城市外圍，是道路跟第一排屋子交口的地方——

什麼鬼——？我聽到布萊德利的噪音在大叫——

一小群人走在路上，排成隊伍，由歐哈爾隊長帶隊，舉起武器，噪音中的緊張像是北邊跟南邊天空的煙霧般升起——

「退後！你們必須退後！」布萊德利靠近他們時大吼。

歐哈爾隊長停下，噪音充滿疑問，後面的人也停下。

我們來到他們面前，馬突然停下——

「稀巴人要進攻了。我受命要——」歐哈爾隊長說。

「他們釋放了河流！」我大喊。

「你們得到高一點的地方！你們得告訴城裡的人——」布萊德利說。

「他們大多已經走了。他們正在用急行軍的速度跟著路上的軍隊。」歐哈爾隊長的噪音升起一片紅色。

「他們在做什麼？」我說。

可是歐哈爾隊長看起來越來越生氣。「他知道。他早就知道這是自殺。」

「為什麼其他人都在路上？」我質問。

「他們要去醫婦的山頭。去鎮守。」歐哈爾隊長的聲音充滿怨恨。

我們在他的一閃噪音中看到鎮守是什麼意思。我想到山頂的阿李。我想到看不見的阿李。

「布萊德利！」我大喊，又用力一拍橡果的韁繩。

「帶你的人往高地走！盡量救人！」布萊德利大喊，我們繞過士兵，繞回路上。

但是我們聽到一聲咆哮——

不是一群男人的噪音咆哮——

是河的咆哮與衝擊——

我們回頭——

看到大得不可思議的一面水牆淹沒山頂——

［陶德］

螢幕改變。大海消失，換成城裡的探測器。鎮長把其中一個對準空空的瀑布——

「來了，陶德。」他說——

「薇拉？」我驚慌地低聲說，想在螢幕中找到她，焦急地想看有沒有探測器看到她騎馬穿過城裡——

可是我什麼都沒看見——

什麼都沒看見，只有巨大的水牆淹過山頂，在前面推著整個城那麼大的煙霧跟水蒸氣——

「薇拉。」我再次低語——

「她在那裡。」鎮長的聲音說——

然後他切換到一個探測器的景象，上面是她跟布萊德利騎在馬上，拚命往前衝，穿過城裡——還有其他人在逃跑，但他們絕對不可能跑得比砸向瀑布下方，往前跳躍，穿過水氣與煙霧的大水——

直直撲向城市的大浪——

「快點，薇拉。」我的臉貼在螢幕上低聲說。「快。」

〔薇拉〕

「快點！」布萊德利在我前面喊——

可是我幾乎聽不到他的聲音——

我們後面水的咆哮讓人耳聾——

「快點！」布萊德利再次尖叫，回頭去看——

我也回頭去看——

上帝啊——

那簡直是一面實心牆，一面奔騰水波的白牆，比新普倫提司城中最高的建築還要高，衝入河谷，立刻破壞了山腳下的戰場，然後繼續咆哮地往前衝，吃掉所有路上的東西——

「快點！快點！」我對橡果大喊。

我可以感覺到他全身的害怕。他知道是什麼東西追著我們而來，他知道是什麼正在把新普倫提司城的第一批屋子打成碎片，歐哈爾隊長跟他的手下恐怕也是凶多吉少——

其他人也都在跑，尖叫地從屋子裡逃出，奔向南邊的山，但山太遠，太遠，根本不是靠兩條腿就能跑到，這些人都會死——

我轉過頭，又用腳踝催促橡果前進，因為我真的很害怕。他跑得嘴邊一直在噴白沫——

「快點，乖。快點！」我在他耳邊說。

可是他沒有回答我，只是一直跑，我們穿過廣場，跑過教堂，跑上出城的路，我很快往後看一眼，一面水牆正打碎廣場另一邊的屋子——

「我們跑不過的！」我對布萊德利大叫——

他看了我一眼，然後看向我後面——

他的表情告訴我，我是對的——

［陶德］

我從眼角看到螢幕顯示我們落在海邊，外面是雪是沙是無盡的水，波浪打上海岸，黑色的影子在水面下晃動——

可是我的注意力全部都在跟著薇拉跟布萊德利的探測器上——

跟著他們穿過廣場，穿過被留下的人，經過教堂，跑到通往城外的路——

可是水太快，太高，太強——

他們跑不過的——

「不。」我的心臟像要從胸口跳出來。「快點！快點！」水牆撞上教堂廢墟，終於把獨自站在那裡的鐘塔撞垮——

鐘塔消失在一片水花與磚頭間——

然後我發現一件事——

水的速度減慢了——

水牆撕裂新普倫提司城，抹去新普倫提司城的同時，所有的垃圾跟建築物都在拖慢它的速度，一點點，只要一點點，讓水牆矮一點，慢一點——

「但根本不夠。」鎮長說——

他進了我的房間，站在我後面——

我轉身面對他——

「我很遺憾，她會死，陶德。我真的很遺憾。」他說。

我用一聲使盡全力的**薇拉！**攻向他。

〔**薇拉**〕

「不。」我感覺到自己這樣低聲說著，新普倫提司城在我們後面被撕裂成碎片，水牆中滿是木塊跟磚頭還有樹木跟天知道多少具屍體——

我正在回頭看——

速度慢下來了——

被所有的碎塊哽住——

可是不夠——

它趕到我們後面的路上，速度還是很快，直接猛烈凶狠地撲了過來——

陶德，我心想——

「薇拉！」布萊德利表情扭曲地對我大喊——

不可能——

完全不可能——

小馬女孩，我聽到——

「橡果？」

小馬女孩，他的噪音因為出力過大而有點斷斷續續——

我也聽到安荷洛德在前面說——

跟上！她說——

「妳說跟上是什麼意思？」我驚慌地回頭看著不到一百公尺外的水——

九十——

小馬女孩，橡果又說了依次。

「布萊德利？」我大喊，但我只看到他用力抓住安荷洛德的鬃毛，就像我抓住橡果的一樣——

然後她大吼一聲跟上！——

橡果回答跟上！——

他們一起大喊抓好！——

我突然被他快到不可思議的速度顛得往後飛——

突然爆發的速度一定撕裂了他腿上的肌肉，炸裂了他的肺——

可是成功了——

我回頭看——

我們比洪水跑得更快——

也許——

〔陶德〕

薇拉！我朝他想——

我用盡一切攻擊他，包括生氣她陷入這麼嚴重的危險，憤怒我不知道她發生了什麼事，憤怒她

薇拉！

所有的憤怒——

鎮長一縮，整個人往後一震——

卻沒有摔倒——

「我就跟你說，你變得更強了，陶德。」他穩住腳步，給我一個微笑。「不過不夠強壯。」

我腦子裡突然有一閃噪音猛到我往後摔倒，翻過床，倒在地上，世界只剩下在我腦內迴盪的噪音，**你什麼都不是什麼都不是什麼都不是**，一切縮小成只剩那個聲音——

可是我想到薇拉——

我想到她在外面——

我把攻擊推開——

我感覺到自己的手撐住地面——

我用手撐著自己跪了起來——

我抬起頭——

看到鎮長驚訝的表情只在大約一公尺外，朝我走來，手裡抓著一樣東西——

「我的天啊，甚至比我想的還強呢。」他聽起來幾乎可說是開心。

我知道他又要展開一波攻擊，所以我用傳統的方法，趁他還來不及調整好自己的狀況——

我用力跳向他，用兩條腿用力一蹬，往前跳——

他完全沒想到我會這麼做，我打中他的腰部位置，我們一起往後摔向螢幕——

（河繼續順著山谷往下衝——）

（薇拉已經不見了——）

他悶哼一聲，撞上螢幕，我全身重量壓著他，舉起拳頭準備揍他——

這時，我的脖子上被輕輕一拍——

就像被人碰了一下——

有東西黏著我，我摸了一下——

一片繃帶——

他拿著的東西——

「好好睡。」他低頭對我微笑——

我摔倒在地，最後看到的是滿滿一整個螢幕的大水——

〔薇拉〕

「橡果！」我朝他的鬃毛大喊——

可是他不理我，只是一直瘋狂地跑，安荷洛德也載著布萊德利跑在前面——

他們的方法很有效，我們來到道路轉角，後面的河還在繼續流，充滿垃圾與樹——

可是越來越慢，高度繼續降低，越來越靠河岸——

馬繼續跑——

順著路一直流，一片狂奔的水霧朝我們伸手，觸手舔著馬尾——

河繼續流——

可是越來越落後——

「我們成功了！」布萊德利對我大吼——

「再一點點就好。我們快逃過了。」我對他的耳朵中間說。

他沒有說話，只是一直跑——

路上長滿了樹，一半還在燃燒，讓河的速度更加減慢，我認出來我們在哪裡。附近就是之前我被迫住了很久的治癒之屋，我後來逃走的治癒之屋——

然後找到有通訊塔的山頂——

前方某處有軍隊正在前進的山頂——

也許軍隊已經到了——

「我知道小路！」我大喊著，伸手指著路，從右邊一個小農場旁邊爬上山，進入一片還沒燒起來的森林。「那裡！」

小馬女孩，我聽到橡果對我說，以示確認，馬往前跑，繞過拐彎，衝上通往屋子的小徑，跑向我知道可以帶我們穿過樹林的小路——

我們後面傳來重重的嘩啦聲，河順著我們剛離開的路衝下，到處都是激盪的水花，樹木，雜物，澆熄了火，卻也淹沒了其他一切，順著我們後面的小路湧進，吞沒小農莊——

可是我們在樹林裡，樹枝打著我的臉，我聽到布萊德利喊了一聲，但他沒有放開安荷洛德——

爬上一座山，來到平地——

又爬上一座山——

穿過一些灌木——

我們衝入空地，答答的馬蹄聲分開人群，將尖叫的人往兩邊驅趕，一眼就看清現在的狀況——

看到探測器的鏡頭仍在往帳棚上投影——

他們知道發生了什麼事——

他們知道什麼要來了——

「薇拉！」馬跑過營地時，我聽到有人驚訝地喊我。

「維夫，叫所有人撤離通往山上的小路！河要——！」

「有軍隊來了！」珍在他旁邊大喊，指著空地對面的入口——

我們看到泰特隊長帶領著幾乎整支軍隊——

朝山上前進——

舉起槍，準備攻擊——

一車車大砲，準備把山頂炸成碎片——

（天空）

天空聽得到一切。

我之前就知道這件事，但我直到現在才真正明白。他聽得到藏在每個大地心中的祕密，他聽到所有細節，重要的，無關緊要的，溫柔的，血腥的。他聽到每個孩子的願望，每個老婦的記憶，每個大地聲音的每個慾望跟感情跟想法。

他就是大地。我就是大地。

而大地必須活下去，來源繼續對我說。我們一起騎著戰獸往東方快速前進，爬過山丘。大地活下來了。而且在天空的帶領下，會繼續活下去，我對他展示。

我可以看到你在計畫什麼，你不可以——

我狠狠地轉身看他。你沒有資格告訴天空該怎麼做。

濃霧跟落冰在我們前進時，也已經把周圍的森林大火澆熄了一些。北邊的大火還在繼續燒，我從大地的聲音可以看到雖然河被釋放了，但大火會繼續燒。空地領袖造成的傷害現在還要加上一片焦黑的土地。

可是南方比較崎嶇。山上有些小路穿過沒有多少樹木，灌木很矮，火燒得沒那麼烈的地方。所以我們在南方的山區前進。我們往東方前進。我們所有人。每個從大火中活下的大地成員，包括每個通道，每個士兵，每個母親、父親、孩子。

我們往東方前進，追逐空地。我們往東方前進，前往遙遠的山頂。

我們的武器準備好了，這些武器曾經把他們逼退，殺死他們幾百人，如今將會摧毀他們——

然後我聽到騎在我旁邊一名士兵的聲音——

他拿著我的武器——

因為天空上戰場時不可沒有武器。我謝過他之後，接下武器。

那是一把大地的強酸來福槍，跟匕首拿的來福槍很類似，也很類似我保證有一天一定會用來——我朝大地打開聲音。我再次召喚他們。我召喚所有人。

我們要朝東邊前進，活下來的大地要對空地進攻，我對他們展示。

這有什麼意義？來源質問。

我沒有回答。

我們前進的步伐變得更快了——

〔薇拉〕

「薇拉，停下來！」布萊德利在我後面喊道——

可是我已經繼續騎向前，幾乎不需要告訴疲累的橡果我們要繼續往前跑——

我們衝過山頂上的人群，他們開始尖叫，逃離前進的士兵，有些舉起他們從答案拿來的武器，醫婦們衝向她們配備更完整的武器庫——

戰爭要來了，在這瘋狂的縮影中。世界正在崩潰，這裡的人卻要把他們在世上的最後幾刻浪費在互相攻擊上——

「薇拉！」我聽到——

是阿李，在人群邊緣，轉頭讀取周圍男人的噪音，試圖知道發生了什麼事，試圖阻止我——

但只要我有辦法，我就不會允許自己再為另一個人的死負責——

這整件事都是從我發射的飛彈開始，是我的決定讓我們涉入這場戰爭，我花了這麼多時間一直想要糾正的決定，而現在讓我最生氣的不是大火或是大水或是陶德被鎮長帶離這裡，而是當最明顯的決定是要和平合作，當這是能讓我們任何人活下來的唯一方法時——

還是有人不肯做出這個決定。

我在前進的士兵面前拉停橡果，強迫泰特隊長停下。

「把槍放下！現在！」我發現我在尖叫。

但他只是舉起來福槍。然後用它指著我的頭。

「然後呢？下面已經沒有城了，你還要殺死唯一能幫你重建城市的人？」我大吼。

「讓開，小女孩。」泰特隊長說，臉上帶著淡淡的微笑。

我的心重重沉下，我看出來他殺我簡直易如反掌。可是我抬起頭，看著他後面的軍隊，看著準備大砲的人。

「你們現在攻擊，然後呢？你們全都要去海邊，準備等死，準備被上百萬個稀巴人砍死？這就是你們的命令嗎？」我朝他們所有人大吼。

「正是。」泰特隊長說。然後將來福槍上膛。

「你們到這個星球來是當士兵的嗎？」我還在大吼，我現在也在朝我身後的山頂大吼。「是嗎？這是你們想要的嗎？或者你們是為了追求更好的生活才來的？」

我轉頭看泰特隊長。

「你是來創造天堂的嗎？還是只因為一個人的話就要送死？」我說。

「他是個偉大的人。」泰特隊長瞄準來福槍。

「他是個劊子手。他不能控制的，他就要毀掉。他派了歐哈爾隊長跟他的人去送死。我親眼看到的。」我說。

一聽到這話，他後面的軍隊就開始交頭接耳，尤其當布萊德利騎馬趕上，打開他的噪音，展示歐哈爾隊長跟他的士兵在路上的一幕。我離泰特隊長夠近，看到他的太陽穴旁流下一滴汗，即使天氣很冷，即使滿地大雪。

「他會對你做同樣的事。他會對你們所有人做同樣的事。」我說。

泰特隊長的表情看起來像是在跟自己抗爭，我開始在想他是不是根本不能違背鎮長。鎮長是不是對他做了什麼——

「不行！」他大喊。「我有命令在身！」

「薇拉——」我聽到阿李在附近大叫——

「阿李，退開！」我大喊——

「我有命令在身！」泰特隊長尖叫——

然後一聲槍響——

（天空）

霧越來越濃，跟下方山谷升起的煙霧與水氣糾纏在一起。

可是濃霧阻止不了大地。我們只是把聲音打得更開，前面每一個人走的一小步都被一直一直往後傳，一個接一個，直到隊伍的全貌在我們面前展開，我們在霧中有限的視覺變成一條前進的直線。

大地不會盲目。大地前進。

天空在最前面。

我可以感覺到大地聚集在我後面，從北邊跟南邊匯集過來，繞過燃燒的森林還有山谷邊的山頂，數以百計的人，數以千計，甚至更多人聚集在一起，一起前進。天空的聲音一直往後往後往後，透過通道跟大地往外傳，穿過我沒有看過的森林，穿過任何空地都不曉得的陸地，來到聲音聽起來帶著口音而且奇怪的大地——

但那些也是一樣，同樣都是大地的聲音——

天空在對他們全體呼喊，每個聲音，比過去任何天空的範圍都廣——

整個大地的聲音匯集成這條隊伍——

我們全部聚集在一起——

面對空地——

然後呢？來源展示，他仍然騎在他的戰獸上，仍然跟在我後面，仍然不斷煩我——

我認為現在是你離開我們的時候了。我認為現在是來源回到自己族人身邊的時候了，我展示。

可是你沒有逼我。你任何時候都可以這麼做，他的聲音變得激昂起來。但你沒有，這代表你知道，天空知道我說得是對的，你知道你不能攻擊空地——

殺死負擔的空地？我回示，心中的憤怒漲起。殺死天空的空地？天空難道不該回應這場攻擊嗎？天空難道要回頭，允許大地被殺死？還是天空要選擇一場會讓整個大地付出代價的勝利？來源展示。

我轉過頭。你想要救你的兒子。

對。陶德是我的大地。他代表值得挽救的一切。未來可能的一切。

我再次在來源的聲音中看到匕首，看到活生生，真真實實，脆弱人性化的他——

我打斷他。

我再次朝大地打開我的聲音，叫他們加快腳步。

然後來源的聲音中出現一個奇怪的聲音——

〔薇拉〕

槍聲讓我一驚，以為肚子又會像當時被戴維•普倫提司射中時有同樣的灼燒感——

可是我什麼感覺都沒有——

我睜開自己都沒發現閉上的眼睛——

泰特隊長仰天躺在地上，一隻手臂蓋在胸口，額頭有個子彈孔——

「住手！」我大喊，轉身去看是誰開的槍，可是我只看到周圍的男男女女手上拿著槍，臉上卻充滿迷惘——

而維夫站在阿李旁邊。阿李手中握著來福槍。「我打中他了嗎？維夫替我瞄準的。」阿李說。

我立刻轉頭看士兵，他們每個人都全副武裝，許多人還握著他們的槍——

全部的人都在怪怪地眨眼，像是他們剛剛醒來，有些人看起來非常迷惘——

「我不覺得他們全都是自願跟著他來的。」布萊德利說。

「可是那是泰特隊長，或者是鎮長透過泰特隊長的影響？」我問。

現在我們可以聽到士兵的噪音越來越大聲，越來越清楚，看著山頂上害怕的人，他們原本已經要開槍打死的人——

甚至可以聽到後面的人在擔心水衝得離他們很近，很危險——

「我們有食物。」勞森夫人大喊，從人群中走出。「我們會立刻為任何失去自己家的人搭建帳棚。」她雙手抱胸。「看樣子，我們大家都是。」

我看著士兵，明白她說得沒錯。他們已經不是士兵了。

不知為何，他們又變回了普通人。

阿李跟維夫一起走回我身邊，維夫的噪音為他帶路。

「妳還好嗎？」

「我沒事。」我先是在維夫，後來在阿李的噪音裡看到自己。「謝謝。」

「不客氣。」維夫說：「現在呢？」

「鎮長去海邊了。我們得去。」可是，聽橡果重重的喘氣聲，我不確定他是不是真的能——

布萊德利突然發出一聲急喘，拋下安荷洛德的轠繩，雙手捧頭，眼睛睜得大大的——

一個聲音，一個奇怪的聲音，在他的噪音中迴盪，無法分辨是語言還是畫面，只有聲音——

「布萊德利？」我說。

「他們要來了。」布萊德利的聲音是他自己的，但又不只如此，有著奇怪的回聲，在山頂迴盪，眼睛失焦，一片漆黑，看不到眼前的任何景象。

「他們要來了！」

（天空）

那是什麼？我質問來源。你做了什麼？

我深深探入他的聲音，尋找剛才那是什麼聲音——

我看到了——

一開始我驚訝到根本沒辦法生氣。

怎麼會？我展示。你怎麼辦到的？

我在用那個聲音說話。這個世界的聲音。他似乎還沒回過神來。

他腦子裡迴盪著一個不是大地，卻也不是空地的語言，是空地的口述語言與大地的聲音用很深沉的方式結合起來，卻是透過通道送出，新的通道——

透過空地通道——

我的聲音一縮。怎麼可能？

我認為我們一直有這個能力，但直到你們打開我的聲音前，我們沒辦法做到。我想布萊德利一定是個天生的通道，他重重喘氣，一邊展示。

你警告他們了，我生氣地展示。

我必須這麼做。我沒有選擇，來源說。

我舉起強酸來福槍指向他。

如果殺死我能讓你復仇，如果能阻止這場會害死我們所有人的行動，那就殺了我吧。我很願意犧牲，他展示。

我從他的聲音中看得出來，他在說實話。我看到他在想匕首，想陶德，又想到那份愛，那感覺說如果能救匕首，他願意告別。我聽到這些在他內心迴盪，像是之前他送出的訊息——

不，我展示，放下武器。我感覺到他的聲音期盼地揚起。不，我再次展示。你要跟我們一起來，看著他們的結束。我轉過身，走得比之前更快。你要跟我們一起來，看著匕首死。

〔薇拉〕

「他們要來了。」布萊德利低聲說。

「誰？稀巴人？」我問。

他點點頭，還是有點頭暈目眩。「他們全部。每一個。」

離我們最近的人驚喘一聲，他們的噪音把這個消息散播得更快。

布萊德利吞了一口口水。「是班。他跟我說的。」

「什麼？他是怎麼──？」

「不知道。別人沒聽到嗎？」他搖著頭。

「沒有。但誰管那麼多。是真的嗎？」阿李說。

布萊德利點頭：「我很確定。」他看著山頂上的所有人。「他們要來攻擊我們。」

「那我們必須建起防線。」阿李說著，轉身看著大多數還無所適從站在那裡的士兵。「排好隊伍！準備大砲！稀巴人要來了！」

「阿李！我們根本沒有希望能打敗那麼多人──」我朝他背後大喊。

「是沒辦法，但我們能幫妳爭取到足夠的時間，讓妳趕到海邊。」他轉身看我，噪音直直湧向我。

這句話讓我無法回答。

「抓住鎮長才是結束這一切的唯一方法。而且，陶德一定也參與了這件事。」他說。

我絕望地看著布萊德利。我轉頭看著山頂上的每張臉，一張張都顯得疲累、憔悴，活到現在，經歷許多危機，等著看這是不是他們的末日。一陣濃霧快速從下方山谷盤旋湧上，遮蔽一切，將所有景物籠罩在朦朧的白紗中，他們像鬼魂一樣站在霧中。

「把可以真正結束這一切的鎮長交給他們。」布萊德利說。

「可是。」我低頭看著仍在重重喘氣的橡果，我可以看到他身上泛起白泡般的汗。「馬需要休息，他們不可能再——」

小馬女孩，去，去，橡果低低朝地面垂著，一面說。

犇巴人。救小馬男孩，同樣氣喘吁吁的安荷洛德也說。

「橡果——」我說。

現在去，他更堅定地說。

「去吧。去救陶德。妳說不定也能救下我們所有人。」

我低頭看著他。「阿李，你能領軍嗎？」

「為什麼不行？每個人都試過，也該輪到我了。」他微笑。

「阿李——」我才剛開口。

「不需要。」他伸出手，要碰但沒碰到我的腿。「我懂。」然後他轉頭看士兵。「我說了，整隊！」

結果你猜怎麼樣？他們真的開始整隊。

「盡量用和平方式解決。」我對維夫說：「拖延時間，告訴他們，我們會把鎮長帶給他們，盡量讓他們活下來——」

維夫點頭。「我會的。妳照顧好自己，聽到沒？」

「我會的，維夫。」我最後看了阿李、維夫，以及山頂上的人一眼。

不知道我還能不能見到他們。

「路被水淹了。我們得走山路，穿過樹林。」布萊德利說。

我在橡果的耳間趴下。「你確定可以嗎？」

小馬女孩，準備，他邊咳邊說。只有這樣。他再也沒有多餘的力氣。

布萊德利跟安荷洛德還有橡果與我穿過樹林，往海邊直衝。

不知道迎接我們的會是什麼。

［陶德］

我漸漸睜開眼睛，頭一陣一陣脹痛。我想要原地坐起，但我被綁得緊緊的。

「反正也沒什麼值得看的，陶德。」我周圍的景象漸漸清楚，鎮長對我說。

「我們在一個海邊廢棄小村的一間廢棄教堂裡。」我聽他嘆口氣。「差不多也就是我們在這星球上的寫照，對吧？」

我想抬起頭，這次成功了。我躺在一張長長的石桌上，左腳旁邊裂了一角，我看到地上有一排排石頭長椅，一個白色的新世界跟兩個月亮刻在佈道台對面的牆上，傳教士應該就是站在那裡。另一面牆已經半倒，雪灑了進來。

「你在教堂裡發生了好多重要的事。所以，我想把你帶來教堂裡，正合適準備開始你的最後一章……」他上前一步。「或是第一章。」

「你放開我。」我整個注意力都集中在想控制他，但我的頭覺得好重。「你放開我，把我們載離這裡。我們還可以阻止這一切。」

「沒那麼容易的，陶德。」他微笑著拿出一個小小的金屬盒，按了一下，空中投射出一個畫面，充滿白色的霧氣跟翻騰的煙霧。

「我什麼都看不到。」我說。

「等等。」他還在微笑。畫面移動，在白霧下閃閃發光——

霧散開的一瞬間——

是稀巴人軍隊沿著山谷前進——

有好多人——

一整個世界的人——

「朝山頂前進。」鎮長說：「他們會發現我的軍隊已經掃蕩了上面的敵人，然後朝這裡開拔。」他轉向我。「在這裡我們將會有最後一戰。」

「薇拉呢？」我說，想要準備我的聲音，用她的名字展開攻擊。

「恐怕探測器在濃霧中失去她的蹤跡了。」他說著按下按鈕，讓我看到山谷中不同的景觀，全都被煙霧跟水霧遮住，只有空地還在燃燒，北邊則燒得很猛烈。

「放開我。」

「再等等，陶德。你看——」他停下來，看著空中，一時露出擔心的表情，卻不是因為房間裡發生的事。他轉身去看投影，但整個畫面還是白濛濛一片，什麼都看不到。

薇拉！我朝他想，希望能偷襲成功。

他幾乎沒有反應，只是又開始盯著空氣，眉頭越皺越緊，然後他從塌掉的牆壁走出小教堂，留下我一個人被緊緊綁在桌上，在冷空氣中發抖，覺得自己有千斤重。

我整個人很沉重地躺在那裡好久，遠超過我希望的久，努力想著她在那裡，試圖想著如果我不動的話，會死掉的所有人。

然後我開始慢慢努力把自己解開。

（天空）

霧像白夜一樣濃密，大地只能跟著自己的聲音前進，每個人都串連在一起，對彼此展示前進的道路，離山頂越來越近，穿過樹林——

我命令吹起號角——

聲音灑入世界，即使從遠處，我們仍能聽到空地的恐懼——

我繼續催趕我的戰獸，越來越快地穿過森林，感覺大地的速度跟著我加速。我走在隊伍最前面，來源仍然在我身邊，比我們的第一批士兵都要更前面，他們的火焰點起，準備發射，而他們後面——

他們後面是整個大地的聲音——

加快腳步——

快到了，我對來源展示，經過一個廢棄的空地農場，被退去的大水淹沒，然後我們繼續爬上濃密的森林——

我們穿過森林，越來越快，越來越快——

空地的聲音已經可以聽到我們的腳步，聽到我們的聲音，聽到我們無數的聲音朝他們逼近，又聽到號角吹響——

然後我們來到一塊平坦的小空地，又繼續往上爬——

我穿過一片植物組成的綠牆，舉起強酸來福槍——

而我是天空——

我是天空——

領導大地與空地進行最偉大的一場戰鬥——

霧氣很濃，我在白茫茫中尋找空地，準備用我的武器發射第一槍，命令士兵舉起他們的火焰箭，準備攻擊——

將空地從這個世界上完全徹底殲滅——

然後空地中走出一個男人。

「等等。」他手無寸鐵，平靜地說，獨自站在白霧的海洋中。「窩有話要說。」

〔薇拉〕

「看看這山谷。」布萊德利說。我們正奔過山頂的森林。

我們偶爾往左邊一瞥，穿過樹葉跟幾絲漂過的白霧，可以看到漲滿的河床。第一波垃圾已經離我們很遠，現在只剩下河水，慢慢聚集在河床上，淹沒直接通往海邊的路。

「我們來不及趕到的。」我對布萊德利大喊。「太遠了——」

「我們已經跑了很長一段路，而且我們速度很快。」布萊德利大喊回答。

太快了，我想。橡果的肺開始以讓我很擔心的方式急喘。「你還好嗎，乖？」我朝他的耳朵中間問。

他沒有回答，只是繼續往前跑，嘴邊飛出滿滿的白沫。「布萊德利？」我擔心地說。

他知道。他低頭看著安荷洛德，她似乎比橡果好些，但沒好多少。他回頭看著我。「這是我們唯一的機會，薇拉。對不起。」他說。

小馬女孩，我聽到橡果說，低沉而痛苦。他沒再多說。我想著阿李跟維夫，還有其他被我們留在山頂上的人。

我們繼續往前跑。

（天空）

「我的名字是維夫。」那個人說，自己站在白霧裡，但我可以聽到他後面有好幾百人，聽到他們的恐懼，還有他們已經做好必要時不惜戰鬥的心理準備——

他們躲不過的——

但是那個人的聲音——

當第一排騎著戰獸的士兵在我身邊排著隊，準備好武器，點燃，隨時準備進攻——

那個男人的聲音——

像是鳥，像是馱獸，像湖面一樣的開闊——

開闊真誠，無法欺騙——

而他的聲音是個渠道，傳遞他後面的人的聲音，那些空地的聲音隱藏在濃霧中，充滿害怕，充滿擔心——

充滿期盼這一切能結束的祈願——

充滿對和平的祈願——

你們展示了這個願望有多麼虛假，我對那個名叫維夫的男人展示。

可是他沒有回答，只是站在那裡，聲音打開，而我再次有同樣的感覺，確定這個人無法欺騙——

他更加打開他的聲音，我更清楚地看到他後面的聲音，穿過他送出，而他無視於他們所有的謊言，拿走他們的謊話，給我——

「窩只似聽。窩只聽真話。」他說。

你在聽嗎？我身邊的來源展示。

不要說話，我展示。

可是你在聽嗎？他展示。聽這個人的聲音？

我不懂你的意思——然後，我聽到了，透過這個叫維夫的男人聽到了，他的聲音平靜敞開，用他所有同胞的聲音在說話。彷彿他是他們的天空。一旦有了這個念頭，我也開始聽自己的聲音——

聽我身後所有聚集大地的聲音，他們朝這個地方湧來，因為天空的命令——

可是——

可是他們也在說話。他們在說著害怕跟遺憾。為空地擔心，還有為即將從上面漆黑世界下來的空地。他們看到我面前名叫維夫的男人，看到他對和平的祈願，看到他的無辜——

他們不全都是這樣的，我對大地展示。他們是充滿暴力的生物，他們會殺死我們，會奴役我們——

可是這裡站著一個名叫維夫的男人，身後站著空地（還有一支備戰完成的軍隊，我從他的聲音裡可以看到，一支害怕但是願意作戰的軍隊，由一個瞎子領軍）而這裡是天空，他的身後站著大地，願意做天空希望的一切，願意進攻，把空地從這個星球上殲滅，如果這是我的命令——

但是他們也害怕。他們跟這個叫維夫的男人一樣，看到和平的機會，是一個機會，一個可能，一個不需一直活在恐懼中的生活方式——

他們會照我說的去做——

他們會毫不遲疑地去做——

可是我告訴他們的不是他們想要的——

我看到了。我在這個叫維夫的男人的聲音裡，看得清清楚楚。我們來到這裡是為了復仇。我們是因為我的復仇所以才在這裡。甚至不是天空的復仇，而是回歸的復仇。我讓這場戰爭變成我私人恩怨。回歸的私人恩怨。

而我已經不再是回歸了。

一切都在你一念之間。這個世界的命運，這個大地的命運，全部都由你此刻做出的行為來決定，來源說。

我轉向他。可是我該怎麼辦？我自己都很驚訝我問出這個問題。我該做什麼決定？

做天空該做的決定，他展示。

我轉頭看那個叫維夫的男人，透過他的聲音看到他後面的空地，感覺我自己聲音後面大地的重量。

天空的聲音。

我是天空。

我是天空。

所以我做出天空的決定。

〔薇拉〕

我們已經超出濃霧的範圍，可是雪一直下，樹林也擋不住。漲滿的河在我們左方下面的山谷，我們以馬匹能跑的最快速度前進。

馬。

不論我問橡果什麼，他已經不回應我，他的噪音完全專注於要怎麼樣忍耐腿和胸口的痛苦繼續跑，我可以感覺到他有多辛苦——

而我明白過來時，我明白他一定也知道——

他不會踏上回程了。

「橡果。」我在他的耳朵間低語。「橡果，我的朋友。」

小馬女孩，他回答，語氣近乎溫柔，然後他繼續往前跑，穿過逐漸稀薄的森林，突然開展變成一片高地，夾在雪雲之下，一片濃密的白雪已經堆積在高地上，我們穿過一群驚訝的動物，令牠們驚恐地向對方喊著這裡，然後又衝進森林——

「那裡！」布萊德利高喊——

我們對大海的第一度驚鴻一瞥。海大到我幾乎承受不住——吞食整個世界，直到滿是積雲的天邊，正如柯爾夫人所說，似乎比遠處的黑暗還大，因為它的巨大是被隱藏起來的——

然後我們又回到樹林間。

「還有一段距離。」布萊德利大喊。「可是我們日落的時候就會到——」

這時，橡果軟倒在地。

（天空）

我放下武器時，一陣長長的沉默，整個世界等著看我這麼做有什麼打算——

我也在等著看自己有什麼打算。

再一次，我透過叫維夫的男人看到空地，看到站在他後面的他們突然湧出一陣感覺，一陣我很不熟悉的感覺——

是希望，來源展示。

我知道那是什麼，我回示。

我感覺到後面的大地也在等待——

我也感覺到他們的希望——

於是，天空做出決定。天空必須以大地的利益為最優先考慮。這就是天空。

天空就是大地。

忘記這點的天空根本就不是天空。我對大地打開聲音，朝他們傳送一個訊息，傳送給所有加入戰鬥的人，給所有在我的呼喚下集結在我身後的人——

現在他們一起支持我不攻擊的決定——

因為有另一個決定。一個天空必須做，必須為了大地安全做出的決定。

我必須找到攻擊我們的男人。我必須殺了他。這對大地是最好的，我對來源展示。

來源點頭，騎著他的戰獸進入我們前方的白霧，消失在叫維夫的男人後面。我聽到他對來源大喊，告訴他們我們不會攻擊。他們一瞬間的安心純粹而強烈到我幾乎被它從戰獸背上推下。

我看著身旁的士兵，想知道他們是不是只因為要服從天空所以才同意我的決定，但是他們的聲音已經轉回自己的人生，大地的人生，如今難以避免，一定會與空地以令人無法預想的方式牽扯的人生，而第一要務就是要解決空地造成的混亂。

也許甚至包括幫助他們活下來。

誰知道？

來源回來了。他走近我們的時候，我可以感覺到他的擔心。鎮長把船開到海邊了，布萊德利跟薇拉已經出發去找他，他展示。

那天空也去，我展示。

我跟你一起去，來源展示，而我明白為什麼。

匕首跟他在一起，我展示。

來源點頭。

你覺得我會殺死匕首，如果我有這個機會的話，我回示。

來源搖頭，但是我看得出來，他並不確定。我跟你一起去，他再次展示。

我們看著彼此許久，然後我轉向一些站在最前排的大地士兵，對他們展示我的打算，叫十個人跟我去。跟我還有來源去。我轉身看他。那我們出發吧。

然後，我叫我的戰獸以從未有過的速度，全速衝向大海。

〔薇拉〕

橡果的前腿跨出一半時軟倒，我重重摔進樹叢，左臂跟手臂用力撞上地面，讓我痛得哼出聲。

我聽到布萊德利大叫：「薇拉！」可是橡果還在往前摔，繼續在樹叢裡摔成一團——

「橡果！」我大叫，立刻站起來，快速一拐一拐走向他倒在地上那支離破碎的一團。我趕到他的頭邊，他的呼吸急促沙啞，胸口辛苦地起伏。「橡果，拜託——」

布萊德利跟安荷洛德騎到我們這裡，布萊德利跳下來，安荷洛德把鼻子湊到橡果鼻子旁——

小馬女孩，橡果說，噪音裡滿是疼痛，不只來自於他斷掉的前腿，更是來自他胸口的撕扯，這也是他倒下的原因，他太辛苦，跑得太快——

小馬女孩，他說——

「噓，沒關係，沒關係——」我說。

然後他說——

他說——

薇拉。

然後，他沉默了，呼吸跟噪音在最後一次嘆息中停了下來——

「不要！」我說，更用力地抱住他，把臉埋在他的鬃毛裡。我感覺到布萊德利的手按在我的肩上，等著我哭，然後我聽到安荷洛德一面用鼻子蹭著橡果的鼻子，一面低聲說跟上。

「我真的非常遺憾。」布萊德利一如既往地溫柔。「薇拉，妳受傷了嗎？」

我說不出話來，只能繼續抱著橡果，可是我搖搖頭。

「親愛的，我很抱歉，可是我們必須繼續前進。這件事太重要了。」布萊德利說。

「怎麼去？」我的聲音沙啞。

布萊德利想了想。「安荷洛德？妳能帶薇拉繼續去救陶德嗎？」

小馬男孩，安荷洛德說，一提到陶德，噪音立刻變得堅強。小馬男孩好。

「我們不能也害死她。」我說。

可是安荷洛德已經把她的鼻子湊往我的手臂下，要我站起來。小馬男孩，小馬男孩救，她說。

「可是橡果——」

「我會照顧他。妳只管去。妳去，這一切才有價值，薇拉・伊德。」布萊德利說。

我抬頭看他，看著他對我的信心，他對這世界的良善依然存在的信念。

然後，我最後淚眼汪汪地親了一下橡果動也不動的頭，站了起來，讓安荷洛德跪在我身邊。我慢慢爬上她，視線依然模糊，聲音依然沙啞。「布萊德利。」我說。

「只能是妳。救他的只能是妳。」他給了我一個難過的微笑。

我慢慢點頭，努力把注意力放在陶德身上，放在他現在正在經歷的事情上——放在救他，救我們，徹徹底底把這件事做個總結——

我發現我沒辦法跟布萊德利告別，但我覺得他懂。我向安荷洛德大喊一聲，我們奔向通往大海的最後一段路。

我來了，陶德，我想。

我來了——

［陶德］

我不知道我花了多久才勉強微微鬆開一點點手腕上的皮帶。那片繃帶裡不知道是什麼藥，現在還黏在我的脖子上，抓不到卻又很癢，而且還讓我的身體跟噪音全部都變得很緩慢——

可是我一直一直努力，而鎮長在外面不知道哪裡，我猜在沙灘上，透過角落的破牆我可以看到一小片蓋滿白雪的沙地。我也看到一絲海浪拍上海岸，一個跟更遠的聲音互相配合的聲音，我認出咆哮聲是那條河，如今終於回到大海，聲音又大又響，滿滿都是水。鎮長一定是帶著我們一路順著河前進，在這裡降落，等待會發生的一切。兩支軍隊在這裡決一死戰。

我們所有人，死在百萬稀巴人的手下。

我又掙扎地想要鬆開右手腕上的皮帶，感覺它鬆開一點。不知道住在這裡是什麼樣子，在這麼大這麼大的水邊，釣魚，建立聚落。薇拉告訴我，這個星球上的海魚吃你的機會比你吃牠的機會要來得大，但一定有辦法，可以在這裡展開生活，展開我們幾乎在山谷裡開始的生活。

人類真可悲。軟弱到在做好任何事之前，一定會先把它搞糟。在建立什麼之前，總得先摧毀一片。

逼死我們的不是稀巴人。是我們自己。

「我再同意不過。」鎮長回到小教堂裡。他的臉變得不一樣了，看起來陰沉很多。像是出了什麼事。像是真的出了很大，很嚴重的事。

「事情脫離了我的掌握，陶德。」他說，眼睛不知在看哪裡，像是聽到什麼，一件讓他失望得不得了的事情。「在遠處山頂的事情——」

「什麼山頂？薇拉發生什麼事了？」我說。

他嘆口氣。「泰特隊長讓我失望了，陶德。稀巴人也讓我失望了。」他說。

「什麼？你怎麼可能知道？」我說。

「這個世界，陶德，這個世界。」他沒有回答我的問題。「這個我以為我能控制，而且也曾經控制的世界。」他的眼睛閃向我。「直到我遇見你。」

我什麼都沒說。因為他看起來更嚇人了。「也許你的確改變了我，陶德。但不只是你。」

「你放開我。我會讓你看看，我要怎麼改變你。」我說。

「你沒在聽我說。」我的腦袋裡爆出一陣疼痛，足夠讓我一瞬間說不出話來。「對，你是改變了我，而我對你的影響也不小。」他走向桌子另一邊。「可是我也被這世界改變了。」

我第一次注意到他的聲音聽起來多奇怪，像是已經不再完全屬於他，聽起來有回音，好奇怪。

「這個世界，因為我注意到它，因為研究它，所以把我徹底扭曲，再也不是過去那個驕傲堅強的我。」他繼續說，停在我腳邊。「陶德，你曾對我說，戰爭讓人變成怪物。太多的知識同樣也會。太過了解你的同胞，太過知道他的弱點，他可悲的貪婪跟虛榮，還有用藥控制他是如此簡單得可笑。」

他自嘲地笑了一聲。「你知道嗎，陶德，只有笨蛋才能真正承受噪音。敏感的，聰明的人，像是你我，我們只會因為噪音受苦，而像我們這樣的人必須控制像他們那樣的人，為了他們，也為了我們好。」

他沒再往下說，眼神空洞。我更努力地在繩子間掙扎。

「你的確改變了我，陶德。」他又說了一次。「你讓我變得更好，可是只好到讓我能看到自己其實有多糟糕。我從來都不知道這點，直到我拿自己跟你相比，陶德。我以為我做的都是好事。」他站在我面前，停下。「直到你讓我看到，並非如此。」

「你從一開始就是壞的。我什麼都沒做。」我說。

「可是你有，陶德。那就是你在腦子裡感覺到的哼聲，那個連結我們的哼聲。那就是我的善，那個你讓我看到的善，那個我只有透過你才能看到的善。」他的眼神變得更黑暗。「然後班來了，你要把它拿走。你讓我驚鴻一瞥，看到我永遠無法靠自己掌握到的善，而為了那個罪，為了自我了解的罪，陶德．赫維特。」

他彎腰，開始解開我腿上的繩子。「我們之中有一個必須要死。」

〔薇拉〕

安荷洛德感覺跟橡果不一樣，更寬，更壯，更快，但我還是擔心。

「請妳一定不要出事。」我低語，甚至沒有要對她說，因為我知道說了也沒用。

因為她只會說，小馬男孩，然後跑得更快。

我們穿過更多樹林，山丘開始變得平緩，朝河邊靠近，我越來越常看到河出現在我左邊，寬廣快速地流過高漲的河岸。

可是我看不到大海，只有樹與更多的樹。雪依然很密，大片大片落下，在空中一陣翻轉，開始在這片還算濃密的森林中留下明顯的痕跡。

隨著天光開始散去，我的心中越來越不安，不知道山頂發生了什麼事，不知道布萊德利發生了什麼事，不知道在前面的海岸，陶德發生了什麼事——

然後，突然，海出現了——

在樹林的缺口間，近到我可以看見海浪拍打海岸，近到可以看到有個小港口上的碼頭，旁邊散著幾棟廢棄的建築，而在建築之間，是偵察船——

然後又消失在更多樹林後——

可是我們快到了。我們快到了。

「撐著，陶德。撐著。」我說。

［陶德］

我說：「一定是你。」他解開我的另一條腿。「死的一定是你。」

「你知道嗎，陶德？」他低聲說：「有一部分的我希望你說得對。」

我動也沒動，直到他解開我的右手，然後我朝他揮出一拳，但他已經往後向通往海灘的缺口退開，帶著好笑的表情看著我解開另一隻手。

「我等你，陶德。」他說，走到外面。

我試著要朝他送去**薇拉**，但我還是感覺很虛弱，他完全不理會我的嘗試，消失在外面。我扯了扯剩下的結，終於完全自由，我跳下桌面，頭暈目眩了一會兒好恢復平衡，但我很快就走了出去，走出開口——

走到外面冰冷的海灘。

我看到的第一個景象是一排破爛的房子，有些只是一堆木頭跟沙，還有幾棟維持得較好，像教堂的水泥屋子。在我北邊，我可以看到一條路通往樹林，那條路一定直接通往新普倫提司城，不過如今還沒到第二棵樹就被快速高漲的河水淹沒。

雪現在下得真的很快，風也變大了。寒風像鋼刀一樣刺穿我的制服，我把制服拉得更緊。

然後我轉向大海——

我的天啊——

真是干他的大啊。大到不可能，不只是消失在天邊，但也朝北邊跟南邊不斷蔓延，像是一片蹲在你家門口的無盡，只等你轉過身，就要把你吞掉。雪對大海也沒有影響。大海只是不斷翻騰，像是想跟你打架，海浪就像它朝你揮來的拳頭，準備要把你打倒。

然後，裡面有東西，就算在充滿泡沫、泥巴，在海岸邊翻騰的海水中，就算在我北邊湧向大海的河水激起的泡沫跟水花中，都可以看到水裡有影子在動——

很大的影子——

「很壯觀吧？」我聽到鎮長的聲音。

我猛然轉身。我看不到他。我更慢地轉身。我注意到我腳下有一片被沙子蓋住的水泥，像是這裡原本是沙灘邊的廣場或是步道，某個很久以前從教堂往外延伸的東西，好讓大家可以坐在太陽下。

只是我是現在在這裡，而我干他的要凍死了。

「你給我出來，你這個懦夫！」我大吼。

「喔，你說我什麼都對，就是不能說我是懦夫，陶德。」又是他的聲音，但聽起來像是來自其他地方。

「那你為什麼要躲起來？」我大吼，再次轉身，努力抱著自己，抵擋寒冷。如果我們在外面待久了，那我們兩個都要死在這裡。然後我看到偵察船在沙灘上，孤零零地落在那裡，等著——

「我不建議嘗試，陶德。」又是他的聲音。「你跑到之前就會死了。」我再次轉身。

「你的軍隊不來了，對不對？你說泰特先生讓你失望就是這個意思！他不來了！」

「沒錯，陶德。」鎮長說，這次，他的聲音聽起來不一樣。

聽起來像是有個真的聲音在一塊真的地方說話。我又轉身——

他就站在其中一間破爛木屋的轉角邊。

「你怎麼知道？」我開始甩著噪音，準備好。

「我聽到了，陶德。我跟你說過，我聽到一切。」他開始朝我走來。「然後慢慢地，慢慢地，那變成真的。我把自己向這個世界的聲音打開。如今，」他停在蓋滿沙子的廣場邊緣，雪吹得到處都是。「現在，我聽到裡面的所有訊息。」

然後我看到他的眼睛。我終於懂了。他真的聽得到一切。而他被逼瘋了。

「還沒有。」他眼神黑暗，聲音空洞。「那要等我把你的事情解決以後。因為有一天，陶德‧赫維特，你也會聽到。」

我正在鍛鍊我的聲音，提高它的溫度，繞著一個詞，讓它盡量變得沉重，不在乎他是不是會聽到，因為他反正也知道接下來會發生什麼事——

「沒錯。」鎮長說。然後朝我直接送來一波噪音——

我往旁邊一跳，聽到噪音呼地從我身邊衝過——

我落在地上，在雪地跟沙地上打個滾，然後抬頭看到他衝向我——

薇拉！我朝他揮去——

我們正式開打——

（天空）

你做得對，來源對我展示，我們穿過樹林，前往海邊。

天空的決定不需要別人確認，我回示。

我們的速度很快。戰獸遠比空地動物的速度要快，更適應樹木，不需要路就能跑。河深深流在我們下方的山谷，也許甚至已經改變了方向。白霧還是很濃，雪還在下，後面的山谷仍還有幾處火場，但我們不斷前進，朝我們的敵人前進，穿過一片突然出現的平原，穿過一群被驚嚇的動物——

等等，來源大喊，我發現我把他跟士兵都拋在身後了。

等等！他再次展示。我聽到前面有聲音——

我沒有減慢，但是我朝面前打開噪音——

果然，我們還沒看到已經聽到，一個空地男人的聲音——

布萊德利，我聽到來源大喊，沒多久我們就來到他身邊，穿過一片樹林，看到他快速往後退，看著我們拉停戰獸。

「班？」那個叫布萊德利的男人說，緊張地看著我。

沒事的，來源說。戰爭結束了。

現在暫時，我展示。匕首的特別空地在哪裡？

名叫布萊德利的男人看起來完全不解，直到來源對他展示薇拉。

然後我們看到一具動物的屍體，蓋在葉子跟樹叢下面，身上如今鋪了薄薄一層雪。

「她的馬。」男人說：「我把他蓋起來，然後一直想生火——」

薇拉呢？來源展示。

「去海邊了。去幫陶德。」布萊德利說。

來源的聲音中充滿情感，一股腦地也衝進我的聲音，充滿對匕首的愛與擔憂——

可是我已經往前衝了，逼我的戰獸越跑越快越跑越快，跑得比我後面的來源跟他後面的士兵還要快——

等等，我又聽到來源大叫——

但是我會先趕到海邊——

我會自己先趕到海邊——

而如果匕首在那裡——

那我看到什麼就是什麼了——

〔陶德〕

我朝鎮長拋去的第一聲**薇拉**就打中他，看到他往旁邊一歪，速度不夠快到可以閃過——可是他已經轉身，對我發射噪音，而我雖然又彎腰閃躲，這次卻感覺像是頭頂被撕開，我跳下那一小塊沙子跟水泥，順著斜坡滾向海浪，沾了一身的沙跟雪，暫時避過了鎮長的視線——

「但我不需要看到你啊，陶德。」我聽到——

然後砰，又是另一波白色的噪音，尖叫著**你什麼都不是你什麼都不是你什麼都不是你什麼都不是**——

我一打滾，站了起來，抓住自己的頭，強迫自己睜開眼睛——

我看到面前是流過沙灘的河，全部倒入大海，我看著外面的水，看到漂浮在那裡的廢棄物，在海浪裡被拋來拋去，碎塊來自樹木跟屋子，一定也包括人——

我認識的人——

也許甚至包括薇拉——

我感覺到噪音湧起一陣憤怒——

我站了起來——

薇拉！

我朝他想，我發現不需要找他就可以這麼做，我只需要靠直覺感覺他在哪裡，於是我對他送出噪音，轉頭去看，果然他正正地摔倒在水泥塊上，用手腕撐住自己——

隨即發出令我很滿意的啪一聲，斷了。

他悶哼一聲。「很不錯。」他的聲音因為痛楚而沙啞。「的確很不錯，陶德。你的控制力越來越好了。」他開始用沒斷的手臂把自己撐起來。「可是控制是有代價的。你能聽到世界的聲音聚集在你後面嗎，陶德？」

薇拉！我又朝他想——

他又往後退開——

可是這次沒有倒下——

「因為我可以聽得到。我全都聽得到。」然後他的目光一閃，我整個人僵住——

他在我的腦子裡，還有那個哼，跟我連結在一起——

「你聽得到嗎？」他又說了一次——

然後——

然後，我聽到了——

我的確聽到了——

就在海浪的咆哮，河流的咆哮後面，有另外一個咆哮——

一聲代表這星球上所有生物的咆哮——

用一個大得不可思議的單一聲音在說話——

有那麼一刻，我無法反應——

他只需要這一刻——

我腦子裡有一閃痛楚，亮到我暈了過去——

跪倒在地——

但只有一瞬間——

因為在那聲音的咆哮中——

雖然是不可能的——

雖然她沒有聲音——

我發誓我聽到她——

我發誓我聽到她來了——

所以我甚至沒睜開眼睛——

薇拉！

然後我聽到另一聲疼痛的悶哼——

我又站了起來——

〔薇拉〕

地面開始陡峭地往下傾斜，我們現在隨時都可以看到大海——

「快到了，快到了。」我邊喘邊說。

小馬男孩，安荷洛德說——

再一次跳躍，我們穿過最後一排樹，來到沙灘上，安荷洛德的蹄子在她急忙往左閃躲時，踢起一片雪跟沙，通往廢棄城鎮，通往河——

通往陶德跟鎮長——

「他們在那裡！」我大喊，安荷洛德也看到他們了，奔過沙地往前衝——

小馬男孩！她大喊——

「陶德！」我大叫——

可是打上來的海浪聲太大，太響——

而且我發誓我聽到從海裡傳來的噪音，還有在拍打的海水下看到有黑色的影子在游動——

可是我盯著前面，一遍又一遍大喊：「陶德！」——

我看到了——

他在跟鎮長打鬥，兩個人在一棟像教堂的建築物前，地上似乎是一片鋪著沙的廣場——

我一想到我跟陶德在教堂裡發生過多少慘事，當場心就涼了一半——

「陶德！」我又大喊一聲——

我看到他們其中一個往後倒，一定是因為被噪音打中——

另一個往旁邊跳開，但是捧住頭——

可是從這麼遠，我看不出來誰是誰——

他們都穿著一身蠢制服——

我再一次發現陶德長得好高了——

高到根本很難分辨他跟鎮長——

擔心讓我的胸口更糾結——

安荷洛德也感覺到了——

小馬男孩！她大喊——

我們跑得更快了——

［陶德］

退後，我對鎮長想，看到他往後退了一步，但也只有一步，然後噪音立刻朝我閃來，讓我痛得悶哼出聲，我往旁邊一倒，看到沙地上有一塊水泥碎塊，我立刻一把抓起，轉身要丟向他——

「鬆開。」他嗡嗡地說。

我鬆開了石頭——

「不能用武器，陶德。你沒看到我也沒用武器嗎？」他說。

這時我才想到，我的確沒注意到這點。他沒有用槍，而且偵察船遠到根本沒有用。他要我們只用噪音打鬥——

「一點沒錯。願強者勝出。」說完，立刻又朝我攻擊——

我悶哼一聲，用**薇拉**回擊他，之後立刻跑過小廣場，腳步在雪地上一滑，跑向一間破爛的木屋——

「那可不行。」鎮長嗡嗡地說——

我的腳步停下——

但是我往前一步——

又一步——

然後我又往前奔——

我聽到鎮長在我身後笑了：「幹得好。」他說。

我跑到一堆老木頭後面，整個人趴下，好讓他看不見我。雖然我知道這樣其實沒用，但我仍需要一點思考的時間——

「我們旗鼓相當。」鎮長說。浪聲，水聲，所有應該要能夠掩蓋他聲音的聲響都沒有用，他的聲音我仍然聽得清清楚楚。他在我的腦子裡說話。一如過去。

「你向來是我最好的徒弟，陶德。」他說。

「你給我**閉嘴**。」我朝他大吼，頭探出木堆，看附近有什麼東西，任何能讓我打敗他的東西——

「你對噪音的控制勝過我以外的任何人。」他說個不停，越走越近。「你能用噪音控制其他人。你把噪音當武器用。我從一開始就說了，你的力量會超過我。」

他以前所未有的力道打中我，整個世界瞬間變白，但我一直在腦子裡想著薇拉，手抓著一塊塊木板，拖著自己的身體站了起來，用我最沉重的嗡嗡聲想，**退後！**

他退後了。「哇，陶德。」他仍然一臉佩服的樣子。

「我才沒要取代你的位子。」我從廢木堆後面走出來。「不管怎麼樣都不會。」他又往後退了一步，雖然我沒有要他退。

「總得要有人的。要有人控制噪音，告訴別人怎麼用噪音，告訴別人要做什麼。」他說。

「根本不用。」我又向前一步。

「陶德，你從來都不是個詩人，是吧？」他又往後退一步。他站到沙地廣場邊緣，仍然握著斷掉的手腕，一根滿是鮮血的骨頭從皮膚中刺出，但他看起來似乎一點都不痛。他身後只有一段長長的斜坡，通往大海，還有下面黑色的東西——

我看到鎮長的眼睛變得有多黑，聲音變得多空洞——

「陶德，這個世界正在活生生把我吃掉。這個世界還有這世界的資訊。太多了。多到沒辦法控制。」他說。

「那你就放手。」我說，用一聲**薇拉**打向他。

他縮了一下，卻沒有摔倒。「不行。這不是我的天性。可是陶德，你比我更強大。你可以掌握它。你可以統治這世界。」

「這個世界不需要我。我說最後一次，我不是你。」我說。

他低頭看我的制服。「你確定嗎？」

我氣得要死，又用一聲**薇拉**狠狠打向他。他又縮了一下，卻沒有後退，反而朝我反擊。我一咬牙，準備好再次攻擊，準備好朝他笑著的蠢臉丟去——

「我們可以站在這裡一下午，把對方打成小碎片。所以讓我告訴你獎品是什麼，陶德。」

「閉嘴——」

「如果你贏了，你可以掌握整個世界——」

「我不想要——」

「可是如果我贏了——」

突然，他讓我看他的噪音——

這是我第一次看到，我第一次看到他全部的噪音，我已經記不得上一次是什麼時候，也許是在舊普倫提司鎮，也許從來沒有過——

而他的噪音很冷，比這凍死人的海灘還要冷——

而且是空的——

世界的聲音像是太空的黑暗包圍他，要以重得超過想像的重量壓扁他——

認識我讓他能夠多支撐一些時候，可是現在——

他想要毀掉它，毀掉一切——

我終於懂了，這就是他想要的——

這就是他不計一切想要得到的——

什麼都聽不到——

還有他的恨，他噪音中的恨，對噪音的恨強烈到我不知道我有沒有辦法打敗它，他比我強大，他向來比我強大，而我正直直看著他內心的空洞，一個能讓他毀滅又毀滅的空洞，我不知道我能不能——

「陶德！」

我轉過頭，鎮長突然大喊，像是我從他身上扯掉了什麼——

「陶德！」

那裡，穿過雪地，騎著我的馬，騎著我該死的大馬——

薇拉——

鎮長此時用盡全力攻擊我——

〔薇拉〕

「陶德！」我大叫，他轉頭看我——

然後他因為鎮長的攻擊痛得大喊出聲，整個人往後倒，鼻血狂噴，安荷洛德尖叫小馬男孩！直接穿過沙地衝向他，我還在叫他的名字，用我所有的聲音喊他——

「陶德！」

他聽到我了——

他抬頭看我——

但我還是聽不到他的聲音，只聽到他用來戰鬥的聲音——

但我看到他的眼神——

我又喊了一次——

「陶德！」

因為要這樣才能打敗鎮長——

不能靠一個人——

而是要一起打敗他——

「陶德！」

他轉身面向鎮長，我看到鎮長臉上出現緊張的表情，我聽到我的名字像打雷般響起——

〔陶德〕

薇拉

因為她在這裡——

她來了——

她為了我來了——

她喊著我的名字——

我感覺到她的力量像火一樣燒過我的噪音——

而鎮長往後退，像是被一排房子打中臉——

「啊，果然。你的力量支柱來了。」他扶著頭低聲說。

「陶德！」我又聽到她在喊我——

我接住她的聲音並利用它——

因為我能感覺到她在裡面，騎馬來到世界的盡頭，只為了找我，只為了在我需要時救我——

而我真的需要——

然後——

薇拉

鎮長又往後退，握住斷掉的手腕，我看到他的耳朵流出血——

「陶德！」她又喊了一次，可是這次她是要我看她，所以我轉過頭，她在廣場邊緣拉停安荷洛德，她看著我，看著我的眼睛——

我讀得懂她——

我知道她在想什麼——

我的噪音我的心我的腦袋整個滿滿漲滿，像是我要炸了——

因為她在說——

她用她的眼睛她的臉她整個人說——

「我懂。」我聲音沙啞地對她說：「我也是。」然後我轉身面向鎮長，整個人滿滿都是她，都是她對我的愛，還有我對她的愛——

這讓我大得跟干他的一座山一樣——

我抓住這一切，用盡全力重重揍向鎮長——

〔薇拉〕

鎮長被拋向斜坡，一陣翻滾，滑向拍打的海浪，然後停下來，縮成一團——

陶德回頭看我——

我的心臟跳到喉頭——

我還是聽不到他的聲音，雖然我知道他正聚集所有的噪音，準備再次攻擊鎮長——

可是「我懂，」他說：「我也是。」然後他看著我，眼中帶著笑意，臉上帶著笑容——

而我雖然聽不到他——

我懂他——

我懂他在想什麼——

現在，在所有瞬間的此時此刻，我不需要噪音就可以聽懂陶德・赫維特——

他也看到我正在這麼做——

有一瞬間——

我們再次懂得彼此——

我可以直接感覺到我們的力量，看著他轉身面對鎮長——

然後他沒有用噪音攻擊他——

而是朝他發出一陣嗡嗡聲——

「往後走。」陶德對鎮長說，他正緩緩站起來，抓著自己的手腕——

然後他開始往後走——

往海邊倒退——

「陶德？你在做什麼？」我說——

「妳沒聽到他們嗎？」他說：「妳沒聽到他們有多餓嗎？」

我瞥了海浪一眼——

看到影子，巨大的影子，跟屋子一樣大，游來游去，無視於洶湧的海浪——

我聽到了吃——

這麼簡單的一個字——

吃——

他們說的是鎮長——

聚集在他朝他們倒退的方向——

在他被陶德逼著倒退的方向——

「陶德？」我說——

而鎮長說：「等等。」

［陶德］

「等等。」鎮長說。

他沒有在控制我，不是用嗡嗡聲回應我送出的聲音，那個逼著他往後倒退，把自己淹死，讓自己被越游越近，等著咬一口的動物吃掉的聲音。他只是說：「等等。」像是很有禮貌地提出要求。

「我不可能饒你一命。如果我覺得這樣做能拯救你，我會的。很抱歉，但你沒辦法被拯救。」我說。

「我知道。」他又微笑，這次充滿哀傷，一股我感覺到是真正的哀傷。「你知道嗎，你真的改變我了，陶德。那麼一點點，讓我變得更好。讓我看到愛的時候，能認出來。」他看著薇拉，然後看著我。「足夠到讓我現在願意救你。」

「救我？」我說，然後我想著退後，他又往後退一步。

「是的，陶德。」他說，上唇出現汗珠，想要抗拒我。「我要你停止逼我退進海裡——」

「不可能——」

「因為我會自己走進去。」

我驚訝地對他眨著眼睛。「你別玩什麼把戲。」我說，又逼退他一步。「一切都結束了。」

「可是，陶德・赫維特，你是無法殺人的男孩。」他說。

「我不是男孩。而且，我會殺了你。」我說。

「我知道。但這不就會讓你變得更像我一點，不是嗎？」他說。

我停下來，讓他站在原處，海浪在他後面拍打，動物開始內鬨，天啊，牠們還真大——

「關於你的力量，我從來沒有騙過你，陶德。如果你願意，你強大到可以成為新的我——」

「我不想——」

「或是像班一樣強大。」

我皺眉。「這跟班有什麼關係？」

「陶德，他也聽得到星球的聲音，跟我一樣，你以後也會這樣，但他活在星球的聲音裡面，讓自己成為它的一部分，讓自己隨著聲音的潮汐飄蕩，卻不失去自己。」

雪還在下，黏在鎮長的頭髮上，結成一塊一塊的白色。我發現自己很冷。

「你可以是我。或者是他。」鎮長往後退一步。這一步不是我逼的。「如果你殺了我，那就離變成他又更遠一步。」他說：「而如果你讓我變好的部分有這麼多，變得好到能阻止你變成我，那我就必須這麼做。」

他轉向薇拉。「鐵環的治療藥物是真的。」

薇拉瞥向我。「什麼？」

「我在第一批鐵環裡下了一種慢性毒藥好殺死所有女人。還有稀巴人。」

「**什麼？**」我大吼。

「可是藥是真的。我是為了陶德這麼做。我把研究結果留在偵察船上。勞森夫人很輕易就能確認那個處方，而那是我給妳的臨別禮物，薇拉。」他對她點點頭。

他轉頭看我，臉上是憂傷至極的笑容。「這個世界未來許多年都將由你們兩個一起打造，陶德。」他深深嘆口氣。「而我，很高興，我永遠不需要看到它。」他說完，然後轉身，大步走向海邊，一步又一步——

「等等！」薇拉在他身後喊道——

可是他沒有停下，只是一直走，幾乎是用跑的，我可以感覺到薇拉從安荷洛德身上爬下，兩個一起站到我身邊，我們看著鎮長的靴子踏入水中，一直往深處前進，幾乎被大浪拍倒，但他仍然站得直直的——

他轉頭看向我們——

他的噪音完全沉默——

他的表情難以理解——

緩慢的一聲低吼中，水面下的一個影子冒出水面，大嘴黑牙，可怕的黏液跟鱗片，衝向鎮長——

一扭頭咬住他的上半身——

鎮長沒有發出聲音，巨大的怪物把他摔向沙地——

把他拖到水面下——

一瞬間——

他消失了。

〔**薇拉**〕

「他不在了。」陶德說，聲音中的不敢置信也是我的心聲。「他就這樣走了進去。」他轉頭看我。「他就這樣走了進去。」

他正重重喘氣，看起來很驚訝，也很疲累。

然後他看到我，真正看到我。

我把他抱在懷裡，他把我抱在懷裡，我們什麼都不用說，都不用說。因為我們懂。

「薇拉。」他說——

「結束了。」我低聲說：「我真不敢相信。結束了。」

「我覺得他真的想走。」陶德仍抱著我。「我覺得他最後因為想控制一切，反而毀了自己。」

我們轉頭看向大海，看到巨大的動物還在繞圈，等著看陶德或我會不會是下一個自願者。安荷洛德把鼻子塞在我們兩個中間，推了一下陶德的臉。小馬男孩。這讓我不禁流出眼淚。小馬男孩。

「乖乖。」陶德說，摸著她的鼻子，卻仍然抱著我，然後他讀了她的噪音，表情一陣難過。「橡果。」他說。

「我留下了布萊德利。」我又哭了起來。「還有維夫跟阿李，但我不知道發生了什麼事——」

「鎮長說泰特先生讓他失望了。說稀巴人也讓他失望了。這只能是好事。」陶德說。

「我們需要回去。」我在他懷裡轉身，看向偵察船。「我想他沒教你怎麼開那東西吧？」

陶德這時說了一聲：「薇拉。」他的語氣讓我轉身看他。

「我不想變成鎮長那樣。」他說。

「你不會的。不可能。」我說。

「不，我不是那個意思。」他說。

然後他看著我的眼睛。

我感覺到它來了，感覺到那股力量從他體內湧出，在鎮長消失之後，終於獲得自由——

他打開他的噪音。打開又打開又打開——

他出現了，整個他，對我打開，讓我看到所有發生的事情，他感覺到的一切——

他感覺到的一切——

他對我感覺的一切——

「我懂。我能讀你，陶德・赫維特。」我說。

然後他露出那個歪歪的笑容——

這時我們聽到沙灘上傳來聲音，來自樹林與沙地的交界——

（天空）

我的戰獸最後一次跳到沙灘上，有一瞬間我因為大海而失神，它的巨大充滿了我的聲音——

可是我的座騎繼續往前奔，奔向廢棄的空地聚落——

我太遲了——

匕首的特別空地已經騎著馬到了——

可是我沒看到匕首——

只有空地的領袖，抓著匕首的特別空地，他的制服是個黑點，映著雪與沙，他把匕首的特別空地緊抱在身邊，將她禁錮在他懷裡——

所以匕首一定是死了——

匕首一定不在了——

我突然因此感到一陣出奇的空洞，一陣空虛——

因為就算是你恨的人，消失時也會留下一個缺口——
可是那是回歸的感覺——
而我不是回歸——
我是天空——
創造和平的天空——
為了要保護和平，所以必須殺死空地領袖的天空——
所以我衝向前，遠處的身影越來越近——
我舉起武器——

〔陶德〕

我在雪中瞇著眼睛，雪越下越大——
「那是誰？」我說。
「那不是馬。」薇拉離開我身邊。「那是戰獸。」
「戰獸？可是我以為——」
空氣突然從我的肺裡抽走——

（天空）

他看到我來，把女孩推開，給了我射擊的缺口——
我聽到後面有聲音，從遠處大喊——

一個叫著等等的聲音——

可是以前就是這瞬間的遲疑讓我痛苦萬分，在可以行動的瞬間卻沒有行動——

我不會允許這件事在此刻發生——

天空必須動手——

空地的領袖正轉向我——

我會動手——

（可是——）

我發射武器。

〔**薇拉**〕

陶德發出像是世界崩塌的聲音，緊抓住胸口——

他滿是鮮血，燃燒，冒煙的胸口——

「**陶德！**」我大叫，撲向他——

他往後倒在沙地上，嘴痛得大張——

可是沒有任何空氣進出，只有喉嚨卡住，嗆住的聲音——

我撲在他身上，擋下可能再次飛來的子彈，想要撕掉他燃燒的衣服，但他胸口的衣服已經支離破碎，直接蒸發——

「**陶德！**」

他看著我的眼睛，充滿恐懼，噪音完全失控，因為恐懼跟痛苦而失控——

「不要不要不要不要不要不要──」我說。

我幾乎沒聽到仍然衝向我們的戰獸蹄聲──

聽到班的聲音在沙地上迴盪──

等等，他在大喊──

「陶德？」我撕著他胸口上融化中的衣服，看到下面可怕至極的燒傷，皮膚流血、冒泡，喉嚨仍然發出那可怕的嗆咳，像是胸口的肌肉已經停止作用，像是他根本沒辦法吸入一口氣──

像是他要嗆死了──

像是他現在就要死了，死在冰冷的雪白沙灘上──

「**陶德！**」

戰獸來到我後面──

我聽到1017的噪音，聽到是他開的槍──

聽到他發現自己的錯誤──

他以為他殺的是鎮長──

可是不是，不是──

班跟在他後面──

班的噪音帶著恐懼往前衝──

可是我只看得見陶德──

我只看得見他看我──

他的眼睛大睜──

他的噪音在說，不要，不要現在，不要現在——
然後他說，薇拉？
「我在這裡，陶德。」我的聲音因為驚慌而破碎，絕望地大喊。「我在這裡！」
然後他又說了一次，薇拉？——
他在問——
他在問，像是不確定我是不是在這裡——
然後他的聲音完全沉默——
他停止掙扎——
看著我的眼睛——
他死了。
我的陶德死了。

世界的未來

〔薇拉〕

「陶德！」我大喊——
不要——

不要——

不要——

他不能死——

不能啊——

「陶德！」好像光說他的名字就能讓這一切成為騙局，讓時間倒流——

讓陶德的噪音重新開始——

讓他的眼睛看到我——

「陶德！」我又開始喊他，但我的聲音像被埋在水裡，我只在耳中聽到自己的呼吸，聲音沙啞地喊著他的名字——

「陶德！」

另一雙手臂環抱著我，是班，跪倒在我身邊的沙地上，聲音跟噪音撕扯成碎片，說著陶德的名字——

他開始抓起一把把雪，想要壓在陶德的傷口上，想要凍結住傷口，阻止流血——

可是太遲了——

他不在了——

他不在了——

陶德不在了——

突然一切變得很緩慢——

安荷洛德喊著小馬男孩——

班把臉貼在陶德的臉旁，想聽見他的呼吸，卻聽不到——

「陶德，求你！」我聽到他說——

可是這聲音像是從很遠的地方傳來——

像是從我到不了的遠方傳來——

我身後傳來更多腳步聲，是這個宇宙中就算再也沒有聲音，我仍然聽得到的腳步聲——

1017——

他從戰獸身上爬下，噪音因為他的錯誤而一團混亂——

噪音在想這到底是不是個錯誤——

我轉身面對他——

（天空）

她轉身看我——

雖然她沒有聲音，但光看到她就令我退後一步——

她站起來——

我又往後退，武器落在鋪滿白雪的沙地上，現在才發現我還握著它——

「你！」她狠狠啐了一口，走向我，嘴裡發出的啾啾聲是個可怕的聲音，一個憤怒的聲音，一個哀慟的聲音——

我不知道，我展示，繼續往後退。**我以為他是空地的領袖**——

（真的嗎？）

「你這個騙子！」她大吼。「我聽得到你！你並不確定！你不確定卻還是開槍——」

這是大地武器造成的傷，大地的藥也許能救他——我展示

「太遲了！你殺了他！」她大吼。

我看向她身後，來源把匕首抱在懷裡，在匕首的胸口壓上更多冰，知道這樣做一點用也沒有，他的聲音因為哀慟而撕裂，他人類的聲音從嘴裡不斷發出哀鳴——

我看到這是真的——

我殺了匕首——

我殺了匕首——

「閉嘴！」她大吼——

我不是故意的，我這時明白的確如此，已經太遲了。我沒有想要這麼做——

「但你還是動手了！」她又啐了我一口——

然後她看到我的武器躺在被我丟下的地方——

〔薇拉〕

我看到武器，稀巴人的白色棍子武器躺在地上，白色形狀躺在白色的雪上——

我聽到班在我後面哭，一遍又一遍念著陶德的名字，我胸口裡的心臟也好痛，痛到我幾乎無法呼吸——

可是我看到武器——

我彎腰拿起武器——

我用武器指著1017——

他沒有再往後退，只是看著我舉起武器——

對不起，他說，稍稍把手舉在空中，那雙太長的手殺了我的陶德——

「對不起也救不回他了。」我咬著牙說。雖然我的眼睛滿是淚水，但我整個人突然清楚得不得了。我感覺到手中武器的重量。我感覺到心中讓我可以動手的意願。

可是我不知道該怎麼用。

「給我看！給我看要怎麼用，讓我殺了你！」我對他大喊。

薇拉，我聽到後面傳來班的聲音，因為悲傷而哽咽。薇拉，等等——

「我不等。」我的聲音冷酷，手中仍然舉著武器。「給我看！」

對不起，1017說，而我雖然非常憤怒，我仍然看得出來，他是誠心的，他是真的對於自己的行為感覺非常抱歉，他對自己行為的驚恐越來越強，不只是因為他對陶德做的事，更是因為這對未來的影響。他的錯誤將會蔓延到遠超過在場的我們幾個人身上，而這是他不惜付出世上任何代價來扭轉的錯誤——

我看得到這一切——

我不管——

（天空）

「告訴我！否則我向上帝發誓，我會用這東西活活揍死你！」她大吼。

薇拉，她身後的來源開口，懷裡依然抱著匕首，我看入他的聲音——

來源的心碎了——
碎到它感染了一切，蔓延到他以外的整個世界——
因為當大地哀悼時，我們一起哀悼——
而他的悲傷讓我無法抵抗，成為我的哀傷，大地的哀傷——
我徹底明白了我的錯誤——
這個錯誤也許會毀了大地，會讓我們失去和平，會在我盡了一切努力想拯救大地後卻毀掉
它——

這是天空不該犯下的錯誤——
我殺了匕首——
我終於殺了匕首——
一件我想了很久的事——
卻讓我一無所得——
只讓我意識到自己造成的損害有多巨大——
我在沒有聲音的她臉上看得明明白白——
沒有聲音的她握著一把她不會用的武器——
所以我打開聲音，教她——

〔**薇拉**〕

他的聲音在我面前打開，讓我看到該怎麼用這武器，手指放哪裡，怎麼捏才能讓末端噴出白色

閃光——

他在告訴我要怎麼殺他——

薇拉，我又聽到班在我後面說。薇拉，不可以。

「為什麼不可以？」我沒有轉頭，眼睛緊盯著1017。「他殺了陶德。」

那如果妳殺了他，這一切什麼時候才會結束？班說。

這句話讓我轉過身。「你怎麼能說這種話?!」我大吼。「你怎麼能抱著陶德說這種話？」

班的臉緊緊皺成一團，封閉了一切，噪音散發的痛苦大到我幾乎沒辦法看他——

可是他還是再說——

如果妳殺了天空，大戰會重新開始，我們都會死。然後大地會被來自太空的攻擊大批屠殺，然後下來這裡的移民會被剩下的大地攻擊，然後就是——

他有一瞬間說不下去，但他強迫自己，強迫自己用原本的聲音說出來——

「永無休止，薇拉。」他把陶德摟在自己的胸口。

我回頭看動都沒動的1017。「他想要我動手。他想要我動手。」我說。

「他不想帶著自己的錯誤活下去。他想讓痛苦結束。可是，現在他這輩子都會知道，犯下這樣的錯誤是什麼樣的感覺，那他正會成為更好的天空，不是嗎？」

「班，你怎麼能這樣說？」我說。

他用噪音說，因為我聽得到他們。他們全部。整個大地，所有男人，我聽得到每個人。薇拉，我們不能就這樣讓他們死，不可以。那是陶德今天要阻止的事，他是為此——

然後他真的說不下去了。他把陶德抱得更緊。啊，我的兒子啊，我的兒子啊——

（天空）

她轉頭看我，依然用武器指著我，手放在發射的正確位置——

「你把他從我身邊奪走。」她的聲音斷斷續續。「我們走了這麼遠，這麼遠，最後贏了！我們贏了，卻被你奪走了！」

她再也說不下去——

對不起，我再次展示——

這不只是來源悲傷的回聲——

而是我自己的——

不只是因為我是個太失敗的天空，從危機中拯救了大地之後又讓整個大地陷入危險——

而是因為我奪去一條生命——

我這輩子第一次奪走的生命——

我想起來——

我想起來匕首——

還有那把給了他名字的匕首——

那把他用來殺死在河邊的大地的匕首，那個大地只是在釣魚，他是無辜的，但是匕首認為他是敵人——

他被匕首殺了——

而從那時候起，匕首無時無刻不後悔殺了他——

在那勞動營裡，他整個人充滿遺憾，他跟大地互動的每一天都是，這遺憾最後讓他氣瘋了，所以打斷我的手臂——

這遺憾讓他在所有負擔被殺死之後，救了我——

這遺憾現在成為我必須扛在身上的遺憾——

直到永遠——

而如果這永遠只是下一口氣——

那就這樣吧——

大地應該要有更好的——

〔薇拉〕

1017想起了陶德——

我從他的噪音裡看得出來，我手中的武器顫抖——

看到我們在河邊碰到稀巴人時，陶德用匕首戳死他——

我一邊尖叫，叫他不要的時候，陶德殺了那稀巴人——

而1017想起陶德因此有多痛苦——

當我在瀑布下刺穿亞龍的脖子時，我也記得的痛苦——

殺人是件可怕的事——

即使你覺得他們活該——

而現在1017跟我和陶德當時一樣明白了——

殺人是件可怕的事——

即使你覺得他們活該——

現在1017跟我還有陶德當時一樣明白了——

跟陶德一樣——

我的心碎了，碎成永遠無法癒合的碎片，讓我感覺在這個又蠢又冰的海灘上，這心痛也會殺了我——

我知道班說得對。我知道如果我殺了1017，那就再也沒有回頭的路，因為那會是我們殺的第二個稀巴人領袖，而他們的人數優勢意味著他們會殺掉每一個人類。當新移民抵達時——

永遠不會結束的戰爭，永遠結束不了的死亡——

我必須再次做出決定——

我的決定會讓我們更深入戰爭或是遠離戰爭——

我之前選錯過一次——

這就是我因為選錯所以必須付出的代價？

太高了——

太高了——

可是如果我讓這件事變成個人恩怨——

如果我讓1017血債血償——

那這世界將會改變——

世界結束——

我不在乎——

我不在乎——
陶德——
天哪，陶德——
然後，陶德？我想到——
這時我才發現——
我的心痛——
如果我殺了1017——
戰爭重新開始——
我們都被殺死了——
　那有誰會記得陶德？誰會記得他做過的一切？陶德——
　陶德——
　我的心更碎了——
永遠碎了——
我跪倒在雪跟沙上——
無比空洞地吶喊——
拋下了武器。

（天空）

她拋下武器。武器落在沙地上，沒有發射。所以我還是天空。我還是大地的聲音。

「我不想要看到你。」她沒有抬起頭，聲音破裂。「我永遠不想再看到你。」

好，好，**我懂**——我展示。

薇拉？來源展示——

「我沒動手。可是如果我再看到他，我不知道能不能還有這樣的自制。」她告訴他。她抬頭看著我身邊，不是看我，沒辦法正視我。「你給我**走**。你給我走！」她說。

我看向來源，但他也沒有看我——

他所有的痛苦跟哀傷，所有的注意力都集中在他兒子身上——

「走！」她大喊——

所以我轉身離開，走向我的戰獸。當我再次回頭，來源還是繼續彎腰摟著匕首，叫薇拉的女孩慢慢爬向他——

他們摒棄我，強迫自己不要看到我。我可以理解。我爬回座騎身上。我會回到谷地，回到大地身邊，然後等著看這世界會給予我們所有人什麼樣的未來。大地還有空地。今天先是被天空的行為所救。然後又被匕首的行為所救。再次被匕首的特別行為所救。現在我們做了這一切之後，我們必須讓這裡成為值得拯救的世界。

薇拉？我聽到來源再次展示——

我注意到他的悲痛中出現一絲不解——

〔**薇拉**〕

薇拉？班又說了一聲。

我發現我站不起來，所以只能用爬的爬向他跟陶德，爬到安荷洛德的腿邊，她正難過地走來走去，一遍又一遍地說小馬男孩，小馬男孩。我強迫自己看著陶德的臉，看著他仍然睜大的眼睛。

薇拉，班又說了一次，抬頭看著我，臉上滿是淚水——

但是他的眼睛睜得很大，很圓——

「怎麼了？什麼事？」我說。

他沒有立刻回答我，只是把臉貼向陶德的臉，仔細觀察，然後低頭看他壓在陶德胸口的冰塊，還有冰塊上自己的手——

妳能——？班說，然後又停下來，臉上滿是專注的神情。

「我能什麼？班，我能什麼？」

他抬頭看我。妳聽得到嗎？

我眨著眼，不懂他的意思，我聽得到自己的呼吸，海浪的拍擊，安荷洛德的哭聲，班的噪音——

「聽到什麼？」

我想——他說，然後又停下來聽。我想我聽得到他。他抬頭看我。薇拉，我聽得到陶德。他邊說邊站起來，將陶德抱在懷裡——

「我聽得到他！」他用嘴巴大喊，把他的兒子舉向天空。「我能聽到他！」

到來

「而且，兒子，空氣中帶有一絲寒意，不但是指冬天要來了。我更開始對未來的日子有點擔心。」我讀著。

我轉頭看陶德。他還是躺在那裡，眼睛眨也不眨，完全沒有改變。

可是每隔一段時間，每一陣子，他的噪音就會打開，記憶會浮現，例如我們第一次遇見希蒂時的我跟他，或是他跟班跟希禮安，那時的陶德還很小，他們三個一起在舊普倫提司鎮外的沼澤釣魚，陶德的噪音開心地放光——

我的心就會因為希望而跳得快一些——

可是他的噪音又會消失，再次沉默——

我嘆口氣，靠回稀巴人做的椅子，在一間稀巴人搭的大帳棚下，旁邊燒著稀巴人堆的火，包圍著一張稀巴人做的石板，陶德躺在上面，自從我們把他從海邊搬回來後就躺在上面。

一片稀巴人的藥黏在他燒傷結疤的胸口——

可是正在癒合。所以我們等著。我等著。等著看他會不會回到我們身邊。在帳棚外，一圈稀巴人動也不動地包圍我們，他們的噪音形成某種屏障。班說這叫做通道的終點，說他的槍傷痊癒的幾個月中，他就是睡在這裡，這幾個月中沒有其他活人見過他，徘徊在死亡邊緣，因為稀巴人的介入，所以應該要奪走他性命的子彈傷沒有讓他喪命。

陶德死過了。我當時很確定，現在也很確定。

我看著他死，看著他死在我懷裡，就連現在想到都會讓我很傷心，所以我不想多說——

可是班在陶德的胸口上堆雪，讓他快速冷卻，把那些讓他神經麻痺的可怕燒傷降溫，把一個原本就已經很冷的陶德繼續降溫，而且那個陶德當時已經精疲力竭，因為他剛跟鎮長狠狠打過一場。

班說陶德的噪音停下一定是因為陶德習慣不廣播噪音。陶德其實沒有死，比較像是因為創傷跟寒冷而關閉，身上的雪讓他更冷，維持在那裡，讓他保持沒有完全死透的狀態——

但我知道不是這樣。

我知道他離開了我們，我知道他並不想，我知道他盡力反抗過，但我知道他離開了我們。

我看著他走的。但也許他沒有走遠。也許我把他拉住了，也許我跟班把他拉住了，近到也許他沒有走遠。也許近到他還可以回來。

累了？班走進帳棚說。

「我沒事。」我放下陶德母親的日記。過去這幾個禮拜我每天都在讀給他聽，希望他會聽到我。每天都在希望不管他去了哪裡，都能趕快回來。

他怎麼樣？班問，走到陶德身邊，按上他的手臂。

「一樣。」我說。

班轉身看我。薇拉，他會回來的。一定會。

「我們希望如此。」

我就回來了，而且我沒有妳在叫我。

我轉過頭。「你回來以後就變了。」

是1017提議用通道盡頭，班同意他的說法。而因為新普倫提司城現在只是新瀑布下的一個新湖，另一個選擇就是把陶德關在偵察船上的一張床上，直到新艦隊抵達——這個方法很受勞森夫人歡迎，她現在算是所有不歸維夫或阿李管理的事情的頭——我不情願地同意班的說法。

他聽到我的話便點頭，低頭看陶德。我想他也會被改變。他朝我回笑。但我似乎還不錯。

我這幾天都在觀察班，猜想也許自己正在看著新世界的未來，不知道每個男人會不會早晚都把自己完全交給星球的聲音，保留他的獨特性，但也同時納入所有其他人的獨特性，並心甘情願地加入稀巴人，加入整個世界。我知道不是所有人都會願意，因為他們太重視治療藥劑。

而且女人呢？

班很確定，女人一定有噪音，而如果男人能夠壓抑他們的噪音，那女人為什麼不能解開她們的噪音？他在想不知道我願不願意嘗試。我不知道。我們為什麼不能學著按照原本的樣子生活？而不管別人怎麼選，我們都可以接受？無論如何，我們即將有五千個機會可以知道。

艦隊剛剛確認。船艦一小時前進入繞行軌道。今天下午將按照原訂計畫進行降落儀式。他對我挑起眉毛。妳來嗎？

我微笑。「布萊德利代表我就行了。你去嗎？」

他轉頭看陶德。我得去。我必須把他們介紹給天空。我是移民跟大地之間的溝通管道，不論我願不願意。他撥開陶德額頭前的頭髮。可是我之後就直接回來。

自從我們把陶德帶到這裡來後，我就沒有離開過他身邊，他不醒，我就不走，就算新移民來也一樣，我甚至讓勞森夫人過來這裡向我確認鎮長說的治療藥劑是真的。她徹徹底底測試了一遍，他說的是實話。每個女人現在都康復了。

可是1017還沒有。

感染在他身上散播的速度似乎比較慢，而他拒絕使用藥劑，說他會忍受鐵環帶來的痛苦，直到陶德醒來，好提醒他過去發生過的一切，幾乎發生的一切，還有我們永遠不該重蹈覆轍的一切。

我沒辦法，忍不住有點高興他還在痛。

天空想要來，班輕柔地說，彷彿他已經可以讀到我沒有的噪音。

「不行。」

薇拉，這一切都是他安排的。如果陶德能回來——

「關鍵不就是如果嗎？」我說。

會成功的，會的，他說。

「很好，成功以後，我們可以再問陶德想不想見讓他躺下的稀巴人。」我說。

薇拉——

我微笑，不讓他繼續我們已經有過不下二十幾次的爭執，爭論我到現在還不能完全原諒1017的事。

也許永遠不能。

我知道他經常等在通道終點外面，向班問陶德的情況。我有時候能聽到他，可是現在我只能聽到安荷洛德正在嚼著草，跟我們一起耐心地等著她的小馬男孩。

天空會因為這一切成為更好的領袖。我們也許真的能跟他們和平共處。甚至有可能會是我們一直想要的天堂，班說。

「如果勞森夫人跟艦隊能夠重製噪音的治療藥劑。如果降落的男女不會因為跟當地人種的人數懸殊落差而感覺大受威脅。如果總是有足夠的食物可吃——」

薇拉，妳試著對未來有點希望吧，他說。

又是那個詞。

「我是有。但是我現在把所有的希望都給了陶德。」我說。

班低頭看他的兒子。他會回到我們身邊來的。

我點頭同意，但我們都不知道他是不是會，不能完全確定。可是我們希望。而這希望纖細到我根本不敢把它放出來，所以我什麼都不說。所以我等待。所以我希望。

妳讀到哪一段了？班朝日記點點頭。

「我又快讀到結尾了。」我說。

他離開陶德身邊，坐在我身邊另一張稀巴人做的椅子上。讀完吧，然後我們可以從他媽媽對未來滿是樂觀心情的地方重新開始，他說。

他的臉上帶著微笑，噪音中帶著這麼多溫柔的希望，讓我忍不住也微笑回應。

他會聽到妳的，薇拉。他會聽到妳，然後回到我們身邊。

我們又一起看著陶德，躺在石板上，被火堆烘得溫暖，稀巴人的治療藥膏貼在他胸膛上的傷口，噪音像幾乎完全遺忘的夢境般在聽覺邊緣忽隱忽現。

「陶德？陶德？」我低聲說。然後，我又拿起日記。我繼續讀。

是這樣嗎？

我一眨眼就能進入一段記憶，像是現在這段一樣，回到舊普倫提司鎮上的教室，那時普倫提司鎮長還沒有關閉學校，我們正在學習移民為什麼一開始要來這裡——

然後我又回到這一段記憶，她跟我剛離開遠支鎮，我們一起睡在一間廢棄的風車屋裡，星星正開始冒出來，她要我睡外面，因為我的噪音讓她睡不著——

或者現在這裡，跟滿奇在一起，跟我聰明到不行的狗，他嘴裡咬著一段燃燒的樹枝，跑去準備點火，好讓我救出——

你在嗎？

好讓我救出——

你在嗎？

（薇拉？）

然後有些時候是我從來沒見過的東西的記憶——

稀巴人家庭住在大沙漠上的茅屋，我甚至不知道這裡有這片沙漠，但是現在，這裡，我站在沙漠中，我知道它就在新世界的另一邊，遠得不能再遠，但是我現在就在稀巴人的聲音裡，我聽到他們在說什麼，看到，了解，雖然這不是我的語言，而我看得出來他們知道星球另一邊的人類，我們附近的稀巴人對我們的了解，他們全都知道，而這個世界的聲音包圍著世界，探入每個角落，我們只要——

或者在這裡，我在這裡站在山頂上，旁邊站著一個人，他的臉我幾乎認得（路克？萊斯？勞斯？我知道他的名字，但就是想不起來）可是我認得他看不見的眼睛，我認得他旁邊的人的臉，我知道那個人正在幫他看，他們正從一支軍隊手中收走武器，全部封在一個礦坑裡，而雖然他們寧可毀掉所有武器，但是周圍的聲音都想要把武器收起來，以防萬一，萬一情況改變，但是看得見的男人正在告訴瞎眼的男人，也許還是有希望的——

或者在這裡，我也在這裡，從山頂往下，看到一艘巨大的船，比整個城還大，從頭頂飛過以後，準備降落——

在同時我也記得在一條小溪邊，有個稀巴人娃娃正在玩耍，男人正從樹林間走出，他們把母親拖走，嬰兒在哭，男人回來，把他抱起，跟其他嬰兒一起都裝在一台拖車上，我知道這不是我的記憶，而那個嬰兒，那個稀巴人嬰兒是——

有時候只是一片漆黑——

有時候什麼都沒有，只有我聽不太見的聲音，就是差那麼一點就能聽到的聲音，我獨自一個人站在黑暗中，感覺像是我在這裡已經很久，很久了，而我——

薇拉？

我只知道我需要找到她——

只有她能救我——

薇拉？

有時候我想不起來自己的名字——

妳在嗎？

而我記不得薇拉是誰——

只有她能——

「……我的兒子，我美麗的兒子……」

那裡！

就像那樣！

有時候，在黑暗之中，在記憶之中，不管我在哪裡，做什麼，有時候甚至在塑造出我腳下地面的數百萬聲音之中——

有時候我會聽到——

「……我真希望你爸在這裡，能看到你，陶德……」

陶德——

陶德——

薇拉？

那是我——

（我覺得——）

（對——）

而那個聲音，那個聲音在說的話——

「你要怎麼說『窩』都可以，陶德。我答應不會糾正你……」

那是薇拉的聲音嗎？

是嗎？

（是妳嗎？）

因為我最近越來越常聽到，隨著日子過去越來越常，當我在飛過這些記憶與空間與黑暗的時候——

我在這數百萬聲音中越來越常聽到——

「……你在叫我，我會回應你……」

我會回應——

薇拉？

妳在叫我嗎？

不要停——

不要停，不要停止來救我——

陶德會回應——

因為每天妳都更近了一點——

是妳嗎？

是我們嗎？

我幾乎可以聽到妳了——

薇拉？

一直叫我——

我幾乎可以——

我們做了這些？

我會一直找妳——

我會找到妳——

妳可以用性命打賭——

不要停，薇拉，繼續叫我——

我會找到妳——

因為我來了。

小說精選
噪反 III：獸與人

2013年1月初版　　定價：新臺幣480元

著者　Patrick Ness
譯者　段宗忱
發行人　林載爵

出版者　聯經出版事業股份有限公司
地址　台北市基隆路一段180號4樓
編輯部地址　台北市基隆路一段180號4樓
叢書主編電話　(02)87876242轉227
台北聯經書房：台北市新生南路三段94號
電話：(02)23620308
台中分公司：台中市北區健行路321號1樓
暨門市電話：(04)22371234ext.5
郵政劃撥帳戶第0100559-3號
郵撥電話：(02)23620308
印刷者　文聯彩色製版印刷有限公司
總經銷　聯合發行股份有限公司
發行所：新北市新店區寶橋路235巷6弄6號2樓
電話：(02)29178022

叢書編輯　程道民
封面設計　顏伯駿

行政院新聞局出版事業登記證局版臺業字第0130號

本書如有缺頁，破損，倒裝請寄回台北聯經書房更換。　ISBN 978-957-08-4134-3 (平裝)
聯經網址：www.linkingbooks.com.tw
電子信箱：linking@udngroup.com

國家圖書館出版品預行編目資料

噪反 III：獸與人/ Patrick Ness著．段宗忱譯．
初版．臺北市．聯經．2013年1月（民102年）．
560面．14.8×21公分（小說精選）
譯自：Chaos Walking, Book Three, Monsters of Men

ISBN 978-957-08-4134-3（平裝）

874.59 102000989

The New World

A Story of Chaos Walking

新世界

|噪反前傳|

Patrick Ness

派崔克·奈斯——著 段宗忱——譯

「就在那裡。」媽媽指的是我們花了兩個星期靠近的那個小點，那個越變越大，旁邊還有另外兩個小點繞著轉的點，如今從點長成了圓，反射著恆星太陽的光芒，直到能看到藍色的海，綠色的森林，白色的兩極，是一圈映襯在無盡黑暗前方的色彩。

我們的新家，我從出生前就開始朝它前進的新家。

我們是第一批真正見到它的人。不是透過望遠鏡，不是透過電腦成像，甚至不是我在二號艦上跟著布萊德利・譚奇上藝術課時自己的畫作，而是透過駕駛艙牆上只有幾公分厚的玻璃窗。

我們是第一批親眼見到它的人。

「新世界。」爸爸一手按著我的肩膀說：「妳覺得我們會在那裡找到什麼？」

我交抱雙臂走開，不讓他碰我。

「薇拉？」他問。

「我已經看過了。」我走出駕駛艙。「好棒。萬歲。真等不及降落。」

「薇拉。」媽生氣地說，我則同時關上駕駛艙門，那是一扇滑門，所以我甚至無法用力甩上。我一直走回睡覺的小臥艙，才剛把門關上就傳來敲門聲。

「薇拉？」爸爸在門的另一邊說。

「我累了。我想睡覺。」我說。

「現在才下午一點。」

我什麼都沒說。

「我們再四小時就要進入繞行軌道。」他的聲音平靜，完全不受我的脾氣影響。「兩小時後就有需要妳負責的工作。」

「我知道自己的責任。」我說著，但仍不肯開門。

一陣沉默。「薇拉，一切都會沒事的。妳之後就會知道了。」他的聲音愈發慈祥。

「你怎麼知道？你又沒在這星球住過。」我回嘴。

「這個嘛，我有很多希望啊。」他開朗地回答。

又來了。又是這個已經聽到想吐的詞。

*

「是我們。」他們把消息告訴我那天，爸爸這麼說。雖然他想擺出嚴肅的樣子，但我看得出他正努力藏住笑容。我們正在吃晚餐，餐桌下他的雙腿靜不下來。

我問道：「我們怎麼了？」不過這很容易猜。

媽媽說：「我們被選上了。我們是降落小組。」

爸爸說：「我們九十一天後出發。」。

我低頭看著自己的盤子，上面突然多了一堆不想吃的食物。「我以為會是史黛芙・泰勒的爸媽。」

爸壓下笑聲。史黛芙・泰勒的爸爸駕駛技術差到連在艦隊間飛行都會差點毀掉飛船。

「寶貝，是我們。」我的駕駛員媽媽說，我媽的技術遠比史黛芙的爸爸好得多，也幾乎可以確定她就是我們被選上的理由。「記得我們討論過這件事吧。當時妳很興奮。」

是沒錯。第一次跟我說他們自願前往時，我很興奮，而當史黛芙開始吹噓被選中的人當然會是她爸爸時，我更興奮。

這是個關鍵工作。我們要離開沉睡中的移民跟其他負責照顧船艦的家庭，搭著一艘小小的偵查船闖入空曠的黑夜。距移民艦隊到達星球還有十二個月。我們會在五個月內完成這段路程，再在那邊待上七個月，不只我爸媽，連我都會有工作，要幫五艘大型移民艦尋找最佳降落地點，同時為第一次降落做好地面準備工作。

但人選可能是我們的時候比較刺激，等真的變成我們時，就奇怪地變得沒那麼刺激了。

「妳會接受更多訓練。正如妳希望的會學到更多東西。」媽媽說。

「薇拉，這是種榮譽。所有人的希望都放在我們身上。」爸爸說。

我一聽這話就忍不住微微皺眉。

「而且我們會是第一批看到新家的人。」他連忙補充。

「除非原本的移民還在。」我說。

他們交換一個眼色。

「薇拉，妳不開心嗎？」媽媽表情嚴肅地問道。

「如果我不開心，你們就不去嗎？」我問。

他們又交換一個眼色。

我知道那是什麼意思。

*

「三十分鐘後進入繞行軌道。」當我重新回到駕駛艙時，媽媽對我說。我只比預定時間晚了一點點。艙裡只有她。爸一定已經去了引擎室，開始為進入繞行軌道作準備。媽瞥向我在她面前螢幕上的倒影。「她重新加入了。」

「這是我的工作。」我邊說邊在與她呈垂直的螢幕前坐下。這的確是我的工作，我在艦隊上已經受過相關訓練，在偵察船上的這五個月仍然繼續訓練。媽媽會駕駛偵察船進入大氣層，開始繞行，爸會準備好帶領我們進入星球大氣層的推進器，我則負責監控尋找可能的降落點。

「妳鬧脾氣的時候，我們有了新發現。」媽媽說。

「我才沒鬧脾氣——」

「妳看。」她在螢幕上調出一個方塊，裡面是兩塊北方大陸中較大的那一塊。

「那是什麼啊？」

在星球的夜面，有條河流向東邊的大海。從這麼遠還看不太出來，就算用船上的掃瞄器也一樣，但看得出河的上游有塊較空曠的地方，有可能是山谷，那裡的森林間出現了空地，甚至可能有燈光。

「是其他移民嗎？」我問。

其他移民的事對我們來說，幾乎就像鬼故事。從我出生，甚至從我爸媽那一代起，就不曾和他們有過聯絡，所以我們一直以為他們失敗了。由於從舊世界到新世界要花上六十七年，所以當我們的船艦在他們離開第二十三年後出發時，他們還在路上。但我們完全沒有他們的消息。就算我們探測範圍最深的太空探測器也只偶爾看到他們前進的蹤跡。然後到了他們該降落的時候，那是距我出生整整十年前，我們原本希望離星球近一點時能和他們通訊，讓他們知道我們來了，再問問那裡是什麼情況，我們又應該準備些什麼。

但要不是沒人在聽，就是那裡沒有人了。第二個可能讓所有人都很擔心。

如果他們沒能成功，那我們會怎麼樣？

爸爸說他們是懷抱理想的移民，離開舊世界的目的是想展開一種較簡單的、低科技的農業生活，還有宗教什麼的。在我聽來覺得非常蠢，而且似乎也完全失敗了。但不管當時他們遇上了什麼事，那時我們也已經出發了四十四年，根本不可能回頭，所以想來也只能按照同樣的軌跡，前往同樣的地方，迎接我們自己的末日。

可就在那時，大家沒事開口就會講起希望。

「為什麼我們以前沒看過？」我靠向螢幕。

「沒有真的的能量訊號。如果他們靠自己發電，那用的也不是我們以為的大反應爐。」媽媽說。

「那裏有河。說不定是水力發電。」我說。

「也可能空無一人。」我們看著螢幕，媽媽聲音很低。「很難說這到底是真的光點，或只是數據讀取錯誤。」

河邊的小空地開始變得更遠。我們正從另一個方向進入繞行軌道，朝西前進，進入大氣層時先繞星球一圈，然後再從另一邊繞回來降落。

「我們要去那裡嗎？」我說。

「從那裡開始似乎也不錯。如果他們沒撐下來，那我們要做的第一件事，就是從他們的錯誤中學習。」媽媽說。

「或是死於同樣的理由。」

「但我們的科技更進步。而且根據我們所知，他們連自己原有的科技都捨棄不用，很可能這就是他們失敗的原因。」她看著我。「我們不會發生這種事。」

是妳這麼希望，我暗自心想。

我們看著下方的大陸逐漸遠去。

「準備好了。」爸從通訊系統中喊道。

「那就開始準備十分鐘倒數計時。」媽按下倒數按鈕。

「大家都很興奮嗎？」爸的聲音說道。

「有些人是。」媽對我皺起眉頭。

*

「我好高興我們不用去。」宣布降落小隊是我爸媽而不是史黛芙・泰勒的爸媽後，我第一次上課時她就這樣跟我說。在二號艦上跟布萊德利上藝術課，這是我最喜歡的課。布萊德利也負責教我們數學跟農學，可說是整個艦隊上我最喜歡的人，雖然他每次都叫我坐在史黛芙・泰勒旁邊，因為照顧船艦的所有家庭中，只有我們兩個女孩年紀相同。

我們運氣真好。

「一定會好無聊。」史黛芙在指間繞著頭髮。「要在那艘小船上待五個月，還只有妳爸跟妳媽陪妳。」

我說：「我可以跟朋友視訊，還能視訊上課。而且我喜歡我爸媽。」

她鄙夷地看向我。「五個月後妳就不會這麼想了。」

「史黛芙，妳以前都炫耀會是妳爸——」

「然後等到你們降落，還得跟天知道什麼可怕的動物一起生活，希望食物夠吃，而且那裡會有天氣。薇拉，真的天氣。」

「我們會是第一批看到天氣的人。」

「恭喜恭喜。也是第一批看到廢棄泥巴洞的人。」她更用力繞著頭髮。「我看根本是第一批死在那裡的人。」

「史黛芙・泰勒！」布萊德利在教室前面喊道。其他窩在互動繪畫螢幕前的孩子突然抬起頭。

「我正在畫。」史黛芙摸過她的畫板。

「是嗎？」布萊德利說：「那也許妳可以過來讓我們其他人看看妳在畫什麼。」

史黛芙狠狠皺眉，我知道這皺眉表示她在那長得不得了的怨恨清單上又加一筆。她用最慢的速度站起來。

「十三歲生日。只有妳一個人。」她低聲對我說。

我從她臉上滿意的表情看出，我的反應正是她想要的。

*

媽媽說：「一百二十秒後進入繞行軌道。」

「這裡準備好了。」爸從通訊器另一頭說，我聽到引擎的頻率改變，要停止在黑暗外太空以慣性降落，準備使用動力穿過星球大氣層。

「我這邊也準備好了。」我一面說，一面打開直到離地面更近之前還用不到的螢幕，尋找一塊大到能降落的空地。如果我做得夠好，這塊空地有可能會是我們建立第一座城鎮的地方。

媽媽說：「九十秒。」

爸說：「引擎開啟。」頻率再次改變。「燃料氧化。」

媽說：「扣好安全帶。」

「我扣好了。」我說完後轉過椅子，好趁她沒看到前扣好安全帶。

媽說：「六十秒。」

爸在通訊器另一頭說：「再一分鐘，我們就是第一批到達的人了！」

媽笑了。但我沒笑。

「薇拉，好了。現在*真的*很刺激。」她檢查其中一個螢幕，用指尖轉動上面的轉盤，然後說：「三十秒。」

「我在船上本來很快樂的。我不想住在下面。」我的聲音很低，但嚴肅到讓媽轉過頭看我。

媽媽皺起眉頭。「十五秒。」

「燃料準備好！」爸說：「我們開始大氣層衝浪吧！」

「十。」母親說，仍舊看著我。「九。」

就在這時，情況變得非常、非常糟糕。

*

「那是一整年耶。」我在離開前不到一個月的一次訓練課程中對布萊德利說：「離開我朋友一整年，離開我的課程一整年——」

「如果妳留下來，那就會是離開妳爸媽一整年。」

我回頭看向空無一人的教室。這裡平常都有其他家庭的小孩一起上課或跟朋友聊天，但今天只有我跟布萊德利在複習一些途中將會用到的科技。明天，三號艦的席夢（我覺得布萊德利偷偷喜歡她）會教我緊急求生技巧，好應付最糟的狀況。但一樣要跟別人隔離開來，只有我跟她在這房間裡。

「可是為什麼一定得是我們？」我說。

「因為你們最合適。」布萊德利說：「妳母親可能是我們之中最優秀的駕駛員，妳父親是很優秀的工程師——」

「那我呢？為什麼他們擅長的事要我來負擔後果？」

他露出微笑。「妳不是什麼普通的女孩。妳的數學成績第一名。妳是其他小孩最喜歡的音樂老師——」

「因為這樣，我就得被懲罰跟認識的所有人分開一年？」

他看我一眼，然後在我們面前的訓練螢幕上飛快撥弄，快到我看不清他在做什麼。他用老師的口吻說：「名字。」我一聽便立刻回答：

「硬質地層。」我看著他選的地表模擬畫面回答。「排水良好，但土質乾燥。至少需要澆灌五到八年後才適合種植作物。」

「這個呢？」他又撥動一次。

「溫帶森林。需要少量疏林，可能適合牛群，但有潛在環境問題。」

「這個？」

「沙漠周邊。只能進行基礎維生農耕。布萊德利——」

「薇拉，妳有能力。妳很聰明，很有想法，雖然年紀不大，但仍會是這個任務的重要成員。」

我沒有回答，不知為了什麼笨原因，我覺得眼睛開始變濕。

「妳真正害怕的是什麼？」布萊德利問道，溫柔到讓我抬頭望入他的褐色雙眼，望入他褐色皮膚上的和藹笑容，兩鬢最近開始冒出的灰色微卷髮絲。除了溫暖之外，還是溫暖。

「大家一直在講希望。」我吞口口水。

布萊德利的聲音心疼到令人無法承受。「薇拉——」

「我不害怕。」我說了謊，又吞口口水。「只是我會錯過十三歲生日，還有高五級的畢業典禮——」

「可是妳會看到別人看不見的景象。等別人到的時候，妳就是專家了，其他人都得尋求妳的意見。」

我雙臂交抱著自己。「他們會以為我只是愛現。」

「他們現在就這麼覺得了。」但他卻在微笑。

我不想對他報以微笑。

但還是笑了。笑了一點點。

*

我們撞上大氣層的第一波亂流時，船底響起輕輕的撞擊聲。

媽和我立刻同時抬頭。那撞擊聲不對勁。

「那是什麼？」媽媽說。

「我覺得是——」爸的聲音說——

然後通訊器突然傳來一聲咆哮，還有爸的驚訝叫聲——

「湯瑪斯！」媽媽大喊。

「妳看！」我指著正一一亮起的顯示螢幕。

引擎室佈滿火焰，出口正自動關閉好控制火勢。

爸還在裡面。

「爸！」我尖叫——

就這麼一下，一切都變了。

媽焦急地按著她的顯示螢幕，想要打開引擎通風口好把火從船艙內引出來——

「沒有反應！湯瑪斯，你聽得到我嗎？」她大喊著。

「發生什麼事了？」我也大喊，因為大氣層發出的吼聲遠比我們的模擬效果大得太多。

「不該這麼厚的。」媽媽吼著回答，她說的是大氣層的狀況，我的胃一陣緊縮，開始在想，第一代移民是不是也碰到同樣的狀況。也許他們甚至不曾著陸。

「我要下去找爸。」我解開椅子的釦環站起來——

但又是咚一聲，船身嚴重斜向一邊。我當場摔倒，只靠手指緊緊抓住椅子。媽媽雙手握著手動控制器，硬把我們導回正常位置。「薇拉，我需要妳來找降落點！現在！」

「可是爸他——」

「我沒辦法帶我們飛回去，只能下降！薇拉，現在！」

我坐下來，重新扣回安全帶，雙手發抖。

「找出河邊那塊空地！」她說。

我說：「它在星球另一邊。」但從船身的顫動，我知道我們穿越大氣層的下降速度太快了。

「妳只管找！如果那裡有人——」媽媽大吼。

我從她的表情看得出她有多擔心爸爸，而我知道，如果她選擇跟這艘船奮戰而不是下去找他，那我們的問題一定比我所知的更嚴重——

*

「我會想妳。」史黛芙・泰勒在我們的送別會上說道，聲音刻意拔尖，聽起來特別不誠懇。

所有家庭聚在四號艦的會議室參加宴會，他們不在乎理由，只要能喝個爛醉又能跟我們道別就好。史黛芙一把抱住我，還算好角度，確定所有人都能看到她的臉，能看到我離開一年讓她多難過。然後，她放開我，大哭一聲倒在她母親懷裡，哭聲比房裡的任何聲音都響亮。

布萊德利帶著好笑的表情走來，我從那表情就知道，他看得出我對史黛芙・泰勒的眼淚有何想法。「我相信史黛芙一定會比我更快恢復。」他給我一份包好的禮物。「降落後再打開。」

我說：「降落以後？那還要等五個月啊。」

他先是微笑，然後壓低聲音：「薇拉，妳知道我們跟動物的最大區別是什麼嗎？」

我皺起眉頭，覺得他又開始對我上課。「能忍著不馬上打開禮物？」

他笑了。「是火。是隨時生火的能力，能讓我們在黑暗中有光，冷的時候能取暖，還有工具煮食。」他比向四號艦的引擎方向。「因為有火，我們才能跨越黑暗，能在新世界展開新生活，才能走向希望。」

又是那個詞。

他說：「妳在害怕。」這次不是發問。

我低頭看著他的禮物。「有一點。」

他彎身悄悄對我說：「我也怕。」

「你怕？」

他點點頭。「我爺爺是艦隊上初代家庭中最後一個過世的，他是我們之中最後一個呼吸過星球上而非船艦上空氣的人。」

我等他繼續往下說。「然後呢？」

「他對於曾在星球上住過沒一事什麼好話。舊世界充滿污染、擁擠，正逐漸把自己毒死，所以我們才要離開，去找更好的地方，一個我們會盡力不要重蹈舊世界覆轍的新星球。」

「我知道——」

「薇拉，可是我們其他人都跟妳一樣。我們從來沒見過比三號艦貨艙大的地方。除了在全息影像裡看過，我不知道新鮮空氣聞起來怎麼樣，而全息影像也不是真的。薇拉，妳能想像真正的海是什麼樣子嗎？那會有多大？我們跟那比起來會有多渺小？」

「你這樣講是想逗我開心嗎？」

「是啊。」他笑著敲敲我手上的禮物。「因為妳會有樣東西能幫妳抵擋黑暗。」

我手上的禮物不大，但很重，很有分量。「可是到達前不能打開。」

「我怎麼能確定？只能信任妳了。」他說。

我重新抬起頭。「我會等著。我答應你。」

「——而且我會錯過她的生日！」史黛芙・泰勒大聲哭叫，瞥了我一眼，但我看得出她的眼睛不是真的在哭。

「薇拉，十二個月後見。我到之後，妳記得要最先來找我，告訴我火光下的夜晚是什麼樣子。」布萊德利說。

*

偵查船似乎隨時會解體。大氣層不斷攻擊我們，媽媽用盡一切辦法才勉強讓船體維持直立。

她偶爾會呼叫爸爸，但還是沒有回答。

「薇拉，我們到哪裡了？」她一面大喊，繼續和控制器搏鬥。

「我們繞回來了！」我在大吼，想壓過周圍的噪音。「不過我們速度太快。我覺得會錯過。」

「我會盡量好好降落。妳在探測器上看得到什麼嗎？除了河邊那塊地之外，我們還能在哪裡降落？」

我在螢幕上翻找，但螢幕畫面也跟船身一樣急速顫動。引擎仍然推著我們前進，所以我們幾乎會直接墜落在這星球上，速度太快，根本無法減速。我們正飛過一大片海，我看得出媽很擔心我們得在海面迫降——

可是大陸終於出現在我們的螢幕上，暗得就像黑夜，但速度實在太快，我們突然便來到大陸上方，下方地面呼嘯而過。

「快到了嗎？！」媽媽大喊。

「等等！」我檢查地圖。「我們在那地方的南邊！大概一萬五！」

媽媽繼續跟手動控制器搏鬥，想讓我們能往北飛一點。「該死！」船一歪，我的手肘撞上控制面板，地圖暫時消失。

「媽？」我的聲音擔心且害怕，一面努力重新調出地圖。

「寶貝，我知道。」她悶哼著，繼續跟操控器奮鬥。

「爸呢？」

她什麼都沒說，但我從她臉上看得出來。「薇拉，我們得先找地方降落！然後再盡力救他！」

我繼續研究地圖。「看起來會先到某個草原，但我們應該會超過。」我撥轉出更多掃描圖。「沼澤！」媽讓我們重新往北飛，回到之前看過的大河，這條河似乎會逐漸延伸成沼澤。

「我們夠低嗎？」媽媽大喊。

我又翻過幾個畫面，還有預測的降落弧線。「很勉強。」

船身猛烈一震。

然後是詭異的安靜。

「我們失去引擎動力了。」媽轉向我。「我們要滑行，幫我設定飛行路徑，然後抓緊。」

我快速轉過幾個畫面，鎖定在我希望會是柔軟合適的沼澤區。

媽媽雙手握拳，用力扯著手動控制器，將她的螢幕與我規劃的路徑重疊，我可以看到窗外的地面，清楚得不得了，下方的樹頂離我們越來越近。

「媽？」我們越飛越低，我看著地面。

「抓緊了！」她說。

「媽！」

然後，我們落地了。

*

他們大喊：「生日快樂！」在這個大日子的早餐時分發動突襲，給了我一個宇宙史上最不令人驚喜的驚喜派對。

「謝謝。」我嘟囔著。

我們三個月前離開艦隊，飛快飛快飛快地飛走，看著艦隊在我們後方一眨眼地消失。

從那時開始，我大多數時間都花在工作上，用視訊參加課程，但連一次都不曾和史黛芙・泰勒視訊通話，其他時間多半花在跟媽媽爭辯我的態度問題。

我會說：「想來的是你們。是你們把我帶離朋友跟我的家還有我知道的一切，只因為希望一切都會變好，但其實你們根本不能確定。」通常這時我的聲音會更大聲。「我不想要任何改變。我並不想自己飛到什麼愚蠢的新星球。」

「薇拉，妳又不是自己飛去。」媽媽會這樣說。

然後我會像史黛芙那樣冷笑：「感覺起來可不是那樣。」

然後這句話會傷到她，從她臉上看得出來。

然後她會說類似：「如果妳接下來五個月都是這種態度，那也許根本不用勞妳大駕走出房間。」

然後我會說：「很好！」

她也會說：「很好！」

有時爸爸會幫我們打圓場，但有時候不會，然後突然就到了我的生日，感覺起來一點都不特別。我們離新星球還有漫長的八個星期，困在一艘不論空氣濾過多少次，都開始聞起來有點臭的船上。

「禮物！」爸爸揮手比向桌上一個個包裝好的盒子。

媽媽這時說：「薇拉，至少可以假裝開心一下吧。」

「謝謝。」我再說一次，這次比較大聲。我打開第一個禮物，是雙野外用的新靴子，顏色完全不對，但我還是為他們假裝發出感謝的聲音。

我打開第二個禮物。

我拿出來時，爸爸說：「望遠鏡。我們出發前，妳媽請一號艦的工程師艾迪改良過，它有些妳想都想不到的功能：夜視，畫面縮放……」

我看入觀景窗，看到爸爸巨大的左眼回看著我。

爸爸說：「她笑了。」他大大的笑容填滿望遠鏡的視野。

「我才沒有。」我說。

媽離開房間，帶著我最喜歡的早餐回來，一大疊鬆餅，這次上面有十三個動作感應啟動光纖燈閃閃發光。他們為我唱了歌，我揮了四次手才把所有的光關掉。

爸爸問我：「妳的願望是什麼？」

我說：「說出來就不靈了。」

媽說：「我們不會掉頭的，所以希望妳不是許那個願。」

「希望！」爸爸刻意加大音量，用強逼出來的興奮蓋過媽媽的話。「這才是我們都該許的願。希望！」

我皺起眉頭，因為又是那個詞。

「我們也把這個拿出來了。」爸爸摸著布萊德利給我那份還包得好好的禮物。「妳說不定想現在打開的話。」

我看著爸媽的臉，爸的表情開朗，充滿希望，媽因為我的抱怨還在生氣，但仍努力想讓我過個開心的生日。有一瞬間，我也看到他們對我的擔心。

他們在擔心我似乎沒有任何希望。

我看著布萊德利的禮物。那時他說：對抗黑暗的光。

我說：「他說要等我們到了以後再開。我等到那時候好了。」

*

我們落地時發出的聲音幾乎大到不像話。

船撞斷了樹木，把樹幹砸成碎塊，然後猛力撞上地面，力道大到讓我的頭撞上控制面板，痛得不得了，但至少我還清醒，能聽到船身開始斷裂，能聽到我們在沼澤中刮出長長一條溝時，響起的每一次撞擊聲，斷裂聲與摩擦聲，船身在翻滾時一遍又一遍彈起，這也意謂著兩側機翼都已折斷。船艙裡的所有東西都掉到天花板上，然後又掉下來，然後駕駛艙出現裂痕，水從沼澤湧進，但我們又開始翻滾——

然後慢了下來——

翻滾慢了下來——

然後停住。

我還在呼吸。我的頭很暈很痛，我現在幾乎是被椅子的安全帶倒吊著。

可是我在呼吸。

「媽？」我轉頭看著四周。「媽？」

「薇拉？」我聽到聲音。

「媽？」我轉頭看她的座位該在的位置。

卻不在了——

我繼續轉頭——

她在那裡，倚著天花板，椅子從地板拔起——

她躺臥的姿勢——

「薇拉？」她再說一次。

*

爸爸說：「船長，明天就是大日子了。」他走進我正在換冷卻管劑的引擎室，這是他們過去五個月中發明出的上百萬種雜事之一，免得我沒事做。「我們終於要開始繞行了。」

我卡入最後一管冷卻劑。「太棒了。」

他頓了頓。「薇拉，我知道這對妳來說並不容易。」

「你哪管我容不容易？我又沒得選擇。」

他靠得更近。「好了，薇拉，妳到底真正在怕的是什麼？」他問了跟布萊德利一模一樣的問題，讓我忍不住轉頭看她。「是我們會在那裡找到什麼嗎？或者只是害怕改變？」

我重重嘆口氣。「似乎沒人想過，如果我們討厭住在星球上怎麼辦？如果天空太大怎麼辦？如果空氣太臭怎麼辦？如果我們挨餓怎麼辦？」

「那如果空氣是蜂蜜味呢？如果食物多到我們都變胖了呢？如果天空美到讓我們花太多時間看天而根本沒法做事呢？」

我轉頭，關上冷卻管箱。「但如果不是呢？」

「如果是呢？」

「如果不是呢？」

「如果是呢？」

「好啊，這樣爭下去一定會有個結果吧。」

「我們不是一直教妳要懷抱希望嗎？妳曾祖母同意成為艦上的照管人員不就是為了這個，讓妳有一天能過著更好的生活？她充滿希望。妳媽跟我都充滿希望。」他站得近到如果我想要，就能抱抱他。「妳為什麼感染不到一點希望呢？」

他看起來好關心、好擔心，我該怎麼告訴他？我該怎麼告訴他我有多恨聽到那個詞？

希望。整個艦隊上每個人都只會這樣說，離星球越近就越愛說。希望，希望，希望。

例如：「希望天氣好。」但說這話的人除了在全息影像中，從來沒有經歷過天氣是什麼樣子。

或是：「我希望那裡有有趣的野生動物。」說這話的人只見過小衝跟小撞，就是四號艦上的船貓。一萬個冷凍羊跟牛的胚胎也不算。

或是：「我希望原住民很友善。」說這話的時候他們都在笑，因為星球上不該有原住民，至少宇宙深處探測器是這麼感應的。

每個人都有不同的希望，說著我們的新生活，還有他們對它的希望。新鮮空氣，天知道那是什麼意思。真的地心引力，而不是偶爾會壞掉的假引力（雖然沒有一個十五歲以上的人會承認壞掉時其實很好玩）。我們將會擁有的廣闊空間，我們將之喚醒後會碰到的新人，完全忽略第一批移民的遭遇，超級自信我們的配備比他們好得太多，我們根本不可能出事。

這麼多希望，而我站在希望的邊緣，看著黑暗，是第一個看到它來臨的人，是第一個知道它真正的樣子後要面對這些希望的人。

但萬一呢？

爸爸問我：「是因為『希望』讓人害怕嗎？」

我驚訝地轉頭看他。「你也這樣想嗎？」

他笑了，那笑容充滿了愛。「薇拉，『希望』可怕得不得了。沒有人想承認，但這是事實。」

我又覺得眼睛變濕了。「那你怎麼受得了？你怎麼受得了去想這個？感覺好危險，像是光想像可以得到那些東西就會被懲罰？」

他輕觸我的手臂。「因為，薇拉，要是生命中沒有希望，更會可怕到不行。」

我又吞下眼淚。「所以你要告訴我的是，我唯一的選擇就是看這輩子要為什麼原因而害怕？」

他笑著張開雙臂說：「終於有笑容了。」

他實實在在地抱住我。

我也讓他抱住我。

但我的胸口，還是感覺有些害怕，而我也不知道是哪種。不知是害怕希望，還是害怕沒有希望。

*

我感覺像是用了一輩子才解開安全帶，因為用倒吊姿勢做這件事可不容易。當帶子終於解開，我從椅子往下掉，順著似乎折成兩半的駕駛艙牆壁往下滑。

「媽？」我連忙跑到她身邊。

她面朝下趴在原本的天花板上，雙腿扭曲到我連看都不敢看——

「薇拉？」她又說一次。

「媽，我在這裡。」我推開壓在她身上的東西，有很多檔案跟螢幕面板，全在我們翻滾時打壞了，只要沒綁好的東西都被撞成碎片——

我從她背上拉開一大塊鐵片——

這時我才看到——

駕駛員座椅從地板上拔起，椅背被撕裂，於是靠背成了一大塊金屬碎片——

一塊直接刺入媽媽脊椎的金屬——

「媽？」我的聲音緊繃，想要把鐵片多拔出來一點——

但當我多拔一點，她便開始尖叫，彷彿完全無視我的存在——

我停下動作。

「薇拉？」她又說一次，不斷喘氣，聲音尖銳，斷斷續續。「是妳嗎？」

「媽，我在這裡。」我在她旁邊躺下，好能貼近她的臉。我推開蓋著她臉頰的最後一塊玻璃，看到她的眼珠瘋狂亂轉——

「寶貝？」

「媽？」我哭著撥開更多玻璃。「媽，告訴我該怎麼辦。」

「寶貝，妳受傷了嗎？」她的聲音再次變得高亢顫抖，像是根本吸不進空氣。

「我不知道。媽，妳能動嗎？」我說。

我伸手到她的肩後想抬起她，但她又尖叫一聲，讓我也尖叫出聲，我只能讓她回復原來的姿勢，趴在天花板上，金屬片刺在背上，血慢慢滲出，乍看好像沒什麼，而我們周圍的一切都壞了，壞了，壞了。

她喘著氣說：「妳爸爸。」

「我不知道。剛才的火災——」

「妳爸爸很愛妳。」她說。

我停下看著她。「什麼？」

我看到她的手在動，想從身體下方移出，我溫柔地握著她。她又說：「薇拉，我也愛妳。」

「媽？妳別說這種話——」

「聽我說，寶貝，聽我說。」

「媽！」

「不行，*聽我說*——」

然後她開始咳嗽，痛得讓她再次尖叫，我握緊她的手，幾乎沒發現自己也跟著她一起叫出來。

她停下來，又開始喘氣，抬眼看著我，這次眼神比較集中，彷彿她正在努力，這輩子從來沒這麼努力做一件這麼難的事。「他們會來找妳，薇拉。」

「媽，別說了，*拜託妳*——」

「妳受過訓練。妳要活下去。妳要*活下去*，薇拉・伊德，妳聽到了嗎？」她的聲音變大，雖然我聽得出這會讓她有多痛。

「媽，妳不會*死*——」

「薇拉，帶著我的希望，也帶著妳爸的希望。我把它交給妳了，好嗎？我把我的希望給妳了。」

「媽，我不懂——」

「說妳會收下，寶貝。告訴我。」

我的喉嚨哽著，我應該是在哭，一切事物的連結似乎都不再存在，我在踏上的第一個星球，在一艘毀壞的太空船上握著母親的手，透過船身裂縫看到外面是半夜而她要死了，她要*死了*，但我過去幾個月卻對她很壞——

「快說，薇拉。拜託妳。」我母親低語。

「我會收下。我會收下妳的希望。我已經收到了，好嗎？媽？」

但我不知道她有沒有聽到我的話——

因為她的手已經不再握緊我。

這時候，有什麼變了，讓一切變成當下，割斷了所有過去，艦隊跟艦隊上的每個人，都過去了，只有我，此時，此刻，快得不像真的。

父親。墜毀。母親。都不是真的。

我像是站在另一個地方看著這一切，包括我自己。

我看著自己從母親身邊站起。

我看著自己在殘骸旁站了好一段時間，不知道該怎麼做。

過了夠久之後，我不得不做些什麼，所以我看著自己爬到駕駛艙裂開的地方，第一次望向外面的星球。

望向黑暗。黑暗之外還是黑暗。讓事物隱蔽其中的黑暗。

我能聽到這些事物的聲音。

聽起來幾乎像是語言的動物聲響。

我看著自己退回船裡，退離黑暗，心臟沉重地跳動。

然後我似乎眨眨眼，接下來看到自己拉開通往引擎室的破裂牆板。

在更遠處，我看著自己尋找父親，從胸口以下是惡夢般的燒傷，額頭上怵目驚心的傷口註定他不可能生還。

我看著寒意襲上自己的身體，看著自己冰冷到甚至無法對著父親的遺體哭泣。

我又眨了一下眼，看到自己回到駕駛艙中母親身邊，雙手緊緊抱膝，附近面板上電光閃爍，逐漸變暗。

然後外面傳來像是鳥叫的聲音，比其他聲音都響亮，是個聽起來很怪，分不清是在說獵物(prey)或祈禱(pray)的聲音。

我回過神來。

因為我看到某樣掉在地上的東西。

某樣一定是媽媽從我房間拿出來，放到駕駛艙，打算一降落就要拿給我的東西。這讓心裡某個很遠很遠的角落覺得好痛。

在一片狼藉中。

是布萊德利的禮物。

過了這麼多個月，連我的生日都過了，還是包裝得好好的。既然一切仍舊感覺像是不可能發生的事，像一場夢，那我為什麼不把它打開呢？如果那是爸爸跟媽媽的願望，那何不讓它成為我降落在這個星球之後所做的第一件事？

我拿起禮物，剝下破爛的包裝紙，在電池的最後一絲電力用完後，打開了它，我也陷入完全的黑暗中。

但沒關係。

沒關係，因為我已經看到那是什麼。

黑暗濃密到我必須摸索著爬出殘骸，依舊頭昏腦脹，依舊像在夢境中，黑暗徹底籠罩一切，讓我幾乎覺得自己還在睡覺。但我正拿著布萊德利的禮物。

我踏上星球表面，腳立刻陷入約十公分深的水中。

沼澤。

沒錯，我們原本的降落目標就是沼澤。

我一直往前走，有時腳會被爛泥吸住，但我還是往前走。

一直走到地面變得比較結實，離太空船有一小段距離。

我的眼睛逐漸適應，現在可以看到一小塊空地，周圍都是樹，頭上的天空滿是我剛剛才經過的星星。

我也聽到更多動物的聲音，但我可以發誓，牠們聽起來就像在說話，我想一定是我還沒從震驚中恢復過來的關係。

周圍多半只是黑暗。

包圍著我的只有黑暗。

這正是布萊德利的禮物派上用場的時候。

在微微隆起的空地上，有塊還算乾燥的地面，不是太好，不很完美，但還算可以。我放下禮物，在四周摸索想找些葉子和樹枝，最後抓到微濕的幾把，堆在上面。

我按了一下禮物上的按鈕，往後退開。

濕葉子跟樹枝立刻燃燒起來。

有光了。

光芒遍灑在小空地上，光芒反射在船身金屬上，光芒將站在那裡的我容納進來。

來自火焰的光芒。

布萊德利給了我一個點火盒，一個幾乎在任何地方，任何環境，任何燃料都能點火的點火盒。

點起對抗黑暗的光。

有好一段時間，我只能盯著火光，直到發現自己在發抖，所以我靠近火邊坐下，直到身體不再顫抖。

這花了好長、好長的時間。

現在我的眼裡只有火堆。

等一下我就該去查看還剩多少維生物資。等一下我就該去檢查還有沒有完好的通訊設備好讓我能和艦隊聯絡。

等一下我就該把爸媽的遺體搬出來，然後——

但那是等一下，不是現在。

現在只有點火盒的火光。

現在只有對抗黑暗的微光。

不管接下來會發生什麼事，都可以先等一下。

我其實不太懂媽媽在說什麼，我不知道希望是樣可以送人的東西，是樣可以收下的東西。

但我說我會收下，我說我收下了。

於是我坐在布萊德利的火堆前，坐在一個黑又黑的星球表面，擁有不屬於我，但屬於他們的希望。

只獨缺到此為止的希望。

接著，我看到空氣變亮，光從頭上的天空和我身後照來。我轉頭，看到這個星球的太陽升起，我發現是早上了，我撐到早上了。

我發現我有足夠的希望能夠撐到早上。

好，我對自己想。

好。

接著，我開始思考下一步該怎麼作。

封面設計：顏伯駿
譯　　者：段宗忱
叢書編輯：胡金倫，程道民

110台北市基隆路一段180號4樓
Linking@udngroup.com
聯經出版公司　www.linkingbooks.com.tw
聯經出版文化空間　linkingbooks.pixnet.net/blog
facebook、twitter、plurk搜尋關鍵字：聯經

台北　新生門市
電　　話　(02)2362-0308、23630803
傳　　真　(02)2362-0137
Email　lkstore2@udngroup.com
地　　址　10673台北市新生南路3段94號1樓

中南部服務
電　　話　(02)2362-0308、23630803
傳　　真　(02)2362-0137
Email　linking2@ms42.hinet.net
地　　址　40459台中市健行路321號1樓

郵政劃撥　劃撥帳號：0100593・戶名：聯經出版公司